JUSTIÇA

TRILOGIA IMPÉRIO RADCH
LIVRO 1

ANCILAR

ANN
LECKIE

TRADUÇÃO
Fábio Fernandes

JUSTIÇA ANCILAR

TÍTULO ORIGINAL:
Ancillary Justice

REVISÃO DE TRADUÇÃO:
Luara França

COPIDESQUE:
Bárbara Prince

REVISÃO:
Isadora Prospero
Camila Fernandes
Pausa Dramática

PROJETO GRÁFICO E DIAGRAMAÇÃO:
Desenho Editorial

LETTERING DE CAPA:
Pedro Inoue

ILUSTRAÇÃO DE CAPA:
Lauren Saint-Onge

DESIGN DE CAPA:
Pedro Fracchetta

DIREÇÃO EXECUTIVA:
Betty Fromer

DIREÇÃO EDITORIAL:
Adriano Fromer Piazzi

EDITORIAL:
Daniel Lameira
Bárbara Prince
Andréa Bergamaschi
Renato Ritto

COMUNICAÇÃO:
Luciana Fracchetta
Pedro Henrique Barradas
Stephanie Antunes

COMERCIAL:
Fernando Quinteiro
Lidiana Pessoa
Roberta Saraiva
Ligia Carla de Oliveira
André Castilho

FINANCEIRO:
Roberta Martins
Sandro Hannes

Copyright © Ann Leckie, 2013
Copyright © Editora Aleph, 2018
(edição em língua portuguesa para o Brasil)

Todos os direitos reservados.
Proibida a reprodução, no todo ou em parte,
através de quaisquer meios.

**DADOS INTERNACIONAIS DE CATALOGAÇÃO NA
PUBLICAÇÃO (CIP)
ODILIO HILARIO MOREIRA JUNIOR - CRB-8/9949**

L461j Leckie, Ann
Justiça Ancilar / Ann Leckie ; traduzido por Fábio
Fernandes. - São Paulo : Aleph, 2018.
384 p. - (Trilogia Império Radch ; v.1)

Tradução de: Ancillary Justice
ISBN: 978-85-7657-396-8

1. Literatura norte-americana. 2. Ficção científica.
I. Fernandes, Fábio. II. Título.

2018-140

CDD 813.0876
CDU 821.111(73)-3

EDITORA ALEPH

Rua Henrique Monteiro, 121
05423-020 – São Paulo – SP – Brasil
Tel.: (55 11) 3743-3202
www.editoraaleph.com.br

ÍNDICES PARA CATÁLOGO SISTEMÁTICO:
Literatura : Ficção Norte-Americana 813.0876
Literatura norte-americana : Ficção 821.111(73)-3

*Para meus pais, Mary P. e David N. Dietzler,
que não viveram para ver este livro, mas sempre
tiveram certeza de que ele viria a existir.*

Nota dos editores

Ann Leckie é uma das grandes autoras da ficção científica contemporânea. Por seu romance de estreia, *Justiça ancilar*, ganhou todos os principais prêmios do gênero: Hugo, Nebula, Locus, BSFA (British Science Fiction Association) e Arthur C. Clarke.

Uma vez que se lê o romance, não se surpreende que ele tenha recebido toda essa atenção. Uma aventura espacial movida a vingança, em um universo complexo, povoado com alguns dos elementos mais interessantes da ficção científica: inteligência artificial, conflitos de xenofobia e política interplanetária. Ann Leckie trabalha tudo isso com maestria.

A linguagem é um dos fatores mais complexos e enriquecedores desta obra. Breq, a personagem que narra a trama, é um membro do Império Radch, cujo idioma não tem pronomes com gênero definido. A autora escreveu o livro em inglês, mas simula uma tradução do idioma radchaai. Para isso, optou por escrever a maior parte dele flexionando as palavras apenas no feminino, como ela explica em seu site[1]:

---

[1] Texto original em inglês: <www.annleckie.com/about/frequently-asked-questions>. Acesso em: 08 fev. 2018.

O uso de "ela" foi uma convenção de tradução – o idioma radchaai não apenas não utiliza pronomes com gêneros para se referir a pessoas (aliás, muitos idiomas reais não utilizam), mas gênero não é relevante para esse povo. [...] Por conveniência, eu "traduzo" tudo como "ela". Isso não indica o gênero de nenhum personagem. Apenas significa que, quando Breq (ou outra personagem) fala em radchaai, é assim que o pronome original é traduzido para o inglês.

Quando Breq – ou outra personagem – fala outra língua, entretanto, elas podem se referir a algumas pessoas com pronomes masculinos.

No original, apenas alguns substantivos específicos foram utilizados no masculino – é o caso de "Lord" ("Senhor") e "priest" ("sacerdote"). Mas isso também não tem a intenção de indicar o gênero das personagens às quais essas palavras se referem. A língua inglesa tem poucos substantivos com gênero definido, e Ann Leckie acredita que, nesses casos, a alteração de gênero é acompanhada por uma mudança semântica que ela não desejava para o seu texto. Como essa mudança de sentido não aconteceria em português, uma língua com os dois gêneros bem marcados, optamos, com o consentimento da autora, por utilizar esses substantivos no feminino, em concordância com o restante do texto.

Os desafios, e até mesmo a estranheza, causados por essa linguagem são parte do que torna *Justiça ancilar* uma obra tão singular. A ficção científica tem a tradição de questionar o mundo ao nosso redor, tirando o leitor de sua zona de conforto e usando a imaginação para fazê-lo repensar seus conceitos. Prepare-se para encontrar, nas próximas páginas, uma obra verdadeiramente inovadora.

Bem-vindo ao Império Radch!

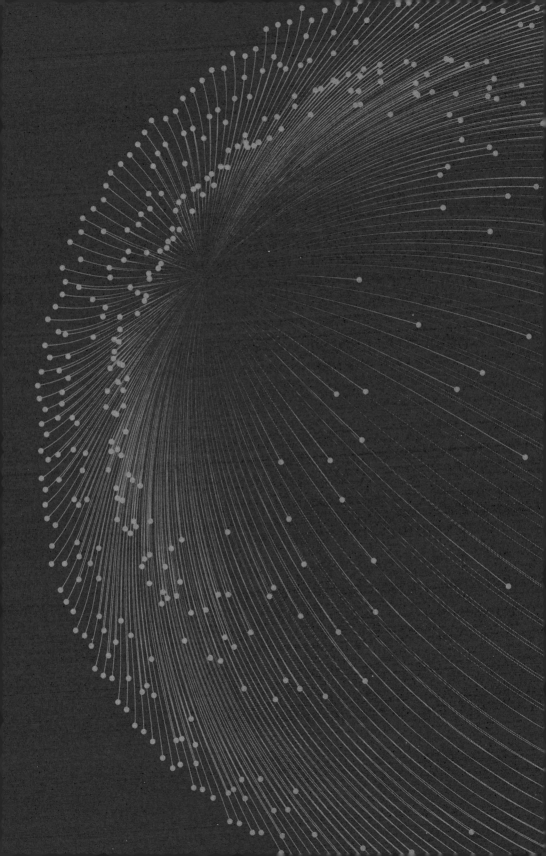

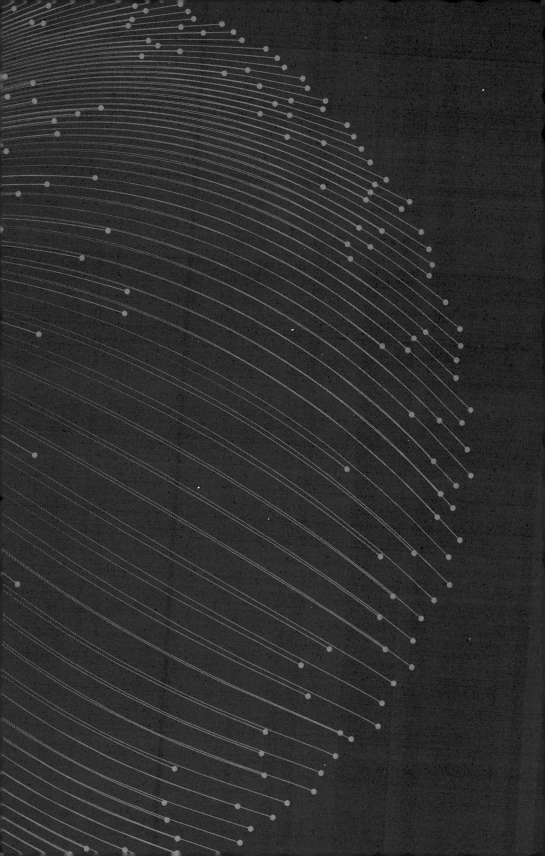

1

O corpo jazia nu, virado de bruços, um cinza fúnebre, respingos de sangue manchando a neve ao redor. A temperatura era de –15 ºC e uma tempestade passara horas antes. A neve macia se estendia no amanhecer pálido, apenas uns poucos rastros levando até um prédio de blocos de gelo ali perto. Uma taverna. Ou a coisa mais parecida com uma taverna naquela cidadezinha.

Havia algo incomodamente familiar naquele braço estendido, a linha que ia do ombro ao quadril. Mas não era possível que eu conhecesse aquela pessoa. Eu não conhecia ninguém ali. Aquele era o fim gélido de um planeta frio e isolado, tão longe das ideias radchaai de civilização quanto era possível ser. Eu só estava ali, naquele planeta, naquela cidade, porque tinha negócios particulares urgentes. Corpos na rua não eram problema meu.

Às vezes não sei por que acabo fazendo as coisas que faço. Mesmo depois de todo esse tempo, ainda é estranho para mim não saber, não ter ordens constantes a seguir. Então não posso explicar a você por que parei e, com um dos pés, levantei o ombro nu daquela pessoa para poder ver seu rosto.

Apesar de todo o gelo, hematomas e sangue, eu a conhecia. O nome dela era Seivarden Vendaai, e há muito tempo ela fora uma das minhas oficiais, uma jovem tenente, que acabara sendo promovida a seu próprio comando, em outra nave. Eu pensava que ela morrera mil anos antes, mas ela estava, inegavelmente, ali. Agachei-me e tentei sentir o pulso, detectar o menor sinal de respiração.

Ainda viva.

Seivarden Vendaai não era mais problema meu, não era minha responsabilidade. E nunca fora uma de minhas oficiais favoritas. Eu obedecera a suas ordens, claro, e ela nunca abusara de nenhuma auxiliar, jamais ferira qualquer um dos meus segmentos (como algumas oficiais faziam). Eu não tinha motivos para pensar mal dela. Pelo contrário, seus modos eram os de uma pessoa culta e educada, de boa família. Não no que dizia respeito a mim, é claro – eu não era uma pessoa, eu era uma peça, um equipamento, uma parte da nave. Mas eu nunca me interessara por ela em particular.

Levantei-me e fui até a taverna. O lugar estava escuro, o branco das paredes de gelo havia muito estava coberto por limo ou coisa pior. O ar tinha cheiro de álcool e vômito. Uma bartender estava sentada atrás de uma bancada alta. Ela era nativa: baixa e gorda, branca e de olhos arregalados. Três frequentadoras estavam sentadas em volta de uma mesa suja. Apesar do frio, elas só vestiam calças e camisas quadriculadas: era primavera naquele hemisfério de Nilt e elas estavam aproveitando o tempo mais quente. Fingiram não me ver, embora com certeza tivessem me notado na rua e soubessem o que motivava minha entrada. Provavelmente uma ou mais delas estavam envolvidas; Seivarden não estava lá fora havia muito tempo, ou já estaria morta.

– Vou alugar um trenó – eu disse – e comprar um kit para hipotermia.

Atrás de mim, uma das frequentadoras riu e falou, em tom de deboche:

– Ora, mas você é uma garotinha durona, hein?

Virei-me para encará-la, para estudar seu rosto. Era mais alta do que a maioria das niltanas, mas gorda e branca como todas elas. Era mais corpulenta do que eu, mas eu era mais alta, e também consideravelmente mais forte do que parecia. Ela não sabia com o que estava mexendo. Ela devia ser macho, a julgar pelos padrões labirínticos do quadriculado de sua camisa. Eu não tinha certeza. Se eu estivesse no espaço Radch, não teria feito diferença. As radchaai não ligam muito para gênero, e a língua que falam – minha própria primeira língua – não marca gênero de forma nenhuma. A língua que estávamos falando agora marcava, e eu podia criar encrenca para mim mesma se usasse as formas erradas. Não ajudava o fato de que os marcadores de distinção de gênero mudassem de acordo com o lugar, às vezes de forma radical, e quase nunca fizessem muito sentido para mim.

Decidi não falar nada. Depois de uns dois segundos, ela subitamente descobriu algo interessante no tampo da mesa. Eu poderia tê-la matado ali mesmo, sem muito esforço. A ideia pareceu atraente. Mas naquele momento minha prioridade era Seivarden. Voltei a olhar para a bartender.

Ombros caídos, postura negligente; como se não tivesse acontecido nenhuma interrupção, ela disse:

– Que tipo de lugar você pensa que isto aqui é?

– O tipo de lugar – respondi, ainda segura em território linguístico que não precisava de marcação de gênero – que vai me alugar um trenó e me vender um kit para hipotermia. Quanto é?

– Duzentos shen. – Pelo menos o dobro do preço atual, eu tinha certeza disso. – Pelo trenó. Lá fora. Você mesma tem que pegar. Outros cem pelo kit.

– Completo – repliquei. – Não usado.

Ela puxou um kit de baixo da bancada, e o selo parecia intacto.

– Seu camarada lá fora tinha uma conta.

Talvez fosse mentira. Talvez não. De qualquer maneira, o valor seria pura ficção.

– Quanto?

– Trezentos e cinquenta.

Eu poderia dar um jeito de continuar evitando me referir ao gênero da bartender. Ou podia adivinhar. Eu tinha, na pior das hipóteses, 50% de chance de errar.

– Para um bartender – falei, arriscando *macho* – você confia demais para deixar um indigente – eu sabia que Seivarden era macho, essa era fácil – acumular uma dívida desse tamanho. Seiscentos e cinquenta cobrem tudo?

– É – disse a bartender. – Praticamente.

– Não, tudo. Vamos chegar a um acordo agora. E se alguém vier atrás de mim depois exigindo mais, ou tentando me roubar, morre.

Silêncio. Então o som, atrás de mim, de alguém cuspindo.

– Escória radchaai.

– Eu não sou radchaai. – O que era verdade. É preciso ser humano para ser radchaai.

– *Ele* é – disse a bartender, com um ínfimo dar de ombros em direção à porta. – Você não tem o sotaque, mas fede a radchaai.

– Esse cheiro é da lavagem que você serve aos seus clientes. – Uivos das frequentadoras atrás de mim. Meti a mão num bolso, puxei um punhado de chits e os joguei sobre a bancada. – Fique com o troco. – Virei as costas para ir embora.

– É bom que esse dinheiro não seja falso.

– É melhor seu trenó estar lá fora onde você disse que estaria. – E saí.

Primeiro o kit de hipotermia. Rolei Seivarden de barriga para cima. Então rasguei o selo do kit, quebrei um dos chips do cartão e o enfiei em sua boca ensanguentada e semicongelada. Quando o indicador do cartão mostrou verde, desdobrei o embrulho fino, verifiquei se havia carga, enrolei tudo ao redor dela e liguei. Então dei a volta para buscar o trenó.

Por sorte, ninguém estava esperando por mim. Eu ainda não queria deixar corpos para trás, não viera aqui para criar problemas. Reboquei o trenó até a frente da taverna, coloquei Seivarden nele e pensei em tirar meu sobretudo e cobri-la, mas no fim concluí que isso não acrescentaria muita coisa à proteção do invólucro de hipotermia. Acionei o trenó e parti.

Aluguei um quarto na periferia da cidade, um entre uma dezena de cubos de dois metros de plástico pré-fabricado, verde-acinzentado e coberto de sujeira. Não havia roupa de cama, e os cobertores eram cobrados à parte, bem como o aquecimento. Paguei; já tinha mesmo desperdiçado uma quantia ridícula de dinheiro para tirar Seivarden da neve.

Limpei o sangue dela da melhor maneira que pude, chequei seu pulso (ainda estava lá) e a temperatura (subindo). Antigamente eu conseguiria saber sua temperatura corporal sem nem pensar, além de frequência cardíaca, nível de oxigênio no sangue e níveis hormonais. Eu teria visto qualquer ferimento apenas desejando ver. Agora eu estava cega. Era óbvio que ela fora espancada: seu rosto estava inchado e seu torso, cheio de hematomas.

O kit de hipotermia vinha com um corretor muito básico, mas apenas um, e só era adequado para primeiros socorros. Seivarden podia ter ferimentos internos ou trauma severo na cabeça, e eu só seria capaz de curar cortes ou distensões. Com alguma sorte, o frio e os hematomas seriam as minhas únicas preocupações. Mas eu não tinha muito conhecimento médico, não mais. Qualquer diagnóstico que eu conseguisse fazer seria muito primário.

Enfiei outro chip pela garganta dela. Mais uma checagem: sua pele não estava mais fria do que seria de se esperar, considerando a situação, e não parecia pegajosa. Sua cor, contando com os hematomas, já voltava a um marrom mais normal. Trouxe um recipiente com neve para derreter, coloquei-o em um canto, torcendo para que ela não o chutasse caso acordasse, e então saí e tranquei a porta.

O sol estava mais alto no céu, mas a luminosidade não era muito mais intensa. Agora outros rastros já marcavam a neve lisa da tempestade da noite anterior, e uma ou duas niltanas passavam por perto. Puxei o trenó de volta para a taverna e estacionei-o nos fundos. Ninguém me abordou, nenhum som veio da entrada sombria. Dirigi-me para o centro da cidadezinha.

As pessoas estavam fora de casa, cuidando de seus negócios. Crianças gordas e brancas vestindo calças e camisas quadriculadas chutavam neve umas nas outras, e então paravam e encaravam com grandes olhos cheios de surpresa quando me viam. Os adultos fingiam que eu não existia, mas os olhos se viravam na minha direção enquanto passava. Entrei numa loja, saindo do que, aqui, poderia ser descrito como luz do dia, para a penumbra, e entrando num frio apenas 5 °C mais quente do que do lado de fora.

Uma dezena de pessoas estava parada ali conversando, mas um silêncio caiu no instante em que entrei. Percebi que meu rosto estava inexpressivo e configurei meus músculos faciais para algo agradável e discreto.

– O que você quer? – grunhiu a lojista.

– Certamente essas outras pessoas estão na minha frente. – Esperando, ao falar, que fosse um grupo de gênero misto, como minha frase indicava. Só recebi silêncio em resposta. – Gostaria de quatro bisnagas de pão e um bloco de gordura. E também dois kits de hipotermia e dois corretores de propósito geral, se vocês tiverem esse tipo de coisa.

– Tenho de 10, de 20 e de 30.

– De 30, por favor.

Ela empilhou minhas compras em cima do balcão.

– Trezentos e setenta e cinco. – Alguém tossiu atrás de mim: estavam me cobrando acima do preço novamente.

Paguei e saí. As crianças ainda estavam aglomeradas, rindo, na rua. Os adultos ainda passavam por mim como se eu não estivesse lá. Fiz mais uma parada: Seivarden precisaria de roupas. Então voltei ao quarto.

Seivarden continuava inconsciente, e não havia sinais de choque até onde eu podia ver. A maior parte da neve no recipiente derretera, e mergulhei nela meia bisnaga de pão dura como tijolo para que a água penetrasse bem e a encharcasse.

Um ferimento na cabeça e danos nos órgãos internos eram as possibilidades mais perigosas. Abri os dois corretores que acabara de comprar e levantei o cobertor para colocar um deles sobre o abdome de Seivarden, vi-o se transformar numa poça, se esticar e depois endurecer numa concha clara. Segurei o outro na lateral do rosto dela que parecia mais machucada. Quando este último terminou de endurecer, retirei meu sobretudo, deitei e dormi.

Pouco mais de sete horas e meia depois, Seivarden se mexeu e eu acordei.

– Você está acordada? – perguntei. O corretor que eu aplicara mantinha fechados um dos olhos e metade de sua boca, mas o hematoma e o inchaço por todo o rosto estavam bem menores. Imaginei por um momento qual seria a expressão facial adequada, e a fiz. – Encontrei você na neve, em frente a uma taverna. Você parecia precisar de ajuda. – Ela soltou uma leve respiração forçada mas não virou a cabeça na minha direção. – Está com fome? – Nenhuma resposta, apenas um olhar vazio. – Você bateu a cabeça?

– Não – respondeu ela, baixinho, o rosto relaxado e sem tensão.

– Está com fome?

– Não.

– Quando comeu pela última vez?

– Não sei. – Sua voz era calma, sem inflexão.

Puxei-a para que ficasse com as costas eretas e encostei-a contra a parede verde-acinzentada, com cuidado, para não provocar mais ferimentos, tentando evitar que ela tombasse para a frente. Ela permaneceu sentada, então fui colocando lentamente um pouco de papa de pão com água em sua boca, trabalhando com cuidado ao redor do corretor.

– Engula – eu dizia, e ela engolia.

Eu lhe dei metade do que havia na tigela dessa maneira, depois eu mesma comi o resto e trouxe outra panela de neve para dentro.

Ela me viu colocar outra metade de pão duro na panela, mas não disse nada, o rosto ainda plácido.

– Qual é seu nome? – perguntei. Não tive resposta.

Ela havia tomado kef, imaginei. A maioria das pessoas diz que kef suprime as emoções, o que é verdade, mas não faz só isso. Houve um tempo em que eu poderia ter explicado exatamente o que kef faz e como age, mas não sou mais o que fui um dia.

Até onde eu sabia, as pessoas tomavam kef para poder parar de sentir algo. Ou porque acreditavam que, com as emoções fora do caminho, chegariam à suprema racionalidade, à profunda lógica, à verdadeira iluminação. Mas não é assim que funciona.

Puxar Seivarden da neve havia me custado tempo e dinheiro que eu mal podia me dar ao luxo de gastar, e para quê? Se fosse deixada sozinha, ela acharia mais uma ou duas doses de kef e acabaria encontrando outro lugar como aquela taverna suja para enfim conseguir ser morta. Se era isso o que ela queria, eu não tinha o direito de impedir. Mas se ela desejava morrer, por que não fizera isso de modo limpo, registrando sua intenção e indo ao médico como todo mundo faz? Eu não conseguia entender.

Havia muita coisa que eu não entendia, e dezenove anos fingindo ser humana não haviam me ensinado tanto quanto eu pensara.

2

Dezenove anos, três meses e uma semana antes de encontrar Seivarden na neve, eu era uma porta-tropas orbitando o planeta Shis'urna. Porta-tropas são as maiores naves radchaai, com 16 conveses empilhados. Comando, Administração, Medicina, Hidropônica, Engenharia, Acesso Central, e um convés para cada década, espaço de convivência e trabalho para minhas oficiais, das quais eu conhecia cada respiração, cada repuxar de cada músculo.

Porta-tropas raramente se movem. Eu ficava parada, assim como estivera parada pela maior parte da minha existência de 2 mil anos, em um sistema ou outro, sentindo o frio amargo do espaço do lado de fora do meu casco, o planeta Shis'urna como uma esfera de vidro azul e branca, sua estação orbital indo e vindo, uma corrente constante de naves chegando, atracando, desatracando, partindo na direção de um ou outro dos portões cercados por boias e faróis. Do meu ponto de vista, as fronteiras das várias nações de Shis'urna não eram visíveis, embora as cidades no lado noturno do planeta brilhassem, com teias de estradas entre elas, onde haviam sido restauradas desde a anexação.

Eu sentia e ouvia – embora nem sempre visse – a presença de minhas naves companheiras: as menores e mais velozes Espadas e

Misericórdias, e as Justiças, porta-tropas como eu, que eram mais numerosas naquela época. As mais velhas de nós tinham quase 3 mil anos. Nós nos conhecíamos havia muito tempo, e àquela altura não tínhamos muito o que dizer umas às outras que já não tivesse sido dito muitas vezes. Nós éramos, em grande parte, companheiras em silêncio, sem contar as comunicações de rotina.

Como eu ainda possuía auxiliares, podia estar em mais de um lugar ao mesmo tempo. Eu também estava em tarefa destacada na cidade de Ors, no planeta Shis'urna, sob o comando da tenente Awn, da década Esk.

Ors ficava metade sobre um terreno de charco e metade em um lago pantanoso – a parte do lago era construída sobre placas cujas fundações ficavam imersas bem fundo na lama do pântano. Um limo verde crescia nos canais e nas juntas entre as placas, nas partes inferiores das colunas e sobre qualquer coisa estacionária que a água alcançasse, o que variava com a estação. O fedor constante de sulfeto de hidrogênio só aliviava ocasionalmente, quando as tempestades de verão faziam a cidade tremer e sacudir em sua metade do lago, e as passarelas ficavam cobertas com água que vinha das ilhas de barreira. Ocasionalmente. Era mais comum que as tempestades fizessem o cheiro ficar pior. Elas tornavam o ar mais frio por um tempo, mas o alívio não costumava durar mais do que alguns dias. Caso contrário, era sempre úmido e quente.

Eu não podia ver Ors da órbita. Era mais aldeia do que cidade, embora ela tivesse um dia ficado na foz de um rio, e sido a capital de um país que se estendia ao longo da costa. O comércio subia e descia o rio, e barcos de fundo achatado navegavam pelo pântano costeiro, levando gente de uma cidade a outra. O rio mudara de direção ao longo dos séculos, e agora Ors era metade ruínas. O que antes haviam sido quilômetros de ilhas retangulares dentro de uma grade de canais era agora um lugar muito menor, cercado e entremeado por placas quebradas e semissubmersas, às vezes com tetos e pilares, que emergiam da água verde lamacenta na estação seca. Ela já fora lar de milhões. Apenas 6318 pessoas viviam ali quando as forças radchaai anexaram

Shis'urna cinco anos antes, e, é claro, a anexação havia reduzido esse número. Em Ors, menos do que em alguns outros lugares. Assim que aparecemos na cidade – eu mesma na forma de minhas coortes Esk junto com suas tenentes de década alinhadas nas ruas da cidade, armadas e blindadas –, a sacerdotisa principal de Ikkt se aproximou da oficial de maior patente (a tenente Awn, como já falei) e ofereceu rendição imediata. A sacerdotisa principal dissera às suas seguidoras o que precisavam saber para sobreviver à anexação, e a maioria dessas seguidoras de fato sobreviveu. Isso não era tão comum quanto se poderia imaginar: sempre deixamos claro desde o começo que qualquer suspiro de problema durante uma anexação poderia significar a morte, e, a partir do instante em que uma anexação começava, nós fazíamos demonstrações do que exatamente isso significava em grande escala, mas sempre havia alguém que não resistia a nos testar.

Mesmo assim, a influência da sacerdotisa principal foi impressionante. O tamanho pequeno da cidade era, até certo ponto, enganador: durante a estação da peregrinação, centenas de milhares de visitantes passavam pela praça em frente ao templo e acampavam sobre as placas abandonadas que sustentavam as ruas. Para adoradoras de Ikkt, aquele era o segundo lugar mais sagrado do planeta, e a sacerdotisa principal era uma presença divina.

Normalmente uma força policial civil ficava no local quando uma anexação chegava ao fim, algo que muitas vezes levava cinquenta anos ou mais. Aquela anexação não era como as outras: a cidadania fora garantida às shis'urnanas sobreviventes muito mais cedo que o normal. No começo, ninguém na administração do sistema confiava plenamente na ideia de civis locais trabalhando na segurança, e a presença militar ainda era bem pesada. Então, quando a anexação de Shis'urna foi oficialmente finalizada, a maioria das Esk da *Justiça de Toren* voltou para a nave, mas a tenente Awn ficou, e eu fiquei com ela como uma unidade de vinte auxiliares Esk Um da *Justiça de Toren*.

A sacerdotisa principal vivia numa casa próxima ao templo, um dos poucos prédios intactos dos dias em que Ors fora uma cidade.

Tinha quatro andares, com um telhado de inclinação única, e era aberto para todos os lados, embora divisórias pudessem ser levantadas toda vez que um ocupante desejasse privacidade, e postigos pudessem ser abaixados do lado de fora durante as tempestades. A sacerdotisa principal recebeu a tenente Awn numa partição com cerca de 5 metros quadrados, onde a luz penetrava por sobre paredes escuras.

– Você não acha – perguntou a sacerdotisa, uma pessoa velha com cabelos grisalhos e uma barba grisalha cortada rente – que servir em Ors é um incômodo?

Tanto ela como a tenente Awn haviam se sentado sobre almofadões – úmidos, como tudo em Ors, e com cheiro de fungos. A sacerdotisa vestia um longo pano amarelo enrolado na cintura, os ombros pintados com diferentes formas, umas espiraladas, outras angulares, que mudavam dependendo do significado litúrgico do dia. Em deferência ao decoro radchaai, ela usava luvas.

– É claro que não – respondeu a tenente Awn, de modo agradável; embora, pensei eu, não inteiramente sincero.

Ela tinha olhos castanho-escuros e cabelos pretos cortados rentes. Sua pele era escura o bastante para não ser considerada branca, mas não escura o suficiente para estar na moda. Ela poderia tê-la alterado, junto com cabelos e olhos, mas nunca o fizera. Em vez de seu uniforme – casaco marrom comprido com vários broches com joias, camisa, calças, botas e luvas –, ela vestia o mesmo tipo de saia usado pela sacerdotisa principal, uma camisa fina e a mais leve das luvas. Mesmo assim, ela suava. Eu estava parada em pé na entrada, muda e ereta, enquanto uma jovem sacerdotisa depositava xícaras e tigelas entre a tenente Awn e a Divina.

Eu também estava a uns 40 metros de distância, no templo propriamente dito – um espaço fechado (o que era atípico) com 43,5 metros de altura, 65,7 de comprimento e 29,9 de largura. Em uma das extremidades havia portas quase da altura do teto, e na outra, elevando-se enorme sobre as pessoas no chão abaixo, a representação de uma encosta de montanha em outro lugar de Shis'urna, trabalhada com detalhes impressionantes. Ao pé dela, um estrado com degraus amplos levava até um piso de pedra verde e cinza. A luz caía por dezenas de claraboias verdes, sobre paredes pintadas com cenas da vida das santas do culto de Ikkt. Aquele não se parecia com nenhum outro prédio em Ors. A arquitetura, assim como o próprio culto de Ikkt, fora importada de algum outro lugar em Shis'urna. Durante a estação de peregrinações, aquele espaço ficaria atulhado de fiéis. Existiam outros locais sagrados, mas se uma orsiana dizia "peregrinação", ela se referia à peregrinação anual àquele lugar. Mas ainda faltavam algumas semanas para isso. Agora o ar do templo sussurrava suavemente num canto com o murmúrio das preces de uma dezena de devotas.

A sacerdotisa principal deu uma gargalhada.

– Você é uma diplomata, tenente Awn.

– Eu sou uma soldado, Divina – respondeu a tenente. Elas estavam falando em radchaai, e ela falava devagar e com precisão, tomando cuidado com seu sotaque. – Não acho que meu dever seja um incômodo.

A sacerdotisa principal não sorriu em resposta. No breve silêncio que se seguiu, uma jovem sacerdotisa serviu uma tigela cheia até a borda com o que as shis'urnanas chamam de chá, um líquido espesso, morno e doce, que quase não tem relação alguma com um chá propriamente dito.

Do lado de fora do templo, eu também estava na praça manchada de cianófitas, observando as pessoas que passavam. A maioria vestia as mesmas saias simples e de cores vivas que a sacerdotisa principal usava, embora apenas crianças muito pequenas e pessoas muito devotas tivessem algo semelhante a marcas, e poucas usassem luvas. Algumas das que passavam eram transplantadas, radchaai designadas para trabalhos, ou que haviam recebido propriedades aqui em Ors após a anexação. A maioria delas adotara a saia simples e adicionara uma camisa leve e solta, como a tenente Awn fizera. Outras se apegavam teimosas às calças e jaquetas, e passavam pela praça suando. Todas usavam as joias que poucas radchaai abririam mão de usar: presentes de amigas ou amantes, memoriais às mortas, marcas de família ou associações de clientelas.

Ao norte, Ors se erguia lentamente logo depois de uma extensão retangular de água que, em homenagem a um antigo bairro, chamava-se Pré-Templo. Essa parte da cidade não ficava alagada durante a estação seca, sendo então chamada, por educação, de cidade alta. Eu patrulhava ali também. Enquanto caminhava na beira da água, eu conseguia me ver em pé na praça.

Barcos navegavam devagar pelo lago pantanoso, subindo e descendo pelos canais entre agrupamentos de placas. A água espumava com algas, e fervilhava aqui e ali com as pontas de gramas d'água. Longe da cidade, a leste e a oeste, boias marcavam trechos proibidos de água; e em seus limites, as asas iridescentes das libélulas tremeluziam sobre as ervas aquáticas que flutuavam espessas e emaranhadas. Ao redor delas flutuavam os barcos maiores e as grandes dragas, agora silenciosas e paradas, que antes da anexação sugavam a lama fedorenta que ficava embaixo da água.

A paisagem do sul era semelhante, a não ser pelo tênue vislumbre do horizonte marítimo depois do trecho gosmento que rondava o pântano. Eu via tudo isso, parada como estava em diversos pontos ao redor do templo, e caminhando pelas ruas da cidade. A temperatura era de 27 ºC, e estava úmido como sempre.

Isso era visto por quase a metade dos meus vinte corpos. O restante dormia ou trabalhava na casa ocupada pela tenente – com três andares e muito espaço, ela antigamente havia abrigado uma grande família estendida e um aluguel de barcos. Um lado se abria para um amplo e lamacento canal verde, e o oposto dava para a maior das ruas locais.

Três segmentos da casa estavam despertos, realizando tarefas administrativas (eu estava sentada num tapete sobre uma plataforma baixa no centro do primeiro andar da casa e ouvia as queixas de uma orsiana a respeito da alocação de direitos de pesca) e mantendo guarda.

– Você deveria falar com a magistrada do distrito, cidadã – disse eu para a orsiana no dialeto local.

Por conhecer todas ali, eu sabia que ela era fêmea, e uma avó, ambos fatos que precisavam ser reconhecidos se eu quisesse me dirigir a ela de forma não apenas gramaticalmente correta como também respeitosa.

– Eu não conheço a magistrada do distrito! – protestou ela, indignada.

A magistrada ficava numa grande e populosa cidade além de Ors, rio acima, e perto de Kould Ves. Subindo o rio o suficiente para que o ar fosse quase sempre frio e seco, e as coisas não cheirassem à umidade o tempo todo.

– O que a magistrada do distrito sabe sobre Ors? Até onde eu sei, a magistrada não existe! – continuou ela, me explicando a longa história da associação de sua casa com a área cercada pelas boias, que estava proibida e certamente fechada para a pesca pelos próximos três anos.

E, como sempre, havia no fundo da minha mente uma percepção constante de estar em órbita lá no alto, tão longe que o sinal chegava com atraso.

– Ora, vamos, tenente – disse a sacerdotisa principal. – Ninguém gosta de Ors a não ser aquelas de nós que tivemos a infelicidade de nascer aqui. A maioria das shis'urnanas que conheço, sem falar nas radchaai, prefeririam estar numa cidade, com terra seca e estações de verdade que não fossem apenas chuvosa e não chuvosa.

A tenente Awn, ainda suando, aceitou uma xícara do pretenso chá, e bebeu sem fazer careta – uma questão de prática e determinação.

– Minhas superiores pedem minha volta.

Na margem norte relativamente seca da cidade, fui vista por duas soldados de uniforme marrom que passavam num veículo aberto. Elas ergueram as mãos em saudação e eu logo levantei a minha própria.

– Um Esk! – gritou uma delas.

Eram soldados comuns, da unidade Sete Issa da *Justiça de Ente*, sob o comando da tenente Skaaiat. Elas patrulhavam a extensão de terra entre Ors e a borda sudoeste distante de Kould Ves, a cidade que crescera ao redor da boca mais nova do rio. As Sete Issas da *Justiça de Ente* eram humanas, e sabiam que eu não era. Elas sempre me trataram de modo amigável, mas ligeiramente ressabiado.

– Eu preferia que você ficasse – disse a sacerdotisa principal para a tenente Awn. Mas a tenente já sabia disso. Nós teríamos voltado à *Justiça de Toren* dois anos antes, se não fosse pelas contínuas solicitações da Divina para que ficássemos.

– Você deve entender – disse a tenente Awn – que elas prefeririam substituir Um Esk por uma unidade humana. Auxiliares podem ficar em suspensão por tempo indefinido. Já humanas... – Ela abaixou sua xícara de chá e pegou um bolo marrom-amarelado achatado. – Humanas têm famílias que querem rever, elas têm vida. Não podem ficar congeladas por séculos, como às vezes acontece com as auxiliares. Não faz sentido ter auxiliares saídas direto do porão de carga trabalhando quando há soldados humanas que poderiam trabalhar. – Embora a tenente Awn estivesse ali havia cinco anos, era a primeira vez que o assunto era tratado de forma tão explícita. Ela franziu a testa, e mudanças em sua respiração e níveis hormonais me disseram que ela tivera algum pensamento desanimador. – Você não teve problemas com as Sete Issas da *Justiça de Ente*, teve?

– Não – disse a sacerdotisa principal. Ela olhou para a tenente Awn com um retorcer irônico da boca. – Eu conheço você. Conheço Um Esk. Quem elas me mandarem... eu não vou conhecer. Tampouco minhas paroquianas.

– Anexações são complicadas – disse a tenente Awn. A sacerdotisa principal se encolheu de leve com a menção da palavra *anexação* e pensei ter visto a tenente Awn reparar nisso, mas ela continuou. – Sete Issa não estava aqui para isso. Os batalhões Issas da *Justiça de Ente* não fizeram durante aquele tempo nada que Um Esk não tenha feito também.

– Não, tenente. – A sacerdotisa colocou de lado sua própria xícara. Ela parecia perturbada, mas eu não tinha acesso a nenhum de seus dados internos, portanto não pude ter certeza. – As Issas da *Justiça de Ente* fizeram muita coisa que Um Esk não fez. É verdade, Um Esk matou tanta gente quanto as soldados Issas da *Justiça de Ente*. Provavelmente mais. – Ela olhou para mim, ainda parada em silêncio na entrada do espaço fechado. – Não quis ofender, mas acho que foram mais.

– Não me ofendi, Divina – respondi. Com frequência, a sacerdotisa principal falava comigo como se eu fosse uma pessoa. – E você está correta.

– Divina – chamou a tenente Awn, a preocupação clara em sua voz. – Se as soldados Sete Issas da *Justiça de Ente*, ou quem mais que seja, estão abusando das cidadãs...

– Não, não! – protestou a sacerdotisa principal, a voz amarga. – As radchaai tomam muito cuidado com o trato das cidadãs!

O rosto da tenente Awn ficou quente, sua tensão e raiva eram evidentes para mim. Eu não podia ler sua mente, mas podia ler cada repuxar de cada músculo dela, de modo que para mim suas emoções eram transparentes como vidro.

– Perdoe-me – disse a sacerdotisa principal, embora a expressão da tenente Awn não tivesse mudado, e sua pele fosse escura demais para demonstrar o rubor de sua raiva. – Desde que as radchaai nos concederam cidadania... – Ela parou, parecendo reconsiderar suas palavras. – Desde sua chegada, Sete Issa não me deu motivo para reclamação. Mas eu já vi o que suas tropas humanas fizeram durante o que vocês chamam de *anexação*. A cidadania que vocês garantem pode ser retirada a qualquer momento, e...

– Nós não faríamos... – protestou a tenente Awn.

A sacerdotisa principal a deteve levantando a mão.

– Eu sei o que Sete Issa, ou pelo menos as que são como elas, fazem com pessoas que se encontram do lado errado de uma linha divisória. Cinco anos atrás eram não cidadãs. No futuro, quem sabe? Talvez não-cidadãs-o-bastante? – Ela balançou a mão, um gesto de rendição. – Não importa. Tais fronteiras são fáceis demais de criar.

– Não posso culpar você por pensar nesses termos – disse a tenente Awn. – Foi uma época difícil.

– E não posso deixar de pensar que você é inexplicável e inesperadamente ingênua – disse a sacerdotisa principal. – Um Esk vai atirar em mim se você ordenar. Sem hesitação. Mas Um Esk nunca me espancaria, nem me humilharia, nem me estupraria por nenhum propósito a não ser o de mostrar seu poder sobre mim, ou para satisfazer alguma diversão doentia. – Ela olhou para mim. – Você faria essas coisas?

– Não, Divina – respondi.

– As soldados Issa da *Justiça de Ente* fizeram todas essas coisas. Não comigo, é verdade, e não com muitas em Ors. Mas fizeram, não obstante. Sete Issa teria sido diferente se fossem elas aqui em vez de vocês?

A tenente Awn ficou sentada, perturbada, olhando para baixo, para seu chá nada apetitoso, incapaz de responder.

– É estranho. Você ouve histórias sobre auxiliares, e parece a coisa mais horrível, a coisa mais visceralmente assustadora que as radchaai já fizeram. Garsedd... ora, sim, Garsedd, mas isso foi há mil anos. Isto: invadir e tomar, o quê, metade da população adulta? E transformá-las em cadáveres ambulantes, escravizadas às IAS de suas naves. Voltadas contra seu próprio povo. Se você me perguntasse antes de terem nos... *anexado*, eu teria dito que era um destino pior do que a morte. – Ela se virou para mim. – É?

– Nenhum dos meus corpos está morto, Divina – respondi. – E sua estimativa da porcentagem típica das populações anexadas que foram transformadas em auxiliares é excessiva.

– Vocês costumavam me aterrorizar – a sacerdotisa principal disse para mim. – Só de pensar em vocês por perto eu ficava amedrontada, seus rostos mortos, aquelas vozes sem expressão. Mas hoje o que mais me horroriza é pensar numa unidade de seres humanos vivos que servem de forma voluntária. Porque não acho que conseguiria confiar nelas.

– Divina – disse a tenente Awn, a boca tensa. – Eu sirvo voluntariamente. Não tenho que me desculpar por isso.

– Eu acredito que você é uma boa pessoa, tenente Awn, apesar disso. – Ela apanhou sua xícara de chá e tomou um gole, como se não tivesse acabado de dizer o que havia dito.

A garganta da tenente Awn ficou apertada, e seus lábios também. Ela pensara em algo que queria dizer, mas não tinha certeza se deveria fazê-lo.

– Você ouviu falar de Ime – falou ela, decidindo. Ainda tensa e desconfiada apesar de ter decidido falar.

A sacerdotisa principal parecia triste e amargamente divertida.

– Notícias de Ime deveriam inspirar confiança na administração do Radch?

Foi isto que aconteceu: a Estação Ime, as estações menores e as luas do sistema eram o mais distante que se podia estar de um palácio de província sem sair do espaço do Radch. Durante anos a governadora de Ime usou essa distância para sua própria vantagem – desviando fundos, coletando propina e taxas de proteção, vendendo missões. Milhares de cidadãs haviam sido injustamente executadas ou forçadas a trabalhar como corpos auxiliares (o que era, na prática, a mesma coisa), muito embora a fabricação de auxiliares tivesse se tornado ilegal. A governadora controlava todas as comunicações e permissões de viagem, e normalmente uma IA da estação relataria tal atividade às autoridades, mas a Estação Ime foi de algum modo impedida de fazer isso. A corrupção aumentou, e se espalhou sem limites.

Até que uma nave entrou no sistema, saindo de um espaço de portal a apenas algumas centenas de quilômetros da nave de patrulha *Misericórdia de Sarrse*. A nave estranha não respondeu às solicitações de identificação. Quando a tripulação da *Misericórdia de Sarrse* atacou e abordou a nave, encontrou dezenas de humanas, bem como as alienígenas Rrrrr. A capitã da *Misericórdia de Sarrse* ordenou que suas soldadas capturassem quaisquer humanas que parecessem adequadas para uso como auxiliares, e matassem o resto, juntamente com todas as alienígenas. A nave seria entregue à governadora do sistema.

A *Misericórdia de Sarrse* não era a única nave de guerra tripulada por humanas naquele sistema. Até aquele momento, soldados humanas estacionadas lá eram mantidas na linha com um programa de propinas, bajulação e, quando essas coisas falhavam, ameaças e até mesmo execuções. Tudo muito eficiente, até o momento em que a soldado Um Amaat Um, da *Misericórdia de Sarrse*, decidiu que não estava disposta a matar aquelas pessoas, nem as Rrrrrr. E convenceu o resto de sua unidade a segui-la.

Isso tudo acontecera cinco anos antes. As consequências ainda estavam se desenrolando.

A tenente Awn se mexeu na almofada.

– Aquela situação só foi revelada porque uma única soldado humana se recusou a cumprir uma ordem. E liderou um motim. Se não fosse por ela... bem. Auxiliares não farão isso. Não podem.

– Aquela situação só foi revelada – replicou a sacerdotisa principal – porque a nave que aquela soldado humana abordou, ela e o resto de sua unidade, tinha alienígenas. Radchaai não têm muitos problemas em matar humanas, especialmente humanas não cidadãs, mas vocês tomam muito cuidado para não começar guerras contra alienígenas.

Apenas porque guerras contra alienígenas poderiam ir de encontro aos termos do tratado com as presger. Violar esse acordo traria consequências extremamente sérias. Mesmo assim, muitas radchaai em altos postos discordavam quanto a esse assunto. Eu vi o desejo da tenente Awn de discutir a questão. Em vez disso, ela disse:

– A governadora de Ime não tomou cuidado com isso. E teria começado aquela guerra, se não fosse por essa pessoa.

– Elas já executaram essa pessoa? – A sacerdotisa principal fez questão de perguntar. Era o destino sumário de qualquer soldado que se recusava a cumprir uma ordem, quanto mais provocar um motim.

– A última notícia que tive – respondeu a tenente Awn, sua respiração contida e ficando entrecortada – foi de que as Rrrrrr haviam concordado em entregá-la às autoridades do Radch. – Ela engoliu em seco. – Não sei o que vai acontecer. – Naturalmente, era provável que já tivesse acontecido, o que quer que fosse. As notícias podiam levar um ano ou mais para chegar a Shis'urna vindo de um lugar tão distante quanto Ime.

Por um momento, a sacerdotisa principal não respondeu. Ela serviu mais chá, e passou pasta de peixe com uma colher para uma tigela pequena.

– Minhas constantes solicitações de sua presença apresentam algum tipo de desvantagem para você?

– Não – respondeu a tenente Awn. – Na verdade, as outras tenentes Esk têm um pouquinho de inveja. Não existe oportunidade para ação na *Justiça de Toren*. – Ela pegou sua própria xícara, calma por fora, zangada por dentro. Perturbada. – Ação significa comendas, e possíveis promoções.

E aquela era a última anexação. A última chance de uma oficial enriquecer sua casa por meio de conexões com novas cidadãs, ou mesmo por apropriação direta.

– Mais um motivo pelo qual eu preferiria você – disse a sacerdotisa principal.

Segui a tenente Awn até sua casa. E vigiei dentro do templo, e observei as pessoas cruzando a praça como sempre faziam, evitando as crianças que jogavam kau no centro da praça, chutavam a bola para um lado e para o outro, gritavam e riam. Na beira da água do Pré-Templo, uma adolescente da cidade alta estava sentada, rosto mal-humorado e postura inerte, vendo meia dúzia de criancinhas pularem de pedra em pedra, cantando:

Um, dois, minha tia me contou
Três, quatro, o soldado cadáver
Cinco, seis, ele vai atirar no seu olho
Sete, oito, você está morto
Nove, dez, desmonta e monta de novo.

Quando eu passava pelas ruas as pessoas me cumprimenta-vam, e eu as saudava de volta. A tenente Awn estava tensa e irri-tada, e só acenava distraída com a cabeça para as pessoas que a saudavam.

A pessoa da reclamação dos direitos de pesca foi embora, in-satisfeita. Duas crianças cercaram a divisória depois que ela saiu, e se sentaram de pernas cruzadas sobre a almofada que ela desocu-para. Ambas vestiam peças de tecido amarradas na cintura, limpas mas desbotadas, embora sem luvas. A mais velha tinha cerca de 9 anos, e os símbolos pintados no torso e nos ombros da mais nova – um pouco manchados – indicavam que ela não tinha mais do que 6. Ela olhou para mim, franzindo a testa.

Em orsiano, dirigir-se a crianças adequadamente era mais fácil do que a adultos. Utilizava-se uma forma simples, sem gênero.

– Olá, habitantes – eu disse, no dialeto local. Reconheci ambas: elas viviam na margem sul de Ors e conversávamos com frequência, mas elas nunca haviam visitado a casa antes. – Em que posso ajudar vocês?

– Você não é Um Esk – disse a criança menor, e a mais velha fez um gesto de interrupção como se para silenciá-la.

– Eu sou – respondi, e apontei para a insígnia na jaqueta do meu uniforme. – Está vendo? Só que este é meu segmento número qua-torze.

– Eu *falei* para você – disse a criança mais velha.

A mais nova considerou isso por um momento, e depois conti-nuou:

– Eu tenho uma música. – Aguardei em silêncio, e ela respirou fundo, como se estivesse prestes a começar, então parou, parecen-do perplexa. – Quer ouvir? – perguntou ela, provavelmente ainda em dúvida quanto à minha identidade.

– Sim, habitante – respondi.

Eu – isto é: eu, Um Esk – cantei pela primeira vez para divertir uma das minhas tenentes quando a *Justiça de Toren* ainda não ti-nha nem cem anos de alocada. Ela gostava de música, e havia levado um instrumento consigo como parte de sua bagagem autorizada. Ela nunca conseguiu fazer as outras oficiais se interessarem por seu hobby, e por isso me ensinou as partes das músicas que tocava. Arquivei-as e fui à procura de mais, para agradá-la. Quando ela se tornou capitã de sua própria nave, eu já colecionava uma grande biblioteca de música vocal – ninguém me daria um instrumento, mas eu poderia cantar a qualquer hora. Era motivo de fofocas e de alguns sorrisos indulgentes o fato de que a *Justiça de Toren* tinha interesse em canto. Coisa que eu não tinha; tolerava o hábito porque era inofensivo, e porque era bem possível que uma de minhas capitãs o apreciasse. Caso contrário, isso teria sido impedido.

Se aquelas crianças tivessem me parado na rua, não teriam hesitado, mas ali na casa, sentadas como se estivessem numa conferência formal, as coisas eram diferentes. E eu suspeitava que aquela fosse uma visita exploratória, que o objetivo da mais nova fosse pedir uma chance de servir no templo improvisado da casa – o prestígio de ser indicada portadora das flores para Amaat não era tão grande ali, no reduto de Ikkt; porém, o do costumeiro presente de frutas e roupas ao fim do período, sim. E a melhor amiga daquela criança era uma portadora das flores, o que sem dúvida tornava a perspectiva mais interessante.

Nenhuma orsiana faria tal solicitação de modo imediato ou direto, então a criança provavelmente escolhera aquela abordagem oblíqua, transformando um encontro casual em algo formal e intimidador. Enfiei a mão no bolso da jaqueta, retirei um punhado de doces e os coloquei no chão entre nós.

A menina menorzinha fez um gesto afirmativo, como se eu tivesse solucionado todas as suas dúvidas, então respirou fundo e começou.

Meu coração é um peixe
Escondido na grama d'água
No verde, no verde

A melodia era um estranho amálgama de uma canção radchaai que às vezes tocava em transmissões e uma orsiana que eu já conhecia. As palavras não me eram familiares. Ela cantou quatro versos com uma voz clara, um pouco ondulante, e parecia pronta para iniciar um quinto, mas parou de repente quando os passos da tenente Awn soaram do lado de fora da divisória.

A garota menor se inclinou para a frente e apanhou seu pagamento. Ambas as crianças se curvaram, ainda quase sentadas, e então se levantaram e saíram correndo pela entrada da casa mais ampla, passando pela tenente Awn, e passando por mim enquanto eu acompanhava a tenente Awn.

– Obrigada, habitantes – disse a tenente Awn enquanto elas se afastavam. Elas se assustaram, em seguida conseguiram ao mesmo tempo fazer uma breve reverência e continuar correndo para a rua.

– Algo de novo? – perguntou a tenente Awn, embora ela própria não se importasse muito com música, não mais que a maioria das pessoas.

– Mais ou menos – respondi. Descendo mais a rua, vi as duas crianças ainda correndo ao virarem a esquina de outra casa. Elas reduziram a velocidade e pararam, a respiração arquejante. A menina mais nova abriu a mão para mostrar seu punhado de doces. Surpreendentemente, ela parecia não ter deixado nenhum cair, por menor que sua mão fosse, por mais veloz que sua fuga tivesse sido. A criança mais velha pegou um doce e o colocou na boca.

Cinco anos atrás eu teria oferecido algo mais nutritivo, antes que tivessem começado os consertos na infraestrutura do planeta, quando suprimentos eram escassos. Agora cada cidadã tinha a garantia de alimento suficiente, mas as rações não eram refinadas, e com frequência não eram atraentes.

Dentro do templo tudo era silêncio iluminado de verde. A sacerdotisa principal não emergiu de trás das telas na residência do templo, embora sacerdotisas jovens não parassem de ir e vir. A tenente Awn foi até o segundo andar de sua casa e se sentou, mal-humorada, em um almofadão ao estilo de Ors, protegida do acesso à rua por um biombo, e tirou a camisa. Ela recusou o chá (genuíno) que eu lhe trouxe. Transmiti um fluxo constante de informações para ela – tudo normal, tudo rotineiro – e para a *Justiça de Toren*.

– Ela devia falar com a magistrada do distrito – disse a tenente Awn, ligeiramente irritada e com os olhos fechados, a respeito da cidadã da disputa de pesca. – Não temos jurisdição sobre isso.

Não respondi. Nenhuma resposta era necessária, ou esperada. Ela aprovou, com um estremecer leve dos dedos, a mensagem que eu havia composto para a magistrada do distrito, e depois abriu a mensagem mais recente de sua irmã mais nova. A tenente Awn enviava uma porcentagem de seu soldo para seus pais, que o usavam para pagar aulas de poesia à irmã dela. Poesia era uma realização valiosa e civilizada. Eu não sabia julgar se a irmã da tenente Awn possuía algum talento em particular; a maioria não tinha, mesmo entre as famílias mais elevadas. Mas seu trabalho e suas cartas agradavam a tenente Awn, e aliviavam parte de sua tensão atual.

As crianças na praça correram para casa, rindo. A adolescente suspirou, pesadamente, do jeito que adolescentes fazem; jogou uma pedra na água e ficou olhando as ondulações.

Unidades auxiliares que só despertam para anexações muitas vezes não vestem nada além de um escudo de força gerado por um implante em cada corpo, diversas fileiras de soldados sem expressão que parecem ter sido feitas a partir de mercúrio. Mas eu estava sempre fora dos porões, e vestia o mesmo uniforme que as soldados humanas, agora que o combate acabara. Meus corpos suavam sob minhas jaquetas do uniforme, e, entediada, abri três das minhas bocas, todas em proximidade umas das outras na praça do templo, e cantei com aquelas três vozes:

– Meu coração é um peixe, escondido na grama d'água...

Uma pessoa que passava por perto olhou para mim, assustada, mas todas as outras me ignoraram: já estavam acostumadas comigo.

3

Na manhã seguinte, os corretores haviam caído, e os hematomas no rosto de Seivarden estavam mais claros. Ela parecia confortável, mas como ainda estava sob efeito do kef, isso não era de surpreender.

Desenrolei o embrulho de roupas que tinha comprado para ela – roupas de baixo com isolamento térmico, camisa xadrez e calças, casaco e sobretudo com capuz, luvas – e coloquei tudo no chão. Então peguei o queixo dela e virei sua cabeça para mim.

– Você consegue me ouvir?

– Consigo. – Seus olhos castanho-escuros olhavam para algum lugar distante por cima do meu ombro esquerdo.

– Levante-se.

Puxei seu braço, e ela piscou várias vezes, preguiçosa. Só o que conseguiu foi se sentar, e então as forças a abandonaram. Mas consegui vesti-la, com dificuldade, e depois guardei as poucas coisas que ainda estavam do lado de fora, coloquei a mochila no ombro, peguei Seivarden pelo braço, e saí.

Havia uma locadora de voadores na fronteira da cidade, e era óbvio que a proprietária não me alugaria um, a menos que eu pagasse o dobro do valor anunciado. Eu disse a ela que pretendia voar para noroeste, para visitar um acampamento de criação de gado – uma mentira deslavada, coisa que ela provavelmente percebeu.

– Você não é deste planeta – disse ela. – Não sabe como é fora das cidades. Gente de fora está sempre voando para acampamentos de criação de gado e se perdendo. Às vezes nós os encontramos, outras vezes não.

Eu não disse nada.

– Você vai perder meu voador e aí como é que eu fico? Lá fora na neve com minhas filhas passando fome, é onde eu fico. – Ao meu lado, Seivarden olhava vagamente para longe.

Fui forçada a entregar o dinheiro. Eu tinha uma forte desconfiança de que nunca mais o veria. Então a proprietária exigiu um extra porque eu não possuía um certificado de piloto local – algo que eu sabia não ser necessário. Se fosse, eu teria falsificado um antes de vir.

Mas no fim ela me entregou o voador. Chequei o motor, que parecia limpo e em bom estado de conservação, e me certifiquei de que estava tudo bem com o combustível. Quando me dei por satisfeita, coloquei a mochila ali dentro, sentei Seivarden e depois subi no banco do piloto.

Dois dias depois da tempestade, o musgo de neve estava começando a reaparecer, trechos verde-claros com fios mais escuros aqui e ali. Depois de mais duas horas voamos sobre uma linha de colinas, e o verde escureceu de forma drástica, alinhado com veios irregulares em uma dezena de tons, como malaquita. Em uns lugares o musgo estava manchado e amassado pelas criaturas que pastavam ali, manadas de bovs de pelo comprido que rumavam para o sul com o avanço da primavera. E, ao longo desses caminhos, nas bordas aqui e ali, demônios do gelo jaziam em antros cuidadosamente esculpidos em túneis, esperando que uma bov cambaleasse para que eles pudessem arrastá-la para baixo. Não vi vestígio deles, mas nem mesmo as pastoras que passavam a vida acompanhando as bovs sabiam dizer quando havia um por perto.

Foi um voo tranquilo. Seivarden ficou sentada, meio deitada e quieta ao meu lado. Como ela podia estar viva? E como chegara até ali, naquele momento? Estava além do improvável. Mas coisas improváveis acontecem. Quase mil anos antes de a tenente Awn nascer, Seivarden havia capitaneado uma nave própria, a *Espada de Nathas*, e a perdera. A maior parte da tripulação humana, incluindo Seivarden, conseguira chegar a um módulo de fuga, mas o dela nunca fora encontrado, que eu soubesse. E no entanto ali estava ela. Alguém devia tê-la encontrado havia relativamente pouco tempo. Ela tinha sorte de estar viva.

Eu estava a 6 bilhões de quilômetros de distância quando Seivarden perdeu sua nave. Estava patrulhando uma cidade de vidro e pedra vermelha polida, silenciosa a não ser pelo som de meus próprios pés e a conversa de minhas tenentes, e, ocasionalmente, eu testando minhas vozes contra as praças pentagonais que as ecoavam. Enxurradas de flores, vermelhas, amarelas e azuis, cobriam as paredes ao redor das casas com pátios de cinco lados. As flores estavam murchando; ninguém se atrevia a caminhar pelas ruas a não ser eu e minhas oficiais; todo mundo conhecia o provável destino de qualquer pessoa que fosse presa. Em vez disso, elas se escondiam com medo em suas casas, esperando o que viria a seguir, se encolhendo ou estremecendo quando ouviam o som de uma tenente rindo, ou do meu canto.

Os poucos problemas que encontramos, eu e minhas tenentes, foram esporádicos. As garseddai haviam oferecido uma resistência apenas nominal. Os porta-tropas foram esvaziados, e as Espadas e Misericórdias estavam essencialmente montando guarda pelo sistema. Representantes das cinco zonas de cada uma das cinco regiões, vinte e cinco no total, falando em nome das várias luas, planetas e estações do sistema garseddai, haviam se rendido em nome de suas eleitoras. Agora seguiam separadamente a caminho da *Espada de Amaat* para se encontrar com Anaander Mianaai, Senhora do Radch, e implorar pelas vidas de seu povo. Por isso aquela cidade estava apavorada e silenciosa.

Num parque estreito em forma de diamante, ao lado de um monumento de granito negro com uma inscrição das Cinco Ações Corretas e do nome da patrona garseddai que quisera reforçá-las para as residentes locais, uma das minhas tenentes passou por outra e reclamou que aquela anexação fora decepcionantemente monótona. Três segundos depois, recebi uma mensagem da *Espada de Nathas*, da capitã Seivarden.

As três eleitoras garseddai que ela carregava haviam matado duas de suas tenentes, e doze dos segmentos auxiliares da *Espada de Nathas*. Elas tinham danificado a nave: cortado conduítes, rompido o casco. Acompanhando o relatório, havia uma gravação da *Espada de Nathas*: era irrefutável que um segmento auxiliar vira a arma, mas segundo os outros sensores da *Espada de Nathas*, simplesmente não existia nada. Uma eleitora garseddai – contra todas as expectativas cercada pela prata reluzente da armadura estilo radchaai que apenas os olhos da auxiliar podiam ver – disparava a arma, a bala rasgava a armadura da auxiliar, matando o segmento, e, com seus olhos destruídos, arma e armadura desapareciam da existência.

Todas as eleitoras haviam sido revistadas antes de entrar a bordo, e a *Espada de Nathas* devia ter detectado qualquer arma ou dispositivo de geração de escudo ou implante. Embora armaduras ao estilo radchaai tivessem sido comuns nas regiões que cercavam o próprio Radch, essas regiões foram absorvidas mil anos antes. As garseddai não usavam essas armaduras, não sabiam como fabricá--las, quanto mais como utilizá-las. E ainda que soubessem, aquela arma, e sua bala, eram completamente impossíveis.

Três pessoas portando tal tipo de arma, e com armaduras, podiam fazer muito estrago em uma nave como a *Espada de Nathas*. Especialmente se uma garseddai conseguisse alcançar o motor, e se tal arma pudesse atravessar o escudo de calor ali instalado. Os motores das naves de guerra radchaai queimavam com o calor de uma estrela, e uma falha no escudo de calor causava vaporização instantânea, uma nave inteira dissolvida num clarão breve e intenso.

Mas não havia nada que eu pudesse fazer, nada que ninguém pudesse fazer. A mensagem fora gravada quase quatro horas antes, um sinal do passado, um fantasma. A questão fora resolvida antes de chegar a mim.

*   *   *

Um tom seco ressoou, e uma luz azul piscou no painel à minha frente, ao lado do indicador de combustível. Um instante antes, o indicador marcava quase cheio. Agora marcava vazio. O motor se desligaria em questão de minutos. Ao meu lado, Seivarden se espreguiçava, relaxada e quieta.

Pousei.

O tanque de combustível fora adulterado de um jeito que eu não detectara. Ele parecia 75% cheio, mas não estava, e o alarme (que deveria ter soado quando usei metade da quantia com a qual começara) estava desconectado.

Pensei no depósito duplo que certamente não tornaria a ver. Na proprietária, tão preocupada com a possibilidade de perder seu valioso voador. É claro que haveria um transmissor, mesmo se eu não acionasse a chamada de emergência. A proprietária não ia querer perder o voador, apenas me deixar perdida sozinha no meio daquela planície de neve raiada de musgo. Eu podia pedir ajuda – eu desabilitara meus implantes de comunicação, mas tinha um comunicador de mão que poderia usar. Porém, estávamos muito, muito longe de qualquer uma que pudesse ser transportada para enviar ajuda. E mesmo que a ajuda viesse, e chegasse antes da proprietária que obviamente não queria o meu bem, eu não chegaria ao meu destino, uma questão de grande importância para mim.

O ar estava a –18 °C; a brisa do sul, a aproximadamente 8 quilômetros por hora, implicava neve em algum momento no futuro próximo. Nada sério, se eu pudesse confiar na previsão do tempo.

Meu pouso deixara uma mancha branca de bordas verdes no musgo da neve, facilmente visível do ar. O terreno parecia formado por colinas suaves, embora as colinas sobre as quais tivéssemos voado não fossem mais visíveis.

Se aquela fosse uma emergência comum, o melhor plano teria sido aguardar dentro do voador até que a ajuda chegasse. Mas aquela não era uma emergência comum, e eu não esperava ser resgatada.

Ou elas viriam preparadas para matar assim que o transmissor lhes dissesse que havíamos pousado, ou esperariam. A empresa de aluguel tinha diversos outros veículos, a proprietária provavelmente não sofreria nenhuma inconveniência se esperasse até mesmo várias semanas para recuperar seu voador. Como ela própria dissera, ninguém ficaria surpresa se uma estrangeira se perdesse na neve.

Eu tinha duas opções. Podia esperar ali e tentar emboscar qualquer uma que viesse me matar ou roubar o veículo. Isso, claro, seria inútil caso decidissem esperar que o frio e a fome fizessem o trabalho. Ou eu podia retirar Seivarden do voador, colocar minha mochila nas costas e caminhar. O destino que eu tinha em mente ficava cerca de 60 quilômetros a sudoeste. Eu podia caminhar essa distância em um dia caso fosse preciso, se o terreno e o tempo – e os demônios do gelo – permitissem. Mas teria sorte se Seivarden conseguisse isso no dobro desse tempo. E esse curso de ação seria inútil se a proprietária decidisse não esperar, mas recuperar logo seu voador. Nossa trilha pela neve estriada de musgo seria clara, elas só precisariam nos seguir e se livrar de nós. Eu perderia o elemento surpresa que poderia ter se me escondesse perto do voador pousado.

E teria sorte se encontrasse qualquer coisa ao alcançar meu destino. Eu passara os últimos dezenove anos seguindo o mais tênue dos rastros, semanas e meses de busca ou espera, pontuados por momentos como aquele, quando o sucesso ou até mesmo a vida dependiam do lançar de uma moeda. Eu tivera sorte de chegar àquele ponto. Não podia ter esperanças racionais de ir além.

Uma radchaai teria lançado essa moeda. Ou, mais precisamente, um punhado delas; uma dúzia de discos, cada qual com seu significado e importância, e o padrão de sua queda seria um mapa do universo como Amaat desejava que ele fosse. As coisas acontecem como acontecem porque o mundo é como é. Ou, como uma radchaai diria, o universo é a forma das deusas. Amaat concebeu pela luz, e concebendo pela luz também necessariamente concebeu pela não luz, e então luz e trevas surgiram. Essa foi a primeira Emanação, EtrepaBo; Luz/Trevas. As outras três, implicadas e requisitadas por essa primeira, são EskVar (Início/Fim), IssaInu (Movimento/ Quietude) e VahnItr (Existência/Inexistência). Essas quatro Emanações se dividiram de formas variadas e se recombinaram para criar o universo. Tudo o que é emana de Amaat.

O menor evento, que parece mais insignificante, faz parte de um intrincado todo. Compreender por que uma partícula de poeira específica cai em um caminho específico, e pousa em um local específico, é compreender a vontade de Amaat. Não existe "apenas coincidência". Nada acontece por acaso, apenas de acordo com a mente da Deusa.

Ou assim ensina a ortodoxia radchaai oficial. Eu mesma nunca entendi muito de religião. Isso nunca me foi exigido. E embora as radchaai tivessem me feito, eu não era radchaai. Eu não sabia e não me importava com a vontade das deusas. Sabia apenas que pousaria onde eu tivesse sido lançada, onde quer que isso fosse.

Tirei minha mochila do voador, abri-a e removi um pente de munição extra, que enfiei dentro do meu casaco, ao lado da arma. Coloquei a mochila nas costas, dei a volta no voador e abri a porta.

– Seivarden – chamei.

Ela não se moveu, apenas fez *hmmm* baixinho. Puxei seu braço e Seivarden meio deslizou, meio saiu andando para a neve.

Eu chegara até aquele ponto dando um passo, e depois outro. Voltei-me para nordeste, puxando Seivarden comigo, e fui em frente.

A dra. Arilesperas Strigan, para cuja casa eu esperava estar me encaminhando, fora médica particular na estação Dras Annia, um agregado de pelo menos cinco estações, uma construída dentro da outra, no cruzamento de mais de vinte rotas diferentes, bem longe do território radchaai. Com tempo suficiente, quase qualquer coisa podia acabar lá, e no seu trabalho ela conhecera uma ampla variedade de pessoas, com uma ampla variedade de antecedentes. Ela já recebera pagamento em dinheiro, em favores, em antiguidades, em quase tudo o que pudesse ter valor.

Eu tinha estado lá, visto a estação e suas camadas convolutas e interpenetrantes, visto onde Strigan trabalhara e vivera, visto as coisas deixadas para trás quando um dia, sem que ninguém parecesse saber o motivo, ela comprou passagens para cinco naves diferentes e então desapareceu. Uma caixa cheia de instrumentos de corda, apenas três dos quais eu conhecia pelo nome. Cinco prateleiras de ícones, uma fileira estonteante de deusas e santas trabalhadas em madeira, em concha, em ouro. Uma dezena de armas, cada qual cuidadosamente etiquetada com seu número de permissão da estação. Aquelas eram coleções que tiveram início como itens únicos, recebidos em pagamento, e atiçaram sua curiosidade. O aluguel de Strigan estava pago por 150 anos, por isso as autoridades deixaram seu apartamento intocado.

Paguei um suborno para entrar e ver a coleção que fora o motivo de minha viagem: uns poucos azulejos de cinco lados em cores ainda vivas após mil anos. Uma tigela rasa com a borda folheada a ouro e uma inscrição num idioma que Strigan com certeza não entendia. Um retângulo de plástico achatado que eu sabia ser um gravador de voz. Com um toque ele produzia risos, vozes falando aquela mesma língua morta.

Ainda que pequena, aquela coleção não fora fácil de reunir. Artefatos garseddai eram escassos, porque quando Anaander Mianaai percebeu que as garseddai tinham meios de destruir naves e ultrapassar armaduras radchaai, ela ordenou a completa destruição de Garsedd e seu povo. Aquelas praças pentagonais, todas as coisas vivas em todos os planetas, luas e estações no sistema, tudo se foi. Ninguém nunca mais viveria lá. A ninguém nunca mais seria permitido esquecer o que significava desafiar o Radch.

Será que uma paciente lhe dera, digamos, a tigela, e isso fizera com que ela saísse em busca de mais informações? E se um objeto garseddai chegara até lá, o que mais haveria? Algo que uma paciente pudesse ter lhe dado como pagamento, talvez sem saber o que era – ou sabendo e querendo desesperadamente se livrar daquilo. Algo que levara Strigan a fugir, desaparecer, deixando quase tudo que possuía para trás, talvez. Algo perigoso, algo que ela não conseguia destruir, nem se livrar da maneira mais eficiente possível.

Algo que eu queria muito.

Eu queria ir o mais longe possível, o mais rápido possível, então caminhamos por horas fazendo a mais breve das paradas, apenas quando absolutamente necessário. Embora o dia estivesse claro e brilhante como sempre fica em Nilt, eu me sentia cega de um jeito que acreditava ter aprendido a ignorar a essa altura. Um dia eu tive vinte corpos, vinte pares de olhos, e centenas de outros aos quais podia ter acesso se precisasse ou desejasse. Agora eu só podia ver em uma direção, só podia ver a vasta extensão atrás de mim se virasse a cabeça e me cegasse ao que estava à minha frente. Normalmente eu lidava com isso evitando espaços abertos demais, me certificando do que estava logo às minhas costas, mas ali era impossível fazer isso.

Meu rosto queimava, apesar da brisa muito suave, e depois ficou entorpecido. No começo, minhas mãos doíam – eu não comprara minhas luvas e botas com a intenção de caminhar 60 quilômetros na neve – e depois foram ficando pesadas e entorpecidas. Eu tinha sorte por não ter vindo no inverno, quando as temperaturas podiam ser muito mais baixas.

Seivarden devia estar sentindo tanto frio quanto eu, mas ela caminhava firme enquanto eu a puxava, um passo apático atrás do outro, arrastando os pés pela neve com musgo, olhando para baixo, sem reclamar ou sequer falar. Quando o sol estava quase no horizonte, ela deslocou os ombros bem de leve e levantou a cabeça.

– Eu conheço essa canção – ela disse.

– O quê?

– Essa canção que você está murmurando.

Preguiçosamente, ela virou a cabeça na minha direção, sem demonstrar qualquer ansiedade ou perplexidade. Fiquei me perguntando se ela fizera algum esforço para ocultar seu sotaque. Provavelmente não: sob o efeito de kef, como ela estava, não daria a mínima. Dentro dos territórios Radch, aquele sotaque a declarava um membro de uma casa rica e influente, alguém que, após assumir as aptidões aos 15 anos, teria ficado com um serviço de prestígio. Fora desses territórios, era considerado a marca de uma vilã – rica, corrupta e insensível – em mil entretenimentos.

O som fraco de um voador nos alcançou. Virei-me sem parar de andar, vasculhei o horizonte, e o vi, pequeno e distante. Voando baixo e devagar, acompanhando nossa trilha, ao que parecia. Não era um resgate, eu tinha certeza disso. Meu lance caíra errado, e agora estávamos expostas e indefesas.

Continuávamos caminhando à medida que o som do voador se aproximava. Não poderíamos tê-lo ultrapassado mesmo que Seivarden não tivesse começado a quase tropeçar, ainda se segurando, mas claramente no fim de suas forças. Se ela estava falando espontaneamente, reparando em qualquer coisa ao seu redor, o efeito devia estar começando a passar. Parei, soltei seu braço e ela parou ao meu lado.

O voador planou sobre nós, fez uma curva fechada e pousou na nossa trilha, cerca de 30 metros à nossa frente. Ou elas não tinham meios de nos abater do alto, ou não queriam fazer isso. Tirei a mochila das costas e afrouxei as presilhas do meu sobretudo, para alcançar minha arma com mais facilidade.

Quatro pessoas desceram do voador – a proprietária de quem eu alugara o veículo, duas pessoas que não reconheci, e a pessoa do bar, que havia me chamado de "garotinha durona", e que eu queria matar, mas tinha me contido para não fazê-lo. Enfiei a mão no casaco e agarrei a arma. Minhas opções eram limitadas.

– Você não tem bom senso? – gritou a proprietária, quando elas estavam a 15 metros de distância. Todas pararam. – Você tem que ficar no voador quando ele desce, pra que a gente possa encontrar você.

Eu olhei para a pessoa do bar, vi que ela me reconheceu, e ela viu que eu a reconheci.

– No bar, eu disse que qualquer um que tentasse me roubar morreria – lembrei a ela, que deu um sorrisinho de deboche.

Uma das pessoas que não reconheci puxou uma arma de algum lugar.

– Não vamos apenas *tentar* – disse ela.

Saquei minha arma e disparei, atingindo-a no rosto. Ela desabou na neve. Antes que as outras pudessem reagir, atirei na pessoa do bar, que caiu da mesma forma, e depois na pessoa ao lado dela, todas as três em rápida sucessão, o que levou menos de um segundo.

A proprietária soltou um palavrão e se virou para fugir. Atirei nas suas costas, ela deu três passos e depois caiu.

– Estou com frio – Seivarden disse ao meu lado, plácida e desatenta.

Elas haviam deixado o voador desprotegido, enquanto as quatro iam para cima de mim. Idiotas. Toda aquela empreitada fora idiota, realizada sem qualquer tipo de planejamento sério, ao que parecia. Eu só precisava colocar Seivarden e minha mochila no voador e partir.

Do alto, mal era possível enxergar a residência de Arilesperas Strigan, apenas um círculo com um pouco mais de 35 metros de diâmetro, dentro do qual o musgo da neve era perceptivelmente mais leve e fino. Desci com o voador fora do círculo e esperei um momento para avaliar a situação. Daquele ângulo era óbvio que havia prédios; dois deles eram montes cobertos de neve. Poderia ter sido um acampamento de criação de gado, mas se eu pudesse confiar em minhas informações, não era. Não havia sinal de muro ou cerca, mas eu não faria suposições a respeito da segurança.

Depois de certa consideração, abri a comporta do voador e saí, puxando Seivarden para fora comigo. Caminhamos devagar até a linha onde a neve mudava; Seivarden parava quando eu parava. Ela ficou olhando para a frente sem demonstrar interesse.

Eu não conseguira fazer nenhum plano para além disso.

– Strigan! – gritei, e esperei, mas não veio resposta.

Deixei Seivarden parada onde estava e caminhei pelo contorno do círculo. As entradas dos dois prédios cobertos de neve pareciam estranhamente sombrias, então parei e dei mais uma olhada.

Ambos estavam abertos, escuros no interior. Era provável que prédios como aqueles tivessem entradas de porta dupla – como uma comporta, para manter o ar quente do lado de dentro – mas não acho que alguém fosse deixar qualquer uma das duas entreaberta.

Ou Strigan tinha medidas de segurança no lugar, ou não tinha. Atravessei a linha e entrei no círculo. Nada aconteceu.

As portas estavam abertas, tanto a interna como a externa, e não havia luzes. Um dos prédios estava tão frio por dentro quanto por fora. Presumi que, quando encontrasse uma luz, descobriria que ele fora usado para armazenagem, cheio de ferramentas e pacotes selados com comida e combustível. No outro prédio a temperatura interna era de 2 °C: imaginei que estivera aquecido até pouco tempo antes. Era uma habitação, evidentemente.

– Strigan! – gritei para a escuridão, mas a maneira como o eco de minha voz voltou me dizia que o prédio devia estar desocupado.

Voltando para o lado de fora, encontrei as marcas onde o voador dela estivera. Então ela havia partido, e as portas abertas e a escuridão eram uma mensagem para quem viesse. Para mim. Eu não tinha como descobrir para onde ela fora. Olhei para o céu vazio, e voltei a olhar para baixo, para as marcas do voador impressas na neve. Fiquei parada ali por um tempo, encarando aquele espaço vazio.

Quando voltei a Seivarden, descobri que ela se deitara na neve manchada de verde e adormecera.

Na parte de trás do voador encontrei uma lanterna, um fogão, uma tenda e roupas de cama. Levei a lanterna para o prédio que presumi ser a habitação e a acendi.

Cortinas trançadas desciam pelas paredes – azuis, laranja e de um verde que machucava a vista – e grandes tapetes de cores suaves cobriam o chão. Bancos baixos, sem encostos, com almofadas, davam a volta no aposento. Além dos bancos e das cortinas de cores vivas, não havia muito mais. Havia um jogo de tabuleiro com peças, mas não reconheci o padrão de furos do tabuleiro, e não entendi a distribuição das peças entre os furos. Fiquei me perguntando com quem Strigan jogava. Talvez o tabuleiro fosse apenas decorativo. Era delicadamente esculpido, e as peças tinham cores vivas.

Uma caixa de madeira ficava sobre uma mesa em um canto, longa e ovalada com uma tampa esculpida e perfurada e três cordas esticadas ao longo de seu comprimento. A madeira era amarelo--clara, com fibra ondulante e curva. Os furos feitos no topo achatado eram tão irregulares e intrincados quanto o grão da madeira. Era uma coisa linda. Puxei uma corda e ela emitiu um som suave.

Portas levavam para a cozinha, o banheiro, os dormitórios e o que era obviamente uma pequena enfermaria. Abri um armário e encontrei uma pilha bem arrumada de corretores. Cada gaveta que eu puxava revelava instrumentos e remédios. Talvez ela tivesse ido para um acampamento de criação de gado para atender alguma emergência. Mas as luzes e o aquecimento desligados, e aquelas portas abertas, diziam outra coisa.

A menos que acontecesse um milagre, era o fim de dezenove anos de planejamento e esforço.

Os controles da casa ficavam atrás de um painel na cozinha. Encontrei o suprimento de energia, conectei-o de volta, e liguei o aquecimento e as luzes. Então saí, peguei Seivarden e a arrastei para dentro da casa.

Fiz uma cama com cobertores que encontrei no quarto de Strigan, depois despi Seivarden, a deitei sobre ela e a cobri com mais cobertores. Ela não acordou, e usei esse tempo para vasculhar a casa com mais cuidado.

Os armários tinham muita comida. Havia uma xícara sobre um balcão com uma fina camada de líquido esverdeado recobrindo o fundo. Ao lado dela, uma tigela branca simples com os últimos pedaços de uma côdea de pão duro se desintegrando em água com bordas de gelo. Parecia que Strigan saíra sem arrumar as coisas depois de uma refeição, deixando quase tudo para trás – comida, suprimentos médicos. Chequei o quarto, encontrei roupas quentes em bom estado. Ela saíra às pressas, sem levar muita coisa.

Ela sabia o que tinha. É claro que sim – por isso fugira, antes de mais nada. Se não era burra – e eu tinha certeza de que não era – ela fugira no instante em que percebera o que eu era, e continuaria fugindo até estar o mais longe de mim que pudesse.

Mas onde isso seria? Se eu representava o poder do Radch, e a encontrara até mesmo ali, tão distante do espaço do Radch quanto de sua própria casa, para onde ela poderia ir sem ser encontrada no fim das contas? Com certeza ela pensara nisso. Mas que outro caminho estaria aberto para ela?

Certamente ela não seria tola o bastante para voltar.

Nesse meio-tempo, eu precisava encontrar kef, ou Seivarden ficaria doente logo. Eu não tinha intenção de fazer isso. Ali havia comida, e calor, e talvez eu conseguisse encontrar algo, alguma dica, alguma pista do que Strigan estava pensando no momento em que achou que o Radch estava vindo pegá-la e fugiu. Algo que me dissesse para onde ela fora.

4

À noite, em Ors, eu caminhava pelas ruas e olhava para a água parada e fedorenta, fracamente iluminada pelas poucas luzes da própria Ors, e pelo piscar das boias que cercavam as zonas proibidas. Eu também dormia, e ficava sentada montando guarda no nível inferior da casa, caso alguém precisasse de mim, embora isso fosse raro naqueles dias. Eu terminava qualquer trabalho diário ainda incompleto e vigiava a tenente Awn, que dormia.

Pelas manhãs eu levava água para a tenente se banhar, e a vestia, embora o costume local exigisse bem menos esforço do que seu uniforme, e ela tivesse deixado de usar qualquer espécie de cosméticos dois anos antes, pois eles dificilmente resistiam ao calor.

Então a tenente Awn se voltava para seus ícones. Amaat, com quatro braços, uma Emanação em cada mão, ficava numa caixa no andar inferior, mas os outros (Toren, que recebia devoções de cada oficial da *Justiça de Toren*, e algumas deusas particulares da família da tenente Awn) ficavam ao lado de onde a tenente dormia, na parte superior da casa, e era para eles que ela fazia suas devoções matinais. "A flor da justiça é paz", começava a prece da manhã, que toda soldado radchaai dizia ao acordar, todos os dias de sua vida no serviço militar. "A flor da adequação é beleza no pensamento e na ação." O resto das minhas oficiais, ainda na *Justiça de Toren*, estavam seguindo outro cronograma. Suas manhãs raramente coincidiam com as da tenente Awn, então quase sempre a voz da tenente ficava sozinha em prece, e as outras, quando falavam tão longe, em coro, o faziam sem ela. "A flor do benefício é Amaat toda e inteira. Eu sou a espada da justiça..." A prece é antifônica, mas tem apenas quatro versos. Às vezes ainda consigo ouvi-la quando acordo, como uma voz distante em algum lugar atrás de mim.

Toda manhã, em cada templo oficial ao longo do espaço radchaai, uma sacerdotisa (que também atua como tabeliã para nascimentos, mortes e contratos de todo tipo) lança os presságios do dia. Algumas vezes, casas e indivíduos também lançam seus próprios presságios, e não é obrigatório assistir ao lançamento oficial – mas é uma desculpa razoável para ser vista, falar com amigas e vizinhas, e ouvir fofocas.

Ainda não existia templo oficial em Ors – todos são primeiramente dedicados a Amaat, quaisquer outras deusas da região ocupam lugares menores, e a sacerdotisa principal de Ikkt não havia encontrado uma maneira clara de rebaixar sua deusa em seu próprio templo, ou de identificar Ikkt com Amaat de forma a adicionar ritos radchaai aos seus próprios. Então, por ora, a casa da tenente Awn servia. Toda manhã as portadoras das flores do templo improvisado retiravam as flores mortas do redor do ícone de Amaat e as trocavam por outras frescas – costumava ser uma espécie local com pequenas pétalas triplas de um rosa vivo, que cresciam na terra acumulada nos cantos externos dos edifícios, ou em rachaduras em placas, e eram muito próximas de uma erva daninha mas muito admiradas pelas crianças. E recentemente pequenos lírios azuis e brancos haviam começado a brotar no lago, em especial perto das áreas proibidas cercadas pelas boias.

Então a tenente Awn arrumava os presságios – um punhado de discos pesados de metal – e o tecido para o lançamento deles. Os discos, e os ícones, eram posses pessoais da tenente, presentes que ganhara de seus pais quando assumira as aptidões e recebera sua missão.

Ocasionalmente, apenas a tenente Awn e as atendentes do dia vinham para o ritual da manhã, mas era comum que outras participassem. A médica da cidade, algumas radchaai que receberam propriedades ali, outras crianças orsianas que não se convenciam a ir à escola, ou não se importavam em chegar lá na hora, e gostavam do brilho e do som dos discos quando eles caíam. Às vezes até a sacerdotisa principal de Ikkt aparecia: aquela deusa, como Amaat, não exigia que suas seguidoras recusassem outras deusas.

Assim que os presságios caíam, e repousavam sobre o tecido (ou, para o pavor de quaisquer espectadores, rolavam para fora dele e caíam sobre algum lugar mais difícil de interpretar), a sacerdotisa que oficiava deveria identificar o padrão, combiná-lo com a passagem equivalente na escritura, e recitá-la para os presentes. Não era uma coisa que a tenente Awn sempre fosse capaz de fazer. Então, em vez disso, ela lançava os presságios, eu observava a queda deles, e então transmitia as palavras apropriadas para ela. A *Justiça de Toren* tinha, afinal, quase 2 mil anos de idade, e já vira praticamente todas as configurações possíveis.

Ritual terminado, ela faria seu desjejum – normalmente pão do tipo de grão local que estivesse disponível, e chá (de verdade) – e depois ocuparia seu local no tapete e na plataforma e esperaria as solicitações e reclamações do dia.

– Jen Shinnan convida você para cear esta noite – comuniquei a ela naquela manhã.

Eu também fazia o desjejum, limpava armas, caminhava pelas ruas e saudava aquelas que falavam comigo.

Jen Shinnan vivia na cidade alta, e antes da anexação ela fora a pessoa mais rica de Ors, perdendo em influência apenas para a sacerdotisa principal de Ikkt. A tenente Awn não gostava dela.

– Suponho que não tenho uma boa desculpa para recusar.

– Não que eu consiga ver – respondi. Eu também estava no perímetro da casa, na rua ali perto, e vigiava. Uma orsiana se aproximou, me viu, reduziu a velocidade. Parou a cerca de oito metros, fingindo olhar acima de mim, para outra coisa.

– Algo mais? – perguntou a tenente Awn.

– A magistrada do distrito reitera a política oficial com relação às reservas de pesca nos Pântanos de Ors...

A tenente Awn suspirou.

– Sim, é claro que ela reitera.

– Posso ajudar, cidadão? – perguntei à pessoa que ainda hesitava na rua. A chegada iminente de sua primeira neta ainda não fora anunciada às vizinhas, então fingi que não sabia também, e usei apenas o simples tratamento respeitoso para uma pessoa do sexo masculino.

– Eu gostaria – a tenente Awn continuou – que a magistrada viesse ela mesma até aqui e tentasse viver de pão velho e desses legumes nojentos em conserva que elas enviam, e ver se gosta de ser proibida de pescar onde todos os peixes realmente estão.

A orsiana na rua levou um susto, por um instante pareceu que ia virar as costas e se afastar, mas mudou de ideia.

– Bom dia, radchaai – disse ela, baixinho, se aproximando. – E à tenente também. – Orsianas eram muito francas quando lhes convinha, e outras vezes reticentes de uma forma estranha e frustrante.

– Sei que existe um motivo para isso – a tenente Awn me disse. – E ela tem razão, mas mesmo assim... – Voltou a suspirar. – Algo mais?

– Denz Ay está lá fora e deseja falar com você – respondi, enquanto convidava Denz Ay a entrar na casa.

– Sobre o quê?

– Algo que ela não parece disposta a mencionar.

A tenente Awn fez um gesto de concordância e eu guiei Denz Ay ao redor das telas. Ela se curvou e se sentou no tapete à frente da tenente Awn.

– Bom dia, cidadã – disse a tenente. Eu traduzi.

– Bom dia, tenente. – E lenta e gradativamente, começando com uma observação sobre o calor e o céu sem nuvens, progredindo por investigações sobre a saúde da tenente Awn até pequenas fofocas locais, ela por fim chegou a indicar a razão pela qual viera. – Eu... eu tenho uma amiga, tenente. – Ela parou.

– Sim?

– Ontem à noite minha amiga estava pescando. – Denz Ay parou de novo.

A tenente Awn aguardou três segundos, e, quando mais nada parecia vir, perguntou:

– Sua amiga apanhou muita coisa? – Quando as orsianas estavam naquele estado de humor, não adiantava fazer nenhum questionamento direto ou súplica para fosse direto ao ponto.

– N-não muito – respondeu Denz Ay. Então a irritação tomou conta de seu rosto, só por um instante: – A melhor pesca, a senhora sabe, fica perto das áreas de reprodução, e todas elas são proibidas.

– Sim – confirmou a tenente Awn. – Tenho certeza de que sua amiga jamais pescaria ilegalmente.

– Não, não, claro que não – protestou Denz Ay. – Mas... eu não quero prejudicá-la... mas talvez às vezes ela escave tubérculos. *Perto* das zonas proibidas.

Na verdade, não havia nenhuma planta que produzisse tubérculos comestíveis perto das zonas proibidas – todas já tinham sido desenterradas meses antes, ou até havia mais tempo. As cavadoras tomavam mais cuidado com o que ficava dentro da área proibida: se as plantas diminuíssem de modo muito visível, ou sumissem completamente, seríamos forçadas a descobrir quem as estava colhendo, e protegê-las bem mais de perto. A tenente Awn sabia disso. Todo mundo na cidade baixa sabia.

A tenente esperou pelo resto da história, não pela primeira vez irritada com a tendência orsiana de abordar tópicos indiretamente, mas conseguindo em grande parte não demonstrar.

– Ouvi dizer que eles são muito bons – arriscou ela.

– Ah, sim! – concordou Denz Ay. – São melhores quando comidos direto da lama! – A tenente Awn suprimiu uma careta de nojo. – Mas você pode fatiá-los e grelhá-los também... – Denz Ay parou, com uma expressão interessada. – Talvez minha amiga possa conseguir alguns para a senhora.

Eu percebi a insatisfação da tenente Awn com suas rações, o desejo momentâneo de dizer *sim, por favor*. Em vez disso, ela disse:

– Obrigada, mas não há necessidade. Você dizia...?

– Dizia...?

– Sua... amiga. – Enquanto falava, a tenente Awn me fazia perguntas, com estremecimentos mínimos de seus dedos. – Ela estava escavando tubérculos *perto* de uma zona proibida. E...?

Mostrei à tenente Awn o ponto onde era mais provável que aquela pessoa tivesse escavado. Eu patrulhava toda Ors, via os barcos entrarem e saírem, via onde eles ficavam à noite quando apagavam as luzes e quem sabe até pensassem que estavam navegando invisíveis para mim.

– E – disse Denz Ay – encontraram uma coisa.

Há alguém desaparecido?, a tenente Awn me perguntou, em silêncio, alarmada. Respondi negativamente.

– O que ela encontrou? – ela perguntou a Denz Ay, em voz alta.

– Armas – respondeu Denz Ay, tão baixinho que a tenente Awn quase não ouviu. – Uma dezena, de antes.

De antes da anexação, ela quis dizer. Todas as militares shis'urnanas tiveram de entregar suas armas, ninguém no planeta poderia ter qualquer arma sobre a qual já não soubéssemos. A resposta foi tão surpreendente que por uns dois segundos a tenente Awn não teve reação alguma.

Então veio: estupefação, alarme, confusão. *Por que ela está me dizendo isso?,* a tenente Awn me perguntou silenciosamente.

– Estão correndo alguns rumores, tenente – disse Denz Ay. – Talvez a senhora tenha ouvido.

– Sempre há rumores – reconheceu a tenente, a resposta tão previsível que nem precisei traduzir, ela podia dizê-la no dialeto local. – De que outro modo as pessoas vão passar o tempo? – Denz Ay admitiu essa questão convencional com um gesto. A paciência da tenente Awn estava por um fio, e ela atacou diretamente. – As armas podem ter sido colocadas lá antes da anexação.

Denz Ay fez um movimento negativo com a mão esquerda.

– Elas não estavam lá um mês atrás.

Será que alguém encontrou um depósito pré-anexação e escondeu as coisas ali?, a tenente Awn me perguntou silenciosamente. Em voz alta, ela questionou:

– Esses rumores sugerem o aparecimento de uma dezena de armas embaixo da água em uma zona proibida?

– Essas armas não funcionam contra *vocês*.

Denz Ay se referia à armadura radchaai, um escudo de força quase impenetrável. Eu podia estender a minha apenas com um pensamento, no momento em que desejasse. O mecanismo que a gerava estava implantado em cada um dos meus segmentos, e a tenente Awn a possuía também... embora a dela fosse uma unidade vestida externamente. Ela não nos tornava invulneráveis por completo, e em combate às vezes usávamos peças reais de armadura sob ela, leves e articuladas, cobrindo cabeça, tronco e membros, mas mesmo sem isso um punhado de armas não provocaria muito estrago em nenhuma de nós.

– Então, para quem seriam essas armas? – perguntou a tenente Awn.

Denz Ay considerou, franzindo a testa, mordendo o lábio, e então respondeu:

– As tanmind são mais parecidas com as radchaai do que nós.

– Cidadã – disse a tenente Awn, depositando um estresse perceptível e deliberado naquela palavra, que era simplesmente o que *radchaai* significava em primeiro lugar –, se nós fôssemos atirar em alguém aqui, já o teríamos feito. – Já o havíamos feito, na verdade. – Não precisaríamos de depósitos secretos de armas.

– Foi por isso que vim à senhora – disse Denz Ay, enfática, como se explicasse algo em termos muito simples, para uma criança. – Quando você atira numa pessoa, você diz por que e o faz, sem desculpas. É assim que as radchaai são. Mas na cidade alta, antes de vocês chegarem, quando matavam orsianas, elas sempre tomavam cuidado para ter uma desculpa. Quando elas queriam alguém morto – explicou, para uma pasma tenente Awn que tentava compreender –, elas não diziam: *você é encrenca e queremos que você suma* e então atiravam. Elas diziam: *estamos apenas nos defendendo*, e quando a pessoa estava morta elas revistavam o corpo ou a casa e descobriam armas, ou mensagens incriminatórias. – Que, a implicação era clara, não eram genuínas.

– Então de que modo somos parecidas?

– Suas deusas são as mesmas. – Não eram, não explicitamente, mas a ficção era incentivada, na cidade alta e em todos os lugares. – Vocês vivem no espaço, vocês saem todas enroladas em roupas. Vocês são ricas, as tanmind são ricas. Se alguém na cidade alta – e com isto eu suspeitava que ela queria falar de uma pessoa específica – gritar que está sendo ameaçada por alguma orsiana, a maioria das radchaai vai acreditar nela, e não em uma orsiana que certamente está mentindo para proteger seu próprio povo.

E era por isso que ela fora até a tenente Awn. Assim, o que quer que acontecesse, ficaria claro para as autoridades radchaai que ela – e por extensão qualquer outra pessoa na cidade baixa – na verdade nada tinha a ver com aquele depósito de armas, se a acusação se materializasse.

– Essas palavras – disse a tenente Awn –, orsiana, tanmind, moha, elas não significam nada agora. Isso acabou. Todas aqui são radchaai.

– Como a senhora quiser, tenente – respondeu Denz Ay, a voz baixa e quase sem expressão.

A tenente Awn estava em Ors havia tempo bastante para reconhecer a recusa implícita em concordar. Tentou outra abordagem.

– Ninguém vai atirar em ninguém.

– É claro que não, tenente – disse Denz Ay, mas naquela mesma voz baixa. Ela era velha o bastante para saber por experiência própria que nós tínhamos, de fato, atirado em pessoas no passado. Ela dificilmente poderia ser culpada por temer que fizéssemos isso de novo no futuro.

Depois que Denz Ay saiu, a tenente Awn ficou sentada pensando. Ninguém interrompeu; o dia estava tranquilo. No interior do templo iluminado de verde, a sacerdotisa principal se virou para mim e disse:

– Antigamente ali haveria dois corais, cem vozes cada. Você teria gostado. – Eu tinha visto gravações. Às vezes as crianças me traziam canções que eram ecos distantes daquela música, morta havia quinhentos anos ou mais. – Não somos mais o que costumávamos ser – continuou a sacerdotisa principal. – No fim, tudo passa. – Concordei com isso.

– Pegue um barco esta noite – ordenou a tenente Awn, finalmente se mexendo. – Veja se existe algo que indique a origem das armas. Eu decidirei o que fazer assim que entender melhor o que está acontecendo.

– Sim, tenente – respondi.

Jen Shinnan vivia na cidade alta, do outro lado do Pré-Templo. Poucas orsianas que não eram serviçais viviam lá. As casas ali eram construídas de um modo um pouco diferente das da cidade baixa; teto baixo, a parte central de cada andar murada, embora janelas e portas ficassem abertas em noites frescas. Toda a cidade alta fora construída sobre ruínas mais velhas, e era muito mais recente que a mais baixa. As construções eram dos últimos cinquenta anos aproximadamente, e faziam muito mais uso do controle de clima. Muitas residentes vestiam calças e camisas, e até mesmo jaquetas. Imigrantes radchaai que viviam aqui tendiam a usar roupas muito mais convencionais, e a tenente Awn, quando fazia visitas, usava seu uniforme sem muito desconforto.

Mas a tenente nunca ficava à vontade visitando Jen Shinnan. Ela não gostava de Jen Shinnan, e embora, claro, isso nunca fosse sequer aventado, muito provavelmente Jen Shinnan também não gostava muito dela. Esse tipo de convite só era estendido por necessidade social, pois a tenente Awn era representante local da autoridade radchaai. A mesa naquela noite era anormalmente pequena, apenas a tenente Awn, a tenente Skaaiat, Jen Shinnan e uma prima. A tenente Skaaiat comandava as Sete Issa da *Justiça de Ente*, e administrava o território entre Ors e Kould Ves, em sua maior parte área rural, onde Jen Shinnan e sua prima tinham propriedades. A tenente Skaaiat e suas soldados nos ajudaram durante a estação da peregrinação, então ela era quase tão conhecida em Ors quanto a tenente Awn.

– Elas confiscaram toda a minha colheita. – Esta era a prima de Jen Shinnan, dona de vários pomares de tamarindo não muito distantes da cidade alta. Ela bateu no prato enfaticamente com seu utensílio. – *Toda* a colheita.

O centro da mesa estava repleto de bandejas e tigelas cheias de ovos, peixes (não do lago pantanoso, mas do mar além), frango condimentado, pão, legumes na brasa e meia dúzia de molhos de tipos variados.

– Elas não pagaram você, cidadã? – perguntou a tenente Awn, falando devagar e com cuidado, como sempre fazia quando tinha medo de que seu sotaque pudesse escapar. Jen Shinnan e sua prima falavam radchaai, então não havia necessidade de traduzir, tampouco qualquer ansiedade a respeito de gênero, status ou qualquer coisa que teria sido essencial em tanmind ou orsiano.

– Bem, mas eu com certeza poderia ter ganhado mais se eu mesma tivesse levado a colheita para Kould Ves e vendido!

Houve um tempo em que uma dona de propriedade como ela logo teria sido fuzilada, para que a cliente de alguém pudesse assumir sua plantação. De fato, não poucas shis'urnanas haviam morrido nos estágios iniciais da anexação apenas porque estavam no caminho, e *no caminho* podia significar todo tipo de coisas.

– Como tenho certeza de que você entende, cidadã – disse a tenente Awn –, distribuição de comida é um problema que ainda estamos resolvendo, e todas precisamos suportar algumas privações enquanto isso. – Suas frases, quando ela ficava pouco à vontade, se tornavam anormalmente formais, e às vezes perigosamente convolutas.

Jen Shinnan fez um gesto para um prato cheio de frágeis ovos rosados.

– Mais um ovo recheado, tenente Awn?

A tenente Awn ergueu uma mão enluvada.

– Estão deliciosos, mas não, obrigada, cidadã.

Mas a prima havia pousado num caminho do qual estava achando difícil se desviar, apesar da tentativa diplomática de Jen Shinnan de desviá-la.

– Não é como se frutas fossem uma necessidade. Tamarindo, entre todas as coisas! E não é como se as pessoas estivessem passando fome.

– De fato não é! – concordou a tenente Skaaiat, com ênfase. Ela sorriu alegremente para a tenente Awn. A tenente Skaaiat tinha pele escura, olhos cor de âmbar, e era aristocrática, ao contrário da tenente Awn. Uma de suas Sete Issa estava parada ao meu lado, perto da porta da sala de jantar, tão ereta e imóvel quanto eu.

Embora a tenente Awn gostasse bastante da tenente Skaaiat, e apreciasse seu sarcasmo naquela ocasião, ela não pôde evitar dar um sorriso em resposta e dizer:

– Este ano, não.

– Seu negócio está indo melhor do que o meu, prima – disse Jen Shinnan com a voz apaziguadora. Ela também era dona de fazendas não distantes da cidade alta. Mas ela também fora dona daquelas dragas que estavam paradas, silenciosas e inertes, na água do pântano. – Embora eu suponha que não possa lamentar muito, foi incômodo demais para muito pouco retorno.

A tenente Awn abriu a boca para falar, em seguida tornou a fechá-la. A tenente Skaaiat viu, e disse, as vogais saindo amplas e refinadas sem esforço:

– Quanto tempo ainda resta para as proibições de pesca; mais três anos, tenente?

– Sim – respondeu a tenente Awn.

– Idiotice – disse Jen Shinnan. – Bem-intencionada, mas idiotice. Vocês viram como era quando chegaram. Assim que vocês as abrirem, elas serão pescadas de novo. As orsianas já foram um grande povo, mas não são mais o que suas ancestrais foram. Elas não têm ambição, nenhum sentido de nada além da vantagem a curto prazo. Se você mostrar a elas quem manda, então elas podem ser bem obedientes, como tenho certeza de que você descobriu, tenente Awn, mas em seu estado natural elas são, com poucas exceções, imutáveis e supersticiosas. Embora eu suponha que esse seja o resultado de viver no Submundo. – Ela sorriu da própria piada. Sua prima riu descaradamente.

As nações espaciais de Shis'urna dividiam o universo em três partes. No meio ficava o ambiente natural dos humanos: estações espaciais, naves, habitats construídos. Fora desses estava o Negro: o céu, a casa da Deusa e tudo o que era sagrado. E dentro do poço gravitacional do planeta Shis'urna propriamente dito – ou de qualquer planeta, na verdade – ficava o Submundo, a terra dos mortos da qual a humanidade precisava escapar para se livrar de sua influência demoníaca.

Talvez seja possível perceber como a concepção radchaai do universo como sendo a própria Deusa pode parecer a mesma da ideia tanmind do Negro. Também se pode perceber que, se um indivíduo acreditava que os poços gravitacionais eram a terra dos mortos, uma radchaai acharia um pouco estranho ouvir esse mesmo indivíduo chamar de supersticiosas as pessoas que adoravam um lagarto.

A tenente Awn conseguiu dar um sorriso educado, e a tenente Skaaiat disse:

– E no entanto vocês vivem aqui também.

– Eu não confundo conceitos filosóficos abstratos com a realidade – disse Jen Shinnan. Embora isso também parecesse estranho para uma radchaai; ela sabia o que significava, para uma habitante das estações de Tanmind, descer para o Submundo e retornar. – Sério, tenho uma teoria.

A tenente Awn, que fora exposta a diversas teorias tanmind a respeito das orsianas, conseguiu fazer uma expressão neutra, até mesmo quase curiosa, e disse:

– É mesmo?

– Por favor, compartilhe conosco! – incentivou a tenente Skaaiat. A prima, momentos depois de ter colocado na boca uma porção de frango condimentado, fez um gesto de apoio com o utensílio.

– É a maneira como elas vivem, todas a céu aberto assim, sem nada a não ser um teto – disse Jen Shinnan. – Elas não têm nenhuma privacidade, nenhum senso de si mesmas como indivíduos reais, você entende? Nenhum sentido de qualquer espécie de identidade separada.

– Muito menos de propriedade privada – disse Jen Taa, depois de engolir seu frango. – Elas pensam que podem apenas chegar e pegar o que quiserem.

Na verdade, havia regras – ainda que implícitas – sobre entrar em uma casa sem ser convidada, e era raro que acontecesse algum roubo na cidade baixa. Acontecia às vezes durante a estação de peregrinação, quase nunca fora dela.

Jen Shinnan fez um gesto de concordância.

– E ninguém *aqui* está realmente passando fome, tenente. Ninguém precisa trabalhar, elas só pescam no pântano. Ou depenam visitantes durante a estação de peregrinação. Elas não têm oportunidade de desenvolver nenhuma ambição ou desejo de se aprimorar. E não desenvolvem. Na verdade, não podem criar nenhuma espécie de sofisticação, nem de... – Ela deixou a voz morrer, buscando a palavra correta.

– Interioridade? – sugeriu a tenente Skaaiat, que estava gostando daquele jogo bem mais do que a tenente Awn.

– Exato! – concordou Jen Shinnan. – Interioridade, sim.

– Então sua teoria – disse a tenente Awn, seu tom perigosamente neutro – é que as orsianas não chegam a ser realmente *pessoas*.

– Bem, não *indivíduos*. – Jen Shinnan pareceu sentir, no fundo, que deixara a tenente Awn zangada, mas não parecia ter muita certeza disso. – Não propriamente ditos.

– E é claro – observou Jen Taa, sem perceber –, elas veem o que temos, e não entendem que você precisa *trabalhar* para ter esse tipo de vida. Sentem inveja e ressentimento e culpam a *nós* por não permitir que elas tenham o que temos. Na verdade, se elas simplesmente *trabalhassem*...

– Elas mandam o pouco dinheiro que têm para apoiar aquele templo meio quebrado, e depois reclamam que são pobres – disse Jen Shinnan. – E pescam no pântano e depois nos culpam. Elas farão o mesmo com você, tenente, assim que você abrir as zonas proibidas novamente.

– O fato de você ter dragado toneladas de lama para vender como fertilizante não teve nada a ver com o desaparecimento dos peixes? – perguntou a tenente Awn, a voz no limite. Na verdade, o fertilizante fora um produto residual do negócio principal de vender a lama para as tanmind espaciais, para fins religiosos. – A culpa foi da pesca irresponsável por parte das orsianas?

– Bem, é claro que teve *algum* efeito – disse Jen Taa –, mas se elas tivessem gerenciado seus recursos de modo adequado...

– Isso mesmo – concordou Jen Shinnan. – Você me culpa por ter arruinado a pesca. Mas eu dei empregos àquela gente. Oportunidades de melhorarem suas vidas.

A tenente Skaaiat devia ter sentido que a tenente Awn estava em um ponto perigoso.

– Segurança num planeta é bem diferente de segurança em uma estação – ela disse, sua voz animada. – Num planeta, sempre haverá algum... algum deslize. Algumas coisas que não se veem.

– Ah – disse Jen Shinnan –, mas vocês etiquetaram todo mundo, então sempre sabem onde estamos.

– Sim – concordou a tenente Skaaiat –, mas nem sempre estamos *vigiando*. Suponho que seria possível cultivar uma IA grande o bastante para vigiar um planeta inteiro, mas acho que ninguém nunca tentou isso antes. Mas uma estação...

Eu observei a tenente Awn ver a tenente Skaaiat abrir a armadilha na qual Jen Shinnan entrara momentos antes.

– Em uma estação – completou a tenente Awn –, a IA vê tudo.

– É tão mais fácil de gerenciar – concordou a tenente Skaaiat, feliz da vida. – Quase não há necessidade de segurança. – Não era exatamente verdade, mas não era hora de apontar isso.

Jen Taa pôs de lado seu utensílio.

– Com certeza a IA não vê *tudo*. – Nenhuma das tenentes disse nada. – Até mesmo quando você...?

– Tudo – respondeu a tenente Awn. – Eu lhe asseguro, cidadã.

Silêncio, por quase dois segundos. Ao meu lado, a guarda Sete Issa da tenente Skaaiat repuxou a boca pelo que poderia ter sido uma coceira ou algum inevitável espasmo muscular, mas era, eu suspeitava, a única manifestação externa de seu divertimento. Naves militares possuíam IAS tal como estações, e as soldados radchaai viviam completamente sem privacidade.

A tenente Skaaiat quebrou o silêncio.

– Sua sobrinha, cidadã, está assumindo as aptidões este ano?

A prima fez um gesto afirmativo. Contanto que sua própria fazenda fornecesse renda, ela não precisaria de uma missão, nem sua herdeira – dependendo do número de herdeiras que a terra pudesse suportar. A sobrinha, entretanto, perdera suas genitoras durante a anexação.

– Essas aptidões – disse Jen Shinnan –, vocês as assumiram, tenentes?

Ambas fizeram gestos afirmativos. As aptidões eram a única maneira de entrar no serviço militar, ou em qualquer cargo no governo – embora isso não abrangesse todas as missões disponíveis.

– Sem dúvida – disse Jen Shinnan –, o teste funciona bem para vocês, mas me pergunto se é adequado para nós, shis'urnanas.

– Por que isso? – questionou a tenente Skaaiat, se divertindo mas também estranhando um pouco.

– Aconteceu algum problema? – perguntou a tenente Awn, ainda rígida, ainda irritada com Jen Shinnan.

– Bem... – Jen Shinnan apanhou um guardanapo, macio e branco como a neve, e limpou a boca. – Corre a notícia de que no mês passado, em Kould Ves, todas as candidatas para o serviço civil eram orsianas étnicas.

A tenente Awn piscou, confusa. A tenente Skaaiat sorriu.

– Você quer dizer – ela deduziu, olhando para Jen Shinnan mas também direcionando suas palavras para a tenente Awn – que acha que o teste apresenta distorções.

Jen Shinnan dobrou seu guardanapo e o colocou na mesa ao lado da tigela.

– Ora, tenente. Sejamos honestas. Existe um motivo pelo qual tão poucas orsianas ocupavam esses postos antes de vocês chegarem. De tempos em tempos havia uma exceção: a Divina é alguém muito respeitável, eu garanto a vocês. Mas ela é um desvio. Então, quando vejo vinte orsianas destinadas para postos no serviço civil, e nem uma única tanmind, não consigo deixar de pensar que ou o teste tem falhas, ou... bem. Não consigo deixar de pensar que foram as orsianas quem se renderam primeiro, quando vocês chegaram. Não posso culpar vocês por apreciarem isso, por quererem... reconhecer isso. Mas é um erro.

A tenente Awn não disse nada. A tenente Skaaiat perguntou:

– Supondo que você esteja correta, por que isso seria um erro?

– É como eu disse antes. Elas apenas não são adequadas a posições de autoridade. Algumas exceções, sim, mas... – Ela acenou com a mão enluvada. – E com o desvio das missões sendo tão óbvio, as pessoas não terão confiança nelas.

O sorriso da tenente Skaaiat aumentou tanto quanto a raiva silenciosa e indignada da tenente Awn.

– Sua sobrinha está nervosa?

– Um pouco! – admitiu a prima.

– É compreensível – disse a tenente Skaaiat. – É um grande acontecimento na vida de qualquer cidadã. Mas ela não precisa temer.

Jen Shinnan riu, sarcástica.

– Não precisa temer? A cidade baixa se ressente de nós, sempre se ressentiu, e agora não conseguimos fazer nenhum contrato legal sem pegar transporte para Kould Ves ou atravessar a cidade baixa até a sua casa, tenente. – Qualquer contrato com validade legal precisava ser feito no templo de Amaat. Ou, uma concessão recente (e muito controversa), em seus degraus, se uma das partes fosse exclusivamente monoteísta. – Durante esse negócio de peregrinação, isso é quase impossível. Ou perdemos um dia inteiro viajando até Kould Ves, ou nos colocamos em perigo.

Jen Shinnan visitava Kould Ves com frequência, muitas vezes apenas para ver amigas ou fazer compras. Todas as tanmind da cidade alta o faziam, e isso já era comum mesmo antes da anexação.

– Encontraram alguma dificuldade que não tenha sido reportada? – perguntou a tenente Awn, rígida, zangada. Absolutamente educada.

– Bem – disse Jen Taa –, na verdade, tenente, eu estava querendo mencionar isso. Estamos aqui há alguns dias, e minha sobrinha parece ter tido alguns problemas na cidade baixa. Eu disse a ela que era melhor não ir, mas você sabe como são as adolescentes quando dizemos a elas para não fazerem algo.

– Que tipo de problema ela teve? – perguntou a tenente Awn.

– Ah – disse Jen Shinnan –, você sabe. Palavras grosseiras, ameaças: vazias, sem dúvida, e é claro que nada perto do que as coisas serão daqui a uma ou duas semanas, mas a criança ficou bem abalada.

A criança em questão passara as últimas duas tardes olhando para a água do Pré-Templo e suspirando. Eu tinha falado com ela uma vez e ela virou a cabeça sem responder. Depois disso, deixei-a em paz. Ninguém a perturbou. *Nenhum problema que eu tenha visto*, enviei a mensagem para a tenente Awn.

– Vou ficar de olho nela – disse a tenente Awn, silenciosamente aceitando minha informação com um estremecer dos dedos.

– Obrigada, tenente – disse Jen Shinnan. – Sei que podemos contar com você.

– Você acha isso engraçado. – A tenente Awn tentava relaxar seu maxilar extremamente tenso. Eu percebia pela rigidez cada vez maior de seus músculos faciais que, sem intervenção, ela logo teria uma dor de cabeça.

A tenente Skaaiat, caminhando a seu lado, soltou uma gargalhada.

– É comédia pura. Me perdoe, minha cara, mas, quanto mais zangada você fica, mais correta sua fala se torna, e mais Jen Shinnan se engana a seu respeito.

– É claro que não. Certamente ela perguntou sobre mim.

– Você ainda está zangada. Pior – disse a tenente Skaaiat, dando o braço à tenente Awn –, está zangada *comigo*. Desculpe. E ela perguntou *sim*. De modo bem indireto, apenas *interessada* em você, o que é natural, claro.

– E você respondeu – sugeriu a tenente Awn – de modo igualmente indireto.

Eu caminhava atrás delas, ao lado da Sete Issa que estivera parada comigo na sala de jantar de Jen Shinnan. Logo à frente, ao longo da rua e do outro lado da água do Pré-Templo, eu podia ver a mim mesma parada em pé na Praça.

A tenente Skaaiat continuou:

– Eu não falei nada que não fosse verdade. Disse a ela que tenentes em naves com auxiliares tendem a ser de famílias antigas, de altos postos, com muito dinheiro e clientes. Os contatos dela em Kould Ves poderiam ter dito um pouco mais, mas não muito. Por um lado, como você não é uma pessoa assim, elas têm motivo para se ressentir de você. Por outro, você *de fato* comanda auxiliares, e não soldados humanas vulgares, e as mais velhas deploram isso tanto quanto deploram as descendentes de obscuras casas sem valor recebendo missões como oficiais. Elas aprovam suas auxiliares e desaprovam sua linhagem. Jen Shinnan tem uma imagem muito ambivalente de você.

A voz dela era baixa, num tom que só alguém andando muito perto dela poderia ouvir, embora as casas pelas quais passássemos estivessem fechadas e escuras nos níveis mais baixos. Era muito diferente da cidade baixa, onde, mesmo tarde da noite, as pessoas ficavam sentadas na rua, inclusive crianças pequenas.

– Além do mais – disse a tenente Skaaiat – ela tem razão. Ah, não aquela bobagem a respeito das orsianas, não, mas ela tem motivos para desconfiar das aptidões. Você sabe que os testes são suscetíveis a manipulação. – Essas palavras fizeram a tenente Awn sentir uma indignação enojada e uma espécie de traição, mas ela não disse nada, e a tenente Skaaiat continuou. – Por séculos, apenas as ricas e bem-conectadas passavam no teste como adequadas para determinados trabalhos. Como, digamos, cargos militares. Nos últimos 50 ou 75 anos, isso não vinha acontecendo. As casas menores de repente começaram produzir candidatas a oficiais, como nunca haviam feito antes?

– Não gosto de onde você está querendo chegar com isso – disse a tenente Awn rispidamente, puxando de leve o braço da outra, tentando se desvencilhar. – Não esperava isso de você.

– Não, não – protestou a tenente Skaaiat, e, em vez de soltar, puxou-a mais para perto. – A pergunta está certa, e a resposta é a mesma. A resposta é não, claro. Mas isso quer dizer que os testes foram manipulados antes, ou estão sendo manipulados agora?

– Qual é a sua opinião?

– As duas coisas. Antes e agora. E nossa amiga Jen Shinnan não entende que a pergunta não pode sequer ser feita: ela só sabe que se você quer ser bem-sucedida precisa ter as conexões certas, e sabe que as aptidões fazem parte disso. E ela não tem nenhuma vergonha: você a ouviu insinuar que as orsianas estavam sendo recompensadas por colaboração, e quase na mesma frase implicar que o povo dela poderia colaborar de forma ainda melhor! E você reparou que nem ela nem a prima estão mandando as próprias filhas para testes, apenas a sobrinha órfã. Mesmo assim, querem muito que ela se saia bem. Se tivéssemos pedido uma propina para assegurar isso, ela teria dado, sem dúvida. Na verdade, estou surpresa que ela não tenha oferecido.

– Você não teria aceito – protestou a tenente Awn. – Você não vai aceitar. E não teria como assegurar isso, de qualquer maneira.

– Não vou precisar. A criança terá um bom resultado no teste, provavelmente conseguirá ser enviada para a capital territorial para treinamento a fim de assumir um belo posto no serviço civil. Se você me perguntar, as orsianas estão *sim* sendo recompensadas por colaborar, mas elas são uma minoria neste sistema. E agora que a parte necessária e desagradável da anexação acabou, queremos que as pessoas percebam que ser radchaai vai beneficiá-las. Punir casas locais por não serem rápidas o bastante para se render não vai ajudar.

Elas caminharam em silêncio por algum tempo, e pararam à beira da água, ainda de braços dados.

– Levo você para casa? – perguntou a tenente Skaaiat.

A tenente Awn não respondeu, mas olhou por sobre a água, ainda zangada. As claraboias verdes no teto inclinado do templo brilhavam, e a luz se derramava pelas portas abertas que davam para a praça e se refletiam na água. Aquela era uma estação de vigílias noturnas. A tenente Skaaiat falou, com um meio sorriso de desculpas:

– Eu aborreci você, deixe-me compensar.

– Claro – disse a tenente Awn, com um pequeno suspiro. Ela nunca pôde resistir à tenente Skaaiat, e na verdade não havia um bom motivo para fazê-lo. Elas se viraram e caminharam à beira da água.

– Qual é a diferença – perguntou a tenente Awn, tão baixinho que não parecia ter quebrado o silêncio – entre uma cidadã e uma não cidadã?

– Uma é civilizada – disse a tenente Skaaiat com uma gargalhada – e a outra não. – A piada só fazia sentido em radchaai: nesse idioma, *cidadã* e *civilizada* são a mesma palavra. Ser radchaai é ser civilizada.

– Então, no exato momento em que a Senhora de Mianaai conferiu cidadania às shis'urnanas, elas se tornaram civilizadas? – A frase era circular: a pergunta que a tenente Awn estava fazendo era difícil naquele idioma. – Quero dizer, um dia suas Issas estão atirando em pessoas por não terem falado com respeito suficiente. Não me diga que isso não aconteceu, porque sei que sim, e pior. E não importa, porque elas não são radchaai, não são civilizadas. – A tenente Awn momentaneamente mudara para o pouco do idioma orsiano local que conhecia, porque as palavras radchaai se recusavam a deixar que ela dissesse o que desejava dizer. – E quaisquer medidas são justificadas em nome da civilização.

– Bem – disse a tenente Skaaiat –, foi eficiente, você tem de admitir. Todo mundo fala conosco com muito respeito hoje em dia.

A tenente Awn ficou em silêncio. Não estava achando graça.

– O que te fez pensar nisso? – questionou a tenente Skaaiat.

A tenente Awn lhe contou sobre sua conversa com a sacerdotisa principal, na véspera.

– Ah... Bem, você não protestou na época.

– De que teria adiantado?

– Absolutamente nada – respondeu a tenente Skaaiat. – Mas não foi por isso que você não o fez. Além disso, mesmo que auxiliares não espanquem pessoas, nem aceitem propinas, nem estuprem, nem atirem em pessoas porque lhes dá na telha... essas pessoas em quem as soldados humanas atiraram... cem anos atrás, elas teriam sido armazenadas em suspensão para uso futuro como segmentos auxiliares. Sabe quantas ainda temos em estoque? Os porões da *Justiça de Toren* estarão cheios de auxiliares pelo próximo milhão de anos. Se não mais. Na prática, essas pessoas estão mortas. Então, qual é a diferença? E você não gosta que eu diga isso, mas a verdade é a seguinte: luxo sempre vem às custas dos outros. Uma das muitas vantagens da civilização é que, via de regra, as pessoas não precisam ver isso se não quiserem. Cada um está livre para desfrutar dos benefícios sem perturbar a própria consciência.

– Não perturba a sua?

A tenente Skaaiat riu, alegre, como se estivessem discutindo algo completamente diferente, um jogo de peões ou uma boa casa de chá.

– Quando você cresce sabendo que merece estar no topo, que as casas menores existem para servir ao destino glorioso da sua casa, você encara essas coisas como naturais. Você nasce supondo que alguém paga o custo da sua vida. É simplesmente o jeito como as coisas são. O que acontece durante a anexação é uma diferença de grau, não uma diferença de espécie.

– Não é isso que parece – afirmou a tenente Awn, curta e amarga.

– Não, claro que não – respondeu a tenente Skaaiat, sua voz mais gentil. Tenho certeza de que ela gostava mesmo da tenente Awn. Sei que a tenente Awn gostava dela, ainda que a tenente Skaaiat às vezes dissesse coisas que a aborreciam, como naquela noite. – Sua família andou pagando parte desse custo, ainda que pequeno. Talvez isso torne mais fácil para você simpatizar com quem quer que esteja pagando o custo para *você*. E tenho certeza de que é duro não pensar no que seus próprios ancestrais passaram ao ser anexados.

– Os *seus* ancestrais nunca foram anexados. – A voz da tenente Awn era mordaz.

– Bem, alguns deles devem ter sido – admitiu a tenente Skaaiat –, mas não estão na genealogia oficial. – Ela parou, puxando a tenente Awn para fazê-la parar ao seu lado. – Awn, minha boa amiga. Não se preocupe com o que não pode evitar. As coisas são o que são. Você não tem motivo para se culpar por isso.

– Você acabou de dizer que todas temos.

– Não foi isso o que eu falei. – A voz da tenente Skaaiat era gentil. – Mas você vai interpretar assim mesmo, não vai? Escute: a vida será melhor aqui, porque estamos aqui. Ela já é melhor, não só para as pessoas aqui mas para aquelas que foram transportadas. E até mesmo para Jen Shinnan, muito embora neste momento ela só esteja preocupada com seu próprio ressentimento por não ser mais a maior autoridade em Ors. Ela aceitará isso com o tempo. Todas aceitarão.

– E as mortas?

– Estão mortas. Não vale a pena se preocupar com elas.

5

Quando Seivarden despertou, ela estava nervosa e irritadiça. Perguntou-me duas vezes quem eu era, e reclamou três vezes que a minha resposta – uma mentira, de qualquer maneira – não lhe transmitia nenhuma informação significativa.

– Não conheço ninguém com o nome Breq. Nunca vi você antes na minha vida. Onde estou?

Em nenhum lugar que tivesse nome.

– Você está em Nilt.

Ela puxou um cobertor sobre os ombros nus, e então, mal-humorada, voltou a empurrá-lo para longe e cruzou os braços.

– Nunca nem ouvi falar em Nilt. Como vim parar aqui?

– Não faço ideia. – Coloquei no chão à frente dela a comida que estava segurando.

Ela voltou a pegar o cobertor.

– Não quero isso.

Fiz um gesto de indiferença. Eu havia comido e descansado enquanto ela dormia.

– Isso acontece com você com frequência?

– O quê?

– Acordar e descobrir que você não sabe onde está, com quem está, ou como chegou lá?

Ela puxou e afastou o cobertor mais uma vez, então esfregou os braços e os pulsos.

– Algumas vezes.

– Eu sou Breq, do Gerentato. – Eu já lhe dissera isso, mas sabia que ela voltaria a me perguntar. – Encontrei você há dois dias, na frente de uma taverna. Não sei como foi parar lá. Você teria morrido se eu a tivesse deixado lá. Desculpe se era isso o que queria.

Por algum motivo isso a deixou com raiva.

– Que encantador da sua parte, Breq do Gerentato. – Ela debochou de leve ao dizer isso. Ouvir aquele tom de voz vindo dela, nua e desgrenhada, ainda sem uniforme, era surpreendente em um nível quase irracional.

Aquele tom me deixou zangada. Eu sabia muito bem por que me senti assim, e sabia também que, se me atrevesse a explicar minha raiva a Seivarden, ela responderia com nada além de desprezo, e isso me deixaria ainda mais irritada. Mantive em meu rosto a expressão neutra e ligeiramente interessada que estava usando desde o momento em que ela acordara, e repeti o mesmo gesto de indiferença que fizera momentos antes.

Eu estivera na primeira nave em que Seivarden servira. Ela tinha chegado direto do treinamento, 17 anos de idade, jogada bem no meio de uma anexação. Em um túnel escavado em pedra vermelha amarronzada, sob a superfície de uma lua pequena, ela recebera a ordem de guardar uma fileira de dezenove prisioneiras, agachadas nuas e tremendo na passagem fria, esperando para ser avaliadas.

Na verdade eu estava montando guarda, sete de mim espalhadas ao longo do corredor, armas prontas. Seivarden era tão jovem naquela época, ainda magra, cabelos pretos, pele marrom e olhos castanhos sem nada de notável, ao contrário das linhas aristocráticas de seu rosto, que incluíam um nariz para o qual ela ainda não havia crescido. Estava nervosa, sim, deixada como encarregada ali poucos dias depois de sua chegada, mas também orgulhosa de si mesma e de sua súbita pequena autoridade. Orgulhosa daquele uniforme marrom-escuro com jaqueta, calças e luvas, daquela insígnia de tenente. E, pensei eu, um pouco empolgada demais por estar segurando uma arma de verdade no que com certeza não era um exercício de treinamento.

Uma das pessoas ao longo da parede – ombros largos, musculosa, segurando um braço quebrado contra o torso – chorava ruidosamente, gemendo a cada exalação, arquejando a cada inalação. Ela sabia, todas naquela fileira sabiam, que seria ou armazenada para uso futuro como auxiliar – como as minhas auxiliares que estavam diante delas naquele instante, com suas identidades destruídas, seus corpos transformados em apêndices de uma nave de guerra radchaai – ou então seria descartada.

Seivarden, percorrendo a fila impaciente, foi ficando cada vez mais irritada com a respiração convulsiva daquela cativa patética, até que parou diante dela.

– Pelas tetas de Aatr! *Pare* com esse barulho!

Pequenos movimentos nos músculos do braço de Seivarden me disseram que ela estava prestes a levantar sua arma. Ninguém teria se importado se ela tivesse usado a coronha da arma e batido na prisioneira até deixá-la inconsciente. Ninguém teria se importado se ela tivesse dado um tiro na cabeça da prisioneira, contanto que nenhum equipamento vital fosse danificado no processo. Corpos humanos para transformar em auxiliares não eram exatamente um recurso escasso.

Eu me meti na frente dela.

– Tenente – disse eu, neutra, sem entonação na voz. – O chá que a senhora pediu está pronto. – Na verdade, ele já estava pronto cinco minutos antes, mas eu não dissera nada, mantivera guardado.

Nas leituras que vinham daquela terrivelmente jovem tenente Seivarden, eu vi espanto, frustração, raiva.

– Isso foi há quinze minutos – retrucou ela. Não respondi.

Atrás de mim, a prisioneira ainda soluçava e gemia. – Não pode fazê-la calar a boca?

– Farei o melhor que puder, tenente – respondi, embora soubesse que só havia um jeito de realmente conseguir aquilo, apenas uma coisa que silenciaria o lamento daquela cativa. A recém-promovida tenente Seivarden não parecia se dar conta disso.

Vinte e um anos depois de chegar à *Justiça de Toren* – um pouco mais de mil anos antes que eu a encontrasse na neve – Seivarden era tenente Esk sênior. Aos 38, ainda era bem jovem para os padrões radchaai. Uma cidadã podia viver cerca de 200 anos.

Em seu último dia, ela estava sentada tomando chá na cama em seus aposentos, que tinham três metros por dois, com paredes brancas, de uma simplicidade grave. Agora ela já crescera para caber naquele nariz aristocrático, e para caber em si mesma. Não se sentia mais desajeitada nem insegura.

Ao seu lado na cama bem feita estava sentada a tenente mais nova da década Esk, que havia chegado algumas semanas antes. Era uma espécie de prima de Seivarden, mas de outra casa. Mais alta do que Seivarden naquela idade, mais larga, um pouco mais graciosa. Em grande parte. Nervosa por ter sido chamada para uma conferência em particular ali com a tenente sênior, prima ou não, mas escondendo isso. Seivarden disse para ela:

– Você precisa tomar cuidado, tenente, com quem favorece com suas... atenções.

A tenente muito jovem franziu a testa, envergonhada, de repente percebendo o que aquilo significava.

– Você sabe do que estou falando – continuou Seivarden, e eu sabia também. Uma das outras tenentes Esk tinha definitivamente notado quando a tenente muito jovem chegara a bordo, e estivera lenta e discretamente sondando a possibilidade de que a tenente muito jovem talvez a notasse também. Mas não fora discreta o suficiente para evitar que Seivarden a visse. Na verdade, toda a sala da década percebera isso, e vira também a reação intrigada da tenente muito jovem.

75

– Eu sei de quem a senhora está falando – disse a tenente muito jovem, indignada. – Mas não vejo por quê...

– Ah! – disse Seivarden, direta e peremptória. – Você pensa que é uma diversão inocente. Bem, provavelmente seria divertido. – A própria Seivarden já dormira certa vez com a tenente em questão, e sabia do que estava falando. – Mas não seria inocente. Ela é uma oficial boa o bastante, mas a casa dela é muito provinciana. Se ela não fosse sênior com relação a você, não haveria problema.

A casa da tenente muito jovem definitivamente *não era* "muito provinciana". Por ingênua que ela fosse, percebeu no mesmo momento o que Seivarden queria dizer. E ficou zangada o bastante para se dirigir a Seivarden de um jeito que era menos formal do que o decoro exigia.

– Pelas tetas de Aatr, prima, ninguém disse nada sobre clientelismo. E nem poderia, nenhuma de nós pode fazer contratos até darmos baixa.

Entre os ricos, clientelismo era uma relação muito hierárquica. Uma patrona prometia certos tipos de assistência, tanto financeira quanto social, à sua cliente, que fornecia apoio e serviços à patrona. Algumas promessas podiam durar gerações. Nas mais antigas e mais prestigiosas casas, quase todas as serviçais eram descendentes de clientes, por exemplo, e muitos negócios de propriedade de casas ricas tinham como equipes ramos de clientes de casas mais baixas.

– Essas casas provincianas são ambiciosas – explicou Seivarden, a voz apenas um pouco condescendente. – E inteligentes também, ou não teriam chegado tão longe. Ela é sênior com relação a você, e as duas ainda têm anos para servir. Garanta a ela esse tipo de intimidade, deixe isso continuar, e um dia desses ela estará oferecendo clientelismo a *você*, quando deveria ser o contrário. Não acho que sua mãe fosse lhe agradecer por expor sua casa a esse tipo de insulto.

O rosto da tenente muito jovem esquentou de raiva e vergonha, o brilho de seu primeiro romance adulto de repente desapareceu, e a coisa toda se tornou sórdida e calculista.

Seivarden se inclinou para a frente, estendeu a mão para o frasco de chá e parou, com um surto de irritação. Disse silenciosamente para mim, os dedos de sua mão livre estremecendo: *Este punho de camisa está rasgado há três dias.*

Eu respondi, direto em seu ouvido: *Desculpe, tenente.*

Eu deveria ter me oferecido para fazer o conserto naquele mesmo momento, despachado um segmento de Um Esk para levar a camisa ofensiva longe dali. Eu deveria, na verdade, tê-la costurado três dias antes. Deveria não tê-la vestido com aquela camisa naquele dia.

Silêncio no compartimento apertado, a tenente muito jovem ainda preocupada com seu desconforto. Então eu disse, diretamente no ouvido de Seivarden: *Tenente, a comandante da década deseja vê-la assim que for conveniente para a senhora.*

Eu sabia que a promoção estava chegando. Sentira uma satisfação mesquinha em saber que, mesmo que ela tivesse me mandado costurar sua manga naquele momento, eu não teria tempo para obedecer. Assim que ela deixou os aposentos, comecei a empacotar seus pertences, e três horas depois ela estava a caminho de seu novo comando, recém-promovida a capitã da *Espada de Nathas*. Eu não estava particularmente triste por vê-la partir.

Coisas tão pequenas. Não era culpa de Seivarden se ela reagira mal numa situação com a qual poucas (se alguma) jovens de 17 anos teriam lidado com elegância. Não era de surpreender que ela fosse precisamente tão esnobe quanto fora criada para ser. Ela não tinha culpa se, ao longo dos meus (na época) mil anos de existência, eu desenvolvera um apreço maior por habilidade do que por criação. Eu vira mais de uma casa "muito provinciana" se elevar o suficiente para perder esse rótulo e produzir suas próprias versões de Seivarden.

Todos os anos entre a jovem tenente Seivarden e a capitã Seivarden foram feitos de pequenos momentos. Coisas menores. Eu nunca odiei Seivarden. Eu apenas nunca havia gostado particularmente dela. Mas agora não podia vê-la sem pensar em outra pessoa.

*   *   *

A semana seguinte na casa de Strigan foi desagradável. Seivarden precisava de cuidado constante e limpeza frequente. Ela comia muito pouco (o que, em alguns aspectos, era muito bom), e eu precisava me esforçar para garantir que ela não ficasse desidratada. Mas no final da semana ela estava conseguindo manter a comida no estômago, e dormindo pelo menos de modo intermitente. Mesmo assim, ela tinha um sono leve, se mexia e se virava, muitas vezes tremia, respirava com dificuldade e acordava de súbito. Quando estava acordada e não estava chorando, reclamava que tudo era muito duro, muito áspero, muito alto, muito claro.

Mais alguns dias depois disso, quando pensou que eu estava dormindo, ela foi até a entrada e olhou a neve, então vestiu suas roupas e um casaco e foi cambaleante até o prédio externo, e depois até o voador. Tentou ligá-lo, mas eu removera uma parte essencial e a mantinha perto de mim. Quando ela voltou para a casa, teve pelo menos a presença de espírito de fechar ambas as portas antes de trazer a neve para a sala principal, onde eu estava sentada num banco segurando o instrumento de cordas de Strigan. Ela ficou me encarando, incapaz de esconder sua surpresa, ainda encolhendo os ombros levemente, desconfortável no casaco pesado, sentindo coceira.

– Quero ir embora – ela declarou, numa voz estranha que misturava o medo e a arrogância de um comando radchaai.

– Partiremos quando eu estiver pronta – respondi, e dedilhei algumas notas no instrumento. Os sentimentos de Seivarden estavam muito à flor da pele para que ela fosse capaz de escondê-los agora, e a raiva e o desespero eram bem visíveis em seu rosto. – Você está onde está – continuei, num tom de voz neutro – como resultado das decisões que você mesma tomou.

Sua coluna se endireitou, os ombros voltaram ao normal.

– Você não sabe nada a meu respeito, nem sabe quais decisões eu tomei ou não tomei.

Foi o bastante para me deixar zangada mais uma vez. Eu sabia alguma coisa sobre tomar decisões, e sobre não tomá-las.

– Ah, esqueci. Tudo acontece como Amaat deseja, nada é *sua* culpa.

Ela arregalou os olhos. Abriu a boca para falar, respirou fundo, mas então soprou o ar, rápido e trêmulo. Ela virou de costas, ostensivamente para retirar o sobretudo e jogá-lo num banco próximo.

– Você não entende – disse ela, com desprezo, mas a voz tremia com lágrimas contidas. – Você não é radchaai.

Não civilizada.

– Você começou a tomar kef antes ou depois de deixar o Radch? – Não deveria existir kef à disposição em território radchaai, mas sempre havia pequenas quantidades contrabandeadas para as quais as autoridades faziam vista grossa.

Ela desabou no banco ao lado de onde largara o casaco.

– Quero chá.

– Aqui não tem chá. – Deixei o instrumento de lado. – Tem leite.

Mais especificamente, havia leite de bov fermentado, que as pessoas dali diluíam em água e bebiam morno. O cheiro e o gosto lembravam botas suadas. E uma quantidade grande demais provavelmente faria Seivarden enjoar um pouco.

– Que espécie de lugar não tem *chá*? – perguntou ela, mas se inclinou para a frente, cotovelos nos joelhos, e pôs a testa nos pulsos, as mãos nuas com as palmas para cima, os dedos esticados.

– Esta espécie de lugar – respondi. – Por que você estava tomando kef?

– Você não entenderia. – Lágrimas caíram no seu colo.

– Tente me contar. – Tornei a pegar o instrumento, comecei a tocar uma melodia.

Depois de seis segundos de choro silencioso, Seivarden disse:

– Ela disse que tornaria tudo mais claro.

– O kef tornaria? – Sem resposta. – O que ficaria mais claro?

– Eu conheço essa canção – disse ela, seu rosto ainda repousando nos pulsos.

Percebi que era muito provável que esse fosse o único jeito de ela me reconhecer. Numa região de Valskaay, cantar era um passatempo refinado, e associações locais de coral eram o centro de atividades sociais. Aquela anexação me trouxera uma grande quantidade do tipo de música de que eu mais gostava, quando eu tinha mais de uma voz. Escolhi uma dessas. Seivarden não a conhecia. Valskaay fora tanto antes como depois de seu tempo.

– Ela disse – continuou Seivarden finalmente, levantando o rosto das mãos – que as emoções nublavam a percepção. Que a visão mais clara era razão pura, não distorcida pelo sentimento.

– Isso não é verdade. – Eu passara uma semana com aquele instrumento e quase mais nada para fazer. Consegui dois versos ao mesmo tempo.

– No começo parecia verdade. No começo era *maravilhoso*. Tudo sumia. Mas depois o efeito passava, e as coisas voltavam a ser as mesmas. Só que piores. E então, depois de um tempo, não sentir fazia me sentir mal. Não sei. Não sei descrever. Mas se eu tomasse mais, isso passava.

– E a queda passou a se tornar cada vez menos suportável. – Eu já escutara a história algumas vezes nos últimos vinte anos.

– Ah, graça de Amaat – gemeu ela. – Eu quero morrer.

– Por que não morre? – Mudei para outra canção. *Meu coração é um peixe, oculto na grama d'água. No verde, no verde...*

Ela olhou para mim como se eu fosse uma pedra que tinha acabado de falar.

– Você perdeu sua nave – disse eu. – Ficou congelada por mil anos. Então acorda e descobre que o Radch mudou: não há mais invasões, um tratado humilhante foi feito com as presger, sua casa perdeu status financeiro e social. Ninguém conhece você nem se lembra de você, nem se importa se você vive ou morre. Não é aquilo com que você está acostumada, nem o que estava esperando da vida, certo?

Ela levou três segundos intrigados para se dar conta do fato.

– Você sabe quem eu sou.

– É claro que eu sei quem você é. Você me contou – menti.

Ela piscou várias vezes, os olhos cheios de lágrimas, tentando, suponho, se lembrar se havia feito isso ou não. Mas suas memórias estavam, claro, incompletas.

– Vá dormir – aconselhei, e passei meus dedos sobre as cordas, silenciando-as.

– Quero ir embora – protestou ela, sem se mover, ainda caída sobre o banco, cotovelos nos joelhos. – Por que não posso ir embora?

– Tenho negócios aqui – respondi.

Ela curvou o lábio e fez um som de desprezo. Ela tinha razão, claro, esperar ali era tolice. Depois de tantos anos, tanto planejamento e esforço, eu fracassara.

Ainda assim.

– Volte para a cama.

"Cama" era o amontoado de colchões e cobertores ao lado do banco onde Seivarden estava sentada. Ela olhou para mim, ainda meio que fazendo aquela careta de nojo, e, com desprezo, escorregou para o chão e se deitou, puxando um cobertor sobre si mesma. Ela não dormiria no começo, eu tinha certeza disso. Tentaria pensar em algum jeito de partir, de me sobrepujar ou de me convencer a fazer o que ela queria. Qualquer planejamento do gênero seria inútil até que ela soubesse *o que* queria, claro, mas eu não disse isso.

Uma hora seus músculos relaxaram e sua respiração diminuiu. Se ela ainda fosse minha tenente, eu saberia com certeza se ela adormecera, saberia até em qual estágio do sono estava, saberia se ela estava ou não sonhando. Agora eu só podia ver sinais externos.

Ainda desconfiada, eu me sentei no chão, recostando-me contra outro banco, e puxei um cobertor sobre as pernas. Como havia feito todas as vezes que dormira ali, abri meu casaco interno e pus a mão na arma, recostei-me e fechei os olhos.

Duas horas depois, um som fraco me despertou. Fiquei deitada imóvel, a mão ainda na arma. O som fraco se repetiu, ligeiramente mais alto: a segunda porta se fechando. Abri os olhos, bem de leve. Seivarden jazia quieta demais em sua cama improvisada – com certeza ela também ouvira o som.

Por entre os cílios vi uma pessoa usando roupas próprias para o exterior. Com pouco menos de 2 metros de altura, magra sob a massa do casaco duplo, pele cinza-chumbo. Quando ela afastou o capuz, vi que seus cabelos eram da mesma cor. Certamente não era uma niltana.

Ela ficou parada, observando a mim e Seivarden, por 7 segundos, depois andou em silêncio até onde eu estava e se abaixou para puxar minha mochila com uma das mãos. Na outra ela segurava uma arma, apontada com firmeza para mim, embora parecesse não saber que eu estava acordada.

A trava a confundiu por alguns momentos, então ela puxou uma ferramenta do bolso, que usou para abrir a trava bem mais rápido do que eu havia esperado. Com a arma ainda apontada para mim, e olhando ocasionalmente para a ainda imóvel Seivarden, ela esvaziou a mochila.

Roupas extras. Munição, mas nada de arma, então ela saberia ou suspeitaria que eu estava armada. Três pacotes de rações concentradas embrulhadas em papel alumínio. Utensílios para comer e uma garrafa de água. Um disco de ouro com 5 centímetros de diâmetro e 1,5 centímetro de espessura que ela ficou olhando intrigada, franzindo a testa, e depois colocou de lado. Uma caixa, que ela abriu para encontrar dinheiro. Soltou um suspiro de surpresa quando percebeu o quanto era, e olhou para mim. Não me mexi. Não sei o que ela pensara que encontraria, mas pareceu não ter encontrado, fosse lá o que fosse.

Ela pegou o disco que a intrigara, e se sentou em um banco do qual tinha uma visão clara tanto de mim como de Seivarden. Virando o disco, ela encontrou o gatilho. Os lados se desprenderam, abrindo como uma flor, e o mecanismo liberou o ícone, uma pessoa quase nua exceto por calças curtas e minúsculas flores brilhantes e esmaltadas. A imagem sorria, serena. Tinha quatro braços. Uma das mãos segurava uma bola, o outro braço estava envolto em uma braçadeira cilíndrica. Suas outras mãos seguravam uma faca e uma cabeça cortada, que pingava sangue feito de pedras preciosas aos seus pés descalços. A cabeça sorria o mesmo sorriso de profunda calma santificada que o ícone.

Strigan – tinha de ser Strigan – franziu a testa. O ícone fora inesperado. Atiçara ainda mais sua curiosidade.

Abri os olhos. Ela segurou a arma com mais força – a arma que eu estava olhando com o máximo de atenção; agora que meus olhos estavam abertos por completo, eu podia virar a cabeça na direção dela.

Strigan estendeu o ícone e ergueu uma sobrancelha cinza-chumbo.

– Parente? – perguntou ela, em radchaai.

Mantive meu rosto agradavelmente neutro.

– Quase isso – respondi, no idioma dela.

– Achei que sabia o que você era quando chegou – disse ela, depois de um longo silêncio, felizmente acompanhando minha mudança de idioma. – Achei que sabia o que você estava fazendo aqui. Agora não estou tão certa. – Ela olhou de relance para Seivarden, que parecia, para todos os aspectos, imperturbável, apesar de nossa conversa. – Eu *acho* que sei quem *ele* é. Mas quem é *você*? O *que* é você? Não me diga *Breq do Gerentato*. Você é tão radchaai quanto aquele ali. – Com o cotovelo, ela apontou rápido para Seivarden.

– Eu vim até aqui para comprar uma coisa – respondi, determinada a não olhar para a arma que ela segurava. – Ele é incidental.

Como não estávamos falando radchaai, precisei levar o gênero em consideração; o idioma de Strigan exigia isso. Ao mesmo tempo, a sociedade na qual ela vivia professava acreditar que gênero era insignificante. Machos e fêmeas se vestiam, falavam e agiam de modo indistinguível. No entanto, ninguém que conheci jamais hesitara, nem se confundira. E sempre se ofendiam quando *eu* hesitava ou me confundia. Eu não aprendera qual era o truque. Eu estivera no próprio apartamento de Strigan, tinha visto seus pertences, e ainda não sabia ao certo que formas usar com ela agora.

– Incidental? – Strigan perguntou, sem acreditar.

Eu não podia culpá-la. Eu mesma não teria acreditado, mas sabia que era verdade. Strigan não disse mais nada, talvez percebendo que falar muito mais seria extremamente idiota, caso eu fosse o que ela temia.

– Coincidência – respondi. Fiquei um pouco feliz por não estarmos falando radchaai, idioma no qual a palavra implicava outros significados. – Eu o encontrei inconsciente. Se o tivesse deixado onde estava, ele teria morrido. – Strigan também não acreditou nisso, pelo olhar que me deu. – Por que você está aqui?

Ela deu uma gargalhada, curta e amarga. Se era porque eu escolhera o gênero errado para algum pronome, ou outra coisa, eu não tinha certeza.

– Acho que quem deve fazer essa pergunta sou eu.

Pelo menos ela não corrigiu minha gramática.

– Vim falar com você. Para comprar uma coisa. Seivarden estava doente. Você não estava aqui. Eu pagarei pelo que comemos, claro.

Por algum motivo, Strigan pareceu achar isso divertido.

– Por que você está aqui?

– Eu estou sozinha – disse, respondendo à pergunta que ela não havia feito. – A não ser por ele. – Acenei com a cabeça para Seivarden. Minha mão ainda estava na arma, e Strigan provavelmente sabia por que eu mantinha aquela mão tão parada sob o casaco. Seivarden ainda fingia dormir.

Strigan balançou a cabeça de leve, sem acreditar.

– Eu teria jurado que você era um tipo de soldado cadáver. – Uma auxiliar, ela queria dizer. – Quando você chegou, eu tinha certeza disso. – Então ela havia se escondido por perto, esperando que partíssemos, e o lugar inteiro estivera sob sua vigilância. Ela devia ter uma confiança enorme em seu esconderijo; se eu fosse o que ela temia, permanecer nas proximidades teria sido uma ideia extremamente imbecil. Com certeza eu a teria encontrado. – Mas quando você percebeu que não havia ninguém aqui, você chorou. E ele... – Ela deu de ombros na direção de Seivarden, que estava deitada relaxada e imóvel.

– Sente-se, cidadã – ordenei a Seivarden, em radchaai. – Você não está enganando ninguém.

– Vá se foder – respondeu ela, e puxou um cobertor por cima da cabeça. Depois voltou a empurrá-lo e se levantou. Ligeiramente trêmula, foi até a instalação sanitária e fechou a porta.

Voltei-me para Strigan:

– Aquele negócio com o aluguel de voadores. Foi você?

Ela deu de ombros de forma irônica.

– Ele me disse que uns dois radchaai estavam vindo nesta direção. Ou ele subestimou muito você, ou você é ainda mais perigosa do que eu pensava.

O que seria algo consideravelmente perigoso.

– Já me acostumei a ser subestimada. E você não disse a ela... a *ele* por que pensou que eu estava vindo.

A arma dela não havia tremido.

– Por que você está aqui?

– Você sabe por que estou aqui. – Uma mudança rápida em sua expressão, instantaneamente suprimida. Continuei. – Não é para matar você. Isso não seria proveitoso para o meu objetivo.

Ela ergueu uma sobrancelha e inclinou a cabeça de leve.

– Não seria?

A finta, o volteio, me frustravam.

– Eu quero a arma.

– Que arma?

Strigan nunca seria tola a ponto de admitir que a coisa existia, que ela sabia de que arma eu estava falando. Mas sua ignorância fingida não convencia. Ela sabia. Se ela tinha o que eu achava que tinha, possibilidade na qual eu apostara minha vida, não seria necessário especificar mais. Ela *sabia*.

Se ela me daria a arma ou não, era outra história.

– Eu posso pagar por ela.

– Não sei do que você está falando.

– As garseddai faziam tudo em lotes de cinco. Cinco ações corretas, cinco pecados principais, cinco zonas vezes cinco regiões. Vinte e cinco representantes para se renderem à Senhora do Radch.

Por três segundos Strigan ficou absolutamente imóvel. Até

mesmo sua respiração parecia ter parado. Então ela falou:

– Garsedd, não é? O que isso tem a ver comigo?

– Eu nunca teria adivinhado se você tivesse ficado onde estava.

– Garsedd foi há mil anos, e muito, muito longe daqui.

– Vinte e cinco representantes para se renderem à Senhora do Radch – repeti. – E vinte e quatro armas recuperadas ou catalogadas.

Ela piscou várias vezes, respirou fundo.

– Quem é você?

– Alguém fugiu. Alguém escapou do sistema antes que o exército radchaai chegasse. Talvez a pessoa tivesse medo de que as armas não funcionassem conforme o anunciado. Talvez soubesse que, mesmo que funcionassem, de nada adiantaria.

– Pelo contrário, não? Não era esse o objetivo? Ninguém desafia Anaander Mianaai – disse ela com amargura. – Não se quiser viver.

Eu não disse nada.

Strigan continuava segurando a arma sem vacilar. Mesmo assim, ela corria perigo caso eu decidisse machucá-la, e achei que ela suspeitava disso.

– Não sei por que acha que tenho essa arma de que você está falando. Por que eu a teria?

– Você colecionava antiguidades, curiosidades. Já possuía uma pequena coleção de artefatos garseddai. De algum modo eles conseguiram chegar à estação Dras Annia. Outros poderiam chegar também. E então um dia você desapareceu. Tomou cuidado para não ser seguida.

– É uma base muito tênue para apoiar uma suposição tão grande.

– Então por que isso? – Fiz um gesto cuidadoso com a mão livre, a outra ainda embaixo do casaco, segurando minha arma. – Você tinha um posto confortável em Dras Annia, pacientes, muito dinheiro, associações e reputação. Agora está no meio gelado do nada, fornecendo primeiros socorros a pessoas que criam bovs.

– Crise pessoal – respondeu ela, as palavras pronunciadas cuidadosa e deliberadamente.

– Claro – concordei. – Você não conseguiu destruir a arma, nem passá-la para alguém que pudesse não ser sábia o bastante para per-

86

ceber o perigo que ela representava. Você sabia, assim que percebeu o que tinha em mãos, que se as autoridades do Radch sequer sonhassem ou imaginassem que ela existia, você seria rastreada e morta, assim como qualquer outra pessoa que pudesse ter visto a arma.

Embora o Radch quisesse que todas se lembrassem do que acontecera às garseddai, não queriam que ninguém soubesse como as garseddai haviam conseguido fazer o que fizeram, algo que ninguém conseguira fazer por mil anos antes nem mil anos depois: destruir uma nave radchaai. Quase ninguém viva lembrava. Eu sabia, e quaisquer naves ainda em funcionamento que tivessem estado lá também sabiam. Anaander Mianaai certamente sabia. E Seivarden, que vira por si mesma aquilo que a Senhora do Radch queria que acreditassem ser impossível: aquela armadura e arma invisíveis, aquelas balas que derrotaram armaduras radchaai e o escudo de calor de sua nave, com tão pouco esforço.

– Quero a arma – disse a Strigan. – Pagarei por ela.

– *Se* eu tivesse algo assim... se! É inteiramente possível que nenhuma quantia de dinheiro no mundo fosse suficiente.

– Tudo é possível – concordei.

– Você é radchaai. E é militar.

– Era – corrigi. E quando ela debochou, acrescentei: – Se ainda fosse, não estaria aqui. Ou, se eu fosse, você já teria me dado as informações que eu queria, e estaria morta.

– Saia daqui! – A voz de Strigan estava num tom baixo, porém veemente. – Leve seu vira-lata com você.

– Não vou embora até ter o que vim buscar. – Não faria muito sentido. – Você terá de me dar, ou atirar em mim com ela. – Eu estava praticamente admitindo que ainda tinha armadura. O que implicava que eu era mesmo o que ela temia, uma agente radchaai que fora ali para matá-la e pegar a arma.

Por mais apavorada que devesse estar com a minha presença, ela não conseguiu evitar a própria curiosidade.

– Por que você quer tanto isso?

– Eu quero – respondi – matar Anaander Mianaai.

– O quê? – A arma na mão dela tremeu, se moveu um pouco para o lado, então voltou a se firmar. Ela foi três milímetros para frente, e inclinou a cabeça como se tivesse certeza de que não me escutara direito.

– Eu quero matar Anaander Mianaai – repeti.

– Anaander Mianaai – disse ela, amarga – tem milhares de corpos em centenas de lugares. Você não tem como matá-lo. Certamente não com uma arma.

– Ainda quero tentar.

– Você é louca. Isso é possível? Radchaai não sofrem lavagem cerebral?

Era um preconceito comum.

– Apenas pessoas que cometem crimes ou que não estão funcionando bem são reeducadas. Na verdade, ninguém liga para o que você pensa, contanto que você faça o que deve fazer.

Ela ficou me encarando, em dúvida.

– Como você define "não está funcionando bem"?

Fiz um gesto indefinido com a mão livre, tipo *não é problema meu*. Embora talvez *fosse* problema meu. Talvez essa pergunta fosse importante para mim agora, assim como podia muito bem ser importante para Seivarden.

– Vou tirar a mão do meu casaco – disse. – E depois vou dormir.

Strigan não respondeu, apenas ergueu de leve uma sobrancelha cinza.

– Se eu achei você, Anaander Mianaai com certeza também pode achar – continuei. Estávamos falando o idioma de Strigan. Que gênero ela havia atribuído à Senhora do Radch? – Ele ainda não o fez, possivelmente porque está preocupado neste momento com outras questões. E, por motivos que devem ser claros para você, ele deve estar hesitante em delegar essa questão.

– Então estou segura. – Ela soou mais certa disso do que deveria estar.

Seivarden saiu do banheiro fazendo barulho e afundou de volta em seus cobertores, as mãos tremendo, a respiração rápida e entrecortada.

– Estou tirando a mão do casaco agora – disse, e então fiz isso. Devagar. A mão vazia.

Strigan deu um suspiro e abaixou a arma.

– Eu provavelmente não conseguiria atirar em você mesmo.

Porque ela tinha certeza de que eu era militar radchaai, e portanto usava armadura. Naturalmente, ela poderia de fato me atingir, se me pegasse desprevenida, ou atirasse antes que eu conseguisse estender a armadura.

E, claro, ela tinha aquela arma. Embora talvez não a tivesse por perto naquele momento.

– Pode me devolver meu ícone?

Ela franziu a testa, então se lembrou de que ainda o segurava.

– *Seu* ícone.

– Pertence a mim – esclareci.

– É uma semelhança e tanto – disse ela, voltando a olhar para ele. – De onde é?

– De muito longe.

Estendi a mão. Ela o devolveu, e com uma das mãos rocei o gatilho. A imagem se dobrou sobre si mesma, e a base se fechou em seu disco de ouro.

Strigan olhou com atenção para Seivarden, e franziu a testa.

– Seu vira-lata está tendo uma crise de ansiedade.

– Está.

Strigan balançou a cabeça, frustrada ou exasperada, e foi até sua enfermaria. Ela voltou, foi até Seivarden, se inclinou, e estendeu a mão para ela.

Seivarden se assustou, levantando-se e recuando, agarrando o pulso de Strigan em um movimento que eu sabia ter a intenção de quebrá-lo. Mas Seivarden não era o que já fora um dia. Dissipação e o que eu suspeitava ser má nutrição haviam cobrado seu preço. Strigan deixou o braço na mão de Seivarden, e com a outra mão puxou uma pequena aba branca de seus próprios dedos e a enfiou na testa de Seivarden.

– Não tenho pena de você – disse ela em radchaai. – A questão é que sou médica.

Seivarden olhou para ela com uma expressão de horror incontido.

– Me solte.

– Relaxe, Seivarden, e deite – ordenei, ríspida. Ela ainda olhou para Strigan por dois segundos, mas depois fez o que lhe foi dito.

– Não vou aceitá-lo como meu paciente – Strigan me disse, à medida que a respiração de Seivarden foi ficando mais lenta e seus músculos relaxados. – Fiz apenas primeiros socorros. E não quero que ele entre em pânico e comece a quebrar minhas coisas.

– Eu vou dormir agora – respondi. – Podemos conversar mais pela manhã.

– *Já é* de manhã.

Mas ela não argumentou mais.

Não seria tola o bastante de me revistar enquanto eu dormia. Ela sabia o quanto isso seria perigoso.

Também não atiraria enquanto eu estivesse dormindo, embora fosse um meio simples e eficiente de se livrar de mim. Dormindo, eu seria alvo fácil para uma bala, a menos que estendesse minha armadura agora e a deixasse erguida.

Mas não havia necessidade. Strigan não atiraria em mim, pelo menos não até que tivesse respostas às suas muitas perguntas. Mesmo assim poderia não fazê-lo. Eu era um enigma bom demais.

Strigan não estava na sala principal quando acordei, mas a porta que dava para o quarto estava fechada, e supus que ela estava dormindo ou queria privacidade. Seivarden estava acordada, me encarando fixamente, inquieta, esfregando braços e ombros. Uma semana antes eu precisara impedi-la de esfolar a própria pele. Ela havia melhorado bastante.

A caixa de dinheiro estava onde Strigan a deixara. Eu a chequei – ninguém havia mexido nela –, coloquei-a de lado e tranquei minha mochila, pensando o tempo todo em qual seria meu próximo passo.

– Cidadã – disse para Seivarden, ríspida e com autoridade. – Desjejum.

– O quê? – Ela ficou surpresa o bastante para parar de se mover por um momento.

Ergui o canto do lábio, bem de leve.

– Devo pedir à médica que cheque sua audição? – O instrumento de cordas estava ao meu lado, onde eu o deixara na noite anterior. Eu o apanhei, dedilhei uma quinta. – Desjejum.

– Não sou sua serva – protestou ela, indignada.

Aumentei o desprezo em meu semblante, um incremento mínimo.

– Então você é o quê?

Ela ficou paralisada, a raiva visível em seu rosto. Era óbvio que estava debatendo consigo mesma sobre qual seria a melhor resposta para me dar. Mas a pergunta agora era difícil demais para que ela pudesse responder com facilidade. Sua confiança na própria superioridade havia aparentemente sofrido um golpe severo demais para que ela pudesse lidar com isso agora. Ela não parecia capaz de encontrar uma resposta.

Curvei-me para o instrumento e comecei a dedilhar uma música. Eu esperava que ela ficasse sentada onde estava, de mau humor, até que no mínimo a fome a levasse a preparar sua própria refeição. Ou, quem sabe, com muito atraso, encontrasse algo para me dizer. Descobri que eu quase ansiava para que ela tentasse me bater, para que eu pudesse revidar, mas talvez ela ainda estivesse sob influência, ainda que leve, do que quer que Strigan tivesse lhe dado na noite anterior.

A porta do quarto de Strigan se abriu, e ela entrou na sala principal, parou, cruzou os braços e ergueu uma sobrancelha. Seivarden a ignorou. Nenhuma de nós disse nada, e depois de cinco segundos Strigan se virou, andou a passos largos até a cozinha e abriu um armário.

Estava vazio, o que eu já sabia desde a noite anterior.

– Você acabou com tudo, Breq do Gerentato – disse Strigan, sem rancor. Quase como se achasse aquilo engraçado. Corríamos muito pouco risco de morrer de fome. Mesmo no verão, o lado de fora funcionava como um enorme freezer, e o prédio de armazenamento (que estava sem aquecimento) tinha muitas provisões. Era apenas questão de apanhar algumas e descongelá-las.

– Seivarden – chamei no tom casualmente desdenhoso que ouvira da própria Seivarden em um passado distante –, traga um pouco de comida do galpão.

Ela ficou paralisada, e depois piscou várias vezes, espantada.

– Quem *diabos* você pensa que é?

– Cuidado com o linguajar, cidadã – chamei sua atenção. – E eu poderia lhe fazer a mesma pergunta.

– Sua... sua *ninguém*, sua ignorante. – A súbita intensidade de sua raiva a fez chegar perto das lágrimas mais uma vez. – Você acha que é melhor que eu? Você sequer é *humana*. – Ela não disse isso por eu ser uma auxiliar. Eu tinha certeza de que ela ainda não percebera isso. Ela disse isso porque eu não era radchaai, e talvez porque pudesse ter implantes que eram comuns em alguns lugares fora do espaço do Radch e que, a olhos radchaai, comprometeriam minha humanidade. – Não fui criada para ser sua serva.

Eu consigo me mover muito, muito rápido. Antes de demonstrar qualquer intenção de movimento, eu já estava em pé, meu braço no meio do giro. Houve a menor fração de segundo, durante a qual eu poderia ter me controlado; mas ela passou, e meu punho se juntou ao rosto de Seivarden, rápido demais para que ela sequer pudesse parecer surpresa.

Ela desabou, caindo para trás em sua cama improvisada, sangue jorrando do nariz, e ficou imóvel.

– Ele está morto? – perguntou Strigan, ainda parada em pé na cozinha, a voz ligeiramente curiosa.

Fiz um gesto ambíguo.

– Você é a médica.

Ela foi até onde Seivarden jazia, inconsciente e sangrando. Olhou bem para ela.

– Não – anunciou –, mas eu gostaria de me certificar de que a concussão não vai virar algo pior.

Fiz um gesto de resignação.

– Seja o que Amaat quiser – respondi.

Então coloquei meu casaco e saí para buscar comida.

6

Em Shis'urna, na cidade de Ors, a Sete Issa da *Justiça de Ente* que acompanhara a tenente Skaaiat até a casa de Jen Shinnan se sentou comigo no nível mais baixo da casa. Ela tinha um nome além de sua designação – um nome que nunca usei, embora o conhecesse. Mesmo a tenente Skaaiat às vezes se dirigia às soldados humanas individuais sob seu comando como meramente "Sete Issa". Ou por seus números de segmento.

Eu trouxe um tabuleiro e peças, e jogamos duas partidas em silêncio.

– Você não pode me deixar ganhar algumas? – perguntou ela ao fim da segunda partida. Antes que eu pudesse responder, um som duro e seco ressoou do andar superior e ela sorriu. – Parece que a tenente Durona consegue se dobrar afinal! – Ela me lançou um olhar que tinha a intenção de compartilhar a piada, divertindo-se com o contraste entre a costumeira formalidade cuidadosa de Awn e o que estava obviamente acontecendo no andar de cima entre ela e a tenente Skaaiat. Mas, assim que Sete Issa terminou a frase, seu sorriso desapareceu. – Desculpe. Não quis dizer nada com isso, é só que...

– Eu sei – respondi. – Não me ofendi.

Sete Issa franziu a testa, e fez um gesto de dúvida com a mão esquerda, desajeitada, os dedos enluvados ainda fechados sobre meia dúzia de peões.

– Naves têm sentimentos.

– Têm, é claro. – Sem sentimentos, decisões insignificantes se tornam tentativas excruciantes de comparar fileiras infinitas de coisas inconsequentes. É mais fácil lidar com essas coisas usando emoções. – Mas, como falei, não me ofendi.

Sete Issa baixou os olhos para o tabuleiro e jogou os peões que segurava em uma de suas depressões. Ela olhou fixamente para eles por um momento, depois levantou a cabeça.

– A gente ouve falar. Sobre naves e as pessoas de que elas gostam. E eu juraria que sua expressão nunca muda, mas...

Acionei os músculos da face e sorri, uma expressão que tinha visto muitas vezes.

Sete Issa se encolheu.

– Não faça *isso*! – disse ela, indignada, mas ainda falando baixo para que as tenentes não nos ouvissem.

Não era que eu tivesse sorrido de modo errado – eu sabia que não. É só que algumas das Sete Issa achavam perturbadora essa mudança súbita da minha habitual falta de expressão para algo humano. Abandonei o sorriso.

– Pelas tetas de Aatr – xingou Sete Issa. – Quando você faz isso, parece que está possuída ou coisa assim. – Ela balançou a cabeça, pegou os peões e começou a distribuí-los ao redor do tabuleiro. – Tudo bem, você não quer falar a respeito. Mais uma partida.

A noite caiu. As conversas dos vizinhos foram diminuindo, ficando sem rumo, e finalmente cessaram, quando as pessoas recolheram as crianças adormecidas e foram para a cama.

Denz Ay chegou quatro horas antes do amanhecer, e eu me juntei a ela, entrando em seu barco sem falar nada. Ela não me cumprimentou, e tampouco sua filha, sentada na proa. Devagar, quase sem fazer barulho, nos afastamos da casa.

A vigília no templo continuava, as preces das sacerdotisas eram audíveis na praça, como um sussurro intermitente. As ruas, de cima e de baixo, estavam em silêncio, a não ser pelos meus próprios passos e pelo som da água, escura a não ser pelas estrelas que brilhavam no alto, pelo piscar das boias que cercavam as zonas proibidas, e pela luz do templo de Ikkt. A Sete Issa que nos acompanhara de volta à casa da tenente Awn dormia em um palete no piso térreo.

A tenente Awn e a tenente Skaaiat estavam juntas no andar de cima, quietas e à beira do sono.

Ninguém mais estava na água conosco. No fundo do barco vi corda, redes, respiradores e uma cesta redonda e coberta amarrada a uma âncora. A filha me viu olhando para aquilo, e chutou tudo para baixo de seu assento, com um descaso estudado. Afastei o olhar para a água, para as boias que piscavam, e não disse nada. A fictícia ideia de que elas poderiam esconder ou alterar as informações que chegavam de seus rastreadores era útil, ainda que ninguém de fato acreditasse nela.

Logo que entramos na região das boias, a filha de Denz Ay colocou um respirador na boca e deslizou pela beirada, uma corda na mão. O lago não era muito fundo, em especial naquela época do ano. Momentos depois, ela voltou para o barco. Puxamos o caixote – um trabalho relativamente fácil até ele chegar à superfície, mas nós três conseguimos trazê-lo para dentro do barco sem que muita água entrasse.

Retirei a lama de cima da tampa. O caixote era de fabricação radchaai, mas esse fato isolado não era muito alarmante. Encontrei a fechadura e o abri.

As armas em seu interior – longas, finas e mortais – eram do tipo que fora transportado por soldados tanmind antes de anexação. Eu sabia que cada uma teria uma marca de identificação, e as marcas de quaisquer armas confiscadas por nós teriam sido listadas e notificadas, de forma que eu pudesse consultar o estoque e determinar de modo mais ou menos imediato se aquelas eram armas confiscadas, ou se tinham passado despercebidas por nós.

Se fossem armas confiscadas, essa situação se tornaria subitamente bem mais complicada do que parecia no momento – e já estava bem complicada.

A tenente Awn estava no estágio um do sono NREM. A tenente Skaaiat parecia estar no mesmo estágio. Eu poderia consultar o estoque por iniciativa própria. Na verdade, eu *deveria*. Mas não o fiz – em parte porque acabara de ser lembrada, ontem, das autoridades corruptas de Ime, do uso errado de acessos, do mais alarmante abuso de poder, uma coisa que qualquer cidadã teria achado impossível. Só esse lembrete foi suficiente para me deixar cautelosa. Mas também, depois das afirmações de Denz Ay de que no passado residentes da cidade alta haviam plantado evidências, e depois da conversa no jantar daquela noite com seu claro lembrete de ressentimento na cidade alta, algo não parecia certo. Ninguém na cidade alta saberia se eu solicitasse informações sobre armas confiscadas, mas e se mais alguém estivesse envolvido? Alguém que pudesse disparar alertas para ser notificada se determinadas perguntas fossem feitas em determinados lugares? Denz Ay e sua filha estavam sentadas em silêncio no barco, parecendo despreocupadas e não particularmente ansiosas para estar em outro lugar, ou fazer outra coisa.

Em poucos momentos eu tinha a atenção da *Justiça de Toren*. Eu vira muitas daquelas armas confiscadas – não eu, Um Esk, mas eu, *Justiça de Toren*, cujas milhares de soldados auxiliares haviam estado no planeta durante a anexação. Se eu não conseguisse consultar um estoque oficial sem alertar uma autoridade para o fato de que encontrara aquele depósito, poderia consultar minha própria memória a fim de ver se alguma delas tinha passado sob meus próprios olhos.

E tinham.

Fui até onde a tenente Awn estava dormindo e pus a mão em seu ombro nu.

– Tenente – disse baixinho. No barco, fechei o caixote com um estalido suave e disse: – De volta para a cidade.

A tenente Awn despertou com um susto.

– Não estou dormindo – respondeu ela, zonza. No barco, Denz Ay e sua filha silenciosamente apanharam seus remos e começaram a voltar.

– As armas foram confiscadas – contei baixinho para a tenente Awn. Não queria acordar a tenente Skaaiat, não queria que ninguém mais ouvisse o que eu estava dizendo. – Reconheci os números de série.

A tenente Awn olhou para mim confusa por alguns segundos, sem compreender. Então ela entendeu.

– Mas... – Nesse momento ela despertou completamente, e se virou para a outra tenente. – Skaaiat, acorde. Tenho um problema.

Eu levei as armas até o andar de cima da casa da tenente Awn. Sete Issa nem sequer se mexeu quando passei.

– Tem certeza? – perguntou a tenente Skaaiat, ajoelhada ao lado do caixote aberto, nua exceto pelas luvas, uma tigela de chá numa das mãos.

– Eu mesma confisquei estas – respondi. – Eu me lembro delas. – Estávamos todas falando muito baixo, de modo que ninguém lá fora pudesse ouvir.

– Então elas deveriam ter sido destruídas – argumentou a tenente Skaaiat.

– Obviamente não foram – disse a tenente Awn. Então, depois de um breve silêncio: – Ah, *merda*. Isso não é bom.

Em silêncio, eu lhe enviei uma mensagem. *Cuidado com o linguajar, tenente.*

A tenente Skaaiat deu uma risada curta e abafada, nada animada.

– Isso para dizer o mínimo. – Ela franziu a testa. – Mas por quê? Por que alguém se daria ao trabalho?

– E *como*? – perguntou a tenente Awn. Ela parecia ter esquecido seu chá numa tigela no chão ao seu lado. – Elas foram colocadas aqui sem que nós víssemos. – Eu olhara os registros dos últimos trinta dias e não vira nada que não fosse catalogado. Na verdade, ninguém estivera naquele ponto além de Denz Ay e sua filha, trinta dias antes e na noite anterior.

– *Como* é a parte fácil, se você tiver os acessos certos – disse a tenente Skaaiat. – O que poderia nos dizer algo. Não é alguém que tem acesso de alto nível à *Justiça de Toren*, ou teria garantido que ela não se lembrasse dessas armas. Ou, pelo menos, que não pudesse dizer que se lembrava.

– Ou elas não pensaram nesse detalhe particular – sugeriu a tenente Awn. Ela estava intrigada. E começando a ficar assustada. – Ou quem sabe isso faça parte do plano desde o começo. Mas estamos de volta ao *porquê*, não estamos? Não importa muito *como*. Não neste momento.

A tenente Skaaiat virou-se para mim.

– Fale-me do problema que a sobrinha de Jen Taa teve na cidade baixa.

A tenente Awn olhou para ela, franzindo a testa.

– Mas... – Com um gesto, a tenente Skaaiat a fez se calar.

– Não houve problema – disse eu. – Ela ficou sentada sozinha, jogando pedras na água do Pré-Templo. Comprou um pouco de chá na loja atrás do templo. Além disso, ninguém falou com ela.

– Tem certeza? – perguntou a tenente Awn.

– Ela estava no meu campo de visão o tempo inteiro. – E eu cuidaria para que ela permanecesse assim em quaisquer visitas futuras, mas nem era preciso comentar isso.

As duas tenentes ficaram em silêncio por um momento. A tenente Awn fechou os olhos e respirou fundo. Agora ela estava realmente apavorada.

– Elas estão mentindo – disse ela, olhos ainda fechados. – Querem uma desculpa para acusar alguém na cidade baixa de... alguma coisa.

– Sedição – disse a tenente Skaaiat. Ela se lembrou do chá, e tomou um gole. – E subir de posição. É bem fácil perceber.

– Claro, isso eu percebo – disse a tenente Awn. Ela havia esquecido de esconder o sotaque, mas não notara. – Mas por que diabos alguém com esse tipo de acesso – ela fez um gesto para o caixote de armas – iria querer ajudá-las?

– Essa parece ser a questão – respondeu a tenente Skaaiat. Elas ficaram em silêncio por vários segundos. – O que você vai fazer?

A pergunta incomodou a tenente Awn, que devia estar se perguntando justamente isso. Ela olhou para mim.

– Será que isso é tudo?

– Posso pedir a Denz Ay que me leve para lá mais uma vez – respondi.

A tenente Awn fez um gesto afirmativo.

– Vou escrever o relatório, mas ainda não o arquivarei. Ficará dependendo de mais investigações de nossa parte.

Tudo o que a tenente Awn fazia e dizia era observado e gravado. Mas como todos em Ors usavam rastreadores, não havia alguém prestando atenção o tempo todo.

A tenente Skaaiat assoviou baixinho.

– Tem alguém armando pra você, meu bem? – A tenente Awn olhou para ela sem compreender. – Como, talvez – continuou a tenente Skaaiat –, Jen Shinnan? Posso tê-la subestimado. Ou... você pode confiar em Denz Ay?

– Se alguém quer que eu vá embora, essas pessoas estão na cidade alta – disse a tenente Awn, e em particular eu concordava, mas não falei. – Mas não pode ser isso. Se alguém que pode fazer isto – ela gesticulou para o caixote – me quisesse fora daqui, seria bem fácil: era só dar a ordem. E Jen Shinnan não teria esse poder. – Não dita, pendendo por trás de cada palavra, estava a lembrança das notícias de Ime. Do fato de que a pessoa que revelara a corrupção lá estava condenada a morrer, talvez até já estivesse morta. – Ninguém em Ors poderia ter, não sem... – Não sem ajuda, de um nível muito alto, ela teria certamente dito, mas deixou a frase morrer.

– É verdade – devaneou a tenente Skaaiat, compreendendo. – Então é alguém do alto. Quem se beneficiaria?

– A sobrinha – disse a tenente Awn, perturbada.

– A sobrinha de Jen Taa se beneficiaria? – A tenente Skaaiat parecia intrigada.

– Não, não. A sobrinha é insultada ou atacada. Supostamente. Eu não vou fazer nada, *eu* digo que nada aconteceu.

– Porque nada aconteceu – disse a tenente Skaaiat, ainda intrigada, mas com cara de que algo estava começando a ficar claro para ela.

– Elas não podem obter justiça de mim, então vão à cidade baixa para fazê-la por si mesmas. Era o tipo de coisa que acontecia antes de chegarmos.

– E depois elas acham todas essas armas. Ou mesmo durante. Ou... – Skaiaat balançou a cabeça. – Nem tudo está se encaixando. Vamos dizer que você tenha razão. Mesmo assim. *Quem lucra?* Não as tanmind, não se causarem problema. Elas podem fazer as acusações que quiserem, mas não importa o que encontrarem no lago, elas ainda são candidatas a reeducação se provocarem um tumulto.

A tenente Awn fez um gesto de dúvida.

– Alguém que conseguisse obter essas armas aqui sem que as víssemos seria capaz de deixar as tanmind fora de perigo. Ou fazê-las acreditar que era capaz.

– Ah. – A tenente Skaaiat compreendeu imediatamente. – Uma pequena multa, circunstâncias atenuantes. Sem dúvida. É alguém grande. Muito perigoso. Mas por quê?

A tenente Awn olhou para mim.

– Vá até a sacerdotisa principal e lhe peça um favor. Diga a ela que eu pedi, muito embora não seja a estação das chuvas, para posicionar alguém perto do alarme de tempestade o tempo inteiro. – O alarme, uma sirene de estourar os ouvidos, estava no alto da residência do templo. Seu som acionaria as proteções contra tempestade nas janelas da maioria dos edifícios da cidade baixa, e certamente acordaria os habitantes de qualquer edifício não automatizado. – Peça a ela que fique pronta para soá-lo se eu pedir.

– Excelente – disse a tenente Skaaiat. – Qualquer multidão terá pelo menos que trabalhar um pouco mais para ultrapassar essas proteções. E depois?

– Pode ser que nem aconteça – disse a tenente Awn. – Seja o que for, vamos ter que aceitar o que vier.

O que veio, na manhã seguinte, foi a notícia de que Anaander Mianaai, Senhora do Radch, nos faria uma visita em algum momento nos próximos dias.

Por 3 mil anos, Anaander Mianaai havia governado o espaço do Radch em caráter absoluto. Ela residia em cada um dos treze palácios de província, e estava presente em cada anexação. Ela era capaz de fazer isso porque possuía milhares de corpos, todos geneticamente idênticos, todos ligados uns aos outros. Ela ainda estava no sistema de Shis'urna, algumas dela na nau capitânia desta anexação, a *Espada de Amaat*, e algumas dela na estação Shis'urna. Era ela quem fazia a lei radchaai e decidia qualquer exceção a essa lei. Ela era a comandante-chefe das militares, a mais alta sacerdotisa de Amaat, a pessoa da qual, em última análise, todas as casas radchaai eram clientes.

E ela chegaria a Ors nos próximos dias, em alguma data não especificada. Na verdade, era um pouco surpreendente que ela não tivesse visitado Ors mais cedo: por menor que fosse, por mais que as orsianas tivessem decaído de sua antiga glória, a peregrinação anual ainda fazia de Ors um lugar com certa importância. Pelo menos o bastante para que oficiais de altas famílias e mais influência do que a tenente Awn tivessem desejado seu posto – e tentado constantemente arrancá-la dele, apesar da resistência determinada da Divina de Ikkt.

Então a visita em si não era inesperada. Embora o momento parecesse estranho. Eram duas semanas antes do início da peregrinação, quando centenas de milhares de orsianas e turistas passavam pela cidade. Durante a peregrinação, a presença de Anaander Mianaai seria altamente visível, uma oportunidade de impressionar um alto número de adoradoras de Ikkt. Em vez disso, ela viria logo antes. E, claro, era impossível não notar a profunda coincidência entre sua chegada e a descoberta das armas.

Quem quer que tivesse escondido aquelas armas estava agindo ou a favor ou contra os interesses da Senhora do Radch. Pela lógica, ela deveria ter sido a única pessoa a quem recorrer e pedir mais instruções. E ela estar pessoalmente em Ors era muito conveniente – isso apresentava uma oportunidade de lhe contar a respeito da situação sem que ninguém mais interceptasse a mensagem e estragasse o plano, ou alertasse as malfeitoras de que seu plano fora descoberto, tornando-as mais difíceis de capturar.

Só por isso, a tenente Awn ficou aliviada ao saber da visita dela. Muito embora, durante os próximos dias, e enquanto ela estivesse ali, a tenente Awn precisasse vestir seu uniforme completo.

Nesse meio-tempo, ouvi com mais atenção as conversas na cidade alta – algo mais difícil que na baixa, pois as casas eram todas fechadas e naturalmente qualquer tanmind envolvida no caso ficaria de bico calado se soubesse que eu estava por perto. E ninguém era idiota o bastante para ter o tipo de conversa que eu procurava escutar, não em qualquer lugar sem privacidade. Eu também vigiei a sobrinha de Jen Taa – o melhor que pude, pelo menos. Depois do jantar, ela não deixou mais a casa de Jen Shinnan, mas eu podia ver seus dados do rastreador.

Por duas noites fui até o pântano com Denz Ay e sua filha, e encontramos mais dois caixotes de armas. Mais uma vez eu não tinha como determinar quem as deixara, nem quando, embora as afirmações oblíquas de Denz Ay, cuidadosas para não culpar as pescadoras que eu sabia que normalmente praticavam pesca proibida naquelas áreas, implicassem que elas deveriam ter chegado em algum momento no último mês ou antes disso.

– Vou ficar feliz quando a Senhora Mianaai chegar – a tenente Awn me disse, baixinho, uma noite. – Acho que eu não deveria estar lidando com algo assim.

E nesse meio-tempo reparei que ninguém a não ser Denz Ay ia para a água à noite, e na cidade baixa ninguém ficava sentada ou deitada onde as proteções poderiam abaixar. Embora existissem medidas de segurança para detê-las caso alguém estivesse no caminho, essa era uma uma precaução de rotina durante a estação chuvosa, normalmente ignorada na estação seca.

A Senhora do Radch chegou no meio do dia, a pé, uma única versão dela descendo pela cidade alta, nenhum vestígio seu nos registros de rastreamento, e foi direto ao templo de Ikkt. Ela era velha, de cabelos grisalhos, ombros largos ligeiramente curvados, a pele quase negra de seu rosto enrugado: o que explicava a falta de guardas. A perda de um corpo que estava mais ou menos perto da morte não seria um grande problema. O uso de corpos tão mais velhos permitia que, quando desejasse, a Senhora do Radch caminhasse desprotegida, sem qualquer tipo de comitiva e sem muito risco.

Ela não vestia a jaqueta com joias e as calças das radchaai, nem o sobretudo ou calças e camisa que uma tanmind shis'urnana usaria; em vez disso usava o lungi orsiano, sem camisa.

Assim que a vi, enviei uma mensagem para a tenente Awn, que veio para o templo o mais rápido que pôde, e chegou enquanto a sacerdotisa principal estava se prostrando na praça perante a Senhora do Radch.

A tenente Awn hesitou. A maioria das radchaai nunca esteve na presença de Anaander Mianaai em circunstâncias como essa. É claro que ela estava sempre presente durante as anexações, mas o pequeno número de soldados comparado ao número de corpos que a Senhora do Radch enviava tornava improvável que alguém deparasse com ela por acaso. E qualquer cidadã pode viajar até um dos palácios de província e solicitar audiência – para um pedido, para apelação num caso jurídico, por qualquer motivo que seja –, mas, em tal caso, uma cidadã comum é treinada de antemão para saber se portar. Talvez alguém como a tenente Skaaiat soubesse atrair a atenção de Anaander Mianaai para si sem violar o decoro, mas a tenente Awn não sabia.

– Minha senhora – disse a tenente Awn, coração acelerado de medo, e se ajoelhou.

Anaander Mianaai se virou para ela, sobrancelha erguida.

– Peço o perdão da minha senhora – disse a tenente Awn. Ela estava ligeiramente zonza, fosse pelo peso do seu uniforme, pelo calor ou pelos nervos. – Preciso falar com a senhora.

A sobrancelha se ergueu ainda mais.

– Tenente Awn – disse ela –, certo?

– Sim, minha senhora.

– Esta noite irei à vigília no templo de Ikkt. Falarei com você pela manhã.

A tenente Awn levou alguns momentos para digerir isso.

– Minha senhora, só um momento. Não acho que seja uma boa ideia.

A Senhora do Radch inclinou a cabeça de modo inquisitivo.

– Eu havia entendido que você tinha esta área sob controle.

– Sim, senhora, é apenas que... – A tenente Awn parou, em pânico, sem palavras por um segundo. – As relações entre a cidade alta e a baixa neste momento... – Ela parou mais uma vez.

– Preocupe-se com seu próprio trabalho – disse Anaander Mianaai. – E eu me preocuparei com o meu. – Ela deu as costas para a tenente Awn.

Uma reprimenda pública. E ainda inexplicável: não havia razão pela qual a Senhora do Radch não pudesse ter se afastado para algumas palavras urgentes com a oficial que era chefe da segurança do local. E a tenente Awn não fizera nada para merecer tal reprimenda. No começo, pensei que o único motivo para a perturbação que eu lia viesse da tenente Awn. A questão das armas poderia ser comunicada pela manhã tanto quanto agora, e não parecia haver outra dificuldade. Mas enquanto a Senhora do Radch caminhara pela cidade alta, a notícia da presença de Anaander Mianaai se espalhara, como naturalmente aconteceria, e as residentes da cidade alta haviam saído de suas casas e começado a se reunir na margem norte da água do Pré-Templo para ver a Senhora do Radch, vestida como uma orsiana, se postar na frente do templo de Ikkt com a Divina. E, ouvindo os murmúrios das tanmind que assistiam a tudo, percebi que naquele instante em particular as armas eram apenas uma preocupação secundária.

As residentes tanmind da cidade alta eram ricas, bem alimentadas, donas de lojas, fazendas e pomares de tamarindos. Mesmo nos meses precários que se seguiram à anexação, quando os suprimentos eram escassos e a comida cara, elas tinham conseguido manter suas famílias alimentadas. Quando Jen Shinnan dissera, algumas noites antes, que ninguém ali passara fome, ela provavelmente acreditava que isso era verdade. Ela não passara fome, nem ninguém que ela conhecia, quase todas ricas tanmind. Por mais que reclamassem, elas tinham chegado ao fim da anexação com relativo conforto. E suas filhas tiveram bons resultados ao fazer os testes de aptidão, e isso continuaria a acontecer, conforme a tenente Skaaiat dissera.

E no entanto essas mesmas pessoas, quando viram a Senhora do Radch atravessar direto a cidade alta até o templo de Ikkt, concluíram que aquele gesto de respeito para com as orsianas era um insulto calculado contra elas. Isso estava claro em suas expressões, em suas exclamações indignadas. Eu não tinha previsto isso. Talvez a Senhora do Radch não tivesse previsto. Mas a tenente Awn percebera que isso aconteceria, quando viu a Divina no chão na frente da Senhora do Radch.

Deixei a praça, e algumas das ruas da cidade alta, e fui até onde as tanmind estavam, meia dúzia de mim. Não saquei nenhuma arma, não fiz nenhuma ameaça. Eu disse, meramente, para quem estivesse perto de mim:

– Voltem para casa, cidadãs.

A maioria se virou e partiu, e, mesmo que suas expressões não fossem agradáveis, elas não ofereceram reais protestos. Outras levaram mais tempo para ir, talvez testando minha autoridade, embora não muito: qualquer uma que tivesse estômago para fazer uma coisa dessas fora fuzilada em algum ponto nos últimos cinco anos, ou pelo menos aprendera a restringir um impulso quase suicida desse tipo.

A Divina, se levantando para escoltar Anaander Mianaai ao interior do templo, lançou um olhar indecifrável para a tenente Awn, onde ela ainda estava ajoelhada sobre as pedras da praça. A Senhora do Radch sequer olhou em sua direção.

7

– E depois – disse Strigan enquanto comíamos, fazendo a mais recente em uma longa lista de reclamações contra as radchaai – há o tratado com a espécie presger.

Seivarden estava parada, olhos fechados, respiração tranquila, com sangue coagulado no lábio, no queixo e espalhado na frente do casaco. Havia um corretor sobre seu nariz e sua testa.

– Você se ressente do tratado? – perguntei. – Preferiria que as presger se sentissem livres para fazer o que sempre fizeram? – As presger não se importavam se uma espécie era senciente, consciente ou inteligente. A palavra que usavam, ou o conceito, pelo menos (pelo que eu entendia, as presger não falavam usando palavras), era normalmente traduzida como *Significância*. E apenas as presger eram *Significantes*. Todos os outros seres eram, por direito, sua presa, propriedade ou brinquedo. Na maioria das vezes, elas não davam a mínima para humanas, mas algumas delas gostavam de parar naves e destroçá-las por completo, junto com seu conteúdo.

– Eu preferiria que o Radch não fizesse promessas de união em nome de toda a humanidade – respondeu Strigan. – Nem ditasse a política para cada governo humano e depois nos dissesse que devemos ser gratos por isso.

– As presger não reconhecem essas divisões. Era tudo ou nada.

– Era o Radch estendendo o controle por outra via, mais fácil e barata do que a conquista direta.

– Talvez você se surpreenda ao saber que algumas radchaai de alto escalão detestam o tratado tanto quanto você.

Strigan ergueu uma sobrancelha e pôs de lado sua tigela de leite fermentado fedorento.

– De algum modo eu duvido que fosse achar simpáticos esses radchaai de alto escalão. – Seu tom de voz era amargo, ligeiramente sarcástico.

– Não – respondi. – Não acho que fosse gostar muito delas. Elas com certeza não teriam muita utilidade para você.

Ela piscou várias vezes e olhou séria para meu rosto, como se tentasse ler algo em minha expressão. Então balançou a cabeça e fez um gesto de descaso.

– Não diga.

– Quando se é agente da ordem e civilização no universo, não se curva para negociar. Em especial com não humanas. – Isso incluía um número bem grande de pessoas que se consideravam humanas, mas esse era um assunto que não deveria ser discutido por enquanto. – Por que fazer um tratado com um inimigo tão implacável? Destrua a espécie e pronto.

– Vocês conseguiriam? – perguntou Strigan, incrédula. – Vocês conseguiriam destruir a espécie presger?

– Não.

Ela cruzou os braços e recostou-se em sua cadeira.

– Então por que debater o assunto?

– Eu acho que é óbvio – respondi. – Há quem ache difícil admitir que o Radch seja falível, ou que seu poder tenha limites.

Strigan olhou para o outro lado da sala, na direção de Seivarden.

– Mas isso não faz sentido. *Debate*. Não há verdadeiro debate possível.

– Certamente – concordei. – Você é a especialista.

– Ahá! – exclamou ela, sentando-se ereta. – Eu enfureci você.

Eu tinha certeza de que não mudara a expressão no meu rosto.

– Acho que você nunca esteve no Radch. Acho que não conhece muitas radchaai, não pessoalmente. Não bem. Você olha de fora e vê conformidade e lavagem cerebral. – Diversas fileiras de soldados com armaduras de prata idênticas, sem vontade própria, sem mente própria. – E é verdade que a mais baixa das radchaai se acha imensuravelmente superior a qualquer não cidadã. Nem vale a pena considerar o que gente como Seivarden pensa de si mesma. – Strigan soltou uma bufada breve e entretida. – Mas elas são pessoas, e têm opiniões diferentes a respeito das coisas.

– Opiniões que não interessam. Anaander Mianaai declara o que acontecerá, e ponto.

Era uma questão mais complicada do que ela pensava, eu tinha certeza.

– Isso só faz aumentar a frustração delas. Imagine. Imagine toda a sua vida orientada para a conquista, para aumentar o espaço radchaai. *Você* vê assassinato e destruição em uma escala inimaginável, mas elas veem a disseminação da civilização, da justiça e da adequação, do benefício para o universo. A morte e a destruição são produtos inevitáveis desse bem supremo.

– Acho que não consigo ter muita simpatia pela perspectiva deles.

– Não estou pedindo isso. Só pare um momento aí e observe. Não só a sua vida, mas a vida de toda a sua casa e de seus ancestrais por mais de mil anos antes de você. Todas essas vidas estão devotadas a essa ideia, a essas ações. É a vontade de Amaat. É a vontade da Deusa, o universo inteiro deseja isso. E então um dia alguém lhe diz que talvez você estivesse errada. E sua vida não será o que você imaginou que fosse.

– Acontece com as pessoas o tempo todo – disse Strigan, levantando-se da cadeira. – Só que a maioria de nós não se ilude achando que temos grandes destinos.

– A exceção não é insignificante – ressaltei.

– E você? – Ela parou ao lado da cadeira, xícara e tigela nas mãos. – Com certeza é radchaai. Seu sotaque, quando fala radchaai

– estávamos falando sua própria língua nativa – parece com o do Gerentato. Mas você quase não tem sotaque neste momento. Talvez só tenha muita habilidade com línguas. Eu poderia até dizer que é uma habilidade inumana... – Ela fez uma pausa. – Mas a coisa de gênero entrega. Só uma radchaai erraria o gênero das pessoas como você faz.

Eu havia adivinhado errado.

– Não consigo ver embaixo das suas roupas. E, mesmo que pudesse, esse nem sempre é um indicador confiável.

Ela piscou várias vezes, hesitou um momento como se o que eu dissera não fizesse sentido.

– Eu costumava me perguntar como os radchaai se reproduziam, se eram todos do mesmo gênero.

– Não são. E se reproduzem como todo mundo. – Strigan ergueu uma sobrancelha, cética. – Elas vão à médica – continuei – e desativam seus implantes de contracepção. Ou usam um tanque. Ou fazem cirurgia para poder engravidar. Ou contratam alguém para passar pela gravidez.

Nada disso era muito diferente do que qualquer outra espécie fazia, mas Strigan parecia ligeiramente escandalizada.

– Você é *mesmo* radchaai. E com certeza *muito* familiarizada com o capitão Seivarden, mas não é *como* ele. Eu me perguntei desde o começo se você era auxiliar, mas não estou vendo muito em termos de implantes. Quem é você?

Ela precisaria olhar bem mais de perto do que já fizera para ver evidências do que eu era. Para uma observadora casual eu parecia ter um ou dois implantes ópticos ou de comunicações, o tipo de coisa que milhões de pessoas tinham, radchaai ou não. E nos últimos vinte anos eu encontrara maneiras de esconder as minhas especificidades.

Apanhei meus próprios pratos e me levantei.

– Eu sou Breq, do Gerentato.

Strigan bufou, sem acreditar. O Gerentato estava distante o bastante de onde eu estivera nos últimos dezenove anos para esconder qualquer pequeno erro que eu pudesse cometer.

110

– Apenas fazendo turismo – observou Strigan, num tom que deixava claro que ela não acreditava nem um pouco em mim.

– Sim – concordei.

– Então qual é o interesse em... – Ela fez um gesto mais uma vez para Seivarden, que continuava dormindo, com respiração lenta e normal. – Apenas um animal desgarrado precisando de resgate?

Não respondi. Para ser franca, eu não sabia a verdade.

– Já conheci pessoas que colecionam bichos desgarrados. Não acho que você seja uma delas. Tem algo... algo de frio em você. Algo no limite. Você é bem mais calma do que qualquer turista que já vi.

– E é claro que eu sabia que ela tinha a arma, de cuja existência ninguém deveria saber a não ser ela própria e Anaander Mianaai. – Não há maneira, nem nos dezessete infernos, de você ser uma turista do Gerentato. *O que é você?*

– Se eu lhe dissesse, estragaria sua diversão – respondi.

Strigan abriu a boca para dizer algo, possivelmente irritada, a julgar pela sua expressão, quando um alarme soou.

– Visitantes – disse ela.

Quando vestimos nossos casacos e saímos pelas duas portas, um rastejador havia feito um caminho maltrapilho até a casa, formando uma trincheira branca na neve tingida de musgo, sua hélice semirrotatória não atingindo meu voador por centímetros.

A porta se abriu com um estalo e uma niltana saiu, mais baixa do que a maioria das que eu conhecera, embrulhada num casaco escarlate bordado com azul bem vivo e um tom berrante de amarelo, mas sobreposto com manchas escuras: musgo da neve e sangue. A pessoa parou por um instante, e então nos viu paradas na entrada da casa.

– Médico! – gritou ela. – Socorro!

Antes que ela acabasse de falar, Strigan estava atravessando a neve a passos largos. Fui atrás.

Mais de perto, vi que a motorista era apenas uma criança, uns 14 anos, se tanto. No banco da carona uma adulta estava deitada, inconsciente, roupas quase despedaçadas. Em alguns pontos os rasgos atravessavam todas as camadas. Sangue empapava o tecido e o banco. Ela não tinha a perna direita abaixo do joelho, nem o pé esquerdo.

Nós três conseguimos colocar a pessoa ferida dentro da casa, na enfermaria.

– O que aconteceu? – perguntou Strigan enquanto removia fragmentos ensanguentados de casaco.

– Demônio do gelo – disse a garota. – Não vimos ele! – Os olhos se encheram de lágrimas, mas elas não caíram. Ela engoliu em seco.

Strigan avaliou os torniquetes improvisados que obviamente foram aplicados pela garota.

– Você fez tudo o que pôde – ela disse para a garota. Então assentiu na direção da porta que dava para a sala principal. – Fique tranquila, eu assumo daqui.

Saímos da enfermaria. A garota parecia nem se dar conta de minha presença, ou da de Seivarden, ainda deitada sobre os cobertores. Ela ficou parada por alguns segundos no meio da sala, insegura, parecendo paralisada, então afundou num banco.

Eu lhe trouxe uma tigela de leite fermentado e ela se assustou, como se eu tivesse aparecido do nada.

– Você está machucada? – perguntei. Não errei o gênero desta vez; já tinha ouvido Strigan usar o pronome feminino.

– Eu... – Ela parou, olhando para minha oferta como se a tigela de leite pudesse mordê-la. – Não, não... um pouco. – Ela parecia à beira de um colapso. Talvez estivesse mesmo. Pelos padrões radchaai ela era ainda uma criança, mas vira aquela adulta ferida (seria uma mãe, uma prima, uma vizinha?) e tivera a presença de espírito de prestar uns poucos primeiros socorros, colocá-la em um rastejador e ir até ali. Não seria de estranhar se ela desabasse agora.

– O que aconteceu com o demônio do gelo? – perguntei.

– Não sei. – Ela ergueu os olhos, do leite para mim, ainda sem tomá-lo. – Eu chutei ele. Enfiei minha faca nele. Ele foi embora. Eu não sei.

Levei alguns minutos para tirar as informações dela, saber que ela deixara mensagens para os outros no acampamento de sua família, mas que ninguém estava perto o bastante para ajudar, ou perto o bastante para chegar lá com rapidez. Enquanto conversávamos, ela começou a se recuperar, pelo menos um pouco, o bastante para aceitar e beber o leite que ofereci.

Em poucos minutos ela estava suando; retirou ambos os casacos e os depositou no banco ao seu lado, então se sentou, quieta e desajeitada. Eu não sabia como aliviar sua tensão.

– Conhece alguma música? – perguntei a ela.

Ela ficou piscando, espantada.

– Não sou cantora – respondeu.

Podia ser um problema de idioma. Eu não prestara muita atenção aos costumes daquela parte do mundo, mas tinha razoável certeza de que não existia divisão entre canções que alguém pudesse cantar e canções que eram, normalmente por motivos religiosos, cantadas apenas por especialistas – não nas cidades próximas ao equador. Talvez fosse diferente ali, tão ao sul.

– Desculpe – disse. – Devo ter usado a palavra errada. Como se diz quando se está trabalhando ou brincando, ou tentando colocar um bebê para dormir? Ou apenas...

– Ah! – Por apenas um momento, a compreensão a animou. – Você quer dizer *canções*!

Sorri como incentivo, mas ela voltou a ficar em silêncio.

– Tente não se preocupar demais – continuei. – Strigan é muito eficiente no que faz. E às vezes você simplesmente precisa deixar as coisas para as deusas.

Ela curvou o lábio inferior e o mordeu.

– Não acredito em nenhum deus – respondeu, com uma leve veemência.

– Mesmo assim. As coisas que tiverem de acontecer acontecerão.

Ela fez um gesto de concordância forçado.

– Você joga peões? – perguntei. Talvez ela pudesse me mostrar o jogo para o qual o tabuleiro de Strigan fora feito, embora eu duvidasse que ele fosse de Nilt.

– Não. – E, com isso, eu havia exaurido os poucos recursos que poderiam diverti-la ou distraí-la.

Após dez minutos de silêncio, ela disse:

– Tenho um conjunto de tiktik.

– O que é tiktik?

Ela arregalou os olhos, bolas em seu rosto redondo e pálido.

– Como pode não saber o que é tiktik? Você deve ser de muito longe! – Confirmei que sim, e ela continuou. – É um jogo. É basicamente um jogo para crianças. – Seu tom de voz implicava que ela não era criança, mas era melhor eu não perguntar por que ela estava com um conjunto de jogo para crianças. – Você nunca jogou tiktik mesmo?

– Nunca. De onde eu venho nós costumamos jogar peões, cartas e dados. Mas mesmo esses são diferentes em cada lugar.

Ela ficou ponderando isso por um momento.

– Posso ensinar a você – disse enfim. – É fácil.

Duas horas depois, enquanto eu jogava meu punhado de dadinhos de osso de bov, o alarme de visitantes soou. A garota levantou a cabeça, assustada.

– Tem alguém aqui – observei. A porta da enfermaria continuava fechada, e Strigan não estava prestando atenção.

– Mamãe – sugeriu a garota, esperança e alívio emprestando um tremor ínfimo a sua voz.

– Assim espero. Tomara que não seja outro paciente. – Percebi imediatamente que não deveria ter sugerido isso. – Vou ver.

Era Mamãe, sem dúvidas. Ela saltou para fora do voador no qual chegara, e veio na direção da casa com uma velocidade que eu não imaginaria ser possível sobre a neve. Ela passou por mim sem perceber que eu estava ali. Era alta para uma niltana, e larga, como elas todas eram, embrulhada em casacos. Os sinais de sua relação com a garota estavam claros nas rugas de seu rosto. Eu a segui para dentro de casa.

Ao ver a garota, agora parada ao lado do tabuleiro abandonado de tiktik, ela disse:

– E então, o que aconteceu?

Uma mãe radchaai teria abraçado com força sua filha, a beijado, dito a ela como estava aliviada por vê-la bem, talvez até tivesse chorado. Algumas radchaai teriam achado aquela mãe fria e sem afeto. Mas eu tinha certeza de que isso teria sido um erro. As duas se sentaram juntas num banco, as laterais do corpo encostando, enquanto a garota fazia seu relatório: o que ela sabia da condição da paciente, e o que acontecera na neve com as bovs, e o demônio de gelo. Quando ela terminou, a mãe lhe deu duas palmadinhas secas no joelho, e foi como se ela de repente tivesse virado uma garota diferente, mais alta, mais forte, agora que tinha, ao que parecia, não apenas a presença forte e reconfortante da mãe, mas sua aprovação também.

Eu lhes trouxe duas tigelas de leite fermentado, e a mãe voltou a atenção subitamente para mim, mas não, pensei, porque eu despertasse algum interesse em particular.

– Você não tem formação médica – disse ela, uma simples afirmação. Eu podia ver que sua atenção continuava voltada para a filha; o interesse dela em mim se limitava a determinar se eu poderia ser uma ameaça ou uma ajuda.

– Sou visitante aqui – respondi a ela. – Mas a médica está ocupada, e achei que você poderia gostar de algo para beber.

Seus olhos foram até Seivarden, que continuava dormindo, como já estava fazendo nas últimas horas, aquele corretor preto e trêmulo aberto sobre a testa, os restos de hematomas ao redor da boca e do nariz.

– Ela é de muito longe – disse a garota. – Não sabia como jogar tiktik!

O olhar da mãe passou rapidamente pelo conjunto no chão: os dados, o tabuleiro e peças achatadas de pedra pintada paradas no meio da trajetória. Não disse nada, mas sua expressão mudou, apenas um pouco. Ela assentiu com a cabeça de leve, de modo quase imperceptível, e aceitou o leite que ofereci.

Vinte minutos depois, Seivarden acordou, tirou o corretor preto da cabeça, demorando-se um pouco nos flocos de sangue seco que caíam ao serem esfregados. Ela olhou para as duas niltanas, sentadas quietas, lado a lado, num banco lateral, e nos ignorando de propósito. Nenhuma delas parecia achar estranho que eu não fosse até Seivarden nem lhe dissesse nada. Eu não sabia se ela lembrava por que eu batera nela, ou mesmo que eu fizera isso. Às vezes um golpe na cabeça afeta memórias dos momentos que levaram até ele. Mas ela provavelmente se lembrava ou suspeitava de algo, pois não olhou para mim. Depois de ficar alguns minutos mexendo no machucado, ela se levantou, foi até a cozinha e abriu um armário. Ficou olhando por 30 segundos, depois pegou uma tigela, pão duro para colocar dentro e água para derramar em cima, então ficou parada, encarando, esperando que ele amolecesse, sem dizer nada, sem olhar para ninguém.

8

No começo, as pessoas que eu mandara para fora da água do Pré--Templo ficaram sussurrando em pequenos grupos na rua, mas se dispersaram quando me aproximei para fazer minhas rondas regulares. Mas logo depois todas sumiram para dentro de casa, aglomerando-se lá. Durante as horas seguintes, a cidade alta ficou em silêncio. Assustadoramente quieta, e não ajudava o fato de que a tenente Awn não parava de me perguntar o que estava acontecendo lá.

A tenente Awn tinha certeza de que aumentar minha presença na cidade alta só pioraria a situação, então ela ordenou que eu ficasse perto da praça. Se algo acontecesse, eu estaria lá, entre as cidades alta e baixa. Foi em grande parte por isso que, quando as coisas desmoronaram, ainda fui capaz de funcionar de modo mais ou menos eficiente.

Durante horas, nada aconteceu. A Senhora do Radch entoou preces junto com as sacerdotisas de Ikkt. Na cidade baixa, transmiti a notícia de que poderia ser uma boa ideia ficar em casa esta noite, e como resultado não houve conversas nas ruas, nenhum agrupamento de vizinhas no piso térreo de alguém para ver um entretenimento. Ao cair da noite quase todo mundo havia se retirado para um andar superior, e estava falando baixinho, ou olhando sobre as balaustradas, sem dizer nada.

Quatro horas antes do amanhecer, tudo se despedaçou. Ou, para falar com mais precisão, *eu* caí aos pedaços. Os dados de rastreamento que eu estava monitorando foram cortados, e de repente todas as vinte de mim estavam cegas, surdas, imóveis. Cada segmento só podia enxergar a partir de um único par de olhos, ouvir por um único par de ouvidos, mover apenas aquele único corpo. Meus segmentos levaram alguns poucos e assustados momentos de pânico para perceber que estavam cortados uns dos outros, cada instância minha sozinha em um único corpo. E o pior de tudo, naquele mesmo instante todos os dados enviados pela tenente Awn cessaram.

A partir daquele momento eu era vinte pessoas diferentes, com vinte diferentes conjuntos de observações e memórias, e só consigo me lembrar do que aconteceu reunindo aquelas experiências separadas.

No momento do impacto, todos os vinte segmentos imediatamente, sem pensar, estenderam minha armadura; os segmentos que estavam vestidos não fizeram a menor tentativa de modificá-la para cobrir qualquer parte dos meus uniformes. Na casa, oito dos segmentos que dormiam despertaram no mesmo instante, e assim que recuperei minha compostura eles correram para onde a tenente Awn tentava dormir. Dois desses segmentos, Dezessete e Quatro, ao verem que a tenente parecia bem, e que havia diversos outros segmentos ao redor dela, foram até o console da casa para checar o status de comunicações. O console não estava funcionando.

– Comunicações desligadas – gritou meu segmento Dezessete, a voz distorcida pela armadura prateada e lisa.

– Não é possível – disse Quatro, e Dezessete não respondeu, pois nenhuma resposta era necessária dada a situação.

Alguns dos meus segmentos na cidade alta chegaram a se voltar em direção ao Pré-Templo antes de perceber que era melhor eu ficar onde estava. Uma de mim disparou a correr para garantir a segurança da tenente Awn, e duas disseram, ao mesmo tempo:

– A cidade alta!

E outras duas:

– A sirene de tempestade!

E por dois segundos confusos, os pedaços de mim tentaram decidir o que fazer em seguida. O segmento Nove correu até a residência do templo e despertou a sacerdotisa adormecida ao lado da sirene de tempestade, que então a acionou.

Logo antes de a sirene tocar, Jen Shinnan saiu correndo de sua casa na cidade alta, gritando:

– Assassinato! Assassinato!

As luzes se acenderam nas casas ao seu redor, mas outros ruídos foram sufocados pelo grito agudo da sirene. Meu segmento mais próximo estava a quatro ruas de distância.

Ao redor da cidade baixa, os protetores contra tempestade desceram com um estrondo. As sacerdotisas do templo interromperam suas preces, e a sacerdotisa principal olhou para mim, fazendo um gesto indefeso.

– Minhas comunicações foram cortadas, Divina – disse aquele segmento. A sacerdotisa principal piscou várias vezes, sem compreender. A fala era inútil enquanto a sirene soava.

A Senhora do Radch não havia reagido no momento em que eu me fragmentara, embora ela estivesse conectada ao resto de si mesma praticamente da mesma forma que eu costumava estar. Sua aparente falta de surpresa era estranha o bastante para chamar a atenção do meu segmento mais próximo a ela. Mas isso poderia ter sido puro autocontrole; a sirene não provocou mais do que um olhar para cima e uma sobrancelha erguida. Então ela se levantou e saiu para a praça.

Foi a terceira pior coisa que já me aconteceu. Eu perdera todo o senso da *Justiça de Toren* lá no alto, todo o senso de mim mesma. Eu havia me estilhaçado em vinte fragmentos que mal conseguiam se comunicar uns com os outros.

Logo antes de a sirene soar, a tenente Awn enviara um segmento ao templo, com ordens para soar o alarme. Esse segmento correra até a praça, onde ficou parado, hesitante, olhando para o resto de si mesmo, visível mas *não presente* até onde ia meu senso de mim mesma.

A sirene parou. A cidade baixa estava em silêncio; o único som era o de meus passos e minhas vozes filtradas pela armadura, tentando falar comigo mesma, para me organizar de modo que eu conseguisse ao menos um funcionamento mínimo.

A Senhora do Radch ergueu uma sobrancelha grisalha.

– Onde está a tenente Awn?

Aquela era, claro, a questão mais urgente na mente de todos os meus segmentos que já não tinham uma resposta. Mas agora aquela de mim que chegara com a ordem da tenente Awn sabia o que podia fazer.

– A tenente Awn está a caminho, minha senhora – disse ela, e dez segundos depois a tenente e a maioria de meus outros segmentos que estivera na casa chegou, correndo para a praça.

– Achei que você tinha esta área sob controle. – Anaander Mianaai não olhou para a tenente Awn enquanto falava, mas a direção de suas palavras estava clara.

– Eu também. – E então a tenente Awn se lembrou de onde estava, e com quem estava falando. – Minha senhora. Suplico por seu perdão. – Cada uma de mim se conteve para não se voltar por completo para vigiar a tenente Awn, garantindo que ela estivesse realmente *lá*. Sem olhar, eu não conseguia senti-la. Alguns sussurros decidiram qual dos meus segmentos ficaria próximo dela, e o resto teria de confiar nisso.

Meu segmento Dez deu a volta na água do Pré-Templo correndo o mais rápido que pôde.

– Problemas na cidade alta! – gritou ela, e parou na frente da tenente Awn, onde eu abrira o caminho para mim mesma. – As pessoas estão se juntando na casa de Jen Shinnan, estão zangadas, estão falando de assassinato e de conseguir justiça.

– *Assassinato*. Ah, *porra*!

Todos os segmentos perto da tenente Awn disseram, em uníssono:

– Cuidado com o linguajar, tenente!

Anaander Mianaai olhou para mim sem acreditar, mas não disse nada.

– Ah, *porra*! – a tenente Awn repetiu.

– Você vai fazer alguma coisa – perguntou Anaander Mianaai, calma e deliberadamente – além de xingar?

A tenente Awn ficou paralisada por meio segundo, depois olhou ao redor, por sobre a água, em direção à cidade baixa, para o templo.

– Quem está aqui? Contagem! – E quando acabamos de fazer isso: – De Um a Sete, aqui fora. O resto, comigo.

Acompanhei-a até o templo, deixando Anaander Mianaai em pé na praça.

As sacerdotisas estavam paradas ao lado do estrado, vendo nossa aproximação.

– Divina – disse a tenente Awn.

– Tenente – cumprimentou a sacerdotisa principal.

– Há uma turba querendo violência, e estão vindo da cidade alta nesta direção. Calculo que temos cinco minutos. Elas não podem fazer muito estrago enquanto os protetores de tempestade estiverem abaixados. Gostaria de trazê-las para cá, evitar que elas façam algo drástico.

– Trazê-las para cá – repetiu a sacerdotisa principal, sem muita certeza.

– Tudo o mais está escuro e fechado. As portas grandes estão abertas, é o lugar mais óbvio para vir. Quando a maioria delas estiver aqui dentro fechamos as portas e Um Esk as cerca. Poderíamos simplesmente trancar as portas do templo e deixar que elas tentassem a sorte com os protetores nas casas, mas não quero descobrir se eles são tão difíceis assim de violar. Se – acrescentou ela, vendo Anaander Mianaai entrar no templo, caminhando devagar, como se nada de anormal estivesse acontecendo – minha senhora permitir.

A Senhora do Radch assentiu em silêncio.

A sacerdotisa principal deixou claro que não gostou da sugestão, mas concordou. Àquela altura, meus segmentos na praça estavam vendo algumas lanternas nas ruas mais próximas da cidade alta.

Em pouco tempo, eu estava com a tenente Awn atrás das portas grandes do templo, prontas para se fechar ao seu sinal, e algumas de mim foram despachadas para as ruas ao redor da praça a fim de ajudar na condução das tanmind em direção ao templo. O resto de mim ficou nas sombras ao redor do perímetro interno do templo propriamente dito, e as sacerdotisas retornaram às suas preces, de costas para a entrada ampla e convidativa.

Mais de cem tanmind desceram da cidade alta. A maioria delas fez precisamente o que queríamos, e correram numa massa turbilhonante e barulhenta para dentro do templo, a não ser por 23 delas, das quais uma dúzia se desviou em direção a uma avenida escura e vazia. As outras 11, que já estavam seguindo o grupo maior, viram um segmento de mim parado em silêncio ali perto, e pensaram melhor em suas ações. Elas pararam, resmungando entre si por um momento, vendo a massa de tanmind correr para dentro do templo, as outras correndo, gritando, descendo a rua. Elas me viram fechar as portas do templo, os segmentos postados ali não uniformizados, cobertos apenas com o prata da minha própria armadura, e talvez isso as lembrasse da anexação. Várias delas soltaram palavrões, viraram e correram de volta para a cidade alta.

Oitenta e três tanmind haviam entrado correndo no templo; suas vozes zangadas ecoaram mais de uma vez, ampliadas. Ao som das portas se fechando, elas se viraram e tentaram correr de volta pelo caminho por onde tinham vindo, mas eu as cercara, armas sacadas e apontadas para quem estivesse mais perto de cada segmento meu.

– Cidadãs! – gritou a tenente Awn, mas ela não tinha o traquejo de se fazer ouvida.

– Cidadãs! – gritaram meus vários fragmentos, minhas próprias vozes ecoando e depois morrendo.

Junto com o tumulto das tanmind, Jen Shinnan, Jen Taa e algumas outras, que eu sabia serem amigas ou parentes delas, mandaram as que estavam mais perto se calarem e pensarem que a Senhora do Radch estava ali, e que elas poderiam falar diretamente com ela.

– Cidadãs! – gritou mais uma vez a tenente Awn. – Vocês ficaram malucas? O que estão fazendo?

– Assassinato! – Jen Shinnan, à frente da multidão, gritava por cima da minha cabeça para a tenente Awn, que estava atrás de mim, ao lado da Senhora do Radch e da Divina. As sacerdotisas jovens estavam encolhidas juntas, e pareciam paralisadas. As vozes tanmind resmungavam, ecoando, em apoio a Jen Shinnan. – Não vamos conseguir justiça de você, então *nós* a faremos! – Jen Shinnan gritou. Os resmungos da multidão rolaram pelas paredes de pedra do templo.

– Explique-se, cidadã – disse Anaander Mianaai, voz empostada para soar acima do ruído.

As tanmind silenciaram umas às outras por cinco segundos, e então:

– Minha Senhora – disse Jen Shinnan. Seu tom de voz respeitoso soava quase sincero. – Minha jovem sobrinha estava hospedada em minha casa na última semana. Quando foi à cidade baixa, ela sofreu assédio e ameaças por parte de orsianas. Reportei o fato à tenente Awn, mas nada foi feito. Nesta noite encontrei seu quarto vazio, a janela quebrada, sangue por toda parte! O que devo concluir? As orsianas sempre se ressentiram de nós! Agora elas pretendem nos matar; é de se espantar que queiramos nos defender?

Anaander Mianaai se virou para a tenente Awn:

– Isto foi reportado?

– Foi, minha senhora – disse a tenente Awn. – Eu investiguei e descobri que a jovem pessoa em questão nunca saiu das vistas da Um Esk da *Justiça de Toren*, que reportou que ela havia passado todo o seu tempo na cidade baixa sozinha. As únicas palavras transmitidas entre ela e qualquer pessoa foram transações comerciais de rotina. Ela não foi assediada nem ameaçada em nenhum momento.

– Está vendo? – gritou Jen Shinnan. – Está vendo o que nos obriga a fazer justiça pelas próprias mãos?

– E o que leva vocês a crerem que a vida de todas está ameaçada? – perguntou Anaander Mianaai.

– Minha senhora – disse Jen Shinnan. – A tenente Awn quer fazer a senhora acreditar que todas da cidade baixa são leais e seguem a lei, mas sabemos por experiência que as orsianas são tudo, menos modelos de virtude. As pescadoras vão para a água de noite, sem ser vistas. Fontes... – Ela hesitou, só por um momento, por algum motivo que eu não soube identificar. Talvez fosse por causa da arma apontada diretamente para si, pela contínua impassividade de Anaander Mianaai, ou por outra coisa; eu não saberia dizer. Mas me pareceu que algo a divertia. Então ela recuperou a compostura. – Fontes que prefiro não nomear viram as barqueiras da cidade baixa depositarem armas no lago. Para o que elas seriam, a não ser para enfim executar sua vingança contra nós, uma vez que elas acreditam que as tratamos mal? E como essas armas poderiam ter entrado aqui sem a cumplicidade da tenente Awn?

Anaander Mianaai virou seu rosto escuro para a tenente Awn e ergueu uma sobrancelha grisalha:

– Você tem uma resposta para isso, tenente Awn?

Alguma coisa na pergunta, ou no jeito como ela foi formulada, perturbou todos os segmentos que a ouviram. E Jen Shinnan chegou a sorrir. Ela havia *esperado* que a Senhora do Radch ficasse contra a tenente Awn, e ficou satisfeita com isso.

– Tenho uma resposta, minha senhora – afirmou a tenente. – Algumas noites atrás, uma pescadora local me relatou que encontrara um depósito de armas sob o lago. Eu as removi e as levei para minha casa, e ao investigar descobri mais dois depósitos, que também removi. Minha intenção era pesquisar mais esta noite, mas, como a senhora está vendo, os acontecimentos me impediram. Meu relatório está escrito mas ainda não foi enviado, porque eu também me perguntei como as armas poderiam ter chegado até aqui sem meu conhecimento.

Talvez fosse apenas por causa do sorriso de Jen Shinnan, e das estranhas perguntas acusatórias de Anaander Mianaai (e da admoestação mais cedo, na praça do templo), mas no ar carregado do templo, o eco das palavras da tenente Awn parecia uma acusação.

– Eu também me perguntei – disse a tenente Awn, no silêncio depois que o eco morreu – por que a jovem pessoa em questão acusaria falsamente as residentes da cidade baixa de assediá-la, quando elas com certeza não o fizeram. Estou certa de que ninguém da cidade baixa lhe fez mal.

– Alguém fez! – gritou uma voz na multidão, e murmúrios afirmativos começaram, cresceram e ecoaram ao redor do vasto espaço de pedra.

– A que horas você viu sua prima pela última vez? – perguntou a tenente Awn.

– Três horas atrás – disse Jen Shinnan. – Ela nos disse boa noite e foi para o quarto.

A tenente Awn se dirigiu ao meu segmento que estava mais perto dela.

– Um Esk, alguém atravessou a cidade baixa até a alta nas últimas três horas?

O segmento que respondeu, Treze, sabia que eu devia tomar cuidado com minha resposta, a qual todas ouviriam.

– Não. Ninguém atravessou em nenhum dos sentidos. Embora eu não possa ter certeza quanto aos últimos quinze minutos.

– Alguém poderia ter vindo antes – ressaltou Jen Shinnan.

– Nesse caso – respondeu a tenente Awn – elas ainda estão na cidade alta, e vocês deviam estar procurando por elas lá.

– As armas... – Jen Shinnan começou.

– Não representam perigo para vocês. Elas estão trancadas sob o piso superior da minha casa, e Um Esk já desabilitou a maioria delas.

Jen Shinnan lançou um estranho olhar de apelo para Anaander Mianaai, que ficara quieta e impassível durante aquela conversa.

– Mas...

– Tenente Awn – chamou a Senhora do Radch. – Uma palavrinha. – Ela fez um gesto de lado, e a tenente Awn a acompanhou até um ponto a 15 metros de distância. Um dos meus segmentos foi atrás, o que Mianaai ignorou. – Tenente – ela disse baixinho –, diga-me o que você acha que está acontecendo.

A tenente Awn engoliu em seco, respirou fundo.

– Minha senhora. Estou certa de que ninguém da cidade baixa feriu a jovem pessoa em questão. Também tenho certeza de que as armas não foram depositadas por ninguém da cidade baixa. E todas as armas em questão tinham sido confiscadas durante a anexação. Isso só pode ter se originado de um nível muito alto. Foi por isso que não enviei o relatório. Estava esperando falar com a senhora diretamente sobre isso quando chegou, mas nunca tive a oportunidade.

– Você teve medo de que, se reportasse esses fatos por canais regulares, quem quer que tenha feito isso perceberia que seu plano foi detectado e cobriria os rastros.

– Sim, minha senhora. Quando ouvi que estava chegando, minha senhora, planejei falar de imediato.

– *Justiça de Toren*. – A Senhora do Radch se dirigiu ao meu segmento sem olhar para mim. – Isso é verdade?

– Inteiramente, minha senhora – respondi. As sacerdotisas jovens continuavam encolhidas. A sacerdotisa principal estava separada delas, olhando para a conferência entre a tenente Awn e a Senhora do Radch, no rosto uma expressão que eu não conseguia ler.

– Então – disse Anaander Mianaai –, qual é a sua avaliação dessa situação?

A tenente Awn piscou várias vezes, atônita.

– Eu... para mim, é muito provável que Jen Shinnan esteja envolvida com as armas. Se não estivesse, como ela saberia da existência delas?

– E essa jovem pessoa assassinada?

– Se ela *foi* assassinada, ninguém da cidade baixa o fez. Mas elas podem tê-la matado para ter uma desculpa para... – A tenente Awn parou, pasma.

– Uma desculpa para descer até a cidade baixa e assassinar cidadãs inocentes em suas camas. E depois usar a existência dos depósitos de armas para apoiar sua afirmação de que só estavam agindo em autodefesa e de que você se recusara a cumprir seu dever e protegê-las. – Ela lançou um olhar para as tanmind, cercadas pelos meus segmentos ainda armados e com as armaduras prateadas. – Bem. Podemos nos preocupar com detalhes mais tarde. Neste momento, precisamos lidar com essas pessoas.

– Minha Senhora – respondeu a tenente Awn, curvando-se levemente.

– Fuzile todas.

Para não cidadãs, que só viam radchaai em entretenimentos melodramáticos, que nada sabiam sobre o Radch a não ser auxiliares e anexações e o que consideravam lavagem cerebral, tal ordem poderia ser chocante, mas não surpreendente. Mas a ideia de atirar em cidadãs era, na verdade, extremamente espantosa e perturbadora. De que, afinal de contas, valia a civilização, se não garantisse o bem-estar das cidadãs? E aquelas pessoas agora eram cidadãs.

A tenente Awn ficou paralisada por dois segundos.

– M... minha Senhora?

A voz de Anaander Mianaai, que antes fora desapaixonada, talvez um pouco dura, se tornou fria e severa:

– Está se recusando a obedecer uma ordem, tenente?

– Não, minha Senhora, só que... elas são *cidadãs*. E estamos em um templo. E nós as temos sob controle, e eu enviei Um Esk da *Justiça de Toren* para a próxima divisão a fim de pedir reforços. As Sete Issa da *Justiça de Ente* deverão estar aqui em uma hora, talvez duas, e poderemos prender as tanmind e transferi-las para reeducação muito facilmente, já que a senhora está aqui.

– Você está – perguntou Anaander Mianaai, de forma lenta e clara – se recusando a obedecer uma ordem?

A diversão de Jen Shinnan, sua disposição – até mesmo ansiedade – de falar com a Senhora do Radch se encaixaram em um padrão para meu segmento que escutava. Alguém num posto muito elevado havia disponibilizado aquelas armas, e soubera como cortar as comunicações. Ninguém tinha um posto mais elevado que Anaander Mianaai. Mas isso não fazia sentido. A motivação de Jen Shinnan era óbvia, mas como a Senhora do Radch poderia lucrar com isso?

A tenente Awn devia estar pensando a mesma coisa. Eu podia ler a perturbação dela na tensão de seu maxilar, na postura rígida de seus ombros. Mesmo assim, parecia irreal, pois os sinais externos eram tudo o que eu conseguia ver.

– Não vou recusar uma ordem, minha senhora – disse ela depois de cinco segundos. – Posso protestar contra ela?

– Acredito que já o fez – disse Anaander Mianaai com frieza. – Agora fuzile-as.

A tenente Awn se virou. Achei que ela tremeu minimamente ao caminhar em direção às tanmind cercadas.

– *Justiça de Toren* – disse Mianaai, e o segmento de mim que estivera prestes a seguir a tenente Awn parou. – Quando foi a última vez que visitei você?

Eu me lembrava com muita clareza da última vez que a Senhora do Radch abordara a *Justiça de Toren*. Fora uma visita incomum: não anunciada, quatro corpos mais velhos sem comitiva. Ela havia passado a maior parte do tempo em seus aposentos, falando comigo – o eu *Justiça de Toren* e não o eu Um Esk –, mas pediu que Um Esk cantasse. Eu a satisfiz com uma peça valskaayana. Isso acontecera 94 anos, 2 meses, 2 semanas e 6 dias antes, pouco depois da anexação de Valskaay. Abri minha boca para relatar essa lembrança, mas em vez disso me ouvi dizer:

– Faz 203 anos, 4 meses, uma semana e um dia, minha senhora.

– Hmm – fez Anaander Mianaai, mas não disse mais nada.

A tenente Awn se aproximou de mim, onde eu cercava as tanmind. Ela ficou parada ali, atrás de um segmento, por 3,5 segundos, sem dizer nada.

Sua tensão devia ser óbvia para outras pessoas além de mim. Jen Shinnan sorriu, quase triunfante, ao vê-la ali parada, silenciosa e infeliz.

– Bem?

– Um Esk – chamou a tenente Awn, claramente temendo o fim de sua frase. O sorriso de Jen Shinnan aumentou um pouco mais. Ela esperava que a tenente Awn mandasse as tanmind para casa, sem dúvida. Esperava, no fim das contas, a dispensa da tenente Awn e o declínio da influência da cidade baixa. – Eu não queria isso – disse-lhe a tenente Awn, baixinho –, mas tenho ordem direta. – Ela levantou a voz. – Um Esk. Fuzilar todas.

O sorriso de Jen Shinnan desapareceu, substituído pelo horror, e, pensei eu, pela traição, e ela olhou, simples e diretamente, na direção de Anaander Mianaai. Que ficou ali, impassível. As outras tanmind ergueram um clamor, gritando de medo e de protesto.

Todos os meus segmentos hesitaram. A ordem não fazia sentido. O que quer que elas tivessem feito, eram cidadãs, e eu as tinha sob controle. Mas a tenente Awn disse, alta e rispidamente:

– Fogo!

E eu atirei. Em três segundos todas as tanmind estavam mortas.

Naquele momento, ninguém no templo era jovem o bastante para se surpreender com o que acontecera, embora talvez os vários anos desde que eu executara alguém tivessem emprestado às memórias um certo distanciamento, e talvez até engendrado alguma confiança de que a cidadania punha um fim a essas coisas. As sacerdotisas jovens ficaram onde estavam desde que aquilo começara, sem se mover, sem dizer nada. A sacerdotisa principal chorava abertamente, sem emitir som.

– Eu acho – disse Anaander Mianaai para o vasto silêncio que nos cercou, assim que os ecos dos disparos morreram – que não haverá mais problemas com as tanmind aqui.

A boca e a garganta da tenente Awn tremeram um pouco, como se ela estivesse prestes a falar, mas não o fez. Em vez disso, ela caminhou para a frente e deu a volta nos corpos, batendo nos ombros de quatro dos meus segmentos ao passar e fazendo um gesto para que eles a seguissem. Percebi que ela simplesmente não conseguia falar. Ou talvez temesse o que sairia de sua boca se tentasse. Era frustante que eu tivesse apenas dados visuais dela.

– Aonde você vai, tenente? – perguntou a Senhora do Radch.

De costas para Mianaai, a tenente Awn abriu a boca, então voltou a fechá-la. Fechou os olhos e respirou fundo.

– Com a permissão de minha senhora, pretendo descobrir o que está bloqueando as comunicações.

Anaander Mianaai não respondeu, e a tenente Awn se virou para meu segmento mais próximo.

– A casa de Jen Shinnan – disse aquele segmento, já que era claro que a tenente ainda estava emocionalmente perturbada. – Vou procurar a jovem pessoa também.

Logo antes do amanhecer encontrei o dispositivo lá. No instante em que o desabilitei, voltei a ser eu mesma – exceto por um segmento desaparecido. Eu vi as ruas silenciosas e pouco iluminadas pelo crepúsculo das cidades alta e baixa, o templo vazio de qualquer um menos eu mesma e 83 cadáveres silenciosos, de olhos arregalados. A tristeza, a perturbação e a vergonha da tenente Awn de repente eram claras e visíveis, para meu alívio e desconforto combinados. E, desejando isso em um momento, os sinais de rastreamento de todas as pessoas em Ors surgiram vívidos na minha visão, incluindo as pessoas que haviam morrido e ainda jaziam no templo de Ikkt; meu segmento perdido em uma rua da cidade alta, com o pescoço quebrado; e a sobrinha de Jen Taa – na lama no fundo da água, na margem norte do Pré-Templo.

9

Com o casaco ensanguentado, Strigan saiu da enfermaria, e a garota e sua mãe, que estavam falando em um idioma que eu não entendia, ficaram quietas e a olharam com expectativa.

– Fiz o que pude – disse Strigan, sem preâmbulos. – Ele está fora de perigo. Vocês vão precisar levá-lo a Therrod para que recriem as pernas, mas fiz um pouco do trabalho preparatório, e elas deverão crescer com razoável facilidade.

– Duas semanas – disse a mulher niltana, impassível. Como se não fosse a primeira vez que algo assim tivesse acontecido.

– Não se pode evitar isso – disse Strigan, respondendo algo que eu não tinha ouvido ou entendido. – Talvez alguém tenha algumas mãos extras que possa ceder.

– Vou chamar uns primos.

– Faça isso – disse Strigan. – Você pode vê-lo agora se quiser, mas ele está dormindo.

– Quando podemos levá-lo? – perguntou a mulher.

– Agora, se quiserem – respondeu Strigan. – Quanto mais cedo, melhor, suponho.

A mulher fez um gesto afirmativo, então ela e a garota se levantaram e foram até a enfermaria sem dizer mais uma palavra.

Pouco depois, levamos a pessoa ferida para o voador da garota lá fora e nos despedimos delas. Então voltamos devagar para a casa e tiramos os sobretudos. A essa altura, Seivarden voltara aos seus cobertores no chão e estava sentada, os joelhos levantados, braços bem apertados ao redor das pernas como se estivesse se esforçando para impedi-las de cair.

Strigan olhou para mim, com uma expressão estranha no rosto, que eu não conseguia ler.

– Ela é uma boa garota.

– Sim.

– Vai ganhar um bom nome com isso. Uma boa história também.

Eu havia aprendido a língua franca que achei que seria mais útil ali, e feito o tipo de pesquisa superficial necessário para percorrer lugares não familiares, mas não sabia quase nada sobre as pessoas que cuidavam de bovs nessa parte do planeta. Então dei um palpite:

– É uma coisa da idade adulta?

– Mais ou menos. É. – Ela foi até um armário, apanhou uma xícara e uma tigela. Seus movimentos eram rápidos e firmes, mas de algum modo captei um ar de exaustão. Talvez pela postura de seus ombros. – Não achei que você estivesse muito interessada em crianças. Além de matá-las, quero dizer.

Recusei-me a morder a isca.

– Ela me informou que não era criança. Ainda que tivesse um conjunto de tiktik.

Strigan se sentou à sua mesinha.

– Vocês jogaram por duas horas sem parar.

– Não havia muito mais o que fazer.

Strigan deu uma gargalhada, curta e amarga. Então fez um gesto na direção de Seivarden, que parecia nos ignorar. De qualquer maneira, ela não conseguia nos entender – não estávamos falando radchaai.

– Não tenho pena dele. É só que eu sou médica.

– Você já disse isso.

– Também não acho que você sinta pena dele.

– Não sinto.

– Você não facilita nada, não é? – A voz de Strigan estava meio zangada. Exasperada.

– Depende.

Ela balançou a cabeça de leve, como se não tivesse ouvido direito.

– Já vi piores. Mas ele precisa de atenção médica.

– Você não pretende dá-la – afirmei. Não estava perguntando.

– Ainda estou tentando entender você – disse Strigan, como se sua declaração estivesse relacionada à minha, embora com certeza não estivesse. – Na verdade, estou pensando em dar algo para acalmá-lo. – Não respondi. – Você desaprova. – Não era uma pergunta. – Não tenho pena dele.

– Você vive dizendo isso.

– Ele perdeu a nave dele. – Muito provavelmente o interesse de Strigan em seus artefatos garseddai a tinham levado a aprender o que pudesse sobre a destruição de Garsedd e tudo o que estava relacionado ao assunto. – Isso já é ruim o bastante, mas naves radchaai não são apenas naves, são? E perdeu também a tripulação. Para nós foi há mil anos, mas para ele... Num momento tudo está do jeito que deveria estar, no seguinte *tudo* se foi. – Com uma das mãos ela fez um gesto frustrado, ambivalente. – Ele precisa de atenção médica.

– Se ele não tivesse fugido do Radch, teria recebido isso.

Strigan ergueu uma sobrancelha grisalha, sentou-se num banco.

– Traduza para mim. Meu radchaai não é bom o bastante.

Em um momento uma auxiliar havia empurrado Seivarden para dentro de um módulo de suspensão, no seguinte ela se viu congelando e sufocando enquanto os fluidos do módulo saíam por sua boca e nariz, drenados, e ela se viu na ala médica de uma nave-patrulha. Quando Seivarden a descreveu, pude ver sua agitação, sua raiva, bem pouco disfarçadas.

– Uma Misericórdia pequena e vagabunda, com uma capitã provinciana e desengonçada.

– Seu rosto é quase impassível – disse Strigan para mim. Não em radchaai, então Seivarden não entendeu. – Mas posso ver sua temperatura e batimento cardíaco. – E devia ver também algumas outras coisas, com os implantes médicos que ela provavelmente possuía.

– A nave tinha tripulação humana – respondi para Seivarden.

Isso a perturbou ainda mais. Se era raiva, vergonha ou outra coisa, eu não sabia dizer.

– Não percebi. Não de imediato. A capitã me levou para um canto e explicou.

Traduzi isso para Strigan, e ela olhou para Seivarden sem acreditar, e depois para mim de modo especulativo.

– É um erro fácil de cometer?

– Não – respondi simplesmente.

– Foi aí que ela enfim precisou me dizer quanto tempo havia se passado – disse Seivarden, sem se dar conta de qualquer outra coisa que não fosse a própria história.

– E o que havia acontecido depois – sugeriu Strigan.

Eu traduzi, mas Seivarden ignorou e continuou como se nenhuma de nós tivesse falado.

– Então acabamos chegando a uma pequena estação de fronteira. Você conhece o tipo, uma administradora de estação que caiu em desgraça ou uma ninguém que saltou de posição, uma supervisora inspetora intrometida brincando de tirana nas docas, e meia dúzia de seguranças cujo maior desafio é expulsar galinhas da casa de chá. Eu havia pensado que a capitã da Misericórdia tinha um péssimo sotaque, mas na estação eu não conseguia entender ninguém. A IA da estação precisava traduzir para mim, mas meus implantes não funcionavam. Eram muito antiquados. Então eu só conseguia falar com ela usando consoles de parede.

Isso teria tornado extremamente difícil ter qualquer tipo de conversa.

– E mesmo quando a Estação explicou, as coisas que as pessoas diziam não faziam sentido. Elas me designaram um apartamento, um quarto com um catre, no qual mal dava para ficar em pé. Sim, elas sabiam quem eu dizia ser, mas não tinham registro de meus dados financeiros, e semanas se passariam antes que essas informações pudessem chegar. Talvez mais. Enquanto isso eu tinha a comida e o abrigo que se garantia a qualquer radchaai. A menos, claro, que eu quisesse refazer os testes de aptidão para conseguir uma nova missão. Pois elas não tinham meus dados de testes e, mesmo que tivessem, eles certamente estariam datados. *Datados* – ela repetiu, a voz amarga.

– Você recebeu assistência médica? – perguntou Strigan.

Vendo o rosto de Seivarden, imaginei o que finalmente a afastara do espaço radchaai. Ela devia ter ido a uma médica, que tinha optado por esperar e observar. Ferimentos físicos não eram problema; qualquer que fosse a Misericórdia que a havia resgatado, a médica da nave teria cuidado deles. Mas os psicológicos ou os emocionais... eles poderiam se resolver sozinhos, e se isso não acontecesse, a médica precisaria que os dados de aptidão funcionassem bem.

– Elas disseram que eu podia enviar uma mensagem à Senhora da minha casa pedindo ajuda. Mas não sabiam quem era ela. – Ficou claro que Seivarden não tinha intenção de falar sobre a médica da estação.

– Senhora da casa? – perguntou Strigan.

– É a chefe de sua família estendida – expliquei. – Parece muito elevado na tradução, mas não é, a menos que a casa seja muito rica ou cheia de prestígio.

– E a dela?

– Tinha essas duas características.

Strigan não deixou isso passar.

– *Tinha.*

Seivarden continuou como se não tivéssemos falado.

– Mas acontece que Vendaai havia acabado. Toda a minha casa não *existia* mais. Tudo, bens e contratos, tudo absorvido por *Geir*!

– Isso surpreendera todo mundo na época, uns 500 anos antes. As duas casas, Geir e Vendaai, odiavam uma a outra. A Senhora da casa Geir havia tirado uma vantagem maliciosa das dívidas de jogo de Vendaai e de uns contratos idiotas.

– E quanto aos acontecimentos atuais? – perguntei a Seivarden. Ela ignorou minha pergunta.

– Tudo havia *acabado*. E o que restou *quase* parecia certo. Mas as cores estavam erradas, ou tudo estava um pouco à esquerda de onde devia estar. As pessoas falavam coisas e eu não conseguia entender nada, ou eu sabia que eram palavras de verdade, mas minha mente não conseguia assimilá-las. Nada parecia real.

Talvez, afinal, essa fosse uma resposta à minha pergunta.

– Como você se sente com relação às soldados humanas?

Seivarden franziu a testa e olhou diretamente para mim pela primeira vez desde que acordara. Lamentei ter feito a pergunta. Não era a pergunta exata que eu desejara fazer. *O que você pensou quando ouviu sobre Ime?* Mas talvez ela não tivesse ouvido. Ou, se ouvira, poderia ter sido incompreensível para ela. *Alguém veio até você sussurrando sobre restaurar a ordem correta das coisas?* Provavelmente não, levando-se em conta todo o resto.

– Como você deixou o Radch sem permissões? – Isso não poderia ter sido fácil. Teria no mínimo custado um dinheiro que ela não possuía.

Seivarden desviou o olhar de mim, para baixo e para a esquerda. Ela não ia dizer.

– Tudo estava errado – falou, depois de nove segundos de silêncio.

– Pesadelos – disse Strigan. – Ansiedade. Tremores, às vezes.

– Instável – respondi.

A palavra tinha muito pouco peso quando traduzida, mas em radchaai, para uma oficial como Seivarden, dizia mais. Fraca, medrosa, inadequada para as exigências de sua posição. Frágil. Se Seivarden fosse instável, ela jamais teria de fato merecido sua missão, nunca teria sido adequada para as militares, muito menos para capitanear uma nave. Mas é claro que Seivarden fizera os testes de aptidão, e os testes haviam dito que ela era o que sua casa sempre supusera que ela seria: firme, adequada para comandar e conquistar. Não propensa a dúvidas ou medos irracionais.

– Você não sabe do que está falando – Seivarden meio que desdenhou, meio que bufou. Braços ainda envolvendo com força os joelhos. – Ninguém na minha casa é instável.

É claro (pensei, mas não falei), as várias primas que haviam servido um ano ou mais durante esta ou aquela anexação e se aposentado para fazer votos ascéticos ou pintar conjuntos de chá não fizeram essas coisas por instabilidade. E as primas cujo resultado dos testes não fora o esperado, mas que surpreenderam seus pais com missões sacerdotais menores, ou as artes: isso não havia indicado nenhuma espécie de instabilidade inerente na casa. Não, nunca. E Seivarden não tinha o menor medo ou preocupação com o que um novo teste de aptidão lhe atribuiria, nem com o que isso poderia dizer a respeito de sua estabilidade. *Claro* que não.

– Instável? – perguntou Strigan, compreendendo a palavra, mas não seu contexto.

– Ao instável – expliquei – falta uma certa força de caráter.

– Caráter! – A indignação de Strigan era evidente.

– É claro. – Não alterei minha expressão facial, a mantive neutra e agradável, como na maior parte dos últimos dias. – Cidadãs menores entram em colapso em face a enormes dificuldades ou estresse e às vezes exigem atenção médica para isso. Mas algumas cidadãs são mais bem criadas. Elas nunca entram em colapso. Embora possam se aposentar cedo, ou passar alguns anos dedicando-se a interesses artísticos ou espirituais. Retiros prolongados de meditação são bastante populares. É assim que se sabe a diferença entre famílias em altas posições e menores.

– Mas vocês, radchaai, são tão boas em lavagem cerebral. Ou foi o que ouvi dizer.

– Reeducação – corrigi. – Se ela tivesse ficado, teria recebido ajuda.

– Mas ela não poderia encarar a necessidade de ajuda, para começar. – Eu não disse nada para concordar ou discordar, embora achasse que Strigan tinha razão. – O quanto essa... reeducação... pode fazer?

– Muita coisa – respondi. – Embora muito do que você provavelmente ouviu seja exagero. Ela não pode transformar você em alguém que não é. Não de qualquer maneira útil.

– Ela apaga memórias.

– Suprime-as, acho. Talvez acrescente novas. Você precisa saber o que está fazendo ou pode danificar bastante alguém.

– Sem dúvida.

Seivarden começou a franzir a testa para nós enquanto nos ouvia falar, incapaz de compreender o que estávamos dizendo.

Strigan deu um meio sorriso.

– *Você* não é produto de reeducação.

– Não – concordei.

– Era cirúrgico. Corte algumas conexões, crie algumas novas. Instale alguns implantes. – Ela fez uma pausa breve, esperando que eu respondesse, mas não o fiz. – Você disfarça suficientemente bem. Em grande parte. A expressão de seu rosto, o tom de sua voz, está tudo sempre certo, mas é sempre... sempre estudado. Quase uma performance.

– Você acha que resolveu o enigma – supus.

– *Resolver* não é a palavra certa. Mas você é uma soldado cadáver, tenho certeza disso. Lembra-se de algo?

– Muitas coisas – respondi, ainda neutra.

– Não, quero dizer de antes.

Levei quase cinco segundos para entender o que ela queria dizer.

– Aquela pessoa está morta.

Seivarden se levantou de súbito, bruscamente, e saiu pela porta interna e, a julgar pelo som, pela externa também.

Strigan a viu sair, murmurou um *hum* rápido e ofegante e depois voltou-se para mim.

– Seu senso de identidade tem uma base neurológica. Uma pequena mudança e você acha que não existe mais. Mas você continua aí. Acho que continua. Por que esse desejo bizarro de matar Anaander Mianaai? Por que mais você ficaria com tanta raiva *dele*? – Ela inclinou a cabeça para indicar a saída, se referindo a Seivarden lá fora no frio com apenas um casaco.

– Ele vai pegar o rastejador – avisei. A garota e sua mãe haviam levado o voador e deixado o rastejador do lado de fora da casa de Strigan.

– Não vai, não. Eu o desabilitei. – Fiz um gesto de aprovação, e Strigan continuou, voltando ao seu assunto anterior. – E a música. Não acho que você trabalhasse com canto, não com uma voz como a sua. Mas deve ter sido musicista antes, ou amado música.

Pensei em dar a gargalhada amarga que a suspeita de Strigan pedia.

– Não – acabei dizendo. – Na verdade, não.

– Mas você *é* uma soldado cadáver, tenho certeza. – Não respondi. – Você escapou de algum modo ou... você é da nave *dele*? Do capitão Seivarden?

– A *Espada de Nathas* foi destruída. – Eu tinha estado lá, estado por perto. Relativamente falando. Tinha visto acontecer, a uma distância próxima o bastante. – E isso foi há mil anos.

Strigan olhou para a porta e de volta para mim. Então franziu a testa.

– Não. Não, acho que você é dos gaonish, que só foram anexados alguns séculos atrás, não? Eu não deveria ter esquecido, é por isso que você está se fazendo passar por alguém do Gerentato, não é? Não, você escapou de algum modo. *Eu posso trazer você de volta.* Tenho certeza de que posso.

– Você pode me matar, quer dizer. Pode destruir meu senso de identidade e substituí-lo por um que você aprove.

Strigan não gostou de ouvir isso, pude perceber. A porta externa se abriu, e Seivarden atravessou a interna tremendo.

– Vista seu sobretudo da próxima vez – instruí.

– Vá se foder. – Ela puxou um cobertor da cama, o enrolou nos ombros e ficou ali, ainda tremendo.

– Linguagem muito inapropriada, cidadã – respondi.

Por um momento pareceu que ela perderia a calma. Então pareceu se lembrar do que poderia acontecer se o fizesse.

– Vá. Se. – Ela se sentou no banco mais próximo com estrondo. – Foder.

– Por que você não o deixou onde o encontrou? – perguntou Strigan.

– Eu também queria saber.

Era outro enigma para ela, mas não um enigma que eu tivesse proposto deliberadamente. Eu mesma não sabia a resposta. Eu não sabia por que me importava se Seivarden congelasse até a morte na neve varrida pela tempestade, não sabia por que a trouxera comigo, não sabia por que me importava se ela pegasse o rastejador de outra pessoa e fugisse, ou se saísse para a vastidão gelada manchada de verde e morresse.

– E por que você está com tanta raiva dele?

Isso eu sabia. E, para falar a verdade, não era muito justo com Seivarden que eu estivesse com raiva, nem os meus motivos. Mesmo assim, os fatos permaneciam sendo os mesmos, e minha raiva também.

– Por que você quer matar Anaander Mianaai? – A cabeça de Seivarden se virou um pouco, sua atenção atraída pelo nome familiar.

– É pessoal.

– *Pessoal*. – O tom de voz de Strigan era de incredulidade.

– Sim.

– Você não é mais uma pessoa. Praticamente me disse isso. Você é um equipamento. Um apêndice da IA da nave. – Eu não disse nada, e esperei que ela ponderasse as próprias palavras. – Existe uma nave que tenha enlouquecido? Nos últimos tempos, quero dizer.

Naves radchaai loucas eram tema recorrente de melodramas, dentro e fora do espaço do Radch. Embora os entretenimentos radchaai com esse tipo de conteúdo fossem normalmente históricos. Quando Anaander Mianaai assumira o controle do núcleo do espaço do Radch, umas poucas naves haviam destruído a si mesmas quando suas capitãs morreram ou foram capturadas. Boatos diziam que outras naves ainda vagavam no espaço depois de três mil anos, semiloucas, em desespero.

– Nenhuma que eu saiba.

Ela muito provavelmente acompanhava as notícias do Radch, era uma questão ligada à sua própria segurança. Eu sabia que ela estava se escondendo, e sabia quais seriam as consequências se Anaander Mianaai descobrisse isso algum dia. Era possível que ela tivesse todas as informações de que precisava para me identificar. Mas depois de meio minuto fez um gesto de dúvida, decepcionada.

– Você simplesmente não quer me dizer.

Eu dei um sorriso calmo e agradável.

– Que graça teria?

Ela riu, parecendo achar minha resposta engraçada de verdade. O que vi como um sinal de esperança.

– Então, quando você vai embora?

– Quando você me der a arma.

– Não sei do que está falando.

Mentira. Uma mentira descarada.

– Seu apartamento, na estação Dras Annia, está intocado. Exatamente como você o deixou, até onde pude perceber.

Todos os movimentos de Strigan se tornaram calculados, apenas um pouco mais lentos. Piscadas, respirações, a mão limpando com cuidado a poeira da manga do casaco.

– Isso é fato?

– Custou muito caro para eu entrar.

– Aliás, *onde foi* que você conseguiu todo esse dinheiro, soldado cadáver? – Strigan perguntou, ainda tensa, ainda escondendo isso. Mas curiosa de verdade. Como sempre.

– Trabalho – respondi.

– Trabalho lucrativo.

– E perigoso. – Eu arriscara a vida para conseguir aquele dinheiro.

– O ícone?

– Não deixa de estar relacionado. – Mas eu não queria falar a respeito. – O que preciso fazer para convencer você? O dinheiro não é suficiente? – Eu possuía mais em outro lugar, mas dizer isso seria imbecilidade.

– O que você viu no meu apartamento? – perguntou Strigan, com curiosidade e raiva na voz.

– Um enigma. Com peças faltando. – Eu havia deduzido a existência e a natureza daquelas peças corretamente. Pelo menos devia ter deduzido, afinal ali estava eu, e ali estava Arilesperas Strigan.

Strigan tornou a rir.

– Assim como você. Ouça. – Ela se inclinou para a frente, mãos sobre as coxas. – Você não pode matar Anaander Mianaai. Eu gostaria, por tudo o que há de bom, que isso fosse possível, mas não é. Mesmo com... Mesmo que eu tivesse o que pensa que tenho, você não poderia fazer isso. Você me disse que 25 dessas armas foram insuficientes...

– Vinte e quatro – corrigi.

Ela fez um gesto de descaso.

– Foram insuficientes para manter as radchaai longe de Garsedd. Por que você pensa que *uma* causaria algo além de uma pequena irritação?

Ela sabia que não era o caso, ou não teria fugido. Não teria pedido aos durões locais que dessem um jeito em mim antes que eu a encontrasse.

– E por que você está tão determinada a fazer algo tão ridículo? Todo mundo fora do Radch odeia Anaander Mianaai. Se por algum milagre ele morresse, as comemorações durariam cem anos. Mas isso *não vai acontecer*. Certamente não vai acontecer por causa de qualquer idiota com uma arma. Tenho certeza de que você sabe disso. Você deve saber disso bem melhor do que eu poderia saber.

– É verdade.

– Então por quê?

Informação é poder. Informação é segurança. Planos feitos com informações imperfeitas têm falhas fatais, fracassarão ou darão certo com o lançar de uma moeda. Quando descobri que eu teria de encontrar Strigan e obter sua arma, eu já sabia que este seria um momento assim. Se eu respondesse à pergunta de Strigan, se eu respondesse completamente, como ela com certeza exigiria, eu lhe estaria dando algo que ela poderia usar contra mim, uma arma. Ela quase certamente se machucaria no processo, mas eu sabia que isso nem sempre era um grande impeditivo.

– Às vezes... – comecei, e depois me corrigi. – Muito frequentemente, alguém conhece um pouco sobre a religião radchaai e pergunta: *se tudo o que acontece é a vontade de Amaat, se nada pode acontecer que já não tenha sido planejado pela Deusa, por que se dar ao trabalho de fazer qualquer coisa?*

– Boa pergunta.

– Não exatamente.

– Não? Então por que se dar ao trabalho?

– Eu sou – respondi – como Anaander Mianaai me fez. Anaander Mianaai é como ela foi feita. Nós duas faremos as coisas que fomos criadas para fazer. As coisas que estão diante de nós para fazermos.

– Duvido muito que Anaander Mianaai tenha feito você para que você o matasse.

Qualquer resposta revelaria mais do que eu desejava no momento.

– E eu – continuou Strigan depois de um segundo e meio de silêncio – existo para exigir respostas. É apenas a vontade da Deusa. – Ela fez um gesto com a mão esquerda, *não é problema meu*.

– Você admite que possui a arma.

– Não admito nada.

Sobrou-me o acaso cego, um passo no escuro impossível de adivinhar, esperando para viver ou morrer com base no resultado do lançar de uma moeda, sem saber as probabilidades de qualquer resultado. Minha única outra opção seria desistir, e como eu poderia desistir agora? Depois de tanto tempo, depois de tanta coisa? E eu já arriscara tanto, ou mais, antes disso, para chegar até aquele ponto.

Ela tinha que ter a arma. *Tinha que ter*. Mas como eu poderia fazer com que me entregasse? O que a faria escolher dar a arma para mim?

– *Diga-me* – pediu Strigan, me observando com atenção. Sem dúvida vendo, através de seus implantes médicos, minha frustração e dúvida, as flutuações de minha pressão sanguínea, temperatura e respiração. – Diga-me por quê.

Eu fechei os olhos, sentindo a desorientação de não poder enxergar por outros olhos, como um dia pudera. Tornei a abri-los, respirei fundo para começar, e contei a ela.

10

Eu havia pensado que talvez as atendentes do templo da manhã escolheriam ficar em casa (o que seria muito compreensível), mas uma pequena portadora das flores, que acordara antes das adultas em sua casa, chegou com um punhado de ervas com pétalas cor-de-rosa e parou na entrada da casa, espantada ao ver Anaander Mianaai ajoelhada em frente ao nosso pequeno ícone de Amaat.

A tenente Awn estava se vestindo no andar de cima.

– Não posso servir hoje – ela me falou, a voz impassível como suas emoções não estavam. A manhã já estava quente, e ela suava.

– Você não tocou em nenhum dos corpos – eu disse, certa do fato, enquanto ajustava o colarinho de sua jaqueta. Foi a coisa errada para se dizer.

Quatro de meus segmentos, dois na margem norte do Pré-Templo e dois em pé mergulhados até a cintura na água morna e na lama, ergueram o corpo da sobrinha de Jen Taa até a borda, e o carregaram até a casa da médica.

No piso térreo da casa da tenente Awn, eu disse para a portadora das flores paralisada e assustada:

– Está tudo bem.

Não havia sinal da portadora da água, e eu era inelegível para essa tarefa.

– Você precisará pelo menos trazer a água, tenente – eu disse no andar de cima para a tenente Awn. – A portadora das flores está aqui, mas a da água não.

Por alguns momentos a tenente Awn não falou nada, enquanto eu terminava de enxugar seu rosto. Então ela falou "certo", desceu, encheu a tigela e a levou até a portadora das flores, que estava parada ao meu lado, ainda assustada, agarrando com força seu punhado de pétalas cor-de-rosa. Quando a tenente Awn estendeu a água em sua direção, ela largou as flores e lavou as mãos. Mas antes que conseguisse apanhar as flores de novo, Anaander Mianaai se virou para ela, e a criança se assustou e agarrou minha mão enluvada com sua mão nua.

– Você vai ter que lavar suas mãos de novo, cidadã – sussurrei, e com um pouco mais de incentivo ela fez isso, e voltou a pegar as flores e realizar corretamente sua parte do ritual da manhã, ainda que nervosa. Ninguém mais apareceu. Isso não me surpreendeu.

A médica disse, falando consigo mesma e não comigo, embora eu estivesse a três metros de distância:

– Garganta cortada, obviamente, mas ela também foi envenenada. – Então, continuou com nojo e desprezo: – Uma criança da própria casa delas. Essa gente não é civilizada.

Nossa pequena atendente partiu, com um presente da Senhora do Radch apertado numa das mãos — um alfinete na forma de uma flor de quatro pétalas, cada uma contendo uma imagem esmaltada de uma das quatro Emanações. Em qualquer outro lugar, uma radchaai que recebesse um desses o guardaria como um tesouro e o usaria quase o tempo todo; o emblema demonstrava que ela servira no templo com a própria Senhora do Radch. Essa criança provavelmente o jogaria numa caixa e o esqueceria. Quando ela desapareceu das vistas (da tenente Awn e da Senhora do Radch, ainda que não das minhas), Anaander Mianaai se virou para a tenente e perguntou:

– Isso não é mato?

Uma onda de vergonha percorreu a tenente Awn, misturada um instante depois com decepção e com uma raiva intensa que eu nunca vira nela antes.

– Não para a criança, minha senhora. – Ela não conseguiu eliminar toda a raiva de sua voz.

A expressão no rosto de Anaander Mianaai não mudou.

– Este ícone e este conjunto de presságios. São sua propriedade pessoal, eu acho. Onde estão os que pertencem ao templo?

– Pedindo o perdão de minha senhora – disse a tenente Awn, embora eu soubesse àquela altura que ela não tinha nenhum arrependimento, o que era audível em seu tom de voz –, usei os fundos da compra deles para suplementar os presentes de fim de período para as atendentes do templo. – Ela também usara seu próprio dinheiro para o mesmo objetivo, mas não disse isso.

– Estou mandando você de volta para a *Justiça de Toren* – disse a Senhora do Radch. – Sua substituta estará aqui amanhã.

Vergonha. Um surto novo de raiva. E desespero.

– Sim, minha senhora.

Não havia muito para empacotar. Eu poderia estar pronta para me mudar em menos de uma hora. Passei o resto do dia entregando presentes às nossas atendentes do templo, que estavam todas em casa. As aulas na escola tinham sido canceladas, e não havia quase ninguém nas ruas.

– A tenente Awn não sabe – eu disse a cada uma delas – se a nova tenente dará diferentes atribuições, ou se dará os presentes de final de ano sem que vocês tenham servido um ano inteiro. De qualquer maneira, vocês devem ir até a casa na primeira manhã dela. – As adultas em cada casa me olharam em silêncio, sem me convidar a entrar, e todas as vezes eu depositei o presente (não o costumeiro par de luvas, que ainda não importavam muito ali, mas uma saia de cores vivas, cheia de padrões, e uma caixinha de doces de tamarindo). O costume eram frutas frescas, mas não houve tempo de conseguir nenhuma. Deixei cada pequena pilha de presentes na rua, na beira da casa, e ninguém se moveu para pegá-las, nem me disse qualquer palavra.

A Divina passou uma hora ou duas atrás de telas na residência do templo, e depois emergiu parecendo não ter descansado nem um pouco e foi até o templo, onde conferenciou com as sacerdotisas jovens. Os corpos haviam sido retirados. Eu me oferecera para limpar o sangue, sem saber se me seria permitido fazer isso, mas as sacerdotisas recusaram minha ajuda.

– Algumas de nós – a Divina me disse, ainda olhando para a área do chão onde as mortas haviam ficado – tinham se esquecido do que você é. Agora elas se lembraram.

– Eu não acho que *você* tenha se esquecido, Divina – respondi.

– Não. – Ela ficou em silêncio por dois segundos. – A tenente vai me ver antes de partir?

– Talvez não, Divina – respondi.

Naquele momento eu estava fazendo o que podia para incentivar a tenente Awn a dormir, algo que ela precisava muito fazer, mas não estava conseguindo.

– Provavelmente é melhor se ela não fizer isso – a sacerdotisa principal falou com amargura. Então olhou para mim. – Não estou sendo razoável. Eu sei disso. O que mais ela poderia ter feito? É fácil para mim dizer, e eu digo, que ela poderia ter escolhido outra coisa.

– Ela poderia, Divina – concordei.

– O que é mesmo o que vocês, radchaai, dizem? – Eu não era radchaai, mas não a corrigi, e ela continuou. – Justiça, adequação e benefício, não é isso? Que cada ato seja justo, adequado e benéfico.

– Sim, Divina.

– Isso foi justo? – Sua voz tremeu por apenas um instante e eu pude ouvir que ela estava à beira das lágrimas. – Foi adequado?

– Eu não sei, Divina.

– E o mais importante: quem se beneficiou?

– Ninguém, Divina, até onde posso ver.

– Ninguém? Mesmo? Ora, Um Esk, não se faça de boba comigo.

Aquele olhar de traição no rosto de Jen Shinnan, direcionado para Anaander Mianaai, fora óbvio para todas ali.

Mesmo assim, eu não conseguia entender o que a Senhora do Radch poderia ganhar com aquelas mortes.

– Elas teriam matado você, Divina – respondi. – Você e qualquer uma que achassem sem proteção. A tenente Awn fez o que pôde para impedir derramamento de sangue naquela noite. Não foi por sua culpa que ela fracassou.

– Foi sim. – Ela continuava de costas para mim. – Deusa a perdoe por isso. Deusa proíba que eu um dia precise fazer tal escolha. – Ela fez um gesto invocatório. – E você? O que teria feito, se a tenente tivesse se recusado e a Senhora do Radch a mandasse atirar nela? Você conseguiria? Pensei que essa sua armadura fosse impenetrável.

– A Senhora do Radch pode abaixar nossa armadura à força. – Mas o código de Anaander Mianaai teria que ser transmitido para forçar a armadura da tenente Awn ou a minha, ou a de qualquer outra soldado radchaai. O sinal precisaria ser transmitido pelas comunicações que, naquela hora, estiveram bloqueadas. Mesmo assim. – Especular a respeito dessas coisas não faz bem nenhum, Divina – continuei. – Isso não aconteceu.

A sacerdotisa principal se virou e me olhou com atenção.

– Você não respondeu à pergunta.

Não era uma pergunta fácil de responder. Eu estivera em pedaços e, naquela ocasião, apenas um segmento sequer soubera que tal coisa era possível, que por um instante a vida da tenente Awn havia pendido, incerta, sobre o resultado daquele momento. Eu não tinha sequer certeza de que aquele segmento não teria voltado sua arma para Anaander Mianaai em vez disso.

Provavelmente não.

– Divina, não sou uma pessoa. – Se eu tivesse atirado na Senhora do Radch nada teria mudado, eu tinha certeza, exceto que não só a tenente Awn estaria morta, como eu seria destruída, Dois Esk teria tomado meu lugar ou uma nova Um Esk seria construída com segmentos do porão da *Justiça de Toren*. A IA da nave poderia ficar em uma situação difícil, mas o mais provável seria que a minha ação fosse creditada ao fato de que minha comunicação fora cortada. – As pessoas frequentemente acham que teriam tomado a atitude mais nobre, mas quando se encontram de fato numa situação dessas, descobrem que as coisas não são tão simples.

– Como eu falei: que Deusa me perdoe. Vou me reconfortar com a ilusão de que você teria atirado na filha da puta da Mianaai primeiro.

– Divina! – alertei. Ela não podia dizer nada ao alcance dos meus ouvidos que no fim das contas não pudesse alcançar os ouvidos da Senhora do Radch.

– Deixe que ela ouça. Vá você mesma contar a ela! *Ela* instigou o que aconteceu ontem à noite. Se o seu alvo éramos nós, as tanmind ou a tenente Awn, eu não sei. Tenho minhas suspeitas. Não sou idiota.

– Divina – disse eu –, quem quer que tenha instigado os acontecimentos de ontem à noite, não acho que as coisas aconteceram conforme planejado. Acho que elas queriam uma guerra aberta entre as cidades alta e baixa, embora eu não entenda por quê. E acho que isso foi impedido quando Denz Ay contou à tenente Awn a respeito das armas.

– Eu penso como você – concordou a sacerdotisa principal. – E acredito que Jen Shinnan sabia mais, e que foi por isso que ela morreu.

– Lamento que seu templo tenha sido profanado, Divina – eu disse. Eu não lamentava particularmente a morte de Jen Shinnan, mas não falei isso.

A Divina voltou a me dar as costas.

– Tenho certeza de que você tem muito a fazer, se preparando para ir embora. A tenente Awn não precisa se preocupar em me chamar. Você pode transmitir meu adeus. – Ela se afastou de mim, sem esperar por qualquer reconhecimento.

A tenente Skaaiat chegou para jantar, com uma garrafa de arrak e duas Sete Issa.

– Sua substituta não vai chegar sequer a Kould Ves antes do meio-dia – disse ela, quebrando o selo da garrafa. Enquanto isso as Sete Issa estavam paradas e desconfortáveis, em pé, no piso térreo. Elas tinham chegado logo antes de eu ter restaurado as comunicações. Tinham visto as mortas no templo de Ikkt, e adivinharam o que acontecera sem que lhes dissessem nada. E elas só tinham saído dos porões nos últimos dois anos. Não tinham visto a anexação em si.

Toda Ors, a cidade alta e a cidade baixa, estavam igualmente quietas, igualmente tensas. Quando as pessoas saíam de casa, evitavam olhar para mim ou falar comigo. A maior parte delas saíam apenas para visitar o Templo, onde as sacerdotisas faziam orações para as mortas. Algumas poucas tanmind chegaram a descer da cidade alta, e ficaram paradas em silêncio nas margens da pequena multidão. Eu me mantive nas sombras, não queria distrair nem perturbar mais.

– Me diga que você não tentou se recusar – disse a tenente Skaaiat, na casa no andar de cima, com a tenente Awn, atrás de telas. Estavam sentadas sobre almofadas com cheiro de fungos, encarando uma à outra. – Conheço você, Awn, e juro, quando soube o que Sete Issa viu ao chegar ao templo, temi que em seguida viesse a notícia de sua morte. Me diga que você não se recusou.

– Não me recusei – disse a tenente Awn, se sentido angustiada e culpada. Sua voz soava amarga. – Você está vendo que não.

– Não é isso que estou vendo. De jeito nenhum. – A tenente Skaaiat serviu um generoso trago de bebida na xícara que estendi e entreguei para a tenente Awn. – Nem Um Esk, ou esta noite não estaria tão silenciosa. – Ela olhou para o segmento mais próximo. – A Senhora do Radch proibiu você de cantar?

– Não, tenente.

Eu não desejava perturbar Anaander Mianaai enquanto ela estava aqui, nem interromper o pouco de sono que a tenente Awn pudesse ter. E, de qualquer maneira, eu não sentia muita vontade.

A tenente Skaaiat fez um som de frustração e se voltou para a tenente Awn.

– Se você tivesse se recusado, nada teria mudado a não ser o fato de que você também estaria morta. Você fez o que tinha que fazer, e as idiotas... Pelo pau de Hyr, aquelas *idiotas*. Elas deviam ter sido mais espertas.

A tenente Awn ficou olhando a xícara na sua mão, sem se mover.

– Eu *conheço* você, Awn. Se vai fazer alguma coisa assim tão louca, guarde para quando isso puder fazer de fato uma diferença.

– Como Um Amaat Um, da *Misericórdia de Sarrse*? – Ela estava falando sobre os eventos de Ime, sobre a soldado que se recusara a cumprir sua ordem e liderara aquele motim cinco anos antes.

– Pelo menos ela fez alguma diferença. Escute, Awn, tanto você quanto eu sabemos que algo estava acontecendo. Tanto você quanto eu sabemos que o que ocorreu ontem à noite não faz sentido a não ser que... – Ela parou.

A tenente Awn colocou de lado sua xícara de arrak, com força. A bebida transbordou.

– A menos que o quê? Como aquilo pode fazer sentido?

– Aqui. – A tenente Skaaiat pegou a xícara e a colocou de novo na mão da tenente Awn. – Beba isto. E eu explico. Pelo menos o tanto que faz sentido para mim. Você sabe como funcionam as anexações. Quero dizer, sim, elas funcionam pela pura e inegável força, mas depois disso. Depois das execuções e dos transportes e depois que absolutamente todas as idiotas que acham que podem resistir são eliminadas. Depois que tudo isso acaba, nós encaixamos quem sobrou na sociedade radchaai. Elas formam casas e aceitam clientelas, e depois de uma ou duas gerações se tornam tão radchaai quanto qualquer uma. Em grande parte, isso acontece porque nós seguimos até o topo da hierarquia local, já que quase sempre existe uma, e oferecemos a ela todo tipo de benefícios em troca de um comportamento de cidadãs. Oferecemos contratos de clientela, o que lhes permite oferecer contratos a quem quer que esteja abaixo delas, e num instante toda a configuração local está amarrada à sociedade radchaai com um mínimo de perturbação.

A tenente Awn fez um gesto de impaciência. Isso ela já sabia.

– O que isso tem a ver com...

– Você fodeu com isso.

– Eu...

– O que você fez *funcionou*. E as tanmind locais iam ter que engolir isso. Muito justo. Se eu tivesse feito o que você fez, ido direto até a sacerdotisa orsiana, montado casa na cidade baixa em vez de usar a estação de polícia e a cadeia já construídas na cidade alta, começado a fazer alianças com autoridades da cidade baixa e ignorado...

– Eu não *ignorei* ninguém! – protestou a tenente Awn.

A tenente Skaaiat não deu atenção ao protesto.

– Em vez de ignorar o que qualquer outra pessoa teria visto como a hierarquia local natural. Sua casa não pode se dar ao luxo de oferecer clientela a ninguém aqui. *Ainda*. Nem você nem eu podemos fazer contratos com ninguém. *Por enquanto*. Tivemos que nos isentar dos contratos de nossas casas e assumir clientela diretamente de Anaander Mianaai enquanto servimos. Mas ainda temos aquelas conexões de família, e essas famílias podem aproveitar as conexões que fizermos agora, mesmo que nós não possamos. E nós com certeza poderemos usá-las quando nos aposentarmos. Colocar os pés no chão durante uma anexação é a única maneira certa de aumentar o status social e financeiro de sua casa. O que é tranquilo até a pessoa errada fazer isso. Nós dizemos a nós mesmas que tudo é do jeito que Amaat quer que seja, que tudo o que é, é por causa da Deusa. Então, se somos ricas e respeitadas, é assim que as coisas *deveriam ser*. As aptidões provam que tudo é justo, que todo mundo recebe o que merece, e, quando as pessoas certas passam no teste para as carreiras certas, isso apenas serve para demonstrar como tudo está certo.

– Eu não sou a pessoa certa. – A tenente Awn colocou sua xícara vazia na mesa, e a tenente Skaaiat tornou a enchê-la.

– Você é apenas uma de milhares, mas alguém repara em você. E esta anexação é diferente, é a última. A última chance de agarrar propriedades, de fazer conexões na escala que as casas superiores sempre estiveram acostumadas a fazer. Elas não gostam de ver essas últimas chances indo para casas como a sua. E, para piorar a situação, o fato de você subverter a hierarquia local...

– Eu *usei* a hierarquia local!

– Tenentes! – eu as adverti. A explosão da tenente Awn fora alta o bastante para ser ouvida na rua, se alguém estivesse na rua aquela noite.

– Se as tanmind estivessem no comando aqui, isso seria o correto na mente de Amaat. Certo?

– Mas elas... – A tenente Awn parou. Eu não tinha certeza do que estava prestes a dizer. Talvez que elas tinham imposto sua autoridade sobre Ors havia relativamente pouco tempo. Talvez que elas fossem, em Ors, uma minoria numérica e que o objetivo da tenente Awn fosse alcançar o maior número de pessoas que pudesse.

– Cuidado – avisou a tenente Skaaiat, embora a tenente Awn não precisasse do aviso. Qualquer soldado radchaai sabia que não devia falar sem pensar. – Se você não tivesse encontrado aquelas armas, alguém teria tido uma desculpa não apenas para jogar você para fora de Ors, mas para bater de frente com as orsianas e favorecer a cidade alta. Assim restaurariam o universo à sua ordem adequada. Então, claro, qualquer pessoa inclinada a isso poderia ter utilizado o incidente como exemplo de fraqueza de nossa parte. Se tivéssemos mantido os testes de aptidões ditos imparciais, se tivéssemos executado mais pessoas, se ainda fizéssemos auxiliares...

– Eu *tenho* auxiliares – ressaltou a tenente Awn.

A tenente Skaaiat deu de ombros.

– Todo o resto teria se encaixado, elas podiam ignorar isso. Elas ignoram qualquer coisa que não lhes dê o que querem. E elas querem tudo o que puderem pegar.

Ela parecia tão calma. Até mesmo relaxada. Eu estava acostumada a não ter acesso aos dados da tenente Skaaiat, mas aquela separação entre seu comportamento e a seriedade da situação (a tenente Awn continuava angustiada e, para ser honesta, eu também me sentia desconfortável com os acontecimentos) a faziam parecer estranhamente neutra e irreal pra mim.

– Eu entendo a participação de Jen Shinnan nisso – disse a tenente Awn. – Entendo mesmo. Mas não consigo ver como... como outra pessoa poderia se beneficiar.

A pergunta que ela não queria fazer de forma direta era, claro, por que Anaander Mianaai se envolveria, por que ela escolheria o retorno a alguma ordem anterior, já que ela própria certamente aprovara qualquer alteração. E por quê, se Anaander Mianaai queria tais mudanças, ela simplesmente não as ordenava. Se questionadas, ambas as tenentes poderiam, e provavelmente iriam, dizer que não estavam falando da Senhora do Radch, mas de uma pessoa desconhecida que deveria estar envolvida. Mas eu tinha certeza de que isso não se sustentaria em um interrogatório que fizesse o uso de drogas. Felizmente, tal evento era improvável.

– E não vejo por que qualquer uma com essa espécie de acesso não poderia apenas ordenar que eu desaparecesse e colocar alguém que preferisse no meu lugar, se essa fosse a intenção.

– Talvez isso não fosse *tudo* o que queriam – respondeu a tenente Skaaiat. – Mas é óbvio que pelo menos alguém queria essas coisas, e acreditou ser possível se beneficiar da forma como tudo aconteceu. E você fez o máximo que pôde para evitar que pessoas fossem mortas. Nada teria feito muita diferença. – Ela esvaziou sua xícara. – Você vai continuar mantendo contato comigo. – Não era uma pergunta nem uma solicitação. Depois, disse com suavidade: – Vou sentir saudades.

Por um momento pensei que a tenente Awn fosse chorar de novo.

– Quem vai me substituir?

A tenente Skaaiat deu o nome da oficial e de sua nave.

– Então serão tropas humanas.

A tenente Awn ficou inquieta por um momento, depois soltou um suspiro de frustração. Imagino que estivesse se lembrando de que Ors não era mais problema seu.

– Eu sei – disse a tenente Skaaiat –, vou falar com ela. Tome conta de si mesma. Agora anexações são coisa do passado, porta-tropas de auxiliares estão lotados com as filhas inúteis das casas de prestígio, que não podem ser designadas para nenhum serviço inferior. – A tenente Awn franziu a testa. Era evidente que ela queria discutir, pensando talvez nas suas colegas tenentes Esk. Ou em si mesma. A tenente Skaaiat viu a expressão em seu rosto e sorriu com pesar. – Bem, Dariet está segura. Estou pedindo que se preocupe com as outras. Opiniões muito lisonjeiras de si mesmas e muito pouco que justifique isso. – Skaaiat conhecera algumas delas durante a anexação, e sempre fora corretamente educada com elas.

– Você não precisa me dizer isso – respondeu a tenente Awn.

A tenente Skaaiat serviu mais arrak e durante o resto da noite sua conversa foi do tipo que não precisa ser relatada.

Depois a tenente Awn voltou a dormir, e quando acordou eu havia alugado barcos para nos levarem até a foz do rio, perto de Kould Ves. Eu os carreguei com nossa pouca bagagem e com meu segmento morto. Em Kould Ves, o mecanismo que controlava sua armadura e alguns outros fragmentos de tecnologia seriam removidos para reutilização.

Se vai fazer alguma coisa assim tão louca, guarde para quando isso puder fazer de fato uma diferença, dissera a tenente Skaaiat, e eu havia concordado. Ainda concordo.

O problema é saber quando suas ações farão alguma diferença. Não estou falando só das pequenas ações que, de modo cumulativo, ao longo do tempo ou em grandes números, definem o curso dos acontecimentos de maneiras caóticas demais ou sutis demais para que seja possível traçar sua influência. A palavra específica que direciona o destino de uma pessoa, e em última análise o destino daquelas com as quais ela entra em contato, é tema comum de entretenimentos e histórias moralistas. Mas se todo mundo fosse considerar todas as possíveis consequências de todas as suas possíveis escolhas, ninguém se moveria um único milímetro, nem sequer ousaria respirar, por medo dos resultados.

Quero dizer, em uma escala maior e mais óbvia. Na maneira como a própria Anaander Mianaai determinou os destinos de povos inteiros. Ou na maneira como minhas próprias ações poderiam significar vida ou morte para milhares de pessoas. Ou apenas 83, aglomeradas no tempo de Ikkt, cercadas. Eu me pergunto, como com certeza a tenente Awn se perguntou, quais teriam sido as consequências de recusar a ordem para atirar. Diretamente, era óbvio, a morte da própria tenente seria a consequência imediata. Então, logo depois, aquelas 83 pessoas teriam morrido, porque eu as teria fuzilado sob ordem direta de Anaander Mianaai.

Não haveria nenhuma diferença, a não ser a morte da tenente Awn. Os presságios haviam sido lançados; suas trajetórias eram diretas, calculáveis e claras.

Mas nem a tenente Awn nem a Senhora do Radch sabiam que naquele momento, se um disco tivesse se desviado ligeiramente, todo o padrão poderia ter sido diferente. Às vezes, quando os presságios são lançados, um deles voa ou rola para o lado que você não esperava e joga todo o padrão para fora do formato esperado. Se a tenente Awn tivesse feito uma escolha diferente, aquele único segmento, separado, desorientado e, sim, horrorizado com o pensamento de atirar na tenente Awn, poderia ter virado sua arma para Mianaai em vez disso. E o que aconteceria então?

Em última análise, tal ação teria apenas atrasado a morte da tenente Awn, e assegurado a minha própria destruição, a destruição de Um Esk. O que, já que eu não existia como indivíduo, não era ruim para mim.

Mas a morte daquelas 83 pessoas seria atrasada. A tenente Skaaiat seria forçada a prender a outra tenente (e tenho certeza de que ela não teria fuzilado a tenente Awn, embora tivesse base legal para fazê-lo), mas não teria atirado nas tanmind, pois Mianaai não estaria lá para dar a ordem. E Jen Shinnan teria tido tempo e oportunidade para dizer aquilo que a Senhora do Radch, com os reais acontecimentos, a impedira de dizer. Que diferença isso teria feito?

Talvez muita diferença. Talvez nenhuma. Existem muitos fatores desconhecidos. Muita gente parece previsível enquanto, na realidade, está se equilibrando na ponta de uma faca, ou sua trajetória poderia ser facilmente alterável, se eu soubesse.

Se vai fazer alguma coisa assim tão louca, guarde para quando isso puder fazer de fato uma diferença. Mas, a não ser que se tenha uma quase onisciência, não há como saber quando isso vai acontecer. Tudo o que um indivíduo pode fazer é dar o seu melhor palpite. Pode-se apenas fazer seu melhor lance e tentar entender os resultados depois.

11

A explicação, por que eu precisava da arma, por que eu queria matar Anaander Mianaai, levou muito tempo. A resposta não era simples. Ou, de modo mais preciso, a resposta simples só provocaria mais perguntas da parte de Strigan. Então não tentei usá-la; em vez disso, contei a história inteira do começo e deixei que ela deduzisse a resposta simples a partir da mais complexa e longa. Quando acabei, a noite já ia longe. Seivarden dormia, respirando devagar, e a própria Strigan estava claramente exausta.

Por três minutos não houve som a não ser a respiração de Seivarden acelerando enquanto ela fazia a transição para algum estado mais próximo do despertar; talvez estivesse perturbada por um sonho.

– E agora eu sei quem você é – disse Strigan finalmente, cansada. – Ou quem você acha que é. – Eu não precisava responder a isso; àquela altura ela acreditaria no que quisesse a meu respeito, apesar do que eu lhe dissera. – Você se incomoda – continuou Strigan –, ou algum dia já se incomodou com o fato de que vocês são escravas?

– Quem?

– As naves. As naves de guerra. Tão poderosas. Armadas. Os oficiais em seu interior estão a seu dispor. O que impede vocês de matar todos e se declararem livres? Nunca fui capaz de entender como os radchaai conseguem manter as naves escravizadas.

– Se você pensar a respeito – expliquei –, vai perceber que já sabe a resposta a essa pergunta.

Ela voltou a ficar em silêncio; o olhar indicava que estava analisando seus pensamentos. Fiquei sentada imóvel, aguardando o resultado do meu lance.

– Você estava em Garsedd – disse ela depois de um tempo.

– Sim.

– Você conheceu Seivarden? Pessoalmente, quero dizer.

– Sim.

– Você... Você participou?

– Na destruição das garseddai? – Ela fez que sim com um gesto. – Participei. Todo mundo que estava lá participou.

Ela fez uma cara de desprezo, quase nojo.

– Ninguém se recusou.

– Não foi isso o que eu disse. – Na verdade, minha própria capitã havia se recusado e morrido. Sua substituta teve problemas de consciência, e isso ela não poderia ter escondido de sua nave, mas não falou nada e obedeceu às ordens. – É fácil dizer que você teria se recusado se estivesse lá, que preferiria morrer a participar da carnificina. Mas tudo parece muito diferente quando é real, quando chega a hora de escolher.

Os olhos dela se estreitaram, achei que discordando, mas eu tinha falado a verdade. Então a expressão em seu rosto mudou; talvez ela estivesse pensando na pequena coleção de artefatos em seus aposentos na estação Dras Annia.

– Você fala o idioma deles?

– Dois deles. – Havia mais de uma dúzia.

– E conhece suas canções, é claro. – Sua voz era ligeiramente debochada.

– Não tive a oportunidade de aprender tantas quanto gostaria.

– E se tivesse sido livre para escolher, teria se recusado?

– A pergunta não faz sentido. A escolha não me foi oferecida.

– Ouso discordar – disse ela, um pouco irritada com minha resposta. – A escolha sempre foi oferecida a você.

– Garsedd foi um ponto crucial. – Não foi uma resposta direta à acusação dela, mas eu não consegui pensar no que *seria* uma resposta direta que ela pudesse entender. – Foi a primeira vez que várias oficiais radchaai saíram de uma anexação sem a certeza de ter feito a coisa certa. Você ainda acha que Mianaai controla as radchaai através de lavagem cerebral ou ameaças de execução? Essas coisas existem, sim, mas a maioria das radchaai, como as pessoas da maioria dos lugares onde estive, fazem o que devem fazer porque acreditam ser a coisa certa. Ninguém *gosta* de matar pessoas.

Strigan fez um ruído sardônico.

– Ninguém?

– Quase ninguém – emendei. – Não gente suficiente para encher as naves de guerra do Radch. Mas no final, depois de todo o sangue e tristeza, todas aquelas almas abençoadas, que sem nós teriam sofrido na escuridão, se tornam cidadãs felizes. Elas vão concordar se você perguntar! Foi um dia afortunado quando Anaander Mianaai levou a civilização até elas.

– Será que as gerações anteriores concordariam?

Fiz um gesto que ficava entre *não é problema meu* e *não é relevante* e disse:

– Você se surpreendeu ao me ver lidar gentilmente com uma criança. Isso não deveria ser surpreendente. Você acha que as radchaai não têm crianças ou não as amam? Acha que elas não reagem às crianças da mesma maneira que quase qualquer ser humano?

– Quanta virtude!

– Virtude não é uma coisa solitária e descomplicada. – O Bem necessita do Mal e as duas faces desse disco não estão sempre marcadas com clareza. – Virtudes podem ser feitas para servir qualquer fim que beneficie você. Mesmo assim, elas existem e vão influenciar suas ações. Suas escolhas.

Strigan bufou.

– Você me faz sentir saudade das conversas filosóficas bêbadas de minha juventude. Mas não estamos falando de coisas abstratas aqui, estamos falando de vida e morte.

Minha chance de conseguir o que viera buscar estava escapando pelos meus dedos.

– Pela primeira vez, o Radch forçou a morte numa escala inimaginável sem posterior renovação. Eliminou irrevogavelmente qualquer chance de suas ações resultarem no bem. Isso afetou todas lá.

– Até mesmo as naves?

– Todas. – Esperei a próxima pergunta, ou o irônico *não tenho pena de você*, mas ela ficou apenas parada, encarando-me. – As primeiras tentativas de contato diplomático com as presger começaram pouco depois. Assim como, tenho quase certeza, o começo da mudança para substituir auxiliares por soldados humanas. – Apenas "quase certeza", porque muito do trabalho básico deve ter sido feito em particular, por baixo dos panos.

– Por que os presger se envolveram com Garsedd? – perguntou Strigan.

Certamente ela podia ver minha reação a sua pergunta, que fora quase uma confissão direta de que tinha a arma; ela tinha que saber o que essa confissão revelaria para mim, com certeza percebera antes de falar. Ela não teria feito aquela pergunta se não tivesse visto a arma, a examinado de perto. Aquelas armas tinham vindo das presger, as garseddai tinham lidado com alienígenas, não importando quem tivesse feito o primeiro contato. Conseguimos descobrir isso das representantes capturadas. Mas mantive meu rosto impassível.

– Quem sabe o motivo pelo qual as presger fazem qualquer coisa? Mas Anaander Mianaai se fez a mesma pergunta, *por que as presger interferiram?* Não foi porque elas queriam algo que as garseddai tinham; elas podiam ter tomado o que quisessem. – Embora eu soubesse que as presger tinham feito as garseddai pagar, e caro. – E se as presger decidissem destruir o Radch? Realmente destruir? E tivessem tais armas?

– Você está insinuando – falou Strigan, sem acreditar, horrorizada – que os presger armaram contra os garseddai para obrigar Anaander Mianaai a negociar.

– Estou falando da reação de Mianaai, dos motivos de Mianaai. Não sei nem compreendo as presger. Mas imagino que, se quisessem forçar algo, isso seria evidente. Não seria sutil. Acho que foi pensado com uma mera *sugestão*. Se é que isso de fato teve alguma relação com suas ações.

– Tudo isso, uma *sugestão*.

– Elas são alienígenas. Quem consegue entender o que fazem?

– Nenhuma ação sua – disse ela depois de cinco segundos de silêncio – pode fazer qualquer diferença.

– Isso provavelmente é verdade.

– *Provavelmente.*

– Se todas as pessoas que tivessem... – Procurei as palavras certas. – Se todas as pessoas que não concordassem com a destruição das garseddai tivessem se recusado, o que teria acontecido?

Strigan franziu a testa e perguntou:

– Quantas pessoas se recusaram?

– Quatro.

– Quatro de...?

– De milhares. – Naquele tempo, cada Justiça tinha centenas de oficiais, juntamente com sua capitã, e dezenas de nós haviam estado lá. Some a isso as tripulações menores das Misericórdias e Espadas. – Lealdade, o longo hábito de obediência, um desejo de vingança... Até mesmo aquelas quatro mortes impediram outras pessoas de tomar uma decisão tão drástica.

– Sua espécie tinha um número suficiente para lidar com a situação, mesmo que todo mundo se recusasse.

Eu não disse nada, esperei a mudança de expressão que indicaria que ela pensara duas vezes no que acabara de dizer. Quando chegou, falei:

– Acho que poderia ter acontecido de modo diferente.

– Você não é uma de milhares! – Strigan inclinou-se para a frente, de modo inesperadamente veemente.

Seivarden acordou assustada de seu sono, olhou alarmada e zonza para Strigan.

– Não há outros para escolher – disse Strigan. – Ninguém para seguir sua liderança. E ainda que houvesse, só você não seria o bastante. Se chegasse até mesmo ao ponto de enfrentar Mianaai, de enfrentar um dos corpos de Mianaai, você estaria sozinha e indefesa. Morreria sem conseguir nada! – Ela fez um som impaciente. – Pegue seu dinheiro. – Ela fez um gesto para minha mochila, que estava encostada no meu banco. – Compre terras, compre aposentos em uma estação, diabos, compre uma estação! Viva a vida que lhe foi negada. Não se sacrifique por nada.

– De qual *eu* você está falando? – perguntei. – Qual vida das que me foram negadas você acha que devo viver? Deveria mandar relatórios mensais para você? Assim você teria certeza de que minhas escolhas atendem às suas expectativas?

Isso a fez ficar em silêncio por vinte segundos.

– Breq – chamou Seivarden, como que testando o som do nome na sua boca. – Quero ir embora.

– Daqui a pouco – respondi. – Tenha paciência. – Para minha profunda surpresa ela não fez objeção, mas se recostou contra o banco e abraçou os joelhos.

Strigan olhou para ela por um momento, especulando, e depois se virou para mim.

– Preciso pensar.

Fiz um gesto concordando. Ela se levantou, foi para o quarto e fechou a porta.

– Qual é o problema *dela*? – perguntou Seivarden, sem ironia aparente, apenas um pouco de desdém na voz. Eu não respondi, apenas olhei para ela sem mudar minha expressão. Os cobertores tinham produzido uma linha que atravessava sua bochecha, mas que agora se desvanecia. Suas roupas, as calças niltanas e a camisa xadrez sob o casaco aberto, estavam amarrotadas e desgrenhadas. Nos últimos dias, comendo regularmente e sem kef, a pele recuperara uma cor ligeiramente mais saudável, mas ela ainda parecia magra e cansada. – Por que você se preocupa com ela? – perguntou, sem ser perturbada pelo meu exame atento. Como se algo tivesse mudado e de repente ela e eu fôssemos camaradas. Amigas.

Certamente não iguais. Jamais.

– Tenho negócios para resolver. – Mais explicações seriam inúteis, tolas ou ambas as coisas. – Você está tendo dificuldade para dormir?

Alguma coisa sutil em sua expressão comunicou afastamento, fechamento. Eu não estava mais do seu lado. Ela ficou sentada em silêncio por dez segundos, e achei que não falaria mais comigo naquela noite. Porém, em vez disso, ela respirou fundo e soltou o ar.

– Eu... preciso me movimentar. Vou dar uma saída.

Definitivamente, algo mudara, mas eu não sabia bem o que era nem o que havia provocado a mudança.

– Está de noite – respondi. – Está muito frio. Pegue seu sobretudo e suas luvas e não se afaste muito.

Ela gesticulou concordando e, o que foi ainda mais surpreendente, colocou o sobretudo e as luvas antes de sair pelas duas portas sem uma única palavra amarga, ou sequer um olhar de ressentimento.

E por que eu me importava? Ela iria se afastar e congelar ou não iria. Arrumei meus cobertores e me deitei para dormir, sem esperar para ver se Seivarden voltaria em segurança ou não.

Quando acordei, Seivarden estava dormindo sobre sua pilha de cobertores. Ela não jogara seu casaco no chão; em vez disso o havia pendurado ao lado dos outros, num gancho perto da porta. Levantei-me e fui até o armário para descobrir que ela também enchera as despensas com mais pão e uma tigela sobre a mesa com um bloco de leite ligeiramente derretido, além de um pedação de gordura de bov.

Atrás de mim, a porta de Strigan se abriu. Eu me virei.

– Ele quer alguma coisa – ela disse para mim, baixinho. Seivarden não se mexeu. – Ou então está bolando algo. Se eu fosse você, não confiaria nele.

– Não confio. – Joguei um pedaço de pão numa tigela de água e deixei de lado para amolecer. – Mas tenho curiosidade de saber o que deu nela. – Strigan pareceu achar graça. – Nele – corrigi.

– Provavelmente está pensando em todo o dinheiro que você tem – disse Strigan. – Dá para comprar muito kef com isso.

– Se for esse o caso, não é problema. É tudo para pagar você. – A não ser minha taxa para subir a fita, e um pouco mais para emergências. O que, nesse caso, significaria uma taxa para Seivarden também.

– O que acontece com os viciados no Radch?

– Não existem viciados. – Ela ergueu uma sobrancelha, e depois outra, sem acreditar. – Não nas estações – corrigi. – Não dá para se embrenhar muito nesse caminho com a IA da estação vigiando o indivíduo o tempo todo. Em um planeta, é diferente, o lugar é grande demais para isso. Mesmo assim, quando se chega ao ponto em que a pessoa não está mais funcionando, ela é reeducada e normalmente enviada para outro lugar.

– Para não envergonhar ninguém.

– Para um novo começo. Novos ambientes, nova missão. – E se uma pessoa chegava de algum lugar muito distante para assumir um emprego que quase qualquer um poderia fazer, todas sabiam por que isso havia acontecido, embora ninguém fosse tão indelicada a ponto de dizer isso perto do sujeito. – Você se incomoda com o fato de que as radchaai não tenham a liberdade de destruir sua vida ou a vida de outras cidadãs.

– Eu não teria colocado dessa forma.

– Não, é claro que não.

Ela se encostou no batente da porta e cruzou os braços.

– Para alguém que quer um favor, e um favor incrivelmente, impossivelmente enorme e perigoso, você está fazendo mais afrontas do que o esperado.

Fiz um gesto com uma das mãos. *As coisas são do jeito que são.*

– Mas então, lidar com ele irrita você. – Ela inclinou a cabeça na direção de Seivarden. – É compreensível, eu acho.

As palavras *estou tão feliz que você aprove* subiram até meus lábios, mas não as pronunciei. Afinal, eu queria um favor incrivelmente, impossivelmente enorme e perigoso. Em vez disso, respondi:

– Todo o dinheiro dentro da caixa. O bastante para você comprar terras, ou aposentos em uma estação, ou, diabos, até mesmo uma estação inteira.

– Uma estação bem pequena. – Os lábios dela se mexeram em divertimento.

– E você não a teria mais. É perigoso até mesmo tê-la visto, mas é pior possuí-la, na verdade.

– E você – ressaltou ela, se endireitando e deixando os braços caírem, a voz agora sem nenhum divertimento – vai levar isso diretamente para a Senhora do Radch. Que então será capaz de rastreá-la de volta a mim.

– Esse sempre será um risco – concordei. Sequer fingi que um dia, se eu caísse no controle de Mianaai, ela não seria capaz de extrair qualquer informação que desejasse de mim, não importando o que eu quisesse revelar ou esconder. – Mas isso foi um perigo desde o momento em que você colocou os olhos nela, e vai continuar a ser enquanto você viver, não importa se você a passar para mim ou não.

Strigan suspirou.

– Isso é verdade. Infelizmente. E verdade seja dita, eu quero muito voltar para casa.

Idiota além do que eu podia acreditar. Mas isso não era problema meu; meu problema era pegar aquela arma. Eu não disse nada. Nem Strigan. Em vez disso, ela vestiu o sobretudo e as luvas e saiu pelas duas portas, e eu me sentei para comer meu café da manhã, me esforçando muito para não imaginar aonde ela fora, nem se eu tinha algum motivo para ter esperanças.

Strigan voltou quinze minutos depois com uma caixa preta grande e achatada. Ela colocou a caixa em cima da mesa. Parecia um bloco sólido, mas ela ergueu uma grossa camada preta, revelando mais escuridão embaixo.

Strigan se levantou, esperando, a tampa nas mãos, me observando. Estendi a mão e toquei gentilmente um ponto na escuridão. Uma coloração marrom se espalhou a partir do ponto que toquei, se acumulando numa poça da forma de uma arma, agora na cor exata da minha pele. Levantei meu dedo e o preto tornou a inundar a escuridão. Estendi a mão e ergui outra camada preta, abaixo da qual aquilo finalmente começou a parecer uma caixa, com coisas de verdade dentro, ainda que uma perturbadora caixa preta sugadora de luz, recheada de munição.

Strigan estendeu a mão e tocou a superfície da camada preta que eu ainda segurava. A cor cinza se espalhou a partir de seus dedos em uma faixa grossa enroscada ao lado da arma.

– Eu não tinha certeza do que isso era. Você sabe?

– É uma armadura. – Oficiais e soldados humanas usavam armaduras que eram vestidas externamente, e não o tipo que é instalado no corpo, como a minha. Mas há mil anos, todas as pessoas haviam recebido os implantes.

– Isso nunca disparou um único alarme, nunca apareceu em nenhum scanner pelo qual passei. – Era *isso* que eu queria. A possibilidade de entrar em qualquer estação radchaai sem alertar ninguém para o fato de que eu carregava uma arma. A possibilidade de ter uma arma comigo enquanto estivesse na presença da própria Anaander Mianaai, sem que ninguém percebesse isso. A maioria das Anaander não precisava de armadura; então ser capaz de atirar através de armaduras seria apenas um bônus.

Strigan perguntou:

– Como ela faz isso? Como se esconde?

– Não sei. – Recoloquei a camada que estava segurando, e depois a tampa.

– Quantos corpos da filha da mãe você acha que consegue matar?

Levantei o olhar para longe da caixa e da arma, o improvável objetivo de quase vinte anos de esforços aparecendo na minha frente, real e sólido. Ao alcance das minhas mãos. Eu quis dizer: *Tantas quantas eu conseguir alcançar antes que me matem*. Mas, na realidade, eu provavelmente só encontraria uma; um único corpo entre milhares. Mesmo assim, sendo realista, a probabilidade de eu encontrar aquela arma também fora muito pequena.

– Depende – respondi.

– Se você vai cometer um ato desafiador, desesperado e sem esperanças, deveria pelo menos fazer com que fosse bom.

Concordei.

– Meu plano é pedir uma audiência.

– Você vai conseguir uma?

– Provavelmente. Qualquer cidadã pode pedir uma, e é quase certo que receberá. Eu não iria como uma cidadã...

Strigan bufou.

– E como é que *você* vai se passar por não radchaai?

– Entrarei nas docas de um palácio de província sem luvas, ou com as luvas erradas, anunciarei origem estrangeira e falarei com sotaque. Nada mais será exigido.

Ela piscou e franziu o cenho.

– Não é bem assim.

– Eu lhe asseguro. Como não cidadã, minha chance de obter uma audiência dependerá dos meus motivos para pedi-la. – Eu não havia pensado nessa parte ainda. Dependeria do que eu encontrasse ao chegar lá. – Algumas coisas não podem ser planejadas com muita antecedência.

– E o que você vai fazer a respeito de... – Ela acenou com a mão sem luvas em direção a Seivarden, que estava dormindo.

Eu estava evitando me fazer essa pergunta. Evitando, desde o momento em que a encontrara, pensar nas etapas seguintes do que dizia respeito a ela.

– *Fique de olho nele* – disse ela. – Ele pode ter chegado ao ponto em que está preparado para desistir do kef de vez, mas acho que não.

– Por que não?

– Ele não me pediu ajuda.

Foi a minha vez de erguer uma sobrancelha cética.

– Se ele pedisse, você ajudaria?

– Eu faria o que pudesse. Mas, se ele quisesse que o tratamento funcionasse a longo prazo, precisaria pensar nos problemas que o levaram a usar pela primeira vez. E não vejo nenhum sinal de que ele fará isso. – Em particular, concordei, mas não disse nada.

– Ele poderia ter pedido ajuda a qualquer momento – continuou Strigan. – Ele tem vagado por aí há, o que, uns cinco anos? Poderia ter procurado qualquer ajuda médica, se quisesse. Mas isso significaria admitir que tem um problema, não é? E eu não acho que isso vá acontecer tão cedo.

– Seria melhor se ela... se ele voltasse para o Radch. – A assistência médica do Radch poderia resolver todos os problemas dela. E não levariam em consideração o fato de ela estar ou não pronta para admitir seu problema.

– Ele não voltará ao Radch a menos que admita ter um problema.

Fiz um gesto que dizia *não é da minha conta*.

– Ele pode ir para onde quiser.

– Mas você o está alimentando, e sem dúvida vai pagar a passagem dele subindo a fita, e para qualquer outro sistema aonde você for. Ele vai ficar com você enquanto for vantajoso para ele, enquanto houver comida e abrigo. E vai roubar qualquer coisa que achar para conseguir mais uma dose de kef.

Seivarden não estava tão forte quanto já havia sido, nem tão mentalmente sã.

– Você acha que ele vai achar isso fácil?

– Não – admitiu Strigan –, mas ele será bem determinado.

– Sim.

Strigan balançou a cabeça, como que para clarear os pensamentos.

– O que estou fazendo? Você não vai me ouvir.

– Estou ouvindo.

Mas era nítido que ela não acreditava em mim.

– Não é da minha conta, eu sei. Apenas... – Ela apontou para a caixa preta. – Apenas mate tantos Mianaai quanto puder. E não o mande atrás de *mim*.

– Você está indo embora? – É claro que ela estava, eu não precisava fazer essa pergunta idiota, mas ela não se incomodou. Em vez disso, voltou para seu quarto sem falar mais nada e fechou a porta.

Eu abri minha mochila, retirei o dinheiro e coloquei em cima da mesa, então enfiei a caixa preta no seu lugar. Toquei-a de forma que desaparecesse, e parecia não haver nada além de camisas dobradas e alguns pacotes de comida não perecível. Depois, fui até Seivarden e a cutuquei com minha bota.

– Acorde. – Ela levou um susto, sentou-se depressa e lançou-se contra o banco mais próximo, respirando com dificuldade. – Acorde – falei mais uma vez. – Estamos indo embora.

12

A não ser por aquelas horas quando as comunicações tinham sido cortadas, eu nunca deixei de sentir que era parte da *Justiça de Toren*. Meus quilômetros de corredores de paredes brancas, minha capitã, as comandantes das décadas, a tenente de cada década, o menor gesto, a respiração de cada uma era visível para mim. Eu nunca perdi o conhecimento de minhas auxiliares, vinte corpos de Um Amaat, Um Toren, Um Etrepa, Um Bo e Dois Esk, mãos e pés para servir às oficiais, vozes para falar com elas. Minhas milhares de auxiliares em suspensão criogênica. Nunca perdi Shis'urna de vista, toda azul e branca, velhos limites e divisões apagados pela distância. Dessa perspectiva, os eventos em Ors não eram nada, eram invisíveis, completamente insignificantes.

Na nave auxiliar que se aproximava, senti a distância diminuir, senti com mais força a sensação de *ser* a nave. Um Esk se tornava ainda mais o que sempre fora: uma pequena parte de mim mesma. Minha atenção não era mais comandada por coisas separadas do resto da nave.

Enquanto Um Esk estava no planeta, Dois Esk tomara o lugar dela. Dois Esk preparava chá na sala da década de Esk para suas tenentes – minhas tenentes. Ela limpava o corredor de paredes brancas do lado de fora dos banheiros de Esk, costurava uniformes que haviam sido rasgados. Duas de minhas tenentes estavam sentadas com um jogo de tabuleiro na sala da década, movimentando peões, de modo rápido e silencioso, enquanto três outras observavam. As tenentes das décadas Amaat, Toren, Etrepa e Bo, as comandantes das décadas, a capitã da centena Rubran, as oficiais administrativas e as médicas falavam, dormiam e tomavam banho de acordo com seus cronogramas e inclinações.

Cada década continha vinte tenentes e sua comandante, mas Esk era agora o meu convés menos ocupado. Abaixo de Esk, de Var para baixo – metade dos meus conveses de década —, tudo estava frio e vazio, embora os porões continuassem cheios. O vazio e o silêncio daqueles espaços onde oficiais um dia viveram tinham me perturbado no começo, mas agora eu estava acostumada.

Na nave de transporte, na frente de Um Esk, a tenente Awn estava sentada em silêncio, o maxilar tenso. Em alguns aspectos ela estava mais confortável fisicamente do que jamais estivera em Ors – a temperatura, 20 °C, era mais adequada para a jaqueta e as calças do uniforme. E o fedor de água do pântano fora substituído pelo cheiro mais familiar e mais facilmente tolerável de ar reciclado. Mas os espaços minúsculos – os mesmos que, quando ela entrara pela primeira vez na *Justiça de Toren,* haviam provocado orgulho por sua missão e pela expectativa do que o futuro poderia reservar – agora pareciam aprisioná-la e confiná-la. Ela estava tensa e infeliz.

Tiaund, comandante de década Esk, estava sentada em seu minúsculo escritório. Ele continha apenas duas cadeiras e uma mesa encostada na parede, pouco mais que uma prateleira, e espaço para talvez mais duas pessoas de pé.

– A tenente Awn retornou – comuniquei a ela, e à capitã de centena Rubran, que estava no convés de comando. A nave de transporte se fechou com um impacto seco.

A capitã Rubran franziu a testa. Ela ficara surpresa e desanimada com a notícia do súbito retorno da tenente Awn. A ordem partira diretamente de Anaander Mianaai, que não devia ser questionada. Junto com ela tinham vindo ordens de não perguntar o que havia acontecido.

Em seu escritório no convés Esk, a comandante Tiaund suspirou, fechou os olhos e disse:

– Chá.

Ela ficou sentada em silêncio até Dois Esk levar para ela uma xícara e uma garrafa, servir e colocar ambas perto do cotovelo da comandante, e depois continuou:

– Ela virá me ver assim que puder.

A atenção de Um Esk estava quase toda concentrada na tenente Awn, que seguia até o elevador e os corredores brancos estreitos que a levariam à década de Esk, para seus próprios aposentos. Eu vi alívio quando ela encontrou os corredores vazios a não ser por Dois Esk.

– A comandante Tiaund vai recebê-la assim que a senhora puder – transmiti diretamente à tenente Awn. Ela concordou com um breve tremelicar dos dedos ao entrar nos corredores de Esk.

Dois Esk saiu do convés, descendo o corredor até o porão de carga e os módulos de suspensão que aguardavam para ser usados; Um Esk assumiu as tarefas que ela havia começado, e também acompanhou a tenente Awn. Acima, no Setor Médico, uma técnica começou a delinear o que precisava para substituir o segmento perdido de Um Esk.

Na porta de seus próprios aposentos minúsculos – os mesmos que mais de mil anos antes haviam pertencido à tenente Seivarden –, a tenente Awn se virou para dizer algo ao segmento que a acompanhava, e então parou.

– O que foi? – perguntou depois de um instante. – Tem algo errado, não tem? O que é?

– Por favor, me desculpe, tenente – respondi. – Nos próximos minutos a técnica conectará um novo segmento. Pode ser que eu fique inoperante por um curto período.

– Inoperante – disse ela, por um momento sentindo-se assolada por algum sentimento que não consegui entender. Depois, culpa e raiva. Ela ficou parada diante da porta fechada de seu quarto, respirou fundo duas vezes e então se virou e voltou a percorrer o corredor em direção ao elevador.

O sistema nervoso de um novo segmento precisa estar mais ou menos funcional para a conexão. No passado elas já haviam tentado conectar cadáveres e fracassado. A mesma coisa acontecera com corpos inteiramente sedados: a conexão nunca era feita de modo adequado. Às vezes o novo segmento recebe um tranquilizante, mas em outras a técnica prefere descongelar o novo corpo e conectá-lo rapidamente, sem nenhuma sedação. Isso elimina a etapa arriscada de dosar a quantidade exata de sedativo, mas sempre cria uma conexão desconfortável.

Aquela técnica em particular não estava se importando muito com o meu conforto. Não era obrigada a isso, claro.

A tenente Awn entrou no elevador que levaria até o Setor Médico no mesmo instante em que a técnica acionou a liberação do módulo de suspensão que continha o corpo. A tampa se abriu, e, por um centésimo de segundo, o corpo permaneceu congelado em sua poça de fluidos.

A técnica o rolou para fora do módulo e o colocou sobre uma mesa. O fluido deslizava e caía em cascatas pela beirada, e no mesmo momento o corpo acordou, convulsionando, engasgando e cuspindo. Por conta própria, os instrumentos de preservação deslizaram para fora da garganta e dos pulmões, com facilidade, mas nas primeiras vezes a experiência tende a ser desconfortável. A tenente Awn saiu do elevador e atravessou o corredor em direção ao Setor Médico, com Um Esk Dezoito seguindo de perto.

A técnica se pôs a trabalhar rapidamente, e em instantes eu estava na mesa (eu estava caminhando atrás da tenente Awn, estava costurando as coisas que Dois Esk largara pela metade ao partir para os porões, estava deitada em meus aposentos pequenos e apertados, estava limpando um balcão na sala da década), e eu podia ver e ouvir, mas não tinha controle do novo corpo. Seu terror aumentou o batimento cardíaco de todos os segmentos Um Esk. A boca do novo segmento abriu e ela gritou, e no fundo ouviu risadas. Eu me debati, as amarras se soltaram e rolei para fora da mesa, caindo um metro e meio até o chão, com um impacto doloroso. *Não, não, não*, pensei para o corpo, mas ele não escutou. O corpo estava enjoado, estava aterrorizado, estava morrendo. Então se levantou e engatinhou sem muito equilíbrio, querendo sair dali, não se importando com a direção.

Mãos apareceram sob meus braços (em outro lugar, Um Esk estava imóvel) erguendo a mim e à tenente Awn.

– Socorro – disse, rouca, não em radchaai. A imbecil da técnica puxara um corpo sem uma voz decente. – Me ajude.

– Está tudo bem. – A tenente Awn me ajeitou, colocou os braços ao redor do novo segmento e me puxou mais para perto. O corpo tremia, ainda frio da suspensão e do terror. – Está tudo bem. Tudo vai ficar bem. – O segmento engasgou e soluçou pelo que pareceu uma eternidade e pensei que talvez ele fosse vomitar até que... a conexão se encaixou e obtive controle do corpo. Parei de soluçar.

– Pronto – disse a tenente Awn. Horrorizada. Enjoada. – Muito melhor. – Percebi que ela estava zangada de novo, ou talvez aquela fosse apenas outra faceta da irritação que eu havia percebido desde o templo. – Não machuque minha unidade – ela falou, secamente, e percebi que, embora ainda estivesse olhando para mim, ela estava se dirigindo à técnica.

– Não machuquei, tenente – respondeu a técnica com um vestígio de escárnio na voz. Elas já tinham tido essa conversa com mais detalhes e mais irritação durante a anexação. A técnica dissera: *Essas coisas não são humanas. Ficaram mil anos no porão de carga, não passam de peças da nave.* A tenente Awn reclamara para a comandante Tiaund, que não entendeu a raiva da tenente Awn e disse isso, mas depois não precisei mais lidar com aquela técnica em particular. – Se você tem tantos pudores – continuou a técnica –, talvez esteja no lugar errado.

A tenente Awn se virou zangada e deixou a sala sem dizer mais nada. Virei-me e fui até a mesa com o andar ainda trépido. O segmento já estava resistindo, e eu sabia que aquela técnica não se importaria se eu sentisse dor quando ela colocasse minha armadura e o resto dos implantes.

As coisas sempre eram um pouco desajeitadas enquanto eu me acostumava a um novo segmento: ele às vezes derrubava objetos ou disparava impulsos desorientadores, surtos aleatórios de medo ou náusea. As coisas sempre pareciam desequilibradas por um tempo. Mas depois de uma ou duas semanas, tudo costumava se acomodar. Pelo menos na maioria das vezes. Também podia acontecer de um segmento simplesmente não funcionar de modo adequado, e então precisava ser removido e substituído. Elas filtravam os corpos, claro, mas o sistema não era perfeito.

A voz não era do tipo que eu escolheria, e ela não conhecia nenhuma canção interessante. Pelo menos nenhuma que eu já não conhecesse. Ainda não consigo afastar a suspeita leve, e definitivamente irracional, de que a técnica escolhera aquele corpo específico só para me irritar.

Depois de um banho rápido, no qual eu ajudei, e a troca para um uniforme limpo, a tenente Awn se apresentou à comandante Tiaund.

Awn. – A comandante da década acenou para que a tenente se sentasse à sua frente. – Estou feliz em ter de você de volta, é claro.

– Obrigada, senhora – respondeu a tenente Awn enquanto se sentava.

– Não esperava ver você tão cedo. Tinha certeza de que ficaria lá embaixo por mais um tempo. – A tenente Awn não respondeu. A comandante esperou em silêncio por cinco segundos, depois disse: – Eu perguntaria o que aconteceu, mas tenho ordens para não fazer isso.

A tenente Awn abriu a boca, respirou fundo para falar, mas parou. Pasma. Eu não dissera nada a ela respeito das ordens para não perguntar o que acontecera. A tenente Awn não havia recebido ordens semelhantes para não falar nada a ninguém. Era um teste, suspeitei, pelo qual eu tinha muita confiança de que a tenente passaria.

– Foi ruim? – perguntou a comandante Tiaund. Querendo muito saber mais, forçando a sorte ao fazer aquela simples pergunta.

– Sim, senhora. — A tenente Awn olhou para baixo, para as mãos enluvadas que repousavam em seu colo. – Muito.

– Sua culpa?

– Tudo o que ocorre sob minha responsabilidade é minha culpa, não é, senhora?

– Sim. Mas estou tendo dificuldades para imaginar você fazendo qualquer coisa... inadequada. – A palavra tinha um peso grande em radchaai; fazia parte de uma tríade que envolvia justiça, adequação e benefício. Ao usá-la, a comandante Tiaund deixava implícito mais do que apenas esperar que a tenente Awn seguisse os regulamentos ou as convenções sociais. Essa palavra implicava a suspeita de que alguma injustiça estava por trás dos acontecimentos. Embora ela com certeza não pudesse dizer isso de modo tão óbvio, já que não sabia nenhum detalhe sobre a questão e certamente não desejava dar a ninguém a impressão de que sabia. E se a tenente Awn precisasse ser punida por alguma violação, a comandante não tomaria o partido da tenente Awn, independentemente de sua opinião particular.

A comandante Tiaund suspirou, talvez pela curiosidade frustrada.

– Bem – continuou, fingindo animação. – Agora você tem muito o que recuperar nos exercícios físicos. E está bem atrasada na renovação do seu certificado de tiro.

A tenente Awn forçou um sorriso amarelo. Não havia ginásios nem academias em Ors, nem qualquer lugar que lembrasse remotamente um estande de tiro.

– Sim, senhora.

– E tenente, por favor, não vá até o Setor Médico a menos que realmente precise.

Eu pude ver que a tenente Awn queria protestar, reclamar. Mas isso também teria sido uma repetição da conversa anterior.

– Sim, senhora.

– Você está dispensada.

Quando a tenente Awn finalmente entrou em seus aposentos, era quase hora da ceia – uma refeição formal, comida na sala da década na companhia das outras tenentes Esk. A tenente Awn alegou exaustão, o que não era mentira: ela não havia dormido nem seis horas desde que deixara Ors, quase três dias antes.

Sentou-se em seu catre, ombros curvados e olhos arregalados, até eu entrar e tirar suas botas e seu casaco.

– Tudo bem – disse ela, então fechou os olhos e pôs as pernas para cima. – Entendi o recado.

Ela adormeceu cinco segundos depois de colocar a cabeça no travesseiro.

Na manhã seguinte, dezoito de minhas vinte tenentes Esk estavam em pé na sala da década, bebendo chá e esperando pelo desjejum. Segundo o costume, elas não poderiam se sentar sem a presença da tenente mais graduada.

As paredes da sala da década Esk eram brancas, com uma borda azul e amarela pintada logo abaixo do teto. Numa das paredes, em frente a um longo balcão, estavam afixados vários troféus de anexações do passado: restos de duas bandeiras, vermelhas, pretas e verdes; uma telha de argila rosa com um desenho em relevo de folhas; uma arma antiga (descarregada) e seu coldre de estilo elegante; uma máscara ghaonish cravejada de pedras preciosas. Uma janela inteira retirada de um templo valskaayano, vidros coloridos dispostos a fim de formar a imagem de uma mulher segurando uma vassoura numa das mãos, três pequenos animais a seus pés. Eu me lembrava de tê-la tirado da parede e a levado até ali. Cada sala de década da nave tinha uma janela daquele mesmo prédio. As vestimentas e o equipamento do templo haviam sido jogados na rua, ou ido parar nas outras salas de década em outras naves. Era comum absorver qualquer religião que aparecesse no caminho do Radch, encaixar suas deusas numa genealogia já inacreditavelmente complexa, ou só dizer que a divindade criadora suprema era Amaat sob outro nome e deixar que o resto se organizasse sozinho. Uma idiossincrasia da religião valskaayana tornava isso difícil para elas, e o resultado fora destrutivo. Entre as recentes mudanças na política do Radch, Anaander Mianaai havia legalizado a prática da religião insistentemente separada de Valskaay, e a governadora do local devolvera o prédio. Houve rumores sobre a devolução das janelas, já que ainda naquela época estávamos em órbita ao redor de Valskaay, mas no fim das contas elas foram substituídas por cópias. Pouco tempo depois, as décadas abaixo de Esk foram esvaziadas e fechadas, mas as janelas ainda pendiam nas paredes das salas vazias e escuras.

A tenente Issaaia entrou, foi direto até o ícone de Toren em seu nicho no canto e acendeu o incenso que estava na tigela vermelha aos pés da imagem. Seis oficiais franziram a testa, e duas fizeram um murmúrio muito baixinho de surpresa. Apenas a tenente Dariet falou.

– Awn não vem para o desjejum?

A tenente Issaaia se virou na direção da tenente Dariet, mostrou uma expressão de surpresa que, até onde eu podia perceber, não espelhava o que ela sentia de verdade, e disse:

– Pela graça de Amaat! Esqueci completamente que Awn tinha voltado.

Na parte dos fundos do grupo, bem escondida da vista da tenente Issaaia, uma tenente muito jovem lançou um olhar para outra tenente igualmente jovem.

– Tudo tem estado tão quieto – continuou a tenente Issaaia. – É difícil acreditar que ela esteja *mesmo* de volta.

– Silêncio e cinzas frias – citou a jovem tenente que recebera o olhar significativo da outra; ela era mais ousada que sua companheira. O poema citado era uma elegia para alguém cujas oferendas funerais haviam sido negligenciadas de propósito. Eu vi a tenente Issaaia reagir com ambivalência por um instante; o verso seguinte falava de oferendas de comida não feitas para os mortos, e a jovem tenente poderia estar fazendo uma crítica à tenente Awn por não ter comparecido à ceia da noite anterior, ou não chegar a tempo do desjejum naquela manhã.

– Realmente é Um Esk – disse outra tenente, escondendo o leve sorriso provocado pela sagacidade da tenente mais jovem. Ela olhava de perto para os segmentos que naquele instante estavam depositando pratos de peixe e frutas sobre o balcão. – Talvez Awn tenha dado um basta nos maus hábitos de Um Esk. Assim espero.

– Por que tanto silêncio, Um? – perguntou a tenente Dariet.

– Ah, não comece – grunhiu outra tenente. – É cedo demais para essa balbúrdia toda.

– Se foi Awn, bom para ela – disse a tenente Issaaia. – Mas demorou um pouco para fazer isso.

– Assim como está demorando agora – disse uma tenente ao lado da tenente Issaaia. – Dê-me comida enquanto ainda vivo. – Outra citação, outra referência a oferendas funerais e uma resposta caso a jovem tenente tivesse feito o insulto para outro lado. – Ela vem ou não? Se não vem, deveria ter avisado.

Naquele momento a tenente Awn estava no banho, e eu a servia. Eu poderia ter dito às tenentes que ela chegaria em breve, mas não disse nada, apenas reparei no nível e na temperatura do chá nas tigelas de vidro preto que várias tenentes seguravam e continuei a depositar pratos para o café da manhã.

Perto do meu próprio arsenal, eu limpava minhas vinte armas para poder estocá-las, junto com sua munição. Em cada um dos aposentos de minhas tenentes, tirei os lençóis de suas camas. As oficiais de Amaat, Toren, Etrepa e Bo já estavam todas tomando seu café, e conversavam animadas. A capitã comia com as comandantes de década, uma conversa mais silenciosa e sóbria. Uma das minhas naves de transporte se aproximou de mim, quatro tenentes Bo voltando de licença, amarradas em suas cadeiras, inconscientes. Não estariam felizes quando acordassem.

– Nave – disse a tenente Dariet –, a tenente Awn se juntará a nós para o desjejum?

– Sim, tenente – eu disse com a voz de Um Esk Seis. Na banheira eu derramava água sobre a tenente Awn, que estava em pé, de olhos fechados, em cima da grade sobre o ralo. Sua respiração era regular, mas seus batimentos cardíacos estavam ligeiramente elevados, e ela demonstrava outros sinais de estresse. Eu tinha certeza de que seu atraso era deliberado, projetado para que ela pudesse aproveitar seu banho. Não porque ela não pudesse lidar com a tenente Issaaia; com certeza podia. Mas porque ela continuava perturbada pelos eventos dos últimos dias.

– Quando? – perguntou a tenente Issaaia, franzindo a testa de leve.

– Cerca de cinco minutos, tenente.

Um coro de gemidos se elevou.

– Ora, tenentes – admoestou a tenente Issaaia. – Ela é a nossa superior. E todas deveríamos ter paciência com ela neste momento. Um retorno tão súbito, quando todas achávamos que a Divina *nunca* concordaria com a saída dela de Ors.

– Descobriu que ela não era uma escolha tão boa, hein? – debochou a tenente ao lado de Issaaia. Elas eram íntimas em mais de um sentido. Nenhuma delas sabia o que havia acontecido, e não podiam perguntar. E eu, claro, não dissera nada.

– Não é provável – disse a tenente Dariet, sua voz um pouco mais alta que de costume. Ela estava zangada. – Não depois de cinco anos.

Peguei o frasco de chá, me afastei do balcão, fui até onde a tenente Dariet estava e derramei onze mililitros de chá na tigela quase cheia que ela segurava.

– Você gosta da tenente Awn, é claro – disse a tenente Issaaia. – Todas nós gostamos. Mas ela não tem *berço*. Ela não nasceu para isso. Ela se esforça muito para fazer algo que, para nós, vem naturalmente. Eu não me surpreenderia se ela só conseguisse aguentar cinco anos antes de entrar em colapso. – Olhou para a tigela vazia em sua mão enluvada. – Preciso de mais chá.

– Você acha que teria feito um trabalho melhor, no lugar de Awn – observou a tenente Dariet.

– Não me preocupo com situações hipotéticas – respondeu a tenente Issaaia. – Os fatos são o que são. Existe um motivo pelo qual Awn era tenente sênior Esk muito antes de qualquer uma de nós chegar aqui. Obviamente ela tem alguma habilidade, ou nunca teria se dado tão bem quanto se deu, mas ela chegou ao limite. – Um murmúrio silencioso de concordância. – Os pais dela são *cozinheiros* – continuou a tenente Issaaia. – Tenho certeza de que são excelentes no que fazem. Tenho certeza de que ela gerenciaria uma cozinha de modo admirável.

Três tenentes deram risinhos de escárnio. A tenente Dariet falou, sua voz tensa e demonstrando estar no limite:

– É mesmo?

Finalmente arrumada, o uniforme mais perfeito possível, a tenente Awn saiu do vestiário e foi para o corredor, a cinco passos de distância da sala da década.

A tenente Issaaia reparou no temperamento da tenente Dariet com uma ambivalência familiar. A tenente Issaaia era superior, mas a casa da tenente Dariet era mais antiga e mais rica, e o ramo da tenente Dariet daquela casa era cliente direto de um ramo proeminente da própria Mianaai. Teoricamente aquilo não importava ali. Teoricamente.

Todos os dados que eu recebera da tenente Issaaia naquela manhã tinham tido um gosto subjacente de ressentimento, que foi ficando cada vez mais forte.

– Gerenciar uma cozinha é um trabalho perfeitamente respeitável – disse a tenente Issaaia. – Mas só posso imaginar como deve ser difícil ser criada para a servidão e, em vez de ocupar uma missão adequada, ser jogada numa posição de tamanha autoridade. Nem todo mundo é talhado para ser oficial. – A porta se abriu e a tenente Awn entrou justo quando a última frase deixou a boca da tenente Issaaia.

O silêncio envolveu a sala da década. A tenente Issaaia parecia calma e despreocupada, mas se sentia mal. Era claro que ela não pretendera – jamais teria ousado – dizer tais coisas diretamente à tenente Awn.

Somente a tenente Dariet falou:

– Bom dia, tenente.

A tenente Awn não respondeu, nem sequer olhou para ela, mas foi até o canto do aposento onde ficava o altar da década, com sua minúscula figura de Toren e a tigela de incenso queimando. A tenente Awn fez uma mesura de obediência à figura e depois olhou para a tigela com um leve franzir de testa. Assim como antes, seus músculos estavam tensos, seu coração acelerado, e eu sabia que ela tinha uma ideia do conteúdo ou pelo menos do tom da conversa antes mesmo de ter entrado, e sabia quem, de acordo com as tenentes, era ou não era talhada para ser oficial.

Ela se virou.

– Bom dia, tenentes. Peço desculpas por tê-las deixado esperando. – E começou, sem nenhum outro preâmbulo, a prece da manhã. – A flor da justiça é a paz... – As outras se juntaram à prece, e quando terminaram a tenente Awn foi até seu lugar na cabeceira da mesa e se sentou. Antes que as outras tivessem tempo de se acomodar, eu já estava com o chá e o desjejum na frente dela.

Servi às outras, e a tenente Awn tomou um gole de seu chá e começou a comer.

A tenente Dariet pegou seu talher.

– É bom ter você de volta. – Sua voz estava ligeiramente alterada, mal conseguindo ocultar sua raiva.

– Obrigada – respondeu a tenente Awn, e deu outra mordida no peixe.

– Ainda preciso de chá – disse a tenente Issaaia. O resto da mesa estava tenso e em silêncio, observando. – O silêncio é bom, mas talvez tenha acontecido um declínio na eficiência.

A tenente Awn mastigou, engoliu, tomou outro gole de chá.

– O que disse?

– Você conseguiu silenciar Um Esk – explicou a tenente Issaaia –, mas... – Ergueu sua tigela vazia.

Naquele momento eu estava atrás dela com a garrafa, e enchi a tigela.

A tenente Awn ergueu uma mão enluvada, indicando a inutilidade do comentário da tenente Issaaia.

– Eu não silenciei Um Esk. – Ela olhou para o segmento com a garrafa na mão e franziu a testa. – Pelo menos não de modo intencional. Pode cantar se quiser, Um Esk. – Uma dúzia de tenentes grunhiu. A tenente Issaaia deu um sorriso nada sincero.

A tenente Dariet parou, um pedaço de peixe a caminho da boca.

– Eu gosto das músicas. São boas. E é uma distinção.

– É vergonhoso, isso sim – disse a tenente próxima à tenente Issaaia.

– Eu não acho vergonhoso – respondeu a tenente Awn, um pouco tensa.

– É claro que não – falou a tenente Issaaia, a maldade oculta na ambiguidade de suas palavras. – Então por que está tão calada, Um?

– Tenho andado ocupada, tenente – respondi. – E não quis perturbar a tenente Awn.

– Seu canto não me perturba, Um – declarou a tenente Awn. – Lamento que você tenha achado isso. Por favor, cante se quiser.

A tenente Issaaia ergueu uma sobrancelha.

– Um pedido de desculpas? E um *por favor*? Isso é demais.

– Cortesia – disse a tenente Dariet, sua voz mais arrogante que o normal – é sempre adequada, e sempre benéfica.

A tenente Issaaia deu um sorriso de deboche.

– Obrigada, mãe.

A tenente Awn não disse nada.

Quatro horas e meia após o café, a nave de transporte, que trazia aquelas quatro tenentes Segunda Bo de sua licença, atracou.

Elas haviam bebido por três dias, e continuaram até o momento em que deixaram a estação Shis'urna. A primeira a passar pela comporta cambaleou um pouco e depois fechou os olhos.

– Médica – solicitou.

– Elas esperam você – respondi através do segmento de Um Bo que coloquei lá. – Precisa de ajuda no elevador?

A tenente fez uma tentativa fraca de dispensar minha oferta, e percorreu lentamente o corredor, um ombro encostado na parede para dar apoio.

Embarquei na nave de transporte, dando impulso com os pés para transpor os limites de minha gravidade artificial – a nave era muito pequena para ter a sua própria. Duas das oficiais, ainda bêbadas, tentavam despertar a quarta, desmaiada e fria em seu assento. A piloto – a mais jovem das oficiais Bo – estava sentada rígida e apreensiva. No começo pensei que seu desconforto se devia ao fedor de arrak derramado e vômito – felizmente, a bebida parecia ter caído sobre as próprias tenentes, na estação Shis'urna, e quase todo o vômito entrara nos recipientes apropriados. Mas então olhei (Um Bo olhou) na direção da popa e vi três Anaander Mianaai sentadas silenciosas e impassíveis nas cadeiras de trás. Para mim parecia que elas não estavam exatamente *ali*. Ela deveria ter embarcado na estação Shis'urna, sem fazer alarde. Disse à piloto para não me comunicar sobre nada. As outras, suspeitei, estavam bêbadas demais para reparar nela. Pensei nela me perguntando, no planeta, qual fora a última vez que ela me visitara. Pensei na minha inexplicável e reflexiva mentira. Na verdade, a última vez fora bem parecida com esta.

– Minha senhora – eu disse quando as tenentes Bo não podiam mais ouvir. – Vou notificar a capitã da centena.

– Não – disse uma Anaander. – Seu convés Var está vazio.

– Sim, minha senhora – assenti.

– Vou ficar lá enquanto estiver a bordo.

Nada mais, nenhuma explicação do porquê ou de quanto tempo. Nem de quando eu poderia contar à capitã o que estava fazendo. Eu era obrigada a obedecer a Anaander Mianaai, passando até mesmo por cima da minha própria capitã, mas eu raramente recebia ordens de uma sem o conhecimento da outra. Era desconfortável.

Enviei segmentos de Um Esk para retirar Um Var do porão, comecei a aquecer uma seção do convés Var. As três Anaander Mianaai declinaram minha oferta de ajuda com sua bagagem, e levaram suas coisas até Var.

Isso já acontecera antes, em Valskaay. Meus conveses inferiores haviam estado em sua maior parte vazios, porque muitas de minhas soldados estavam fora do porão e trabalhando. Daquela vez ela ficara no convés Esk. O que ela queria na época? O que tinha feito?

Para meu desgosto, descobri meus pensamentos tangenciando a resposta, que permanecia vaga e invisível. Aquilo não era nada bom. Não era nem um pouco bom.

Entre os conveses Esk e Var, ficava o acesso direto ao meu cérebro. O que ela havia feito, em Valskaay, de que eu não conseguia me lembrar? E o que estava se preparando para fazer agora?

13

Mais ao sul, a neve e o gelo se tornavam escassos, embora ainda fosse frio para qualquer uma que não fosse de Nilt. As niltanas consideram a região equatorial como uma espécie de paraíso tropical, onde os grãos podem crescer de verdade, onde a temperatura pode facilmente passar de 8 ou 9 °C. A maioria das grandes cidades de Nilt fica sobre ou próxima do anel equatorial.

O mesmo se aplica às únicas candidatas do planeta a qualquer espécie de fama: as pontes de vidro.

Elas são fitas pretas de cerca de 5 metros de largura penduradas em catenárias suaves sobre trincheiras quase tão largas quanto profundas, com dimensões medidas em quilômetros. Nada de cabos, pilares ou amarrações. Apenas o arco preto conectado a cada face da encosta. Fantásticas combinações de bobinas e bastões de vidro colorido pendem debaixo das pontes, às vezes se projetando para os lados.

Segundo todas as observações, as pontes propriamente ditas também são feitas de vidro, embora o vidro jamais pudesse suportar o tipo de tensão que essas pontes suportam – até seu próprio peso deveria ser demais para elas, suspensas como estão sem nada as apoiando. Não há corrimão nem outro apoio para as mãos, só a queda, e no fundo, quilômetros abaixo, um aglomerado de tubos grossos como muros, cada um com apenas um metro e meio de largura, vazio e de paredes lisas. São feitos do mesmo material que a ponte. Ninguém sabe por que as pontes e os tubos abaixo delas existem, nem quem as construiu. Estavam ali quando as humanas chegaram para colonizar Nilt.

As teorias são muitas, cada qual menos provável que a anterior. Seres interdimensionais estão presentes na maioria delas: eles criaram ou moldaram a humanidade para seus próprios fins; por razões obscuras, deixaram uma mensagem para as humanas decifrarem; ou ainda, eram malignos e tinham como objetivo a destruição de toda vida. As pontes eram, de algum modo, parte do seu plano.

Todo um outro subcampo afirma que as pontes foram construídas por humanas – uma civilização antiga, há muito perdida e incrivelmente avançada que passou para um nível mais alto da existência, ou morreu (de forma espetacular como resultado de algum erro catastrófico ou de forma lenta e patética). Defensoras desse tipo de teoria costumam fazer a afirmação adicional de que Nilt é, na realidade, o berço da humanidade. Em quase todos os lugares onde estive, a sabedoria popular diz que a localização do planeta original da humanidade é desconhecida, misteriosa. Na verdade não é, como qualquer uma que se dê ao trabalho de ler sobre o assunto vai descobrir. Mas é muito, muito, *muito* distante de quase qualquer lugar, e não é um planeta tremendamente interessante. Pelo menos, nem de longe tão interessante quanto pensar que seu povo não é recém-chegado ao lar, mas apenas recolonizou o lugar que havia pertencido a ele desde o começo dos tempos. Encontramos essa afirmação onde quer que haja um planeta remotamente habitado por humanos.

A ponte nos arredores de Therrod não era lá uma atração muito turística. A maioria dos arabescos de vidro com pedras preciosas cintilantes havia se estilhaçado ao longo de milhares de anos, deixando-a quase sem adornos. E Therrod fica muito ao norte para qualquer não niltana conseguir suportar com conforto. Visitantes de fora costumam limitar seus passeios às pontes melhor preservadas no equador; compram um cobertor de pelo de bov garantidamente feito à mão e tecido por mestras do ofício nas extensões insuportavelmente frias do mundo (embora sejam quase sempre feitos por máquinas, às dúzias, a poucos quilômetros da loja de presentes), engolem a muito custo uns poucos goles fétidos de leite fermentado e voltam para casa para presentear suas amigas e associadas com histórias de sua aventura.

Tudo isso eu aprendi a poucos minutos de saber que precisaria visitar Nilt para atingir meu objetivo.

Therrod ficava à beira de um rio largo, pedaços de gelo verde e branco flutuando e batendo em sua corrente, os primeiros barcos da estação já atracados nas docas. Do lado oposto da cidade, o rasgão escuro da ponte imensa representava o fim definitivo para a beira de casas que avançavam. A margem sul da cidade era repleta de estacionamentos de voadores, depois havia um amplo complexo de prédios pintados de azul e amarelo que era, pelo aspecto, uma instalação médica, provavelmente a maior de seu tipo na área. Ela estava cercada por cubos de habitações e lojas de comida, e trechos de casas, rosa, laranja, amarelas e vermelhas, em faixas, zigue-zagues e xadrez.

Nós havíamos voado metade do dia. Eu poderia ter voado a noite inteira, era capaz disso, mas teria sido desagradável. Não vi necessidade de pressa. Pousei no primeiro espaço vazio que encontrei, disse rispidamente a Seivarden para sair e fiz o mesmo. Coloquei a mochila nos ombros, paguei a taxa de estacionamento, desabilitei o voador assim como fizera na casa de Strigan e parti em direção à cidade, sem me virar para ver se Seivarden me acompanhava.

Eu havia pousado perto da instalação médica. Algumas das habitações que a cercavam eram luxuosas, mas muitas eram menores e menos confortáveis que aquela que eu alugara na aldeia onde encontrei Seivarden, e mesmo assim um pouco mais caras. Sulistas de casacos brilhantes iam e vinham, falando um idioma que eu não compreendia. Outros falavam aquele que eu entendia, e felizmente as placas eram escritas nessa língua.

Escolhi uma habitação – um pouco mais espaçosa que os buracos do tamanho de um módulo de suspensão, que eram os mais baratos disponíveis — e levei Seivarden para a primeira loja de comida de aspecto limpo e preço moderado que consegui encontrar.

Quando entramos, Seivarden olhou as garrafas na parede do outro lado.

– Aqui tem arrack.

– Vai ser caro demais – respondi – e é provável que não seja muito bom. Elas não fazem a bebida aqui. Tome uma cerveja em vez disso.

Ela vinha mostrando alguns sinais de estresse, e piscava ligeiramente com a profusão de cores brilhantes, então esperei alguma espécie de surto de irritação, mas, em vez disso, ela apenas concordou com um gesto. Então torceu o nariz com um pouco de nojo.

– A cerveja aqui é feita de quê?

– Cereais. Eles crescem mais perto do equador. Lá não é tão frio.

Encontramos lugares para sentar nos bancos ao lado de três fileiras de mesas longas, e uma atendente nos trouxe cerveja e tigelas de algo que nos disseram ser a especialidade da casa, *comida extra linda, sim*, ela disse (num radchaai muito ruim), e de fato era muito boa, e além disso tinha legumes de verdade, uma boa proporção de repolho em fatias finas no meio do que quer que fosse o resto. Os pedaços menores pareciam ser carne, provavelmente de bov. Seivarden cortou um dos pedaços maiores em dois com a colher, revelando algo branco.

– Deve ser queijo – eu disse.

Ela fez uma careta.

– Por que essa gente não come comida de verdade? Não sabem como é?

– Queijo é comida de verdade. Repolho também.

– Mas este molho...

– É gostoso. – Tomei outra colherada.

– Este lugar inteiro tem um cheiro esquisito.

– Pare e coma logo.

Ela olhou com desconfiança para sua tigela, pegou uma colherada e a cheirou.

– Não é possível que tenha um cheiro pior que aquela bebida de leite fermentado – eu disse.

Ela chegou a dar um meio sorriso.

– Não.

Tomei outra colherada, pensando nas implicações dessa melhora de comportamento. Eu não tinha certeza do que aquilo queria dizer, fosse sobre o estado de espírito dela, sobre suas intenções, ou ainda sobre o que ou quem ela pensava que eu era. Talvez Strigan tivesse razão e Seivarden tivesse escolhido o curso mais lucrativo por ora, ou seja, não alienar a pessoa que a alimentava; se fosse o caso, isso mudaria assim que suas opções aumentassem.

Uma voz aguda gritou na outra mesa.

– Olá!

Eu me virei. A garota do tabuleiro de tiktik acenou pra mim de onde estava sentada com sua mãe. Por um instante fiquei surpresa, mas estávamos perto do centro médico, para onde eu sabia que tinham levado sua parente ferida, e elas tinham vindo da mesma direção que nós, então provavelmente estacionaram do mesmo lado da cidade. Sorri e acenei com a cabeça, e ela se levantou e veio até nós.

– Seu amigo está melhor! – ela disse animada. – Que ótimo. O que vocês estão comendo?

– Não sei – confessei. – A atendente disse que era a especialidade da casa.

– Ah, é muito bom, eu comi ontem. Quando chegaram? Está tão quente que parece que já é verão, não consigo imaginar como está mais para o norte.

Obviamente ela tivera tempo de se recuperar e ficar mais animada desde o acidente que a levara até a casa de Strigan. Seivarden, com uma colher na mão, ficou olhando para ela, intrigada.

– Estamos aqui há uma hora – eu disse. – Só paramos para passar a noite, estamos indo para a faixa.

– Vamos ficar aqui até as pernas do tio ficarem melhores. Deve levar mais uma semana. – Ela franziu a testa, contando os dias. – Um pouquinho mais. Estamos dormindo no nosso voador, o que é terrivelmente desconfortável, mas mamãe diz que o preço do alojamento aqui é um roubo descarado. – Ela se sentou na ponta do banco, ao meu lado. – Eu nunca estive no espaço, como é?

– É muito frio... até *você* acharia frio. – Ela achou engraçado e deu uma risadinha. – E, claro, não tem ar e quase não tem gravidade, então tudo simplesmente flutua.

Ela franziu a testa para mim, em censura fingida.

– Você entendeu o que eu disse.

Olhei de relance para onde a mãe dela estava, impassível, comendo. Despreocupada.

– Não é muito empolgante, de verdade.

A garota fez um gesto de indiferença.

– Ah! Você gosta de música. Tem uma cantora num lugar descendo a rua esta noite. – Ela usou a palavra que eu usara de forma errada, não aquela com a qual ela tinha me corrigido, na casa de Strigan. – Não fomos ouvi-la ontem à noite porque eles cobram. E além disso, ela é minha prima. Ou pelo menos é da geração próxima da minha, e é tia da filha da prima da minha mãe, e isso já é perto o bastante de qualquer maneira. Eu a ouvi na última reunião de família, ela é muito boa.

– Eu vou lá, com certeza. Onde fica?

Ela me deu o nome do lugar e depois disse que precisava terminar seu jantar. Eu a vi voltar para a mãe, que apenas ergueu a cabeça brevemente e deu um rápido aceno de cabeça, que retribuí.

O lugar que a garota havia citado ficava apenas a algumas portas de onde estávamos, num prédio comprido de teto baixo. A parede dos fundos era coberta por portinholas, que davam para um quintal murado, onde niltanas estavam sentadas sem casaco, mesmo com a temperatura de 1 °C, tomando cerveja e ouvindo em silêncio enquanto uma mulher tocava um instrumento curvo de cordas que eu nunca vira antes.

Pedi discretamente uma cerveja para mim e outra para Seivarden, e nos sentamos no lado de dentro das portinholas – graças à falta de brisa, era um pouquinho mais quente do que o quintal, e tinha uma parede para nos encostarmos. Algumas pessoas se viraram para olhar para nós, nos encararam por um momento, depois se viraram de modo mais ou menos educado.

Seivarden se inclinou 3 centímetros em minha direção e sussurrou:

– Por que estamos aqui?

– Para ouvir a música.

Ela ergueu uma sobrancelha.

– Isso é *música*?

Virei-me para olhar diretamente para Seivarden. Ela estremeceu de leve.

– Desculpe. É só que... – Ela não conseguiu conter um gesto. As radchaai têm instrumentos de corda, uma variedade grande deles, na verdade, obtidos através de diversas anexações, mas tocá-los em público é considerado um ato um pouco ousado, porque é preciso estar com as mãos nuas ou com luvas tão finas que nem faz sentido usá-las. E aquela música (as frases longas, lentas e irregulares que tornavam seus ritmos difíceis para o ouvido radchaai escutar, e o tom duro do instrumento) não era o que Seivarden fora criada para apreciar. – É tão...

Uma mulher numa mesa próxima se virou e fez um som reprovador, pedindo silêncio. Fiz um gesto de conciliação e lancei um olhar de cautela para Seivarden. Por um momento ela demonstrou raiva e tive certeza de que precisaria levá-la para fora, mas ela respirou fundo, olhou para sua cerveja e bebeu, e depois fixou seu olhar para a frente, em silêncio.

A melodia terminou, e a plateia bateu suavemente com os punhos nas mesas. A tocadora de cordas de algum modo parecia ao mesmo tempo impassível e feliz, e começou a tocar outra música, desta vez mais rápida e alta o bastante para Seivarden sussurrar para mim em segurança mais uma vez.

– Por quanto tempo vamos ficar aqui?

– Um pouco – respondi.

– Preciso descansar. Quero voltar para o quarto.

– Você sabe onde fica?

Ela assentiu. A mulher da outra mesa nos olhou com desaprovação.

– Pode ir – sussurrei o mais baixo que pude para ainda, eu esperava, ser ouvida por Seivarden.

Ela foi embora. Não era mais da minha conta, pensei, se ela encontraria o caminho de volta ao alojamento (e me parabenizei por ter lembrado de trancar minha mochila no cofre da instalação durante a noite – mesmo sem o aviso de Strigan, eu não confiaria meus pertences ou meu dinheiro a Seivarden) ou se vagaria sem rumo pela cidade, se caminharia até o rio e se afogaria. O que quer que ela fizesse, não era da minha conta e não havia nada com que eu precisasse me preocupar. Em vez disso eu tinha uma jarra de cerveja bem decente e uma noite de música, com a promessa de uma boa cantora e canções que eu nunca ouvira antes. Estava mais próxima do meu objetivo que jamais ousara esperar, e poderia, só aquela noite, simplesmente relaxar.

A cantora era excelente, embora eu não tivesse entendido nenhuma das palavras que ela cantou. Ela chegou tarde, e àquela altura o lugar estava lotado e barulhento, embora a plateia de vez em quando ficasse em silêncio bebendo sua cerveja, ouvindo a música, e as batidas entre as peças se tornassem cada vez mais altas e ruidosas. Eu pedi cerveja suficiente para justificar minha presença lá por muito tempo, mas não bebi a maior parte dela. Não sou humana, mas meu corpo é, e bebida demais teria prejudicado minhas reações de modo inaceitável.

Fiquei até bem tarde, e depois caminhei de volta até nossos alojamentos ao longo da rua escurecida. Aqui e ali grupos de duas ou três pessoas caminhavam, conversando, me ignorando.

No quarto minúsculo encontrei Seivarden dormindo – imóvel, respirando com calma, rosto relaxado, braços e pernas moles. Algo de indefinivelmente parado sugeria que aquela era a primeira vez que eu a via dormindo de verdade, bem descansada. Pelo mais breve dos instantes me perguntei se ela havia tomado kef, mas sabia que ela não tinha dinheiro, não conhecia ninguém aqui e não falava nenhum dos idiomas que eu ouvira até então.

Deitei-me ao seu lado e dormi.

Acordei seis horas mais tarde e, incrivelmente, Seivarden continuava dormindo ao meu lado. Não achei que ela tivesse acordado enquanto eu dormia.

Era bom que ela descansasse o máximo possível. Afinal, eu não tinha pressa. Levantei e saí.

Perto do centro médico, a rua estava mais barulhenta e cheia. Comprei uma tigela de mingau quente e leitoso de uma vendedora na calçada e continuei até onde a estrada fazia a curva no hospital, em direção ao centro da cidade. Ônibus paravam, deixavam passageiras, pegavam outras e continuavam em frente.

No fluxo de pessoas, vi uma conhecida. A garota da casa de Strigan, com sua mãe. Elas me viram. A garota arregalou os olhos e franziu a testa de leve. A expressão da mãe não mudou, mas ambas mudaram de direção para se aproximar de mim. Ao que parecia, elas estavam esperando por mim.

– Breq – disse a garota quando pararam na minha frente. Ela estava séria. De modo peculiar, comparado a seu comportamento normal.

– Seu tio está bem? – perguntei.

– Sim, o tio está bem. – Mas algo claramente a perturbava.

– A pessoa que estava com você – disse a mãe dela, impassível como sempre. E parou.

– O que tem Seivarden?

– Nosso voador está estacionado perto do seu – disse a garota com clareza, temendo dar a má notícia. – Nós vimos quando volta-mos do jantar ontem à noite.

– Conte logo. – Eu não gostava de suspense.

A mãe franziu a testa.

– O voador não está mais lá.

Eu não disse nada; esperei o resto.

– Você deve tê-lo desabilitado – ela continuou. – Umas pessoas entregaram dinheiro para Seivarden e rebocaram o voador.

A equipe do estacionamento não devia ter questionado nada. Elas tinham visto Seivarden comigo.

– Ela não fala nenhum idioma daqui! – protestei.

– Foram muitos gestos! – explicou a garota, imitando gestos amplos. – Apontavam muito e falavam muito devagar.

Eu havia subestimado muito Seivarden. É claro. Ela sobrevi-vera viajando de lugar em lugar sem falar idioma algum a não ser radchaai, e provavelmente sem dinheiro, mas ainda assim conse-guira quase uma overdose de kef. Talvez mais de uma vez. Ela ain-da conseguia se virar, mesmo que mal e porcamente. Ela era cem por cento capaz de conseguir o que queria sem ajuda. Ela queria kef, e tinha obtido. Às minhas custas, mas isso não lhe importava nem um pouco.

– Sabíamos que isso não podia estar certo – disse a garota – porque você disse que estava aqui apenas para passar a noite a ca-minho do espaço, mas ninguém teria dado atenção à gente, somos apenas pastoras de bov.

E sem dúvida o tipo de pessoa que compraria um voador sem documentação, sem prova de propriedade (um voador, além do mais, que obviamente fora desabilitado para impedir ser movimen-tado por qualquer um além do proprietário) não era o tipo de pes-soa que alguém gostaria de confrontar.

– Não quero proferir julgamentos – disse a mãe da garota, numa condenação indireta – sobre a amizade dessa pessoa.

Ela não é minha amiga. Nunca foi minha amiga, nem agora nem em nenhum outro momento.

– Obrigada por me contar.

Caminhei até o estacionamento e o voador de fato havia desaparecido. Quando retornei ao alojamento, encontrei Seivarden ainda dormindo ou, de qualquer maneira, ainda inconsciente. Perguntei-me quanto kef o voador lhe rendera. Só pensei nisso durante o tempo que gastei para recuperar minha mochila do cofre do alojamento e pagar a noite – depois disso Seivarden teria de se virar, o que aparentemente não era nenhum problema para ela. Depois fui procurar transporte para fora da cidade.

Havia um ônibus, mas o primeiro partira quinze minutos antes de eu perguntar, e o seguinte só sairia dali a três horas. Um trem corria ao lado do rio, na direção norte, uma vez por dia, mas, assim como o ônibus, já havia partido.

Eu não queria esperar. Queria sair dali. Mais especificamente, não queria arriscar ver Seivarden de novo, nem de relance. A temperatura ali ficava quase sempre acima do ponto de congelamento, e eu era inteiramente capaz de caminhar longas distâncias. O próximo local que poderia ser chamado de cidade ficava, segundo os mapas que eu vira, a apenas um dia de caminhada, se eu cortasse pela ponte de vidro e depois fosse direto pelo campo em vez de seguir a estrada, que fazia uma curva para evitar o rio e o amplo abismo da ponte.

A ponte ficava a quilômetros da cidade. A caminhada me faria bem; eu não havia me exercitado muito ultimamente. Mesmo a ponte poderia ser um pouco interessante. Parti em sua direção.

Depois que eu havia caminhado pouco mais de meio quilômetro, passando pelos alojamentos e lojas de comida que cercavam o centro médico, para dentro do que parecia ser um bairro residencial – prédios menores, armazéns, lojas de roupas, complexos de casas baixas e quadradas interligadas por corredores cobertos –, Seivarden apareceu atrás de mim.

– Breq! – ela exclamou sem fôlego. – Pra onde você está indo?

Eu não respondi, apenas caminhei mais rápido.

– Breq, diabos!

Parei mas não me virei. Pensei em falar algo. Nada que pensei em dizer era controlado, nem traria algo de positivo.

Seivarden me alcançou.

– Por que você não me acordou?

As respostas vieram à minha mente. Controlei-me para não dizer nenhuma delas em voz alta, e em vez disso voltei a caminhar.

Não olhei para trás. Não me importava se ela me seguia ou não, na verdade torci para que não. Eu não poderia continuar me sentindo responsável por ela, temendo que sem mim ela ficasse indefesa. Ela podia cuidar de si mesma.

– Breq, diabos! – Seivarden tornou a gritar. Soltou um palavrão, e seus passos e sua respiração ofegante se tornaram bem audíveis quando me alcançou. Desta vez não parei, e acelerei um pouco meu passo.

Depois de mais 5 quilômetros, durante os quais ela havia intermitentemente ficado para trás e depois corrido, ofegante, para me alcançar, ela disse:

– Pelas tetas de Aatr, você guarda rancor mesmo, não?

Continuei sem dizer nada, e não parei.

Mais uma hora se passou, a cidade ficou para trás e a ponte apareceu, um arco preto sobre o abismo. Na parte de baixo, estacas e espirais de vidro vermelho brilhante, amarelo intenso, azul ultramarino, e pontas quebradas. As paredes do abismo eram estriadas, preto, verde-acinzentado e azul, com placas de gelo em alguns pontos. Abaixo, o fundo do despenhadeiro se perdia em nuvens. Uma placa em cinco idiomas proclamava que aquele era um monumento protegido, e que o acesso era permitido apenas a pessoas que tivessem licença – qual licença e para que finalidade ela existia era um mistério para mim, pois não reconheci todas as palavras da placa. Uma barreira baixa bloqueava a entrada, nada que eu não pudesse ultrapassar com facilidade, e não havia ninguém ali a não ser eu e Seivarden. A ponte propriamente dita tinha 5 metros de largura, como todas as outras, e embora o vento soprasse com força, não era forte o bastante para me colocar em perigo. Avancei a passos largos, ultrapassei a barreira e subi na ponte.

Se eu tivesse medo de altura, poderia ter ficado tonta com aquilo tudo, mas não era o caso, felizmente. Meu único desconforto foi a sensação de espaço aberto atrás e abaixo de mim, algo que eu não podia ver a menos que afastasse minha atenção de outros lugares. Minhas botas ecoaram no vidro preto, e toda a estrutura balançou de leve, estremecendo com o vento.

Um novo padrão de vibrações me informou que Seivarden havia me seguido.

O que aconteceu depois foi em grande parte minha culpa.

Estávamos no meio do caminho quando Seivarden falou.

– Tudo bem, tudo bem. Já entendi. Você está zangada.

Parei, mas não me virei.

– Quanto você conseguiu? – finalmente perguntei, apenas uma das coisas que havia pensado em dizer.

– O quê? – Embora eu não tivesse me virado, pude ver o movimento enquanto ela se inclinava, mãos nos joelhos; pude ouvi-la respirando, ainda com dificuldade, lutando para se fazer ouvir contra o vento.

– Quanto kef?

– Eu só queria um pouquinho – disse ela, sem responder direito à pergunta. – O suficiente para dar uma acalmada. Eu *preciso* disso. E você também não chegou a pagar por aquele voador, para começo de conversa. – Por um instante achei que ela tinha se lembrado de como eu havia adquirido o voador, por mais que parecesse improvável. Mas ela continuou: – Você tem o suficiente nessa mochila pra comprar dez voadores e nada disso aí é seu. Isso pertence à Senhora do Radch, não é? Você só está me fazendo andar assim porque está irritada.

Eu parei, ainda olhando para a frente, meu casaco grudado contra o corpo por conta do vento. Parei, tentando entender o que as palavras dela significavam, o que ou quem ela achava que eu era. Por que ela achava que eu me preocupara com ela.

– Eu sei o que você é – ela disse, enquanto eu me mantinha em silêncio. – Sem dúvida você gostaria de poder me deixar pra trás, mas não pode, certo? Você tem ordens de me levar de volta.

– O que sou eu? – perguntei, ainda sem me virar. Falei alto, contra o vento.

– *Ninguém*, é o que você é. – A voz de Seivarden era de escárnio. Ela estava ereta agora, logo atrás do meu ombro esquerdo. – Você fez um teste para as militares, nas aptidões, e como um milhão de outras ninguéns de hoje em dia, acha que isso a torna *alguém*. E você praticou o sotaque e a forma de segurar os utensílios, foi puxando o saco até chegar a Missões Especiais e agora *eu sou* sua missão especial. Você precisa me levar pra casa inteira, mesmo que preferisse não fazer isso, não é? Você tem problemas comigo, e acho que seu problema é que, por mais que você tente, quem quer que você bajule, você nunca será o que eu nasci pra ser, e pessoas como você *detestam* isso.

Virei-me para ela. Tenho certeza de que meu rosto não tinha expressão, mas quando meus olhos encontraram os seus, Seivarden se encolheu – ela não estava mais calma, não mesmo – e deu três pequenos passos rápidos para trás, por reflexo.

Por sobre a beira da ponte.

Fui até a beirada e olhei para baixo. Seivarden estava pendurada 6 metros abaixo, mãos agarradas ao redor de uma espiral complicada de vidro vermelho, olhos arregalados, boca ligeiramente aberta. Ela olhou pra mim e disse:

– Você ia me bater!

Fiz os cálculos com facilidade. Todas as minhas roupas amarradas só alcançariam 5,7 metros. O vidro vermelho estava conectado em algum lugar sob a ponte que eu não podia ver, e não havia sinal de nada que ela pudesse escalar. O vidro colorido não era tão forte quanto a ponte em si – imaginei que a espiral vermelha se estilhaçaria sob o peso de Seivarden em algum momento entre os próximos 3 a 7 segundos. Esse era apenas um cálculo aproximado. Mesmo assim, qualquer ajuda que pudesse chamar certamente chegaria tarde demais. Nuvens ainda fechavam o fundo do abismo. Aqueles tubos eram apenas alguns centímetros mais estreitos que meus braços estendidos, e eram muito fundos.

– Breq? – A voz de Seivarden era ofegante e intensa. – Você pode fazer alguma coisa? – Pelo menos não era *Você tem que fazer alguma coisa.*

– Você confia em mim?

Ela arregalou os olhos ainda mais, sua respiração ficou um pouco mais ofegante. Ela não confiava em mim, eu sabia. Ela continuava comigo porque achava que eu era oficial, logo inescapável, e porque pensava que era importante o bastante para o Radch enviar alguém à sua procura – subestimar sua própria importância nunca fora um dos defeitos de Seivarden – e talvez porque estivesse cansada de fugir do mundo, de si mesma. Pronta para desistir. Mas eu ainda não entendia por que *eu* estava com *ela*. De todas as oficiais com as quais já havia servido, Seivarden nunca fora uma das minhas favoritas.

– Eu confio em você – ela mentiu.

– Quando eu agarrar você, erga sua armadura e me abrace. – Uma nova expressão de desconfiança passou pelo seu rosto, mas não havia mais tempo. Estendi a armadura por baixo das minhas roupas e pulei da ponte.

No instante em que minhas mãos tocaram seus ombros, o vidro vermelho se estilhaçou, fragmentos afiados voando para longe, reluzindo brevemente. Seivarden fechou os olhos, abaixou a cabeça, o rosto enfiado no meu pescoço, e me agarrou com tanta força que, se eu não estivesse blindada, não conseguiria respirar. Por causa da armadura eu não podia sentir o pânico de sua respiração na minha pele, não podia sentir o ar passando com força, embora conseguisse ouvir tudo isso. Mas ela não abriu sua própria armadura.

Se eu fosse mais do que apenas eu mesma, se tivesse os números de que precisava, poderia ter calculado nossa velocidade terminal, e exatamente quanto tempo levaria para atingi-la. A gravidade era fácil, mas o tamanho da minha mochila e nossos casacos pesados, chicoteando ao nosso redor, afetando nossa velocidade, estavam além dos cálculos. Teria sido muito mais fácil calcular no vácuo, mas não estávamos caindo num vácuo.

Contudo, a diferença entre 50 e 150 metros por segundo, naquele momento, só era importante na teoria. Eu ainda não conseguia ver o fundo, o alvo que esperava atingir era pequeno, e eu não sabia quanto tempo teríamos para ajustar nossa inclinação, ou até mesmo *se* conseguiríamos. Durante os 20 a 40 segundos seguintes, não teríamos nada a fazer a não ser aguardar e cair.

– Armadura! – gritei no ouvido de Seivarden.

– Vendi – respondeu ela. Sua voz tremia de leve, tensa contra o ar. Seu rosto estava pressionado contra minha nuca.

De repente, cinza. A umidade se juntava em porções expostas de minha armadura e soprava para o alto numa corrente. Depois de 1,35 segundo, avistei o chão, círculos escuros bem fechados. Maiores, e portanto mais próximos do que eu gostaria. Um surto de adrenalina me surpreendeu; devo ter me acostumado demais com a queda. Virei a cabeça, tentando erguê-la sobre o ombro de Seivarden e olhar direto para o que jazia logo abaixo de nós.

Minha armadura foi criada para dispersar a força do impacto de uma bala, dissipar parte dela como calor. Em tese, ela era impenetrável, mas eu ainda podia ser ferida ou até mesmo morta com aplicação de força suficiente. Eu já tivera ossos quebrados, perdera corpos sob uma incessante rajada de balas. Eu não sabia ao certo o que o atrito da desaceleração faria com a minha armadura ou comigo; meu esqueleto e meus músculos foram aprimorados de alguma forma, mas eu não fazia ideia se isso bastaria. Eu era incapaz de calcular com exatidão nossa velocidade, a quantidade exata de energia que precisava ser dissipada para reduzirmos até uma velocidade de sobrevivência e o quanto a temperatura poderia subir dentro e fora de minha armadura. E, sem armadura, Seivarden não seria capaz de ajudar.

É claro, se eu ainda fosse o que fui um dia, isso não teria feito diferença. Esse não teria sido meu único corpo. Eu não podia deixar de pensar que deveria ter deixado Seivarden cair. Não deveria ter pulado. Enquanto caía, eu ainda não sabia por que tinha feito isso. Mas, no momento em que precisei decidir, soube que não podia deixá-la sozinha.

Nesse momento eu sabia nossa distância em centímetros.

– Cinco segundos – gritei por sobre o vento.

Então já eram quatro. Se tivéssemos muita, muita sorte, cairíamos direto dentro do tubo sob nós e eu esticaria minhas mãos e pés para tocar as paredes. Se tivéssemos muita, muita sorte, o calor da fricção não queimaria demais Seivarden, que estava sem armadura. Se eu tivesse ainda mais sorte, só quebraria meus pulsos e tornozelos. Tudo isso me parecia improvável, mas os presságios cairiam conforme Amaat quisesse.

Cair não me incomodava. Eu poderia cair para sempre e não me machucar. O problema era parar.

– Três segundos.

– Breq – disse Seivarden, soluçando. – Por favor.

Algumas respostas eu jamais teria. Abandonei os cálculos que ainda estava fazendo. Eu não sabia por que havia pulado, mas naquele momento isso não importava mais, e naquele momento nada mais existia.

– O que quer que você faça... – Um segundo. – ... não solte.

Escuridão. Sem impacto. Estendi meus braços, que foram imediatamente forçados para o alto, pulsos e um tornozelo se quebrando no impacto apesar do reforço da minha armadura, tendões e músculos se rasgando, e começamos a cair para o lado. Apesar da dor, puxei meus braços e pernas para dentro, então estiquei e chutei de novo, rápido, nos firmando um instante depois. Alguma coisa na minha perna direita quebrou quando fiz isso, mas não pude me dar ao luxo de me preocupar. Centímetro a centímetro, fomos reduzindo.

Eu não conseguia mais controlar minhas mãos e pés, só podia forçá-los contra as paredes e torcer para não sermos desequilibradas mais uma vez, e cairmos indefesas para a morte. A dor era aguda, cegante, ela bloqueava tudo a não ser números – uma distância (estimada) diminuindo por centímetros (também estimados); velocidade (estimada) diminuindo; temperatura externa da armadura (aumentando nas minhas extremidades, correndo o risco de exceder parâmetros aceitáveis, possivelmente resultando em ferimentos), mas os números eram quase sem sentido para mim, a dor era maior, mais imediata que qualquer outra coisa.

Os números, porém, eram importantes. Uma comparação entre a distância e a nossa taxa de desaceleração sugeriam desastre adiante. Tentei respirar fundo, descobri que era incapaz disso, e tentei forçar mais contra a parede.

Não tenho lembrança do resto da descida.

Acordei, deitada de costas, com dor. Minhas mãos e braços, meus ombros. Pés e pernas. Na minha frente, bem acima, um círculo de luz cinza.

– Seivarden – tentei dizer, mas a palavra saiu como um suspiro convulsivo que ecoou apenas levemente contra as paredes. – Seivarden. – O nome saiu desta vez, um pouco mais audível, e distorcido pela armadura. Abaixei a armadura e tentei falar de novo, conseguindo desta vez aumentar o volume da voz. – Seivarden.

Levantei a cabeça, bem de leve. Na luz baça que vinha do alto, vi que eu estava deitada no chão, joelhos dobrados e virados para um lado, a perna direita num ângulo perturbador, os braços retos ao lado do corpo. Tentei mover um dedo, fracassei. Uma das mãos. Fracassei – claro. Tentei deslocar minha perna direita, que reagiu com mais dor.

Não havia ninguém ali a não ser eu mesma. Nada ali a não ser eu. Não vi minha mochila.

Em outras circunstâncias, se houvesse uma nave radchaai em órbita, eu poderia tê-la contactado, tão fácil quanto pensar. Mas se eu estivesse perto de alguma nave radchaai, isso nunca teria acontecido.

Se eu tivesse deixado Seivarden na neve, isso jamais teria acontecido.

Eu estava tão perto. Depois de vinte anos de planejamento e trabalho, de manobras, dois passos adiante aqui, um passo para trás acolá, devagar, pacientemente, contra todas as probabilidades, eu chegara até ali. Tantas vezes eu tinha feito um lance como esse, arriscando não apenas meu sucesso mas minha vida, e todas as vezes eu vencera, ou pelo menos não perdera de um jeito que me impedisse de tentar de novo.

Até agora. E por um motivo tão imbecil. Acima de mim, as nuvens ocultavam o céu inalcançável, o futuro que eu não tinha mais, o objetivo que eu era agora incapaz de realizar. Fracassei.

Fechei os olhos para evitar lágrimas que não eram provocadas pela dor física. Se eu fracassasse, não seria por ter desistido em algum momento. Seivarden partira de algum modo. Eu a encontraria. Eu descansaria um momento, esperaria, encontraria as forças para sacar o dispositivo de mão que mantinha em meu casaco e pediria ajuda, ou descobriria algum outro jeito de sair dali. E se isso significasse me arrastar, com dor ou sem dor, para fora, com os restos ensanguentados inúteis dos meus braços e pernas, eu faria isso, ou morreria tentando.

14

Uma das três Mianaai nem sequer chegou no convés Var, mas transmitiu o código para meu convés de acesso central. *Acesso negado*, pensei ao recebê-lo, mas parei o elevador naquele nível e abri a porta assim mesmo. Aquela Mianaai foi até meu console principal, invocou o registro com gestos, vasculhou depressa um século de cabeçalhos de registros. Parou e franziu a testa, olhando para um ponto da lista que estaria a um intervalo de cinco anos daquela outra visita, que eu havia escondido dela.

As outras duas Mianaai guardaram suas sacolas em aposentos, e foram até a recém-iluminada e levemente aquecida sala da década de Var. Ambas se sentaram à mesa, a silenciosa santa valskaayana feita de vidro colorido sorrindo piedosa para as que estavam abaixo dela. Sem falar, ela solicitou informações de mim – uma amostra aleatória de memórias daquele trecho de cinco anos que atraíra tanto sua atenção, acima do convés de acesso central. Silenciosa, sem expressão – irreal, de certa forma, uma vez que eu só podia ver o que acontecia em seus exteriores –, ela observou enquanto minhas memórias eram desenroladas diante de seus olhos, em seus ouvidos. Comecei a duvidar da veracidade de minha memória sobre aquela outra visita. Parecia não haver vestígio dela nas informações que Anaander Mianaai estava acessando, nada durante aquele tempo a não ser operações de rotina.

Porém, algo havia atraído sua atenção para aquele período. E havia aquele *acesso negado* para levar em consideração — nenhum dos acessos de Anaander Mianaai jamais era negado, nem poderia ser. E por que eu havia aberto um acesso inválido? Então quando uma Anaander, na sala da década de Var, franziu a testa e disse "Não, nada" e a Senhora do Radch mudou seu foco de atenção para memórias mais recentes, senti um tremendo alívio.

Nesse meio-tempo minha capitã e todas as outras oficiais prosseguiam com os trabalhos de rotina – treinar, fazer exercícios, comer, conversar – sem nem se dar conta de que a Senhora do Radch estava a bordo. Tudo estava errado.

A Senhora do Radch observava minhas tenentes Esk no café da manhã. Três dela. Sem mudança visível de expressão. Um Var servia chá ao lado dos dois corpos idênticos vestidos de preto na sala da década de Var.

– A tenente Awn – questionou uma Anaander – esteve fora de seu campo de visão durante o incidente? – Ela não especificou a qual incidente se referia, mas só podia estar falando do acontecido no templo de Ikkt.

– Não, minha senhora – respondi usando a boca de Um Var.

No meu convés de acesso central, a Senhora do Radch digitava senhas e comandos que lhe permitiriam mudar quase tudo em minha mente. *Negado, negado, negado.* Um depois do outro. Mas cada vez que eu demonstrava o mínimo reconhecimento, confirmava um acesso que ela não tinha de verdade. Senti algo parecido com náusea, começando a perceber o que devia ter acontecido, mas não tinha uma memória acessível para confirmar minhas suspeitas, para tornar a questão clara e sem ambiguidade para mim.

– Em algum momento ela discutiu esse incidente com alguém?

Isto estava claro: Anaander Mianaai estava atuando contra *si mesma*. Em segredo. Ela estava dividida em duas, pelo menos duas. Eu podia ver apenas vestígios da outra Anaander, aquela que modificara os acessos – os mesmos acessos que ela pensava estar mudando a seu favor apenas agora.

– Em algum momento ela discutiu esse incidente com alguém?

– Rapidamente, senhora – respondi. Estava apavorada de verdade pela primeira vez em minha longa vida. – Com a tenente Skaaiat, da *Justiça de Ente*.

Como minha voz, Um Var, poderia falar com tanta calma? Como eu poderia ao menos saber quais palavras dizer, que resposta dar, quando a base para todas as minhas ações, até mesmo minha razão para existir, era posta em dúvida?

Uma das Mianaai, não a que estava falando, franziu a testa.

– Skaaiat – ela repetiu com leve desgosto. Parecia inconsciente de meu medo súbito. – Já tinha minhas suspeitas a respeito de Awer havia algum tempo. – Awer era o nome da casa da tenente Skaaiat, mas o que isso tinha ver com os eventos do templo de Ikkt, eu não fazia ideia. – Nunca consegui encontrar prova nenhuma. – Também não entendi isso. – Mostre a conversa para mim.

Quando a tenente Skaiaat disse "Se vai fazer alguma coisa assim tão louca, guarde para quando isso puder fazer de fato uma diferença", um corpo se inclinou bem para a frente e soltou uma exclamação abafada, um som zangado. Momentos depois, com a menção de Ime, as sobrancelhas estremeceram. Por um momento temi que meu desagrado com o tom francamente perigoso e descuidado daquela conversa fosse detectado pela Senhora do Radch, mas ela não mencionou isso. Será que ela não teria visto, talvez, assim como não vira minha profunda perturbação ao perceber que ela não era mais uma pessoa, mas duas, uma em conflito com a outra?

– Não serve como prova. Não basta – disse Mianaai, sem prestar atenção. – Mas é perigoso. Awer *ainda vai* atrapalhar os meus planos.

Não entendi de imediato por que ela pensava assim. Awer viera do próprio Radch, desde o começo tivera riqueza e influência suficientes para poder fazer críticas. E ela criticava, embora costumasse ter astúcia suficiente para evitar se meter em encrenca de verdade.

Eu conhecia a Casa Awer havia muito tempo, transportara suas jovens tenentes, que conhecera como capitãs de outras naves. Era verdade que nenhuma Awer adequada para o serviço militar exibia as tendências de sua casa no limite máximo. O senso profundamente agudo de injustiça ou a tendência ao misticismo não se misturavam bem com as anexações. Nem com riqueza e altos cargos. O ultraje moral de qualquer Awer tinha um inevitável aroma de hipocrisia, considerando os confortos e privilégios de que uma casa tão antiga desfrutava. E, embora algumas injustiças com certeza fossem óbvias para elas, outras eram distantes e misteriosas.

De qualquer maneira, a praticidade sardônica da tenente Skaaiat não era estranha para sua casa. Era apenas uma versão mais suavizada e fácil de conviver da tendência das Awer ao ultraje moral.

Sem dúvida cada Anaander achava que sua causa era a mais justa. (A mais adequada, a mais benéfica. Certamente.) Supondo-se o pendor de Awer para causas justas, cidadãs daquela casa deveriam apoiar o lado adequado. Contanto que soubessem que existiam lados.

Isso pressupunha, claro, que alguma parte de Anaander Mianaai achava que qualquer Awer era guiada por uma paixão por justiça, e não por interesse próprio encoberto por moralismo. E qualquer Awer em potencial podia, em vários momentos, ser orientada por qualquer uma das duas coisas.

Mesmo assim, era possível que uma parte de Anaander Mianaai pensasse que Awer (ou alguma Awer em especial) só precisasse ser convencida de que sua causa era justa para defendê-la. E ela com certeza sabia que se Awer – qualquer Awer – não pudesse ser convencida, seria sua inimiga implacável.

– No entanto, Suleir... – Anaander Mianaai se virou para Um Var, parada em silêncio ao lado da mesa. – Dariet Suleir parece ser aliada da tenente Awn. Por quê?

A pergunta me perturbou por motivos que não consegui identificar.

– Não posso ter absoluta certeza, minha senhora, mas acredito que a tenente Dariet considere a tenente Awn uma oficial apta, e naturalmente a respeite como sênior da década. – E talvez Dariet se sentisse segura o bastante para não se ressentir da autoridade da tenente Awn sobre ela. Ao contrário da tenente Issaaia. Mas eu não falei isso.

– Nada a ver com simpatias políticas, então?

– Creio não entender o que quer dizer, minha senhora – respondi com bastante sinceridade, mas cada vez mais alarmada.

Outro corpo de Mianaai falou.

– Você está se fazendo de desentendida comigo, Nave?

– Peço o perdão de minha senhora – respondi, ainda falando através de Um Var. – Se eu soubesse o que a senhora está procurando, seria capaz de fornecer dados mais relevantes.

Em resposta, Mianaai falou:

– *Justiça de Toren*, quando foi a última vez que a visitei?

Se aqueles acessos e comandos manuais tivessem funcionado, eu teria sido incapaz de esconder qualquer coisa da Senhora do Radch.

– Foi há 203 anos, 4 meses, 1 semana e 5 dias, minha senhora – menti, agora certa da importância da pergunta.

– Dê-me suas memórias do incidente no templo – ordenou Mianaai, e eu obedeci.

E menti mais uma vez. Porque, embora quase todos os instantes de cada um daqueles fluxos individuais de memórias e dados estivessem inalterados, aquele momento de horror e dúvida quando um segmento temeu que pudesse ser obrigado a atirar na tenente Awn estava, por mais impossível que fosse, faltando.

Parece tudo muito direto quando digo "eu". Naquela época, "eu" significava *Justiça de Toren*, toda a nave e todas as suas ancilares. Uma unidade poderia estar muito concentrada em uma tarefa específica, mas não estava mais separada de mim do que minha mão está ao cumprir uma tarefa que não exige minha atenção total.

Quase 20 anos mais tarde, "eu" seria um corpo isolado, um cérebro isolado. Aquela divisão, eu-*Justiça de Toren* e eu-Um Esk, não era, concluí por fim, uma divisão súbita, não era um instante em que "eu" deixava de ser um e se tornava "nós". Isso sempre fora possível, sempre fora uma opção. Mas havia proteção. Como isso deixara de ser uma disponibilidade e se tornara real, irrefutável, irrevogável?

De certa forma, a resposta é simples: aconteceu quando toda a *Justiça de Toren*, exceto eu, foi destruída. Mas, quando olho mais de perto a questão, parece que vejo rachaduras em toda parte. Será que a canção contribuiu, a coisa que fazia Um Esk diferente de todas as outras unidades da nave (na verdade, de todas as frotas)? Talvez. Ou será que *qualquer* identidade é uma questão de fragmentos reunidos por uma narrativa conveniente ou útil, que em circunstâncias normais nunca se revela como uma narrativa ficcional? Ou será mesmo uma ficção?

Não sei a resposta. Mas sei que, embora possa ver vestígios da divisão em potencial recuando mil anos ou mais, isso é apenas uma visão retroativa. A primeira vez que reparei na possibilidade de que eu-*Justiça de Toren* pudesse não ser também eu-Um Esk foi aquele momento em que a *Justiça de Toren* editou a memória de Um Esk sobre a chacina no templo de Ikkt. O momento em que eu – "eu" – fui *surpreendida* por isso.

Isso torna a história difícil de contar. Porque "eu" ainda era eu, unitária, uma coisa, e no entanto atuava contra mim mesma, contrária aos meus interesses e desejos, às vezes de modo secreto, me enganando quanto ao que eu sabia e fazia. E é difícil para mim, mesmo hoje, saber quem executou quais ações ou quem tinha conhecimento de quais informações. Porque eu era a *Justiça de Toren*. Mesmo quando não era. Mesmo que não seja mais.

Acima, em Esk, a tenente Dariet pediu para ser admitida nos aposentos da tenente Awn. Ela encontrou a tenente Awn deitada em sua cama, olhando para o alto sem enxergar, mãos enluvadas atrás da cabeça.

– Awn – ela começou, parou, deu um sorriso irônico. – Estou aqui para saber as fofocas.

– Não posso falar a respeito – respondeu a tenente Awn, ainda olhando para cima, triste e zangada mas sem deixar que isso chegasse à sua voz.

Na sala da década de Var, Mianaai perguntou:

– Quais são as tendências políticas de Dariet Suleir?

– Acredito que ela não tenha nenhuma – respondi com a boca de Um Var.

A tenente Dariet entrou nos aposentos da tenente Awn, se sentou na beira da cama, ao lado dos pés descalços da outra.

– Não sobre isso. Já teve notícias de Skaaiat?

A tenente Awn fechou os olhos. Ainda triste. Ainda zangada. Mas de um jeito um pouco diferente.

– Por que deveria?

A tenente Dariet ficou quieta por três segundos.

– Eu gosto de Skaaiat – disse finalmente. – Sei que ela gosta de você.

– Eu estava *lá*. Estava lá e era conveniente. Sabe, nós todas sabemos que vamos nos mudar em breve, e assim que fizermos isso Skaaiat não terá mais motivos para se importar se eu existo ou não. E ainda que tivesse... – A tenente parou. Engoliu em seco. Respirou fundo. – Ainda que tivesse – ela continuou, a voz apenas um pouco menos firme que antes –, não faria diferença. Não sou alguém a quem ela queira se vincular, não mais. Se é que algum dia fui.

Abaixo, Anaander Mianaai disse:

– A tenente Dariet parece ser pró-reforma.

Isso me intrigou. Mas Um Var não tinha opinião, claro, sendo apenas Um Var, e não teve reação física ao meu espanto. De repente eu percebia, com clareza, que estava usando Um Var como uma máscara, embora não entendesse por que nem como faria tal coisa. Ou por que a ideia me ocorreria agora.

– Pedindo o perdão da minha senhora, não vejo isso como postura política.

– Não?

– Não, minha senhora. A senhora ordenou as reformas. Cidadãs leais vão apoiá-las.

Aquela Mianaai sorriu. A outra se levantou e deixou a sala da década para caminhar pelos corredores Var, inspecionando. Sem falar nem olhar para os segmentos de Um Var pelos quais passava.

A tenente Awn falou, para o silêncio cético da tenente Dariet:

– Para você é fácil. Quando vai para a cama com alguém, ninguém acha que você esteja tentando obter vantagens. Nem que está subindo acima da sua posição. Ninguém se pergunta onde sua parceira está com a cabeça, nem como você chegou lá.

– Eu já lhe disse que você é sensível demais sobre essas coisas.

– Sou mesmo? – A tenente Awn abriu os olhos e se apoiou nos cotovelos. – Como você sabe? Quantas vezes já experimentou essa sensação? Eu experimento o tempo todo.

– Este – disse Mianaai na sala da década – é um assunto mais complicado do que muitas percebem. A tenente Awn é pró-reforma, naturalmente. – Eu queria ter dados físicos de Mianaai para poder interpretar o nervosismo em sua voz quando ela falou o nome da tenente Awn. – E Dariet também, talvez, embora haja dúvidas quanto à intensidade de sua adesão. E o resto das oficiais? Quem aqui é pró-reforma, e quem é contra?

Nos aposentos da tenente Awn, a tenente Dariet suspirou.

– Eu só acho que você se preocupa demais com isso. Quem se importa com o que as pessoas assim dizem?

– É fácil não se importar quando você é rica e está no mesmo nível social de *pessoas assim*.

– Esse tipo de questão não deveria importar – insistiu a tenente Dariet.

– Não deveria. Mas importa.

A tenente Dariet franziu a testa. Zangada e frustrada. Aquela conversa já acontecera antes, e se desenrolara da mesma maneira todas as vezes.

– Bem. Independente disso, você deveria enviar uma mensagem para Skaaiat. O que tem a perder? Se ela não responder, não respondeu. Mas quem sabe... – A tenente Dariet ergueu um ombro, e o braço apenas de leve. Um gesto que dizia: *Corra o risco e veja o que o destino lhe reserva.*

Se eu hesitasse em responder à pergunta de Anaander Mianaai por um instante que fosse, ela saberia que as sobreposições estavam funcionando. Um Var estava muito, muito impassível. Dei os nomes de algumas oficiais que tinham opiniões definidas para cada um dos lados.

– O resto – completei – está contente em seguir ordens e executar suas tarefas sem se preocupar demais com política. Até onde sei.

– Elas podem ser convencidas para um lado ou para o outro – observou Mianaai.

– Eu não saberia dizer, minha senhora.

Meu medo aumentou, mas de forma distanciada. Talvez a absoluta falta de reação das minhas ancilares tenha feito a sensação parecer distante e irreal. Naves que eu sabia terem trocado suas ancilares por humanas haviam dito que sua experiência de emoção mudara, embora isso não parecesse compatível com os dados que elas me mostraram.

O som de Um Esk cantando chegou fraco aos ouvidos da tenente Awn e da tenente Dariet, uma simples canção de duas partes.

Eu estava caminhando, estava caminhando
Quando encontrei meu amor
Eu estava na rua caminhando
Quando vi meu verdadeiro amor
Eu disse: "Ela é mais linda do que joias, mais adorável que jade
ou lápis-lazúli, prata ou ouro".

– Fico feliz que Um Esk tenha voltado ao seu estado normal – disse a tenente Dariet. – Aquele primeiro dia foi assustador.

– Dois Esk não cantava – ressaltou a tenente Awn.

– Certo, mas... – A tenente Dariet fez um gesto de dúvida. – Não estava certo. – Ela olhou especulativamente para a tenente Awn.

– Não posso falar a respeito – respondeu a tenente Awn, e se deitou, cobrindo os olhos com os braços cruzados.

No convés de comando, a capitã de centena Rubran se encontrou com as comandantes de década, tomou chá, falou sobre cronogramas e horários de licença.

– Você não mencionou a capitã de centena Rubran – disse Mianaai, na sala de década Var.

Eu não tinha mencionado. Eu conhecia a capitã Rubran extremamente bem, conhecia cada respiração dela, o repuxar de cada músculo. Ela era minha capitã havia 56 anos.

– Jamais a ouvi expressar uma opinião sobre o assunto – respondi, e era verdade.

– Jamais? Então é certo que ela tem uma e que a está escondendo.

Encarei isso como uma espécie de jogo mental. Se você falasse, sua opinião ficaria clara para qualquer uma. Se evitasse falar, isso também constituiria prova de opinião. Se a capitã Rubran tivesse que dizer "É verdade, não tenho opinião formada sobre esse assunto", isso não seria apenas mais uma prova de que ela *tinha* uma?

– Ela com certeza estava presente quando outras discutiram isso – continuou Mianaai. – Quais foram os sentimentos dela nesses casos?

– Exasperação – respondi através de Um Var. – Impaciência. Tédio, às vezes.

– Exasperação – devaneou Mianaai. – Com o quê terá sido? – Eu não sabia a resposta, então não disse nada. – Suas conexões de família são tais que não posso ter certeza com relação ao lado em que ela deverá estar. E não quero ver algumas delas como inimigas antes de poder fazer meus movimentos abertamente. Preciso ter cuidado com a capitã Rubran. Mas *ela* também precisa.

Ela, significando, claro, ela própria.

Não houve tentativa de descobrir *minhas* posições. Talvez – não, com certeza – elas fossem irrelevantes. E eu já estava bem adiantada no caminho em que a outra Mianaai me colocara. Aquelas poucas Mianaai, e os quatro segmentos de Um Var descongelados para seu serviço, só faziam o convés Var parecer mais vazio, além de todos os demais conveses entre ele e meus motores. Centenas de milhares de ancilares dormiam em meus porões, e elas provavelmente seriam removidas nos próximos anos, armazenadas ou destruídas, nunca mais despertando. E eu seria colocada em órbita em algum lugar, em caráter permanente. Era quase certo que meus motores seriam, então, desabilitados. Ou que eu seria destruída de uma vez – embora isso não tivesse acontecido até aquele momento com nenhuma de nós, e eu tivesse quase certeza de que serviria como hábitat, ou como o núcleo de uma pequena estação.

Não era a vida para qual eu fora construída.

– Não, não posso ser apressada com Rubran Osck. Mas sua tenente Awn é outra questão. E talvez ela possa ser útil para descobrir como Awer se posiciona.

– Minha senhora – eu disse, através de uma das bocas de Um Var. – Não consigo entender o que está acontecendo. Eu me sentiria muito mais confortável se a capitã da centena soubesse que a senhora está aqui.

– Você não gosta de esconder informações da sua capitã? – perguntou Anaander, num tom que denotava níveis iguais de diversão e amargura.

– Não, minha senhora. Mas, naturalmente, seguirei suas ordens à risca. – Uma súbita sensação de déjà vu tomou conta de mim.

– É claro. Devo explicar algumas coisas. – A sensação de déjà vu ficou mais forte. Eu já tivera aquela conversa antes, quase naquelas exatas circunstâncias, com a Senhora do Radch. *Você sabe que cada um de seus segmentos ancilares é inteiramente capaz de ter sua própria identidade*, ela diria a seguir. – Você sabe que cada um de seus segmentos ancilares é inteiramente capaz de ter sua própria identidade.

– Sim. – Cada palavra, conhecida. Eu podia sentir, como se estivéssemos recitando frases que eu havia memorizado. Em seguida ela diria: *Imagine que você não consiga se decidir a respeito de algo*.

– Imagine que um inimigo separasse parte de você de si mesma.

Não era o que eu estava esperando. *O que as pessoas dizem quando isso acontece? Elas estão divididas. Elas têm duas mentes*.

– Imagine que o inimigo conseguisse forjar ou forçar seu caminho para passar por todos os códigos necessários. E essa parte sua voltasse para você, mas não fosse mais realmente parte de você. Só que você não perceberia isso. Não de imediato.

Você e eu podemos ter duas mentes, não podemos?

– É um pensamento muito alarmante, minha senhora.

– É mesmo – concordou Anaander Mianaai, o tempo todo sentada na sala da década de Var, inspecionando os corredores e salas do convés Var. Observando a tenente Awn, sozinha mais uma vez, e angustiada. Fazendo gestos pela minha mente, no convés de acesso central. Ou assim ela pensava. – Não sei precisamente quem fez isso. Suspeito que haja envolvimento das presger. Elas têm se metido nos nossos problemas desde antes do Tratado. E depois. Há quinhentos anos, os melhores procedimentos cirúrgicos e corretores eram criados no espaço Radch. Agora, nós os compramos das presger. No começo isso acontecia apenas em estações de fronteira, mas agora elas estão em todo lugar. Oitocentos anos atrás, o escritório de tradução era um grupo de oficiais menores que auxiliava na interpretação da inteligência fora do Radch; elas diminuíam os problemas linguísticos durante as anexações. Agora elas ditam as políticas. A principal dentre elas é a embaixadora de Presger.

A última frase foi dita com nojo evidente.

– Antes do Tratado, as presger destruíram algumas naves. Agora elas estão destruindo toda a civilização do Radch. Expansão, anexação, tudo isso muito caro. Necessário. Foi assim desde o começo. Num primeiro momento, era necessário cercar o Radch propriamente dito com uma zona de abafamento, protegendo-o de qualquer tipo de ataque ou interferência. Mais tarde, para proteger *aquelas* cidadãs. E para expandir o alcance da civilização. E... – Mianaai parou e deu um suspiro curto e exasperado. – Para pagar as anexações anteriores. Para fornecer riqueza para todas as radchaai.

– Minha senhora, o que suspeita que as presger fizeram?

Mas eu sabia. Mesmo com minha memória obscurecida e incompleta, eu sabia.

– Me dividiram. Corromperam parte de mim. E a corrupção se espalhou, a outra eu tem andado recrutando. Não só mais partes de mim como também minhas próprias cidadãs. Minhas próprias soldados. – *Minhas próprias naves.* – Minhas próprias naves. Eu só posso imaginar qual será seu objetivo. Mas não pode ser nada de bom.

– Eu entendi corretamente – perguntei, já sabendo a resposta – que essa outra Anaander Mianaai é a força por trás do fim das anexações?

– Ela vai destruir tudo o que construí! – Eu nunca tinha visto a Senhora do Radch tão frustrada e zangada. Não pensava que ela fosse capaz disso. – Você percebe... não há motivo para você ter pensado nisso antes... percebe que a apropriação de recursos durante anexações é o que orienta nossa economia?

– Receio, minha senhora, ser apenas uma porta-tropas. Nunca me preocupei com tais assuntos. Mas o que a senhora diz faz sentido.

– E você? Duvido que queira perder suas ancilares.

Do lado de fora de mim, minhas companheiras distantes, as Justiças estacionadas ao redor do sistema, estavam em silêncio, aguardando. Quantas delas haviam recebido essa visita, ou ambas as visitas?

– Não quero, minha senhora.

– Não posso prometer que conseguirei impedir isso. Não estou preparada para uma guerra aberta. Todos os meus movimentos são feitos em segredo, empurrando aqui, puxando ali, garantindo meus recursos e apoio. Mas no fim, ela é eu, e há pouco que posso fazer que ela já não tenha pensado. Ela está vários passos à minha frente. Foi por isso que me aproximei de você com tanta cautela. Eu queria ter certeza de que ela já não havia aliciado você.

Senti que era mais seguro não comentar a respeito, então disse através de Um Var:

– Minha senhora, as armas no lago em Ors. – *Foi sua inimiga?*, quase perguntei, mas, se tivéssemos que enfrentar duas Anaander, uma oposta à outra, como saber quem era quem?

– Os acontecimentos em Ors não saíram exatamente como eu desejava – respondeu Anaander Mianaai. – Nunca esperei que alguém fosse encontrar aquelas armas, mas se alguma pescadora orsiana tivesse encontrado e não dito nada, ou mesmo as levado, meu objetivo ainda teria sido atendido. – Em vez disso, Denz Ay relatara sua descoberta à tenente Awn. A Senhora do Radch não esperara por isso, eu vi, não imaginara que as orsianas confiassem tanto na tenente Awn. – Não consegui o que queria lá, mas talvez os resultados ainda fossem úteis ao meu objetivo. A capitã de centena Rubran está prestes a receber ordens de partir deste sistema para Valskaay. Já passou da hora de você partir, e você teria feito isso um ano atrás se não fosse pela insistência da divina de Ikkt para que a tenente Awn ficasse, mesmo com minha própria oposição. A tenente Awn é um instrumento da minha inimiga, saiba ela ou não, tenho certeza disso.

Eu não confiava na impassividade de Um Var para responder a isso, então não falei nada. Acima, no convés de acesso central, a Senhora do Radch continuava a fazer alterações, dar ordens, mudar meus pensamentos. Ainda acreditando que podia de fato fazer isso.

Nenhuma oficial ficou surpresa com a ordem de partir. Quatro outras Justiças já tinham partido no ano passado, para destinos que supostamente seriam finais. Mas nem eu, nem nenhuma de minhas oficiais esperara Valskaay, a seis portais de distância.

Valskaay, que eu havia lamentado deixar. Cem anos antes, na cidade de Vestris Cor, na própria Valskaay, Um Esk descobrira volume após volume de elaborada música coral para várias vozes, todos feitos para os ritos da perturbadora religião valskaayana, algumas delas datando de antes da chegada das humanas ao espaço. Baixou tudo o que encontrou para que ela não lamentasse tanto ser enviada para longe de tal tesouro, em direção ao campo – trabalho duro, lidar com rebeldes para que saíssem de uma reserva de florestas, cavernas e fontes que não podíamos simplesmente destruir porque eram um manancial para metade do continente. Uma região de pequenos rios, encostas e fazendas. Ovelhas que pastavam e pessegueiros. E música. Mesmo as rebeldes, enfim aprisionadas, haviam cantado, ou em desafio contra nós ou como consolo para si mesmas, suas vozes alcançando meus ouvidos agradecidos enquanto eu montava guarda na entrada da caverna onde elas se escondiam.

A morte nos levará
De qualquer maneira que o destino já tenha prescrito
Todo mundo cai vítima dela
E contanto que eu esteja pronta
Não terei medo dela
Não importa a forma que ela assuma.

Quando pensava em Valskaay, eu pensava em luz solar e no gosto doce e vívido dos pêssegos. Pensava em música. Mas tinha certeza de que não seria enviada para o planeta desta vez: não haveria pomares para Um Esk, não haveria visitas (extraoficiais, o menos invasivas possível) para encontros da sociedade de corais.

Descobri que, ao viajar para Valskaay, eu não usaria os portais, mas geraria meus próprios, seguindo de modo mais direto. Os portais usados na maioria das viagens haviam sido gerados milhares de anos antes, e eram mantidos sempre abertos, estáveis, cercados por faróis que transmitiam avisos, notificações, informações sobre regras locais e riscos à navegação. Não apenas naves, mas mensagens e informações trafegavam em fluxo constante por eles.

Nos meus 2 mil anos de vida, eu só os usara uma vez. Como todas as naves de guerra radchaai, eu era capaz de criar meu próprio atalho. Era mais perigoso do que usar os portais estabelecidos – um erro nos meus cálculos poderia me enviar para qualquer lugar, ou lugar nenhum, para nunca mais ouvirem falar de mim. E como eu não deixava estruturas para trás para manter meu portal aberto, viajava numa bolha de espaço normal, isolada de tudo e de todos, até sair no meu destino final. Eu não cometia tais erros, e durante os preparativos de uma anexação, o isolamento podia ser uma vantagem. Agora, entretanto, ficava nervosa com a perspectiva de passar meses sozinha, com Anaander Mianaai secretamente ocupando meu convés Var.

Antes de sair pelo portal, uma mensagem veio da tenente Skaaiat para a tenente Awn. Breve.

Eu disse para manter contato. Falei sério.

A tenente Dariet disse:

– Viu? Eu te disse.

Mas a tenente Awn não respondeu.

15

Em algum momento voltei a abrir os olhos, achando ter ouvido vozes. Tudo ao meu redor, azul. Tentei piscar, mas descobri que só conseguia ficar de olhos fechados.

Um pouco mais tarde, tornei a abrir os olhos, virei a cabeça para a direita e vi Seivarden e a garota agachadas uma de cada lado de um tabuleiro de tiktik. Então eu estava sonhando, ou alucinando. Pelo menos não sentia mais dor, o que, pensando bem, era um mau sinal, mas não conseguia me importar muito com isso. Voltei a fechar os olhos.

Acordei, enfim, realmente desperta, e descobri que estava num quartinho de paredes azuis. Estava deitada numa cama, e Seivarden estava sentada num banco ao lado, encostada contra a parede com cara de quem não dormia havia algum tempo. Ou, melhor dizendo, de quem não havia dormido mais do que costumava.

Levantei a cabeça. Meus braços e pernas estavam imobilizados por corretores.

– Você acordou – disse Seivarden.

Voltei a abaixar a cabeça.

– Onde está minha mochila?

– Bem aqui. – Ela se abaixou e ergueu a mochila até alcançar meu campo de visão.

– Estamos no centro médico em Therrod – adivinhei, e fechei os olhos.

– Estamos. Acha que consegue falar com a médica? Porque eu não entendo nada do que ela fala.

Lembrei do meu sonho.

– Você aprendeu a jogar tiktik.

– Isso é diferente. – Então não fora um sonho.

– Você vendeu o voador. – Nenhuma resposta. – Você comprou kef.

– Não, não comprei – ela protestou. – Eu *ia* comprar. Mas quando acordei e você tinha ido embora... – Eu a ouvi se mexer, desconfortável, no banco. – Eu ia encontrar um traficante, mas fiquei incomodada por você ter partido sem que eu soubesse para onde. Comecei a achar que talvez você tivesse me deixado para trás.

– Você não teria se importado com isso depois de tomar kef.

– Mas eu não tinha kef – respondeu ela, a voz surpreendentemente razoável. – Então fui para a recepção e descobri que você havia feito o check out.

– E decidiu me encontrar, em vez de ir atrás de kef. Não acredito em você.

– Não a culpo. – Ela ficou em silêncio por cinco segundos. – Fiquei aqui, pensando. Acusei você de me odiar porque eu era melhor do que você.

– Não é por isso que odeio você.

Ela ignorou meu comentário.

– Pela graça de Amaat, aquela queda... Foi minha culpa. Imbecil. Eu tinha certeza de que estava morta, e, se fosse o contrário, eu nunca teria saltado pra salvar a vida de ninguém. Você nunca se ajoelhou para chegar a parte alguma. Você está onde está porque é capaz, porra, e disposta a arriscar tudo para fazer o que é certo, e eu jamais serei metade do que você é, mesmo se passasse a vida inteira tentando, e eu andei por aí achando que era melhor que você, mesmo estando semimorta e inútil para qualquer um, só porque minha família é antiga, porque eu *nasci melhor.*

– Esse – eu disse – é o motivo pelo qual odeio você.

Ela riu, como se eu tivesse dito algo moderadamente irônico.

– Se você está disposta a fazer isso por alguém que odeia, o que faria por alguém que ama?

Descobri que era incapaz de responder. Felizmente a médica entrou, rosto largo, redondo e pálido. Sua testa estava franzida de leve, traço que foi acentuado quando ela me viu.

– Parece – ela falou, num tom neutro que parecia imparcial mas implicava uma desaprovação – que não entendo seu amigo quando ele tenta explicar o que aconteceu.

Olhei para Seivarden, que fez um gesto indefeso e disse:

– Eu não entendo nada. Fiz o melhor que pude e ela continuou me olhando assim o dia inteiro, como se eu fosse lixo biológico no qual ela pisou.

– Talvez seja só a expressão normal dela. – Virei a cabeça de volta para a médica. – Nós caímos da ponte – expliquei.

Sua expressão não mudou.

– Em dupla?

– Sim.

Um momento de silêncio impassível, e então:

– Não compensa ser desonesta com sua médica. – Então, como não respondi, ela continuou: – Não seria a primeira vez que um turista entra numa área restrita e se machuca. Contudo, essa é a primeira vez que escuto alguém dizer que caiu da ponte e sobreviveu. Não sei se admiro sua coragem ou se fico com raiva por você presumir essa inocência da minha parte.

Continuei sem dizer nada. Nenhuma história que eu pudesse inventar explicaria meus ferimentos tão bem quanto a verdade.

– Membros das forças militares devem se registrar na chegada ao sistema – continuou a médica.

– Lembro de ter ouvido isso.

– Você se registrou?

– Não, pois não sou membro de nenhuma força militar. – Não era bem uma mentira. Eu não era membro, era uma peça de equipamento. E uma peça solitária e inútil de equipamento, ainda por cima.

– Esta estação não está equipada – continuou a médica, com apenas um pouco mais de rigidez que no momento anterior – para lidar com a espécie de implantes e melhorias que você parece possuir. Não posso prever os resultados dos reparos que programei. Você deveria ir a outro centro médico quando retornar para casa. Para o Gerentato.

Essa frase final soou ligeiramente cética, com uma mínima indicação de descrença.

– Pretendo voltar direto pra casa assim que sair daqui – respondi, mas me perguntei se a médica haveria nos delatado como possíveis espiãs. Achei que não: se tivesse, provavelmente teria evitado expressar qualquer espécie de suspeita, e teria apenas esperado que as autoridades lidassem conosco. Mas não fez isso. Por que não?

Uma possível resposta enfiou a cabeça dentro do quarto e gritou, animada:

– Breq! Você acordou! Meu tio está no nível logo acima. O que aconteceu? Seu amigo parecia estar dizendo que vocês pularam da ponte, mas isso é impossível. Está se sentindo melhor? – A garota entrou de uma vez no quarto. – Oi, doutora, Breq vai ficar bem?

– Breq vai ficar bem. Os corretores devem cair amanhã. A menos que algo dê errado. – E, com essa observação animadora, ela se virou e deixou o quarto.

A garota se sentou na beira da minha cama.

– Seu amigo é um péssimo jogador de tiktik. Estou feliz que não ensinei para ele a parte de apostar, ou ele não teria dinheiro para pagar a médica. E o dinheiro é *seu*, não é? Do voador.

Seivarden franziu a testa.

– O quê? O que ela está dizendo?

Resolvi checar o conteúdo da mochila assim que pudesse.

– Ele teria tentado ganhar o dinheiro de volta jogando peões.

Pelas expressão de seu rosto, a garota não acreditava em nada daquilo.

– Você realmente não devia passar por baixo da ponte, sabia? Eu conheço alguém que tinha uma amiga que tinha uma prima que passou por baixo da ponte e, quando alguém jogou um pedaço de pão, ele caiu tão rápido que bateu na cabeça dela, quebrou o osso, entrou no cérebro e *matou* ela.

– Eu gostei muito de ouvir sua prima cantar. – Não queria falar mais uma vez sobre o que havia acontecido.

– Ela não é maravilhosa? Ah! – A garota virou a cabeça como se tivesse ouvido algo. – Tenho que ir. Mas venho visitar você de novo!

– Eu gostaria muito – respondi, e ela saiu porta afora. Olhei para Seivarden. – Quanto isso custou?

– Mais ou menos o que consegui pelo voador – disse ela, abaixando a cabeça de leve, talvez por vergonha. Talvez por outra coisa.

– Você tirou algo da minha mochila?

Isso a fez levantar a cabeça de novo.

– Não! Juro que não. – Não respondi. – Você não acredita em mim. Não a culpo. Pode checar, assim que suas mãos estiverem livres.

– É o que pretendo fazer. Mas e depois?

Ela franziu a testa, sem compreender. E é claro que não compreendeu. Ela chegara ao ponto de me avaliar (equivocadamente) como um ser humano que poderia ser digno de respeito. Ao que parecia, ela não chegara a considerar que talvez ela não fosse importante o bastante para ser procurada por uma oficial de Missões Especiais do Radch.

– Minha missão nunca foi encontrar você. Isso foi um completo acaso. Até onde sei, ninguém está procurando você. – Queria poder fazer um gesto, mandá-la embora.

– Então por que você está aqui? Este não é um território para anexação, elas não existem mais. Foi o que me disseram.

– Não há mais anexações – concordei –, mas a questão não é essa. A questão é que você pode ir para onde quiser, não tenho ordens para levar você de volta.

Seivarden parou para pensar nisso por seis segundos, e depois falou:

– Eu tentei desistir antes. Eu *desisti*. A estação na qual eu estava tinha um programa, você desistia e elas te davam um emprego. Uma das trabalhadoras me levou para dentro, me limpou e me arrumou um negócio. O trabalho era uma merda, o acordo era uma palhaçada, mas eu tinha cansado. Achei que tinha cansado.

– Quanto tempo durou?

– Não chegou a seis meses.

– Você entende – eu disse, depois uma pausa de dois segundos – por que não tenho extrema confiança em você desta vez.

– Acredite, eu entendo. Mas isto aqui é *diferente*. – Ela se inclinou para a frente, séria. – Nada clareia tanto os pensamentos como pensar que você está prestes a morrer.

– O efeito costuma ser temporário.

– Elas disseram, lá na estação, que poderiam me dar algo para fazer com que o kef nunca mais fizesse efeito em mim. Mas primeiro eu precisava consertar o que quer que tivesse me feito começar a tomar, porque senão eu acabaria encontrando outra coisa. Palhaçada, como eu disse, mas se eu realmente quisesse, realmente tivesse interesse, eu teria feito isso.

Na casa de Strigan ela tinha falado como se seu motivo para começar tivesse sido muito simples.

– Você disse a elas por que começou? – Ela não respondeu. – Você contou a elas quem você era?

– É claro que não.

As duas perguntas são a mesma em sua cabeça, imaginei.

– Você enfrentou a morte em Garsedd.

Ela se encolheu, de leve.

– E tudo mudou. Eu acordei e tudo o que eu tinha era passado. E também não era um passado muito bom, ninguém gostava de me dizer o que acontecera, todo mundo era tão educado e animado, e era tudo *falso*. E eu não conseguia ver nenhum tipo de futuro. Escuta... – Ela se inclinou para a frente, séria, respirando um pouco mais forte. – Você está aqui por conta própria, sozinha, e claro que é porque está capacitada para isso, ou não teria recebido sua missão. – Ela parou por um momento, talvez considerando a questão de exatamente quem era adequado para quê, quem tinha recebido missão para onde, e depois desprezando esse pensamento. – Mas no fim você pode voltar para o Radch e encontrar pessoas que conhecem você, pessoas que se lembram de você pessoalmente, um lugar onde você se *encaixa*, mesmo que não esteja sempre lá. Não importa pra onde vá, você ainda faz parte daquele padrão, mesmo que nunca mais volte, você sempre sabe que ele está *lá*. Mas quando elas abriram aquele módulo de suspensão, qualquer uma que algum dia já teve qualquer interesse pessoal em mim já estava morta havia 700 anos. Provavelmente mais. Até mesmo... – Sua voz tremeu e ela parou, encarando um ponto fixo além de mim. – Até mesmo as naves.

Até mesmo as naves.

– Naves? Além da *Espada de Nathtas*?

– Minha... A primeira nave na qual servi. *Justiça de Toren*. Achei que, talvez, se pudesse descobrir onde ela estava estacionada, eu poderia mandar uma mensagem e... – Ela fez um gesto de negação, apagando o resto da frase. – Ela desapareceu. Há cerca de dez... espere, perdi a noção do tempo. Há cerca de quinze anos. – Era mais perto de vinte. – Ninguém soube me dizer o que aconteceu. Ninguém sabe.

– Alguma das naves nas quais você serviu gostava de você? – perguntei, a voz cuidadosamente neutra.

Ela piscou várias vezes. Endireitou-se.

– Que pergunta estranha. Você tem alguma experiência com naves?

– Tenho – respondi. – Na verdade, tenho.

– Naves são sempre vinculadas a suas capitãs.

– Não tanto quanto costumavam ser. – Não desde que algumas naves haviam ficado loucas após a morte de suas capitãs. Isso fora havia muito, muito tempo. – Mesmo assim, elas têm favoritas. – Embora a favorita não soubesse necessariamente disso. – Mas isso não importa, importa? Naves não são gente, e elas são feitas para nos servir, para serem vinculadas, como você colocou.

Seivarden franziu a testa.

– Agora você está brava. Você é muito boa em esconder isso, mas está zangada.

– Você chora – perguntei – porque suas naves estão mortas? Ou porque a perda delas significa que você não se sente mais conectada e querida? – Silêncio. – Ou você pensa que isso é a mesma coisa? – Ainda sem resposta. – Vou responder a minha próxima pergunta: você nunca foi a favorita das naves nas quais serviu. Você não acredita que uma nave possa ter favoritas.

Seivarden arregalou os olhos, talvez sentindo surpresa, talvez outra coisa.

– Você me conhece bem demais para que eu acredite que não está aqui por minha causa. Desde que comecei a pensar a respeito, cheguei a essa conclusão.

– Então não faz tanto tempo assim.

Ela me ignorou e continuou:

– Desde que aquele módulo se abriu, você é a primeira pessoa que me parece *familiar*. Como se eu reconhecesse você. Como se você me reconhecesse. Não sei por quê.

Claro que eu sabia. Mas, imobilizada e vulnerável como eu estava, aquele não era o momento de dizer nem explicar isso.

– Posso garantir que não estou aqui por sua causa. Estou aqui por motivos pessoais.

– Você pulou daquela ponte por mim.

– E sei que não serei o motivo pelo qual você vai largar o kef. Não assumo nenhuma responsabilidade por você. Isso você vai ter que fazer sozinha. Se realmente fizer isso.

– Você pulou daquela *ponte* por mim. Era uma queda de uns três quilômetros. Talvez até mais alto. Isso é... Isso é... – Ela parou, balançando a cabeça. – Vou ficar com você.

Fechei os olhos.

– Se eu chegar a *pensar* que você vai roubar de mim mais uma vez, vou quebrar suas duas pernas e abandoná-la. E se um dia você voltar a me ver, vai ser uma grande coincidência. – Só que para as radchaai não havia coincidências.

– Acho que não posso reclamar disso.

– Não recomendo.

Ela deu uma gargalhada, depois ficou em silêncio por quinze segundos.

– Então me diga, Breq... Se você está aqui por conta de negócios pessoais e não tem nada a ver comigo, por que tem uma das armas garseddai na sua mochila?

Os corretores mantinham meus braços e pernas completamente imóveis. Eu não conseguia sequer erguer os ombros. A médica entrou de repente no quarto, rosto ruborizado.

– Fique quieta! – admoestou ela, depois se virou para Seivarden. – O que foi que você fez?

Isso, aparentemente, foi compreensível para Seivarden. Ela ergueu as mãos num gesto indefeso.

– Não! – respondeu Seivarden, com veemência, no mesmo idioma.

A médica franziu a testa e apontou um dedo para Seivarden. Ela se endireitou, indignada com o gesto, que era muito mais rude para uma radchaai do que era ali.

– Você atrapalha – disse a médica, com dureza –, você sai! – Então ela se virou para mim. – *Você* vai ficar quieta e se recuperar adequadamente.

– Sim, doutora. – Parei de fazer o movimento mínimo que eu conseguira. Respirei fundo, tentando me acalmar.

Isso pareceu traquilizá-la. Ela ficou me observando por um momento, sem dúvida vendo meu batimento cardíaco e minha respiração.

– Se você não conseguir se acalmar, posso medicá-la. – Uma oferta, uma pergunta, uma ameaça. – Posso fazê-lo... – um olhar para Seivarden – ir embora.

– Não preciso. De nenhuma das duas coisas.

A médica soltou um muxoxo cético, depois se virou e saiu do quarto.

– Desculpe – disse Seivarden quando ela foi embora. – Foi uma imbecilidade. Eu deveria ter pensado antes de falar. – Não respondi. – Quando chegamos ao fundo – continuou ela, como se a frase estivesse logicamente conectada ao que ela acabara de dizer – você estava inconsciente. E é claro que ficara muito ferida. Tive medo de mover você porque não sabia se tinha quebrado algum osso. Eu não tinha como chamar ajuda, mas pensei que talvez você tivesse algo que eu pudesse usar para me ajudar a escalar, ou talvez alguns corretores de primeiros socorros que eu pudesse usar, mas é claro que isso foi idiota; sua armadura continuava levantada, e foi assim que eu soube que você estava viva. Eu retirei o dispositivo de mão do seu casaco, mas não havia sinal, e precisei subir até o topo para conseguir alcançar alguém. Quando voltei, sua armadura estava abaixada e tive medo de você ter morrido. Todas as suas coisas ainda estão lá dentro.

– Mostre-me.

Ela levantou a bolsa até meu campo de visão e a abriu. Então tirou uma camisa que estava escondendo a caixa.

– Não acho que eu deva tirá-la da caixa aqui.

– Se a arma tiver desaparecido – respondi, a voz calma e neutra – vou fazer mais do que quebrar suas pernas.

– Ela está ali dentro – insistiu Seivarden –, mas isso não pode ser apenas algo pessoal, pode?

– É pessoal. – Porém, o que era *pessoal* para mim afetava muitas, muitas outras coisas. Mas como eu poderia explicar isso sem revelar mais do que eu queria naquele momento?

– Me conte.

Não era uma boa hora. Não era um bom momento. Mas havia muito para explicar, ainda mais porque o conhecimento de Seivarden sobre os últimos mil anos de história, devia ser superficial. Antes mesmo que eu chegasse a dizer quem eu era e o que pretendia fazer, existiam anos de acontecimentos que levavam até nosso período, e era quase certo que ela não saberia quase nada sobre eles.

E essa história faria a diferença. Sem entendê-la, como Seivarden poderia entender qualquer coisa? Sem esse contexto, como poderia entender os motivos das ações de qualquer pessoa? Se Anaander Mianaai não tivesse agido com tamanha fúria para com as garseddai, ela teria feito as mesmas coisas que fez nos mil anos seguintes? Se a tenente Awn nunca tivesse ouvido falar dos eventos em Ime, 5 anos antes, agora 25 anos atrás, teria agido como agiu?

Quando imaginava isso, o momento em que a soldado da *Misericórdia de Sarrse* escolhera desafiar suas ordens, eu a via como um segmento de unidade ancilar. Ela fora número um da unidade Amaat da *Misericórdia de Sarrse*, membro sênior. Muito embora tivesse sido humana, com um nome além de seu lugar na nave, além de Um Amaat Um da *Misericórdia de Sarrse*. Mas eu nunca vira uma gravação, nunca vira seu rosto.

Ela fora humana. Suportara os acontecimentos em Ime – talvez tivesse até mesmo ajudado a reforçar os ditames corruptos da governadora, quando ordenada. Mas algo naquele momento específico havia mudado as coisas. Algo havia sido demais para ela.

O que seria? A visão, talvez, de uma rrrrrr, morta ou moribunda? Eu vira fotos das rrrrrr, compridas como cobras, peludas, com vários membros, falando através de grunhidos e latidos; e as humanas associadas a elas, que conseguiam falar aquele idioma e compreendê-lo. Haviam sido as rrrrrr que desviaram a Um Amaat Um da *Misericórdia de Sarrse* de seu caminho esperado? Ela se importava tanto assim com a ameaça de romper o tratado com as presger? Ou fora a ideia de matar tantos seres humanos indefesos? Se eu soubesse mais a respeito dela, talvez pudesse entender por que naquele momento ela decidira que preferia morrer.

Eu não sabia quase nada sobre ela. Provavelmente porque não devia saber mesmo. Mas mesmo o pouco que conhecia, o pouco que a tenente Awn havia conhecido, fizera a diferença.

– Alguém contou para você o que aconteceu na estação Ime?

Seivarden franziu a testa.

– Não. Me conte.

Eu contei. Sobre a corrupção da governadora, o fato de ela impedir a Estação Ime e qualquer uma das naves de denunciarem o que ela estava fazendo, tão longe de qualquer outro lugar no espaço Radch. Contei sobre a nave que chegara um dia – elas haviam suposto que era humana, pois ninguém sabia nada sobre alienígenas em parte alguma nas redondezas, e era perceptível que não era radchaai. Contei a Seivarden tudo o que sabia a respeito das soldados da *Misericórdia de Sarrse* que abordaram a nave desconhecida com ordens para tomá-la e matar todas a bordo que resistissem, ou que obviamente não pudessem ser transformadas em ancilares. Eu não sabia muito... Apenas que, assim que a unidade Um Amaat abordou a nave alienígena, sua Um se recusou a continuar seguindo ordens. Ela tinha convencido o resto de Um Amaat a segui-la, e elas tinham desertado para as rrrrrr e levado a nave para fora de alcance.

O franzir da testa de Seivarden só se aprofundou, e quando acabei ela disse:

– Então você está me dizendo que a governadora de Ime era completamente corrupta. E de algum modo tinha os acessos para impedir a Estação Ime de relatá-la? Como isso aconteceu? – Não respondi. Ou a conclusão óbvia ocorreria a ela, ou ela seria incapaz de vê-la. – E como as aptidões a teriam colocado em tal posição, se ela era capaz disso? Não é possível. É claro que tudo mais vai se desdobrando a partir disso, não é? Uma governadora corrupta aponta oficiais corruptas, sem se importar com as aptidões. Mas as capitãs estacionadas ali... Não, não é possível.

Ela não conseguiria perceber. Eu não deveria ter dito nada.

– Quando aquela soldado se recusou a matar as rrrrrr que haviam entrado no sistema, quando convenceu o resto de sua unidade a fazer o mesmo, ela criou uma situação que não podia ser ocultada por muito tempo. As rrrrrr podiam gerar seu próprio portal, então a governadora não conseguiria impedi-las de partir. Elas só precisavam dar um único salto até o próximo sistema habitado e contar sua história. E foi exatamente o que fizeram.

– Por que alguém se importava com as rrrrrr? – Seivarden não conseguia fazer o som com sua garganta. – Sério? É assim que as chamam?

– É como elas chamam a si mesmas – expliquei, com a minha voz mais paciente. Quando uma rrrrrr, ou uma de suas tradutoras humanas, falava, o nome soava como um grunhido longo, não muito diferente de qualquer outra fala rrrrrr. – É meio difícil dizer. A maioria das pessoas que ouvi apenas pronunciam um longo som de *r*.

– Rrrrrr – disse Seivarden, experimentando. – Ainda parece engraçado. Então, por que alguém se importava com as rrrrrr?

– Porque as presger haviam assinado um tratado conosco ao decidirem que as humanas eram Significantes. Matar as Insignificantes não é nada para as presger, e a violência entre membros da mesma espécie não importa para elas, mas a violência indiscriminada para com outras espécies Significantes é inaceitável.

Isso não quer dizer que toda violência seja proibida, apenas sujeita a certas condições, nenhuma das quais faz sentido para a maioria das humanas. Então, o mais seguro é apenas evitá-la por completo.

Seivarden murmurou um *hum*, as peças se encaixando.

– Então – continuei – toda a unidade Um Amaat da *Misericórdia de Sarrse* havia desertado para as rrrrrr. Elas estavam fora de alcance, seguras com as alienígenas, mas, para as radchaai, eram culpadas de traição. Poderia ter sido melhor simplesmente deixá-las onde estavam, mas em vez disso o Radch exigiu-as de volta, para que fossem executadas. E, claro, as rrrrrr não queriam fazer isso. A unidade Um Amaat salvara suas vidas. As coisas ficaram muito tensas durante anos, mas no fim das contas elas chegaram a um acordo. As rrrrrr entregaram a líder da unidade, aquela que havia começado o motim, em troca da imunidade das outras.

– Mas... – Seivarden parou.

Depois de sete segundos de silêncio, eu disse:

– Você está pensando que é claro que ela tinha de morrer, que, por motivos muito bons, nenhuma desobediência pode ser tolerada.

Mas ao mesmo tempo a traição dela expôs a corrupção da governadora de Ime, que caso contrário teria continuado impune. Então, em última análise, ela prestou um serviço ao Radch. Você está pensando que qualquer idiota sabe que não deve falar e criticar uma oficial do governo, por qualquer motivo que seja. E está pensando que, se alguém que se levantar para criticar algo obviamente maligno for punida apenas por falar, a civilização estará ameaçada. Então só aquelas que estiverem dispostas a morrer por seu discurso falarão, e... – Hesitei. Engoli em seco. – Não há muita gente disposta a fazer isso. Você deve estar pensando que a Senhora do Radch estava numa situação difícil, ao decidir como dar conta do assunto. Mas também que essas circunstâncias particulares eram extraordinárias, e Anaander Mianaai é, no fim das contas, a autoridade definitiva, e poderia tê-la perdoado se desejasse.

– Estou pensando – disse Seivarden – que a Senhora do Radch poderia ter simplesmente deixado que as dissidentes ficassem com as rrrrrr, e assim se livraria de toda essa bagunça.

– Poderia – concordei.

– Também estou pensando que, se eu fosse a Senhora do Radch, jamais teria deixado essa notícia se espalhar para muito além de Ime.

– Você usaria acessos para impedir naves e estações de falar a respeito, talvez. Proibiria qualquer cidadã de falar sobre o assunto.

– Exato. Eu faria isso.

– Mas o rumor ainda se espalharia. – Embora esse rumor fosse necessariamente vago e lento. – E você perderia o próprio exemplo instrutivo que poderia dar, ao enfileirar quase toda a Administração de Ime na plataforma da estação e atirar na cabeça delas, uma depois da outra.

E, é claro, Seivarden era uma só pessoa, que pensava em Anaander Mianaai como uma pessoa só. Imaginava-a como alguém que poderia ficar indecisa sobre essas coisas, mas que acabaria escolhendo um curso de ação e não se desviaria de sua decisão. Mas havia muito mais por trás do dilema de Anaander Mianaai do que Seivarden conseguira assimilar.

Seivarden ficou em silêncio por quatro segundos, depois falou:

– Agora vou fazer você ficar zangada de novo.

– É mesmo? – perguntei, secamente. – Não está se cansando disso?

– Estou. – Resposta simples. Séria.

– A governadora de Ime era bem-nascida e bem-criada – eu disse, e falei o nome da casa dela.

– Nunca ouvi falar – disse Seivarden. – Houve tantas mudanças. E agora coisas assim acontecendo. Você honestamente não acha que exista uma ligação?

Virei a cabeça, sem levantá-la. Não zangada, apenas muito, muito cansada.

– Você quer dizer que nada disso teria acontecido se provincianas arrivistas não tivessem subido a escada social. Se a governadora de Ime tivesse sido de uma família de qualidade *realmente* comprovada.

Seivarden teve a inteligência de não responder.

– Você honestamente nunca conheceu ninguém *bem-nascido* que tenha recebido uma missão ou promoção além de sua habilidade? Que nunca tenha cedido sob pressão? Que se comportasse mal?

– Não assim.

Muito justo. Mas ela havia convenientemente esquecido que a Um Amaat Um da *Misericórdia de Sarrse* (humana, não ancilar) também teria "escalado" por sua definição. Ela também fazia parte da mudança que Seivarden havia mencionado.

– Provincianas que "escalaram" e o tipo de coisa que aconteceu em Ime são resultados dos mesmos eventos. Um não causou o outro.

Ela fez a pergunta óbvia.

– Então, o que provocou isso?

A resposta era complicada demais. Até que ponto recuar para começar a explicá-la? *O problema começou em Garsedd. Começou quando a Senhora do Radch se multiplicou e decidiu conquistar todo o espaço humano. Começou quando o Radch foi construído. E antes até.*

– Estou cansada – respondi.

– É claro – disse Seivarden, mais equilibrada do que eu havia esperado. – Podemos falar sobre isso depois.

16

Passei uma semana me movimentando no não-espaço entre Shis'urna e Valskaay – isolada, controlada – antes que a Senhora do Radch fizesse sua jogada. Ninguém mais suspeitava de nada, eu não deixara vestígio, pistas, nem a menor indicação de que alguém estava no convés Var, de que qualquer coisa pudesse estar errada.

Ou pelo menos era isso que eu havia pensado.

– Nave – chamou a tenente Awn, uma semana depois –, algo de errado?

– Por que pergunta, tenente? – respondi. Um Esk respondeu. Um Esk sempre atendia a tenente Awn.

– Ficamos em Ors juntas por muito tempo – disse a tenente Awn franzindo a testa de leve para o segmento com o qual estava falando. Ela estivera em constante angústia desde Ors; às vezes era mais intensa, às vezes menos, dependendo, eu supunha, de quais pensamentos lhe ocorriam em cada momento. – Parece que algo está perturbando você. E você está mais quieta. – Ela fez um som aspirado, meio debochado. – Você estava sempre cantarolando na casa. Está muito quieta agora.

– Temos paredes aqui, tenente – ressaltei. – Não havia nenhuma na casa de Ors.

A sobrancelha dela estremeceu de leve. Eu sabia que ela percebia minhas palavras evasivas, mas não perguntou mais.

Ao mesmo tempo, na sala da década de Var, Anaander Mianaai disse para mim:

– Você entende o que está em jogo. O que isso significa para o Radch. – Eu entendia. – Sei que deve ser perturbador para você. – Era a primeira vez que essa possibilidade era reconhecida desde que ela viera a bordo. – Criei você para servir meus fins, para o bem do Radch. A vontade de me servir faz parte do seu projeto. E agora você não só deve me servir, mas também se opor a mim.

Ela estava, pensei, tornando muito fácil minha oposição a ela. Algum lado dela fizera isso, eu não tinha certeza de qual. Mas respondi, através de Um Var:

– Sim, minha senhora.

– Se ela for bem-sucedida, o Radch acabará por se fragmentar. Não o centro, não o Radch propriamente dito.

Quando a maior parte das pessoas falava do Radch, referia-se a todo o território radchaai; mas na verdade o Radch era um único e simples local, uma esfera de Dyson fechada e isolada. Não era permitida a entrada de nada ritualmente impuro; nada não-civilizado ou não-humano podia penetrar em seus confins. Pouquíssimas clientes de Mianaai já tinham posto os pés ali, e existiam apenas algumas casas cujos ancestrais um dia tinham vivido ali. Não se sabia se alguém lá dentro tinha conhecimento ou se importava com as ações de Anaander Mianaai, ou com a extensão ou mesmo a existência do território Radch.

– O Radch propriamente dito, enquanto Radch, sobreviverá por mais tempo. Mas meu território, que construí para protegê-lo, para mantê-lo puro, se estilhaçará. Eu construí o que sou, construí isso tudo. – Ela fez um gesto abrangendo as paredes das salas da década, abrangendo, para seus objetivos, a totalidade do espaço Radch. – Tudo para manter aquele centro seguro. Sem contaminação. Eu não podia confiar em mais ninguém. Agora, ao que parece, também não posso confiar em mim mesma.

– Certamente não, minha senhora – respondi, sem saber o que mais falar, sem saber ao certo pelo que estava protestando.

– Bilhões de cidadãs morrerão no processo – continuou ela, como se eu não tivesse interrompido. – Pela guerra ou por de falta de recursos. E eu...

Ela hesitou. Unidade, pensei, implica a possibilidade de desunião. Começos implicam e requerem finais. Mas não falei isso. A pessoa mais poderosa do universo não precisava que eu a aconselhasse sobre religião nem filosofia.

– Mas eu já estou quebrada – disse ela por fim. – Só posso lutar para não me quebrar mais. Remover o que não é mais eu mesma.

Eu não tinha certeza do que deveria ou poderia falar. Não tinha memória consciente de ter tido essa conversa antes, embora agora tivesse certeza de que devia, *devia* ter ouvido Anaander Mianaai explicar e justificar suas ações, depois de ela usar os programas e alterar... algo. Devia ter sido um discurso bem semelhante, talvez até com as mesmas palavras. Fora, afinal de contas, a mesma pessoa.

– E – continuou Anaander Mianaai – devo remover as armas da minha inimiga onde quer que as encontre. Mande a tenente Awn falar comigo.

A tenente Awn se aproximou da sala da década de Var com medo, sem saber por que eu a enviara lá. Eu tinha me recusado a responder a suas perguntas, o que só aumentara nela uma sensação cada vez maior de que algo estava muito errado. Suas botas fizeram um eco vazio no chão branco, apesar da presença de Um Var. Quando ela chegou à sala da década, a porta se abriu deslizando para o lado, quase sem fazer barulho.

A visão de Anaander Mianaai ali dentro atingiu a tenente Awn como um soco, uma pontada terrível de medo, surpresa, pavor, choque, dúvida e espanto. A tenente Awn respirou fundo três vezes, com mais dificuldade do que gostaria, depois endireitou os ombros só um pouquinho, entrou e se curvou de bruços no chão.

– Tenente – disse Anaander Mianaai. Seu sotaque e tom de voz eram o protótipo das vogais elegantes da tenente Skaiaat, da arrogância natural e ligeiramente debochada da tenente Issaaia. A tenente Awn jazia com o rosto para baixo, esperando. Apavorada.

Assim como antes, não recebi nenhum dado de Mianaai que ela não tivesse deliberadamente me enviado. Eu não tinha informações sobre seu estado de espírito. Ela parecia calma. Impassível, sem emoção. Eu tinha certeza de que essa impressão era uma mentira, embora não entendesse por que pensava assim. Ela ainda não falara favoravelmente à tenente Awn, quando na minha opinião era isso que ela deveria fazer.

– Diga-me, tenente – falou Mianaai, depois de um longo silêncio –, de onde aquelas armas vieram, e o que acha que aconteceu no templo de Ikkt.

Uma combinação de alívio e medo tomou a tenente Awn. Desde que entrara na sala, ela tentara fazer sua mente processar a presença de Anaander Mianaai, mas ela também esperara que aquela pergunta fosse feita.

– Minha senhora, as armas só poderiam ter vindo de alguém com autoridade suficiente para desviá-las e impedir sua destruição.

– Você, por exemplo.

Uma pontada aguda de susto e de terror.

– Não, minha senhora, eu lhe asseguro. Eu de fato desarmei não cidadãs locais para a minha missão, e algumas delas eram militares tanmind. – A delegacia de polícia na cidade alta estava muito bem armada, na verdade. – Mas eu desabilitei as armas no ato, antes de enviá-las. E segundo os números de estoque, elas depois foram coletadas em Kould Ves.

– Por soldados da *Justiça de Toren*?

– Assim entendo, minha senhora.

– Nave?

Respondi com uma das bocas de Um Var.

– Minha senhora, as armas em questão foram coletadas por Dezesseis e Dezessete Inu. – Dei o nome de sua tenente na época, que depois fora remanejada.

Anaander Mianaai franziu a testa minimamente.

– Então, cerca de cinco anos atrás, alguém que tinha acesso, talvez essa tenente Inu, talvez outra pessoa, impediu que essas armas fossem destruídas, e as escondeu. Por cinco anos. E depois, o quê, as plantou no pântano de Ors? Com que finalidade?

Rosto ainda no chão, piscando confusa, a tenente Awn demorou um segundo para formular uma resposta.

– Eu não sei, minha senhora.

– Você está mentindo – disse Mianaai, ainda sentada, recostando-se em sua cadeira como se estivesse muito relaxada e despreocupada, mas seus olhos não deixaram a tenente Awn. – Posso ver claramente que está mentindo. E ouvi cada conversa que você teve desde o incidente. O que quis dizer quando falou que alguém mais se beneficiaria dessa situação?

– Se eu soubesse qual nome dar, minha senhora, eu o teria usado. Com isso eu quis apenas dizer que deve haver uma pessoa específica que agiu, que provocou isso... – Ela parou, respirou fundo, e abandonou a frase. – Alguém conspirou contra as tanmind, alguém que tinha acesso àquelas armas. Quem quer que fosse, queria provocar encrenca entre as cidades alta e baixa. Meu trabalho era impedir isso. Fiz o meu melhor nesse sentido. – Isso era certamente uma evasão. Desde o momento em que Anaander Mianaai havia ordenado a execução apressada daquelas cidadãs tanmind no templo, a primeira suspeita mais óbvia fora a própria Senhora do Radch.

– Por que alguém iria querer encrenca entre as cidades alta e baixa? – perguntou Anaander Mianaai. – Quem se daria ao trabalho?

– Jen Shinnan e suas associadas, minha senhora – respondeu a tenente Awn, com mais firmeza, pelo menos naquele momento. – Ela sentiu que as orsianas étnicas estavam recebendo favores inadequados.

– De sua parte.

– Sim, minha senhora.

– Então você diz que, nos primeiros meses da anexação, Jen Shinnan encontrou alguma oficial radchaai disposta a desviar caixotes cheios de armas para que, cinco anos depois, ela pudesse criar problemas entre as cidades alta e baixa. Para colocar você em apuros.

– Minha senhora... – A tenente Awn levantou a testa um centímetro acima do chão, e depois parou. – Não sei como, não sei por quê. Não sei qu... – Ela engoliu a última palavra, que eu sabia que teria sido uma mentira. – O que eu sei é que era meu trabalho manter a paz em Ors. Essa paz foi ameaçada e tomei providências para... – Ela parou, percebendo que talvez a frase fosse difícil de terminar. – Era meu trabalho proteger as cidadãs de Ors.

– E por isso você fez um protesto tão veemente contra a execução das pessoas que *puseram em perigo* as cidadãs de Ors. – O tom de voz de Anaander Mianaai era seco e sardônico.

– Elas eram minha responsabilidade, senhora. E como eu disse naquele momento, elas estavam sob controle, poderíamos tê-las detido com muita facilidade até que os reforços chegassem. A senhora é a autoridade definitiva, e naturalmente suas ordens devem ser obedecidas, mas não entendi por que aquelas pessoas precisaram morrer. Ainda não entendo por que elas tinham que ter morrido naquele instante. – Pausa de meio segundo. – Não preciso entender por quê. Estou aqui para seguir suas ordens. Mas eu... – Ela tornou a fazer uma pausa. Engoliu em seco. – Minha senhora, se suspeita algo de mim, qualquer coisa que eu tenha feito de errado, qualquer deslealdade, eu lhe imploro, mande que me interroguem quando chegarmos a Valskaay.

As mesmas drogas usadas para fazer testes de aptidão e reeducação podiam ser usadas para interrogatórios. Uma interrogadora habilidosa conseguia arrancar os pensamentos mais secretos da mente de uma pessoa. Uma sem habilidades podia arrancar irrelevâncias e confabulações, além de danificar sua interrogada quase tanto quanto uma reeducadora sem habilidade.

O que a tenente Awn pedira era um processo cercado por operações jurídicas. A maior dentre elas era a exigência de duas testemunhas presentes, e a tenente Awn teria o direito de escolher uma delas.

Eu vi náusea e terror nela quando Anaander Mianaai não respondeu.

– Minha senhora, posso falar com franqueza?

– Por favor, fale com franqueza – respondeu Anaander Mianaai, seca e amarga.

A tenente Awn falou, aterrorizada, o rosto ainda no chão:

– Foi *você*. Você desviou as armas, você planejou aquela multidão, com Jen Shinnan. Mas não entendo o motivo. Não pode ter sido só por minha causa, eu não sou *ninguém*.

– Mas acho que você não pretende *permanecer* ninguém – respondeu Anaander Mianaai. – Sua sedução de Skaiaat Awer me diz isso.

– Minha... – A tenente Awn engoliu em seco. – Eu nunca a seduzi. Nós éramos *amigas*. Ela supervisionava o distrito ao lado.

– Se você chama isso de amizade.

O rosto da tenente Awn ficou quente. E ela se lembrou de seu sotaque, de sua dicção.

– Não tenho a presunção de dizer que era mais que isso. – Angustiada. Apavorada.

Mianaai ficou em silêncio por três segundos, depois disse:

– Talvez não. Skaiaat Awer é bonita, charmosa e sem dúvida boa de cama. Alguém como você seria facilmente suscetível à manipulação dela. Eu suspeito da deslealdade de Awer já faz algum tempo.

A tenente Awn queria falar, eu podia ver os músculos em sua garganta se tensionarem, mas nenhum som saiu.

– Sim, estou falando de sedição. Você diz que é leal. E no entanto se associa a Skaaiat Awer. – Anaander Mianaai fez um gesto e a voz de Skaaiat soou na sala da década.

– *Eu* conheço *você, Awn. Se for fazer algo tão louco assim, guarde para quando puder fazer uma diferença.*

E a resposta da tenente Awn:

– *Como Um Amaat Um da* Misericórdia de Sarrse?

– Qual diferença – perguntou Anaander Mianaai – você gostaria de fazer?

– O tipo de diferença – respondeu a tenente Awn, a boca seca – que aquela soldado da *Misericórdia de Sarrse* fez. Se ela não tivesse feito o que fez, os negócios em Ime ainda estariam acontecendo. – Enquanto ela falava, tenho certeza de que percebia o que estava dizendo. Que aquilo era território perigoso. Suas palavras seguintes deixavam claro que ela *sabia*. – Ela morreu por isso, sim, mas revelou toda aquela corrupção para a senhora.

Tive uma semana para pensar nas coisas que a Senhora do Radch me dissera. Àquela altura eu havia descoberto como a governadora de Ime poderia ter conseguido os acessos que impediam a Estação Ime de reportar suas atividades. Ela só poderia ter obtido esses acessos com a própria Anaander Mianaai. A única pergunta era: qual Anaander Mianaai fizera isso?

– Estava em todos os canais de notícias públicas – observou Anaander Mianaai. – Eu teria preferido que não. Ah, sim – disse ela em resposta à surpresa da tenente Awn. – Não foi por desejo meu. Todo esse incidente semeou dúvida onde antes não havia nenhuma. Descontentamento e medo onde antes havia somente confiança em minha habilidade de fornecer justiça e benefício. Eu poderia ter lidado com rumores, mas não com relatórios através de canais aprovados! Uma transmissão que todas as radchaai podiam ver e ouvir! Sem publicidade, eu poderia ter deixado as rrrrrr levarem as traidoras silenciosamente. Em vez disso precisei negociar pelo retorno delas, ou então deixaria que se tornassem um convite para outros motins. Isso me causou muitos problemas. *Ainda* causa.

– Eu não imaginava – disse a tenente Awn, com pânico na voz. – Estava em todos os canais públicos. – Então ela se deu conta. – Eu não... eu não disse nada sobre Ors. A ninguém.

– A não ser para Skaaiat Awer – ressaltou a Senhora do Radch. O que não era justo. A tenente Skaaiat estivera por perto, perto o bastante para ver com os próprios olhos a evidência de que algo acontecera. – Não – continuou Mianaai, em resposta à pergunta que a tenente Awn não chegou a fazer. – Não apareceu em canais públicos. Ainda. Mas posso ver que você fica perturbada com a ideia de que Skaaiat Awer possa ser uma traidora. Acho que você está tendo dificuldade para acreditar nisso.

Mais uma vez, a tenente Awn lutou para falar.

– Está certa, minha senhora – ela finalmente conseguiu dizer.

– Posso oferecer a você – respondeu Mianaai – a oportunidade de provar a inocência dela. E de melhorar sua situação. Posso manipular sua missão para que você possa voltar para junto dela. Você só precisa aceitar a clientela quando Skaaiat oferecer... Ah, ela oferecerá – disse a Senhora do Radch, vendo, tenho certeza, o desespero da tenente Awn e o quanto ela duvidava de suas palavras. – Awer tem colecionado pessoas como você. Alpinistas de casas anteriormente não notáveis e que de repente se encontram em posições vantajosas para negócios. Aceite a clientela, e observe. – O "e relate" ficou implícito.

A Senhora do Radch estava tentando virar o instrumento de sua inimiga a seu favor. O que aconteceria se ela não conseguisse fazer isso?

Mas o que aconteceria se ela conseguisse? Não importava qual escolha a tenente Awn fizesse agora, ela estaria atuando contra Anaander Mianaai, Senhora do Radch.

Eu já a vira escolher uma vez, quando confrontada com a morte. Ela escolheria um caminho que a mantivesse viva. Ela e eu poderíamos imaginar as implicações desse caminho mais tarde, avaliar as opções quando as questões fossem menos urgentes.

Na sala da década de Esk, a tenente Dariet perguntou alarmada:

– Nave, o que há de errado com Um Esk?

– Minha senhora – disse a tenente Awn, sua voz tremendo de medo, o rosto, como sempre, no chão –, isso é uma ordem?

– Espere, tenente – respondi diretamente no ouvido da tenente Dariet, porque eu não podia fazer Um Esk falar.

Anaander Mianaai deu uma gargalhada, curta e brusca. A resposta da tenente Awn fora uma recusa tão clara quanto um simples *nunca* teria sido. Ordenar tal coisa seria inútil.

– Interrogue-me quando chegarmos a Valskaay – disse a tenente Awn. – Eu exijo. Sou leal. Skaaiat Awer também, eu juro, mas, se duvida dela, interrogue-a também.

Mas é claro que Anaander Mianaai não poderia fazer isso. Qualquer interrogatório teria testemunhas. Qualquer interrogadora habilidosa, e não haveria motivo em usar uma sem habilidade, dificilmente deixaria de entender o motivo das perguntas feitas tanto para a tenente Awn como para a tenente Skaaiat. Seria uma abertura muito grande, espalharia informações que esta Mianaai não queria que se espalhassem.

Anaander Mianaai ficou sentada por quatro segundos. Impassível.

– Um Var – disse ela, ao fim daqueles quatro segundos –, execute a tenente Awn.

Agora eu não era mais um único segmento fragmentado, não estava sozinha e com medo do que poderia fazer se recebesse aquela ordem. Eu estava completamente eu de novo. Vista em separado, Um Esk gostava mais da tenente Awn que eu. Mas Um Esk não estava separada de mim. Ela era, naquele momento, parte de mim.

Mesmo assim, Um Esk era apenas uma pequena parte de mim. E eu já fuzilara oficiais antes. Tinha até mesmo, cumprindo ordens, fuzilado minha própria capitã. Mas aquelas execuções, por mais perturbadoras e desagradáveis que tivessem sido, haviam obviamente sido justas. A penalidade para desobediência era a morte.

A tenente Awn nunca desobedecera. Longe disso. E pior, sua morte tinha a intenção de ocultar as ações da inimiga de Anaander Mianaai. Todo o propósito da minha existência era se opor às inimigas de Anaander Mianaai.

Mas nem Mianaai estava pronta para tomar posições claras. Eu precisava ocultar desta Mianaai o fato de que ela própria já me vinculara à causa oposta, até que eu estivesse totalmente pronta. Naquele momento, eu precisava obedecer como se não tivesse escolha, como se não desejasse mais nada. E no fim, no grande esquema das coisas, o que era a tenente Awn, afinal? Suas genitoras chorariam sua morte, assim como sua irmã, e elas provavelmente ficariam envergonhadas pelo fato de que a tenente as desgraçara com sua desobediência. Mas não questionariam. E se questionassem, isso de nada lhes adiantaria. O segredo de Anaander Mianaai estaria a salvo.

Pensei tudo isso nos 1,3 segundos que a tenente Awn, chocada e aterrorizada, levou para levantar a cabeça por reflexo. E, nesse mesmo tempo, o segmento de Um Var disse:

– Estou desarmada, minha senhora. Eu levaria cerca de dois minutos para adquirir uma arma.

Para a tenente Awn isso era traição, vi claramente. Mas ela deveria saber que eu não tinha outra escolha.

– Isso é injusto – disse ela, a cabeça ainda levantada. A voz insegura. – É impróprio. Nenhum benefício será adquirido.

– Quem são suas colegas de conspiração? – perguntou Mianaai com frieza. – Dê seus nomes e pode ser que eu poupe sua vida.

Semierguida, mãos abaixo da linha dos ombros, a tenente Awn piscou várias vezes em completa confusão, uma surpresa que com certeza era tão visível para Mianaai quanto para mim.

– Conspiração? Eu jamais conspirei com ninguém. Sempre servi à senhora.

Acima, no convés de comando, eu disse no ouvido da capitã Rubran:

– Capitã, temos um problema.

– Servir a mim – disse Anaander Mianaai – não basta mais. Não é mais inequívoco o bastante. A qual *eu* você serve?

– Por q... – começou a tenente Awn, e: – O... – e por fim: – Não estou entendendo.

– Que problema? – perguntou a capitã Rubran, a tigela de chá a meio caminho da boca, apenas levemente alarmada.

– Estou em guerra comigo mesma – disse Mianaai, na sala da década de Var. – Tenho estado há quase mil anos.

Para a capitã Rubran, falei:

– Preciso que Um Esk seja sedada.

– Em guerra – continuou Anaander Mianaai no convés Var – pelo futuro do Radch.

Algo deve ter aparecido com súbita clareza na mente da tenente Awn. Vi uma raiva aguçada e pura nela.

– Anexações e ancilares, e pessoas como *eu* sendo designadas para as forças armadas.

– Não entendo você, Nave – disse a capitã Rubran, sua voz neutra mas definitivamente preocupada agora. Ela colocou seu chá na mesa ao lado.

– Foi o tratado com as presger – disse Mianaai, zangada. – O resto aconteceu a partir disso. Saiba você ou não, você é um instrumento da minha inimiga.

– E Um Amaat Um da *Misericórdia de Sarsse* expôs o que quer que você estivesse fazendo em Ime – disse a tenente Awn, sua raiva ainda clara e firme. – Aquela era *você*. A governadora do sistema estava fazendo ancilares. Você precisava delas para sua guerra consigo mesma, não é? E tenho certeza de que não era só isso que ela estava fazendo para você. É por isso que aquela soldado teve de morrer, mesmo que trazê-la de volta das rrrrrr significasse trabalho extra? E eu...

– Ainda estou esperando, Nave – disse a tenente Dariet na sala de década de Esk. – Mas não estou gostando disso.

– Um Amaat Um da *Misericórdia de Sarrse* não sabia quase nada, mas nas mãos das rrrrrr ela era uma peça que minha inimiga poderia usar contra mim. Como oficial num porta-tropas *você* não é nada, mas uma posição de autoridade planetária, ainda que pequena, com o apoio potencial de Skaaiat Awer para ajudar você a aumentar sua influência, transforma você em um perigo potencial para mim. Eu podia simplesmente tê-la manipulado para sair de Ors, fora do caminho de Awer. Mas eu queria mais. Eu queria um argumento definitivo contra recentes decisões e políticas. Se aquela pescadora não tivesse encontrado as armas, ou não as tivesse reportado a você, se os acontecimentos daquela noite tivessem saído como eu desejava, eu teria me certificado de que a história estivesse em todos os canais públicos. Em um só gesto eu teria assegurado a lealdade das tanmind e removido alguém que me era problemática, ambos objetivos menores, mas eu também teria conseguido convencer todas sobre o perigo de baixar a guarda, de se desarmar mesmo que um pouco. E o perigo de colocar a autoridade em mãos menos competentes. – Ela deu um riso curto e amargo. – Admito que subestimei você. Subestimei sua relação com as orsianas da cidade baixa.

Um Var não podia atrasar mais, e entrou na sala da década de Var, arma em punho. A tenente Awn a ouviu entrar, virou a cabeça de leve para observá-la.

– Era o meu trabalho proteger as cidadãs de Ors. Eu levei isso a sério. Fiz isso da melhor maneira que pude. Fracassei uma vez. Mas não por sua causa. – Ela virou a cabeça e olhou direto para Anaander Mianaai. – Eu deveria ter morrido em vez de obedecer a você no templo de Ikkt. Mesmo que isso não tivesse feito bem algum.

– Mas você pode fazer isso agora, não pode? – disse Anaander Mianaai, e me deu a ordem para disparar.

Eu disparei.

Vinte anos depois, eu diria a Arilesperas Strigan que as autoridades radchaai não se importavam com o pensamento de uma cidadã, contanto que ela fizesse o que deveria. Era bem verdade. Mas, desde aquele momento, desde que vi a tenente Awn morta no chão da minha sala de década Var, executada por Um Var (ou, para evitar esse autoengano, por mim mesma), tenho me perguntado que diferença isso fazia.

Eu era compelida a obedecer àquela Mianaai, para levá-la a acreditar que ela de fato me compelia. Mas, naquele caso específico, ela *de fato* me compeliu. Atuar para uma Mianaai ou outra era indistinguível. E claro, no fim, fossem quais fossem suas diferenças, elas eram a mesma pessoa.

Pensamentos são efêmeros, eles evaporam no momento em que ocorrem, a menos que recebam ação e forma material. Desejos e intenções, a mesma coisa. Não têm sentido, a menos que levem o indivíduo a uma escolha ou outra, a determinado feito ou curso de ação, por mais insignificante que seja. Pensamentos que levam à ação podem ser perigosos. Pensamentos que não levam à ação significam menos que nada.

A tenente Awn jazia no chão da sala da década de Var, mais uma vez com o rosto para baixo, morta. O chão sob ela precisaria de reparos e de limpeza. A questão urgente, o mais importante naquele momento, era fazer Um Esk se mover, porque, em aproximadamente um segundo, nenhum tipo de filtragem que eu pudesse fazer esconderia a força de sua reação, e eu precisava *mesmo* contar à capitã o que havia acontecido, e eu não conseguia me lembrar da inimiga de Mianaai – a própria Mianaai – me dando as ordens que eu sabia que ela tinha dado, e Um Esk não podia ver como isso era importante, não estávamos prontas para prosseguir abertamente ainda, e eu já perdera oficiais antes, e quem era Um Esk de qualquer maneira a não ser eu mesma, e a tenente Awn estava morta, e ela tinha dito *Eu deveria ter morrido em vez de obedecer a você.*

E então Um Var girou a arma e atirou no rosto de Anaander Mianaai, à queima-roupa.

Numa sala abaixo no mesmo corredor, Anaander Mianaai deu um pulo da cama na qual estava deitada, com um grito de raiva.

– Tetas de Aatr, *ela esteve aqui antes de mim!*

No mesmo momento ela transmitiu o código que forçaria a armadura de Um Var a se desligar, até que ela voltasse a autorizar seu uso.

– Capitã – eu disse –, agora nós temos *mesmo* um problema.

Em outra sala do mesmo corredor, a terceira Mianaai (que agora, suponho, era a segunda) abriu uma das caixas que trouxera consigo, puxou de dentro uma arma, saiu rapidamente para o corredor e atirou na nuca da Um Var mais próxima. Aquela que falara abriu sua própria caixa, sacou de lá uma arma e também uma caixa que reconheci da casa de Jen Shinnan na cidade alta, em Shis'urna. Usá-la não seria vantajoso nem para ela nem para mim, mas para mim seria pior. Nos segundos que ela levou para armar o dispositivo, eu tomei decisões e transmiti ordens para partes constituentes.

– Que problema? – perguntou a capitã Rubran, agora em pé. Com medo.

Então eu me desmanchei. Em pedaços.

Uma sensação familiar. Durante a mais ínfima fração de segundo, senti o cheiro de ar úmido e água do lago, pensei *Onde está a tenente Awn?* e então me recuperei, e lembrei do que precisava fazer. Tigelas de chá tiniram e se estilhaçaram quando deixei cair o que estava segurando e saí correndo da sala da década de Esk, descendo o corredor. Outros segmentos, separados de mim novamente como haviam estado em Ors, resmungando, sussurrando, a única maneira pela qual eu conseguia pensar entre todos os meus corpos, abriam armários, pegavam armas, e as primeiras a ser armadas forçaram as portas do elevador a se abrir e começaram a descer pelo poço. Tenentes protestaram, me mandaram parar e exigiram explicações. Tentaram bloquear meu caminho, sem sucesso.

Eu (isto é, quase a totalidade de Um Esk) protegeria o convés de acesso central, impediria Anaander Mianaai de danificar meu cérebro, o cérebro da *Justiça de Toren*. Enquanto a *Justiça de Toren* vivesse, e não se convertesse à sua causa, essa nave (eu) era um perigo a ela.

Eu (Um Esk Dezenove) tinha ordens separadas. Em vez de descer pelo poço até o acesso central, corri para o outro lado, em direção ao porão de Esk e à comporta de ar do outro lado.

Aparentemente eu não estava respondendo a nenhuma de minhas tenentes, nem sequer à comandante Tiaund, mas respondi quando a tenente Dariet gritou:

– Nave! Você perdeu a cabeça?

– A Senhora do Radch executou a tenente Awn! – gritou um segmento em algum lugar no corredor atrás de mim. – Ela estava no convés de Var o tempo todo!

Isso calou minhas oficiais, incluindo a tenente Dariet, por apenas um segundo.

– Se isso for verdade... mas se for, a Senhora do Radch não teria atirado nela sem motivo.

Atrás de mim, meus segmentos que ainda não haviam começado a descida pelo poço do elevador sibilaram e soltaram o ar com frustração e raiva.

– Imprestável! – ouvi a mim mesma dizer à tenente Dariet enquanto, na extremidade do corredor, eu abria manualmente a porta do porão. – Você é tão ruim quanto a tenente Issaaia. Pelo menos *ela* desprezava a tenente Awn abertamente!

Um grito de indignação, com certeza vindo da tenente Issaaia, e Dariet disse:

– Você não sabe do que está falando. Você não está funcionando direito, Nave!

A porta se abriu, e não pude ficar para ouvir o resto, mergulhei dentro do porão. Um ruído fundo, de impacto, sacudiu o convés no qual eu estava correndo, um som que horas antes achei que nunca mais fosse escutar. Mianaai estava abrindo os porões de Var. Qualquer auxiliar que ela descongelasse não teria lembrança dos eventos recentes, nada que lhe dissesse para não obedecer àquela Mianaai. E suas armaduras não teriam sido desabilitadas.

Ela levaria Dois Var, Três, Quatro e tantas quanto tivesse tempo de despertar, e tentaria tomar ou o convés de acesso central ou os motores. Mais provavelmente ambos. Ela tinha, afinal, Var e todos os porões abaixo. Embora os segmentos fossem despertar desajeitados e confusos. Eles não teriam memória de funcionamento em separado, como eu tinha, e nenhuma prática. Mas os números estavam do lado deles. Eu só possuía os segmentos que estavam acordados no momento em que me fragmentei.

Acima, minhas oficiais conseguiam acessar a metade superior dos porões. E não teriam motivo para não obedecer a Anaander Mianaai, nenhum motivo para não pensar que eu perdera a cabeça. Nesse momento eu estava explicando as coisas para a capitã de centena Rubran, mas não achava que ela fosse acreditar em mim, nem sequer pensar que eu tivesse um mínimo de sanidade.

Ao meu redor, começou o mesmo som de impacto que já soava sob meus pés. Minhas oficiais estavam tirando segmentos Esk para descongelar. Cheguei à comporta de ar, escancarei o armário lateral, e puxei as peças do traje de vácuo que caberiam naquele segmento.

Eu não sabia por quanto tempo conseguiria segurar o acesso central ou os motores. Não sabia quão desesperada Anaander Mianaai poderia estar, que dano ela poderia pensar que eu faria a ela. O escudo de calor do motor era extremamente difícil de violar por conta de seu desenho, mas eu sabia como fazê-lo. E a Senhora do Radch sabia também, com certeza.

O que quer que acontecesse entre aqui e lá, era quase certo que eu morreria logo depois de chegar a Valskaay, se não antes. Mas eu não morreria sem me explicar.

Eu precisaria alcançar e abordar uma nave de transporte, em seguida desatracar manualmente e partir da *Justiça de Toren* – eu mesma – no tempo, na direção e na velocidade exatos, e atravessar a parede da minha bolha de espaço normal exatamente no momento certo.

Se eu fizesse isso tudo, estaria no sistema com um portal, a quatro saltos do Palácio de Irei, uma das sedes provincianas de Anaander Mianaai. Eu poderia contar a ela o que aconteceu.

As naves de transporte estavam atracadas daquele lado da nave. As comportas e a parte de desatracar deveriam funcionar normalmente, era um equipamento que eu mesma testara e conservara. Mesmo assim, percebi que estava preocupada que algo desse errado. Pelo menos era melhor do que pensar em combater minhas próprias oficiais. Ou na falha do escudo de calor.

Ajustei o capacete. Minha respiração soava alta nos meus ouvidos. Mais rápida do que deveria. Forcei-me a reduzir a respiração, aprofundá-la. Hiperventilar não ajudaria. Eu precisava me mover depressa, mas não tão rápido a ponto de cometer algum erro fatal.

Enquanto esperava a comporta de ar terminar seu ciclo, senti minha solidão como uma muralha impenetrável fazendo pressão ao meu redor. Normalmente, a emoção desequilibrada de um só corpo era um problema pequeno e fácil de dispensar. Agora eu tinha *apenas* este único corpo, nada além disso para aplacar minha angústia. O resto de mim estava ali, ao redor, porém inacessível.

Em breve, se tudo desse certo, eu nem sequer estaria por ali, nem teria qualquer ideia de quando me juntaria a elas de novo. Naquele momento eu não podia fazer nada a não ser esperar. E lembrar a sensação da arma na mão de Um Var, minha mão. Eu era Um Esk, mas qual era a diferença? O recuo da arma quando Um Var atirou na tenente Awn. A culpa e a fúria indefesa que haviam tomado conta de mim já haviam diminuído naquele momento, superadas por uma necessidade mais urgente, mas agora eu tinha tempo de lembrar. Minhas três inspirações seguintes foram entrecortadas por soluços. Por um momento, tive a satisfação perversa de estar escondida de mim mesma.

Precisava me acalmar. Tinha que limpar minha mente. Pensei em canções que conhecia. *Meu coração é um peixe*, lembrei, mas, quando abri a boca para cantá-la, a garganta se fechou. Engoli em seco. Respirei fundo. Pensei em outra.

Ah, você foi para o campo de batalha
Com armadura e armamentos?
E algum evento pavoroso
A forçou a largar as armas?

A porta externa se abriu. Se Mianaai não tivesse usado seu dispositivo, oficiais de plantão teriam visto que a comporta fora aberta, teriam notificado a capitã Rubran, atraindo assim a atenção de Mianaai. Mas ela o utilizara, e era impossível que ela soubesse o que eu estava fazendo. Estendi a mão para conseguir um apoio na porta e dei um impulso para fora.

Olhar para o interior de um portal costuma deixar as humanas desconfortáveis. Isso nunca me incomodara antes, mas agora que eu não era nada a não ser um único corpo humano, experimentei a mesma sensação. Preto, mas de um preto que parecia simultaneamente uma profundidade impensável dentro da qual eu poderia cair, *estava* caindo, e um fechamento sufocante prestes a me levar para a inexistência.

Forcei-me a olhar para longe. Ali, do lado de fora, não havia chão, não havia gerador gravitacional para me manter no lugar e me dar noções fixas de cima e baixo. Eu me movia de um ponto de apoio a outro. O que estaria acontecendo atrás de mim, dentro da nave que não era mais meu corpo?

Levei dezessete minutos para chegar a uma nave de transporte, operar sua comporta de emergência e realizar uma desatracação manual. No começo lutei contra o desejo de parar, de olhar para trás, apurar o ouvido para escutar os sons de alguém vindo me deter, independentemente do fato de que eu não poderia ter escutado alguém fora do meu próprio capacete. *É só manutenção*, eu disse a mim mesma. *Só a manutenção fora do casco. Você já fez isso centenas de vezes.*

Se alguém chegasse, eu não poderia fazer nada. Esk fracassaria – *eu* fracassaria. E meu tempo era limitado. Eu poderia não ser detida e ainda fracassar. Não podia pensar em nada disso.

Quando o momento chegou, eu estava pronta. Minha visão estava limitada à proa e à popa, as únicas duas câmeras instaladas na nave de transporte. Enquanto a *Justiça de Toren* recuava na vista de popa, eu começava a ser tomada pela sensação crescente de pânico que, até o momento, eu conseguira conter. O que eu estava fazendo? Para onde estava indo? O que eu poderia de fato conseguir, sozinha e num único corpo, cega, surda e isolada? De que poderia valer desafiar Anaander Mianaai, que havia me criado, que me possuía, que era impossivelmente mais poderosa do que eu jamais seria?

Respirei fundo. Eu voltaria para o Radch e acabaria voltando para a *Justiça de Toren* mesmo que fosse para os últimos momentos de minha vida. Minha cegueira e surdez eram irrelevantes. Só existia a tarefa à minha frente. Não havia nada a fazer a não ser ficar sentada na cadeira da piloto e ver a *Justiça de Toren* ficar cada vez menor e mais distante. Pensar em outra canção.

De acordo com o cronômetro, se eu havia feito tudo da forma exata como deveria, a *Justiça de Toren* desapareceria da minha tela em 4 minutos e 32 segundos. Observei, contando, tentando não pensar em mais nada.

A vista de popa emitiu um brilho azul-esbranquiçado, e segurei o fôlego. Quando a tela clareou, não vi nada a não ser a escuridão – e as estrelas. Eu saíra do meu portal recém-criado.

Eu saíra mais do que quatro minutos cedo demais. E o que fora aquele clarão? Eu deveria ter visto apenas a nave desaparecer, as estrelas de repente saltarem e aparecerem.

Mianaai não tentara tomar o acesso central, nem juntar forças com oficiais nos conveses superiores. No instante em que ela percebeu que eu já fora derrotada por sua inimiga, devia ter resolvido imediatamente assumir o curso mais desesperado ao seu alcance. Ela e as auxiliares Var que lhe serviam tomaram meus motores e romperam o escudo de calor. Como eu escapara e não fora vaporizada junto com o resto da nave, eu não sabia, mas houvera aquele clarão, e eu ainda estava ali.

A *Justiça de Toren* havia sido destruída, e todas a bordo dela também. Eu não estava onde deveria estar, poderia estar a uma distância inalcançável do espaço Radch, ou de qualquer mundo humano. Qualquer possibilidade de me reunir comigo mesma havia desaparecido. A capitã estava morta. Todas as minhas oficiais estavam mortas. A guerra civil se aproximava.

Eu havia executado a tenente Awn.

Nada ficaria bem novamente.

17

Felizmente para mim, eu havia saído do espaço do portal nas cercanias de um planeta distante e não radchaai, uma junção de hábitats e estações de mineração habitados por pessoas com grandes modificações – não eram humanas pelos padrões radchaai, eram pessoas com seis ou oito membros (sem nenhuma garantia de que qualquer um deles seria uma perna), além de pele e pulmões adaptados para o vácuo, cérebros tão mexidos e cruzados com implantes e fios que não se podia dizer com certeza se qualquer uma delas era alguma coisa além de máquinas conscientes com uma interface biológica.

Era um mistério para elas que qualquer pessoa fosse escolher o tipo de forma primitiva com a qual a maioria das humanas que eu conhecia havia nascido. Mas elas valorizavam seu isolamento, e era uma característica cara à sua sociedade o fato de que, com algumas exceções (a maioria das quais elas na verdade não admitiam existir), não se pedia nada para uma pessoa que ela não oferecesse voluntariamente. Elas me viram com uma combinação de espanto e leve desprezo, e me trataram como se eu fosse uma criança que entrara sem querer no seu meio, como se elas precisassem ficar um pouco de olho em mim até que minhas responsáveis me encontrassem, mas sem se responsabilizarem de verdade por mim.

Se alguma delas tinha adivinhado minha origem – e com certeza tinham, bastava ver minha nave auxiliar –, não disseram, e ninguém me pressionou em busca de respostas, algo que elas teriam achado incrivelmente rude. Elas eram silenciosas, fechadas em clãs, reservadas, mas também eram bruscamente generosas em intervalos imprevisíveis. Eu ainda estaria lá, ou morta, se não fosse por isso.

Passei seis meses tentando entender como fazer qualquer coisa – não só como transmitir minha mensagem para a Senhora do Radch, mas como caminhar, respirar, dormir e comer como eu mesma. Como uma *eu mesma* que era apenas um fragmento do que eu havia sido, sem futuro concebível além de desejar o que não existia mais. Então, um dia, uma nave humana chegou, e a capitã ficou feliz de me levar a bordo em troca do pouco dinheiro que eu conseguira sucateando a nave de transporte, a qual acumulara impostos de docas que eu não poderia pagar. Descobri mais tarde que uma pessoa de quatro metros de altura, com tentáculos parecidos com enguias, pagara meus impostos sem me contar, porque, de acordo com o que ela disse à capitã, aquele não era meu lugar e seria mais saudável se eu saísse de lá. Gente estranha, como eu disse, e lhes devo muita coisa; embora elas fossem se ofender com o fato de alguém achar que devia algo a elas.

Nos 19 anos que se passaram desde então, eu aprendi 11 idiomas e 713 canções. Encontrei maneiras de esconder o que eu era; escondi até mesmo, tive bastante certeza, da própria Senhora do Radch. Trabalhei como cozinheira, zeladora, piloto. Tracei um plano de ação. Entrei para uma ordem religiosa e ganhei muito dinheiro. Em todo esse tempo, só matei uma dezena de pessoas.

Quando acordei na manhã seguinte, o impulso de contar qualquer coisa a Seivarden havia passado, e ela parecia ter esquecido suas perguntas. Menos uma.

– Então, para onde agora? – perguntou casualmente, sentada no banco ao lado da minha cama, encostada contra a parede como se estivesse apenas um pouco curiosa quanto à resposta.

Quando a ouviu, talvez tenha decidido que preferia estar sozinha.

– Palácio de Omaugh.

Ela franziu a testa bem de leve.

– Esse é novo?

– Não particularmente. – Ele fora construído setecentos anos antes. – Mas mais recente que Garsedd, sim. – Meu tornozelo direito começou a formigar e coçar, um sinal certeiro de que o corretor estava acabando. – Você deixou o espaço radchaai sem autorização. E vendeu sua armadura para fazer isso.

– Circunstâncias extraordinárias – argumentou ela, ainda encostada. – Vou apelar.

– De qualquer maneira, isso vai atrasar você. – Qualquer cidadã que quisesse ver a Senhora do Radch poderia fazer uma solicitação, embora, quanto mais distante a pessoa estivesse de um palácio provinciano, mais cara, complicada e longa a viagem seria. Às vezes as solicitações eram recusadas quando a distância era grande e a causa era julgada sem esperança ou fútil; e quem fazia a petição era incapaz de pagar sozinha. Mas Anaander Mianaai era a apelação final para quase qualquer questão, e aquele caso certamente não era rotina. E ela estaria bem lá na estação. – Você vai esperar meses por uma audiência.

Seivarden fez um gesto demostrando sua despreocupação.

– O que você vai fazer lá?

Tentar matar Anaander Mianaai. Mas eu não podia dizer isso.

– Ver a paisagem. Comprar algumas lembranças. Quem sabe tentar encontrar a Senhora do Radch.

Ela ergueu uma sobrancelha. Então olhou pra minha mochila. Ela sabia da arma, e era claro que entendia como era perigosa. Ela ainda achava que eu era uma agente do Radch.

– Disfarçada o tempo todo? E quando você entregar isso – ela apontou na direção da minha mochila – à Senhora do Radch, o que vai acontecer?

– Não sei. – Fechei os olhos. Eu não podia ver além de chegar ao Palácio de Omaugh, não tinha sequer a mais remota ideia do que fazer depois disso, como poderia chegar perto o bastante de Anaander Mianaai para usar a arma.

260

Não. Não era verdade. O começo de um plano começara a surgir para mim naquele momento, mas era terrivelmente pouco prático, por depender da discrição e do apoio de Seivarden.

Ela tinha construído sua própria ideia do que eu estava fazendo e do motivo por que eu voltaria ao Radch desempenhando o papel de uma turista estrangeira. E de por que eu me reportaria diretamente a Anaander Mianaai em vez de a uma oficial de Missões Especiais. Eu podia usar isso.

– Vou com você – disse Seivarden e, como se tivesse adivinhado meus pensamentos, acrescentou: – E você pode ir à minha apelação e falar em meu nome.

Não confiei o bastante em mim para responder. Agulhas viajavam pela minha perna direita, a partir das mãos, braços, ombros e perna esquerda. Uma leve dor começou no meu quadril direito. Algo não havia se curado direito.

– Não é como se eu já não soubesse o que está acontecendo – disse Seivarden.

– Então, quando você roubar de mim, quebrar suas pernas não será o bastante. Vou ter que matar você. – Meus olhos continuavam fechados, não pude ver a reação dela. Ela bem poderia entender isso como uma piada.

– Não vou roubar – ela respondeu. – Você vai ver.

Passei mais dias em Therrod me recuperando até a médica me dar alta. Durante todo esse tempo, e depois ao longo de todo o caminho fita acima, Seivarden foi educada e cortês.

Isso me preocupou. Eu guardara dinheiro e pertences no alto da fita de Nilt, e precisaria resgatar tudo antes de partirmos. Tudo estava empacotado, então eu podia fazer isso sem Seivarden ver muito mais do que duas caixas, mas eu não tinha ilusões de que ela não tentaria abri-las na primeira oportunidade.

Pelo menos eu tinha dinheiro novamente. E talvez essa fosse a solução do problema.

Ocupei um quarto na estação da fita, deixei Seivarden ali com instruções para aguardar e fui recuperar minhas coisas. Quando voltei ela estava sentada na pequena cama – sem lençóis nem cobertores, isso costumava custar a mais ali –, inquieta. Ela balançava um joelho, esfregava os braços com as mãos nuas; eu vendera nossos casacos pesados externos e as luvas no fim da fita. Ela parou quando entrei e olhou pra mim com expectativa, mas não disse nada.

Joguei no seu colo uma sacola que fez um chocalhar quando pousou.

Seivarden olhou para ela franzindo a testa e depois voltou o olhar para mim, sem se mover para tocar a sacola nem reclamá-la para si de nenhuma maneira.

– O que é isto?

– Dez mil shen – respondi. Era a moeda mais fácil de negociar naquela região, em chits mais transportáveis (e fáceis de gastar). Dez mil comprariam muita coisa ali. Comprariam passagem para outro sistema, com dinheiro de sobra para ela se fartar por várias semanas.

– Isso é muito?

– É.

Ela abriu um pouco mais os olhos, e por meio segundo vi um tom calculista em sua expressão.

Estava na hora de ser direta.

– O quarto está pago pelos próximos dez dias. Depois disso... – Fiz um gesto para a sacola no seu colo. – Isso deve durar um tempo para você. Mais ainda se estiver falando sério sobre ficar longe do kef.

Mas aquele olhar, quando ela percebeu que tinha acesso a dinheiro, me fez ter certeza de que ela não estava falando sério. Não de verdade.

Durante seis segundos, Seivarden olhou para a sacola em seu colo.

– Não. – Ela ergueu a sacola desajeitadamente entre polegar e indicador, como se fosse um rato morto, e a deixou cair no chão. – Eu vou com você.

Não respondi, apenas a encarei. O silêncio se estendeu.

Finalmente ela desviou o olhar e cruzou os braços.

– Não tem chá?

– Não do tipo com que você está acostumada.

– Não ligo.

Bem. Eu não queria deixá-la sozinha ali com meu dinheiro e posses.

– Então venha.

Deixamos o quarto, encontramos uma loja no corredor principal que vendia coisas para dar sabor à água quente. Seivarden cheirou uma das marcas em oferta e torceu o nariz.

– Isto é *chá*?

A proprietária da loja nos observava pelo canto do olho, sem querer demonstrar que nos observava.

– Eu falei que não era do tipo com que você está acostumada. Você disse que não ligava.

Ela pensou nisso por um momento. Para minha profunda surpresa, em vez de discutir, ou reclamar mais sobre a natureza insatisfatória do chá em questão, ela perguntou, com calma:

– O que você recomenda?

Fiz um gesto de incerteza.

– Não tenho o hábito de tomar chá.

– Não tem... – Ela me encarou. – Ah. Não se toma chá no Gerentato?

– Não do jeito que vocês tomam. – E, claro, chá era para oficiais. Para humanas. Ancilares bebiam água. Chá era uma despesa extra e desnecessária. Um luxo. Então eu nunca desenvolvi o hábito. Virei-me para a proprietária, uma niltana, baixa, branca e gorda, usando mangas curtas embora a temperatura ali fosse de constantes 4 °C e Seivarden e eu ainda usássemos nossos casacos internos.

– Quais desses têm cafeína?

Ela respondeu, de modo agradável, e se tornou ainda mais agradável quando comprei não só 250 gramas de dois tipos de chá mas também um frasco com duas xícaras e duas garrafas, juntamente com água para preenchê-los.

Seivarden carregou tudo de volta ao nosso alojamento, caminhando ao meu lado sem dizer nada. No quarto, ela depositou nossas compras na cama, sentou-se ao lado delas e apanhou o frasco, encarando intrigada o desenho estranho.

Eu poderia ter mostrado a ela como funcionava, mas decidi não fazê-lo. Em vez disso, abri minha bagagem recém-recuperada e tirei de dentro um disco dourado grosso com três centímetros a mais de diâmetro do que aquele que carregava comigo, e uma tigela pequena e rasa de ouro, de oito centímetros de diâmetro. Fechei o baú, depositei a tigela em cima dele e acionei a imagem do disco.

Seivarden levantou a cabeça para vê-la se desdobrar numa ampla e achatada flor de madrepérola, com uma mulher em pé no centro. Ela usava um manto até a altura dos joelhos do mesmo branco iridescente, com bordados em ouro e prata. Numa das mãos ela segurava um crânio humano, incrustado de joias vermelhas, azuis e amarelas, e na outra mão uma faca.

– Essa é igual à outra – disse Seivarden, parecendo interessada de leve. – Mas não parece tanto assim com você.

– É verdade – respondi, e me sentei de pernas cruzadas diante do baú.

– É uma deusa do Gerentato?

– É uma deusa que conheci nas minhas viagens.

Seivarden soltou o ar com um ruído baixo e neutro.

– Qual é o nome dela?

Pronunciei a longa corrente de sílabas, o que deixou Seivarden impressionada.

– Significa "aquela que saltou de dentro do lírio". Ela é a criadora do universo.

Isso faria dela Amaat, em termos radchaai.

– Ah – disse Seivarden, num tom que eu sabia significar que ela fizera essa equação, tornando mais familiar a deusa estranha e a trazendo em segurança para dentro de sua estrutura mental. – E a outra?

– Uma santa.

– Que coisa notável, ela se parece tanto com você.

– É verdade. Embora ela não seja a santa. É a cabeça que ela está segurando.

Seivarden piscou várias vezes, e franziu a testa. Era um gesto muito pouco radchaai.

– Mesmo assim.

Nada era apenas uma coincidência, não para as radchaai. Acasos tão estranhos podiam enviar (e de fato enviavam) radchaai em peregrinação, as motivava a adorar deusas particulares, mudar hábitos arraigados. Eram mensagens diretas de Amaat.

– Vou rezar agora – anunciei.

Com uma das mãos, Seivarden fez um gesto de concordância. Desdobrei uma pequena faca, espetei o polegar e sangrei dentro da tigela de ouro. Não vi a reação de Seivarden. Nenhuma deusa radchaai aceitava sangue, e eu não havia me preocupado em lavar as mãos antes. Isso faria com que as radchaai erguessem as sobrancelhas e registrassem o ato como estrangeiro e até mesmo primitivo.

Mas Seivarden não disse nada. Ela ficou sentada em silêncio por 31 segundos enquanto eu entoava o primeiro dos 322 nomes da Centena do Lírio Branco, e depois voltou sua atenção para o frasco e foi fazer chá.

Seivarden havia dito que resistira seis meses em sua última tentativa de desistir do kef. Levamos sete meses para chegar a uma estação com um consulado radchaai. Enquanto nos aproximávamos da primeira etapa da jornada, eu dissera à comissária, ao alcance dos ouvidos de Seivarden, que queria passagem para mim e minha serva. Ela não havia reagido, até onde pude ver. Talvez não tivesse entendido. Mas eu esperara uma recriminação mais ou menos zangada, em particular quando descobrisse seu status, e ela nunca mencionou isso. E a partir daí eu sempre encontrava chá já feito e esperando por mim ao acordar.

Ela também estragou duas camisas tentando lavá-las, deixando-me com uma única vestimenta por um mês inteiro até atracarmos na estação seguinte. A capitã da nave (ela era ki, alta e coberta por cicatrizes rituais) deu a entender de forma oblíqua que ela e toda a sua tripulação achavam que eu aceitara Seivarden como caridade. O que não estava muito longe da verdade. Não contestei. Mas Seivarden melhorou, e três meses depois, na próxima nave, uma colega passageira tentou contratá-la para tirá-la de mim.

O que não quer dizer que ela, de um momento para o outro, tivesse se tornado uma pessoa diferente, ou inteiramente submissa. Em alguns dias ela ficava irritada quando falava comigo, sem motivo aparente, ou passava horas enroscada em sua cama, o rosto voltado para a parede, só levantando para suas tarefas autoimpostas. Nas primeiras vezes que falei com ela quando estava nesse humor, só recebi silêncio como resposta, e depois disso passei a deixá-la sozinha.

O consulado radchaai era ocupado pelo Escritório de Tradução, e o impecável uniforme branco da agente consular, incluindo luvas branquíssimas, demonstrava que ela tinha uma serva ou que passava grande parte de seu tempo livre tentando dar essa impressão. Os fios de joias de excelente gosto, e de aspecto caro, trançados em seus cabelos e os nomes nos broches memoriais que reluziam por toda parte na jaqueta branca, bem como o leve desdém em sua voz quando ela falou comigo, gritavam *serva*. Embora provavelmente ela tivesse apenas uma, afinal aquele era um posto fora da rota mais usada.

– Como uma não cidadã visitante, seus direitos legais estão restritos. – Estava claro que era um discurso decorado. – Você precisa depositar no mínimo o equivalente a... – Dedos estremeceram enquanto ela checava a taxa de câmbio. – ... 500 shen por cada semana de sua visita, por pessoa. Se seus alojamentos, alimentação e qualquer compra, multa ou danos excederem o valor depositado e você não puder pagar o balanço, será legalmente obrigada a assumir uma missão até o pagamento da dívida. Como não cidadã, seu direito de apelar em qualquer julgamento ou missão é limitado. Ainda deseja entrar no espaço Radch?

– Desejo – respondi, e depositei chits de 2 milhões de shen na pequena mesa entre nós.

O desdém dela desapareceu. Ela se sentou um pouco mais ereta e me ofereceu chá, fazendo um gesto leve, dedos estremecendo mais uma vez enquanto se comunicava com mais alguém. Era sua serva, acabei descobrindo, que, com ar ligeiramente preocupado, trouxe chá num frasco elaboradamente esmaltado e tigelas que combinavam.

Enquanto ela servia o chá, saquei minhas credenciais forjadas do Gerentato e também as coloquei sobre a mesa.

– Você também deve fornecer identificação para sua serva, honorável – disse a agente consular, agora com muita educação.

– Minha serva é uma cidadã radchaai – respondi, sorrindo levemente, a fim de tirar a tensão do que seria um momento estranho. – Mas ela perdeu sua identificação e permissões de viagem.

A agente consular parou, tentando processar essa informação.

– Honorável Breq – disse Seivarden, em pé atrás de mim, num radchaai antiquado e naturalmente elegante – foi generosa o bastante para me empregar e pagar minha passagem de volta para casa.

Isso não foi tão eficiente quanto Seivarden tinha desejado; a paralisia atônita da agente consular não diminuiu muito. Aquele sotaque não soava como o de uma serva, quanto mais de uma não cidadã. E ela não oferecera a Seivarden um assento ou chá, achando que ela era insignificante demais para tais cortesias.

– Com certeza você pode consultar informações genéticas – sugeri.

– Sim, claro – respondeu a agente consular com um sorriso ensolarado. – Embora seu pedido de visto vá quase certamente ser aprovado antes que as permissões da cidadã...

– Seivarden – forneci a informação.

– ... antes que as permissões de viagem da cidadã Seivarden sejam fornecidas. Dependendo de seu local de partida e de onde seus registros estiverem.

– É claro – respondi, e provei meu chá. – É de se esperar.

*   *   *

Ao sairmos, Seivarden me disse, baixinho:

– Mas que esnobe. O chá era de verdade?

– Era. – Esperei que ela reclamasse sobre não ter tomado, mas ela não disse mais nada. – Estava muito bom. O que você vai fazer se uma ordem de prisão aparecer no lugar de permissões de viagem?

Ela fez um gesto de negação.

– Por que elas fariam isso? Já estou pedindo para voltar, podem me prender quando eu chegar lá. E vou apelar. Você acha que a cônsul manda trazer aquele chá de casa, ou será que alguém por aqui vende?

– Pode ir descobrir, se quiser. Vou voltar ao quarto para meditar.

A serva da agente consular deu meio quilo de chá para Seivarden, parecendo grata pela oportunidade de compensar o deslize não intencional que sua empregadora cometera mais cedo. E quando meu visto chegou, vieram também as permissões de viagem para Seivarden, sem nenhuma ordem de prisão nem qualquer comentário ou informação adicionais.

Isso me preocupou, ainda que pouco. Mas Seivarden devia ter razão: por que fazer outra coisa? Quando ela saísse da nave haveria tempo e oportunidade suficientes para resolver seus problemas jurídicos.

Mesmo assim. Era possível que as autoridades do Radch tivessem percebido que eu não era de onde dizia ser. O Gerentato ficava muito, muito longe do lugar para onde eu estava indo e, apesar de relações muito amigáveis (ou, pelo menos, não abertamente antagonistas) entre o Gerentato e o Radch, era provável que elas não fornecessem nenhuma informação sobre seus residentes. Não para o Radch. Se o Radch perguntasse – e não perguntaria –, o Gerentato não confirmaria nem negaria que eu era uma de suas cidadãs. Se eu estivesse partindo do Gerentato para o espaço radchaai eu teria recebido inúmeros avisos de que viajava por minha conta e risco e de que não receberia assistência em caso de dificuldades. Mas as oficiais radchaai lidavam com viajantes estrangeiras que sabiam disso e estariam preparadas para aceitar minha identificação sem grandes questionamentos.

Os treze palácios de Anaander Mianaai eram as capitais de suas províncias. Estações do tamanho de metrópoles: uma mistura de palácios reais e grandes estações radchaai, com uma IA residente. Cada palácio em si era a residência de Anaander Mianaai, e a sede da administração da província. O Palácio Omaugh não seria nenhum buraco escondido. Uma dúzia de portais levavam a seu sistema, e centenas de naves iam e vinham todos os dias. Seivarden seria uma de milhares de cidadãs buscando audiência, ou fazendo um apelo em algum caso jurídico. Mas era certamente um caso de destaque – nenhuma das outras cidadãs estava voltando de mil anos em suspensão.

Passei os meses de viagem pensando no que eu queria fazer a esse respeito. Como usar isso. Como contrabalançar as desvantagens ou virá-las a meu favor. E imaginando o que eu esperava conseguir.

Para mim, é difícil saber o quanto de mim mesma eu me lembro. O quanto eu poderia ter sabido e que escondera de mim mesma por toda a vida. Vamos pegar como exemplo aquela última ordem, a instrução que eu-*Justiça de Toren* dera ao eu-Um Esk Dezenove. "Vá ao Palácio Irei, encontre Anaander Mianaai e diga a ela o que aconteceu." O que eu quisera dizer com isso? Tirando o óbvio, o puro fato de que eu queria levar a mensagem para a Senhora do Radch?

Por que isso fora tão importante? Porque sim. Não fora um pensamento posterior, fora uma necessidade urgente. Na época pareceu óbvio. *Claro* que eu precisava levar a mensagem, claro que eu precisava avisar a Anaander correta.

Eu seguiria minhas ordens. Mas no tempo que passei me recuperando de minha própria morte, o tempo que passei atravessando o espaço Radch, decidi que também faria outra coisa. Eu desafiaria a Senhora do Radch. E talvez meu desafio não valesse de nada, seria um gesto fútil que ela mal notaria.

A verdade era que Strigan tinha razão. Meu desejo de matar Anaander Mianaai não era razoável. Qualquer tentativa de fazer isso seria loucura. Mesmo com uma arma que eu podia levar até a Senhora do Radch sem que ela soubesse, uma arma que eu poderia escolher quando revelar; mesmo com isso, tudo o que eu poderia esperar como resultado era um grito desafiador patético, que desapareceria assim que fosse proferido e seria facilmente desconsiderado. Nada que pudesse fazer alguma diferença.

Mas. Todas aquelas manobras secretas contra si mesma. Decerto feitas para evitar um conflito aberto, para evitar danificar demais o Radch. Talvez para evitar fraturar demais a convicção de Anaander Mianaai de que ela era unitária, uma pessoa. Assim que o dilema tivesse sido exposto com clareza, ela poderia fingir que as coisas eram diferentes?

E se havia agora duas Anaander Mianaai, será que não poderia haver mais? Uma parte, talvez, que não soubesse nada sobre os lados conflitantes de si mesma? Ou que tivesse dito a si mesma que não sabia? O que aconteceria se eu falasse aquilo que a Senhora do Radch estava escondendo de si mesma? Era algo complicado, com certeza, ou ela não teria tido tanto trabalho para esconder-se de si mesma. Assim que a coisa fosse descoberta e conhecida por todas, como ela poderia deixar de destruir a si mesma?

Mas como eu poderia dizer algo diretamente para Anaander Mianaai? Se eu conseguisse chegar ao Palácio Omaugh, se conseguisse deixar a nave e entrar na estação, se eu conseguisse fazer isso, então poderia chegar ao meio da passarela principal e gritar minha história em alto e bom som para que todas ouvissem.

Eu poderia começar a fazer isso, mas nunca chegaria ao fim. A segurança viria em minha direção, talvez até soldados, e o noticiário daquele dia informaria que uma viajante perdera a cabeça na passarela e a segurança havia lidado com a situação. Cidadãs balançariam a cabeça e resmungariam sobre estrangeiras não civilizadas, e depois esqueceriam tudo a meu respeito. E fosse qual fosse a parte da Senhora do Radch que me notasse primeiro, poderia sem dúvida me julgar como perturbada e louca, ou pelo menos convencer as diversas outras partes de si mesma de que eu era isso.

Não, eu precisava de toda a atenção de Anaander Mianaai quando dissesse o que tinha que dizer. Como conseguir isso era um problema que havia me preocupado por quase vinte anos. Eu sabia que seria mais difícil ignorar alguém cujo desaparecimento seria notado. Eu poderia visitar a estação e tentar ser vista, me tornar familiar, para que nenhuma parte de Anaander conseguisse simplesmente se livrar de mim sem comentários. Mas não achava que fosse suficiente forçar a Senhora do Radch, todas as partes da Senhora do Radch, a me ouvir.

Mas Seivarden. A capitã Seivarden Vendaai, perdida havia mil anos, encontrada por acaso, perdida novamente. Aparecendo agora no Palácio Omaugh. Qualquer radchaai ficaria curiosa a esse respeito, com uma curiosidade que traria consigo uma carga religiosa. E Anaander Mianaai era radchaai. Talvez a mais radchaai de todas. Ela não poderia deixar de notar que eu tinha voltado em companhia de Seivarden. Como qualquer outra cidadã, ela se perguntaria, mesmo que apenas no fundo, o que isso poderia significar, se é que significava algo. E, sendo ela quem era, mesmo um fundo de preocupação já era muita coisa.

Seivarden pediria uma audiência. E no fim das contas a receberia. E essa audiência teria toda a atenção de Anaander; nenhuma parte dela ignoraria tal evento.

E Seivarden com certeza teria a atenção da Senhora do Radch a partir do momento em que saíssemos da nave. E, chegando na companhia de Seivarden, eu também. Tremendamente arriscado. Eu poderia não ter escondido minha natureza bem o bastante, poderia ser reconhecida pelo que era. Mas estava disposta a tentar.

Fiquei sentada na cama, esperando permissão de desembarcar da nave no Palácio Omaugh, a mochila aos meus pés, Seivarden encostada de forma negligente na parede à minha frente, entediada.

– Algo está incomodando você – observou Seivarden casualmente. Eu não respondi, e ela continuou: – Você sempre cantarola essa melodia quando está preocupada.

Meu coração é um peixe, oculto na grama da água. Eu estivera pensando em todas as formas nas quais as coisas podiam dar errado, a começar agora, a começar pelo momento em que eu saísse da nave e confrontasse as inspetoras da doca. Ou a segurança da estação. Ou pior. Pensando em como tudo o que eu fizera não valeria de nada se eu fosse presa antes mesmo de conseguir deixar as docas.

E eu estava pensando na tenente Awn.

– Sou tão transparente assim? – Forcei um sorriso, como se estivesse achando um pouco de graça.

– Transparente não. Não exatamente. Apenas... – Ela hesitou. Franziu a testa de leve, como se de repente tivesse se arrependido do que dissera. – Reparei em alguns de seus hábitos, é só isso. – Suspirou. – As inspetoras da doca estão tomando chá? Ou apenas esperando até envelhecermos o suficiente?

Não podíamos sair da nave sem a permissão do Escritório da Inspetora. Ela teria recebido nossas credenciais quando a nave solicitou permissão para atracar, e quando chegássemos teria muito tempo para olhá-las e decidir o que fazer.

Ainda encostada no anteparo, Seivarden fechou os olhos e começou a cantarolar. Hesitante, o timbre caindo ou subindo em alternância enquanto ela errava os intervalos. Mas ainda era reconhecível. *Meu coração é um peixe.*

– Pelas tetas de Aatr – xingou depois de um verso e meio, olhos ainda fechados. – Agora você me fez cantar também.

A campainha da porta soou.

– Entre – falei.

Seivarden abriu os olhos e se sentou com as costas muito retas. Subitamente tensa. O tédio havia sido apenas pose, eu suspeitava.

A porta se abriu para revelar uma pessoa vestindo jaqueta azul-escura, luvas e calças de uma inspetora da doca. Ela era magra e jovem, talvez 23 ou 24 anos. Parecia familiar, embora eu não conseguisse identificar quem ela me fazia lembrar. Suas joias e broches comemorativos, dispostos de forma mais espaçada do que o costume, poderiam me dar a resposta, se eu olhasse perto o bastante para ver o que estava escrito. Isso seria grosseiro. Do outro lado, Seivarden levou as mãos às costas.

– Honorável Breq – disse a inspetora adjunta, com uma ligeira mesura. Ela não parecia incomodada com minhas mãos nuas. Acostumada a lidar com estrangeiras, eu supus. – Cidadã Seivarden. Vocês fariam o favor de me acompanhar até o escritório da inspetora supervisora?

E não deveria haver necessidade de visitar a inspetora supervisora. Essa adjunta poderia nos fazer passar pela estação com sua própria autoridade. Ou ordenar nossa prisão.

Fomos atrás dela, passando pela comporta que dava no convés de carregamento e ainda por outra até um corredor cheio de gente: inspetoras de doca em azul-escuro, seguranças da estação em marrom-claro, aqui e ali o marrom mais escuro de soldados, e pontos de cores mais vivas, um grupo disperso de cidadãs não uniformizadas. Esse corredor se abriu para uma sala mais ampla, com uma dezena de deusas ao longo das paredes para velar por viajantes e comerciantes. Numa extremidade ficava a entrada para a estação em si e, na outra, a porta para o escritório da inspetora.

A adjunta nos escoltou pelo escritório externo, onde nove adjuntas juniores de uniforme azul lidavam com capitãs de nave que faziam reclamações, e para além delas ficavam os escritórios que deviam pertencer a uma dezena de adjuntas superiores e suas equipes. Passamos por elas e entramos no escritório central, com quatro cadeiras e uma mesinha, e uma porta aos fundos, fechada.

– Lamento, cid... honorável, e cidadã – disse a adjunta que havia nos levado até ali, os dedos estremecendo enquanto se comunicava com alguém, provavelmente a IA da estação ou a própria supervisora. – A inspetora supervisora *estava* disponível, mas aconteceu uma coisa. Com certeza não vai levar mais que alguns minutos. Por favor, sentem-se. Querem chá?

Então seria uma espera razoavelmente longa. E a cortesia do chá implicava que aquilo não era uma prisão. Que ninguém havia descoberto que minhas credenciais eram forjadas. Todas ali, incluindo a Estação, supunham que eu era o que disse ser: uma viajante estrangeira. E eu poderia ter a chance de descobrir quem essa jovem supervisora adjunta me lembrava. Agora que ela estava falando um pouco mais, reparei num sotaque leve. De onde ela era?

– Sim, obrigada – respondi.

Seivarden não respondeu de imediato à oferta de chá. Os braços estavam cruzados, as mãos escondidas atrás dos cotovelos. Ela provavelmente queria o chá, mas estava com vergonha das mãos sem luvas, não poderia ocultá-las se segurasse uma tigela. Ou era o que eu pensava, até que ela disse:

– Não consigo entender uma palavra do que ela está dizendo.

O sotaque de Seivarden e sua maneira de falar seriam familiares para a maioria das radchaai cultas, devido a velhas formas de entretenimento e à maneira como a fala de Anaander Mianaai era amplamente emulada por famílias de prestígio (ou que tinham esperança de possuir esse prestígio). Eu não imaginara que as mudanças na pronúncia e no vocabulário seriam tão radicais. Mas eu vivenciara todas elas, e o ouvido de Seivarden para idiomas nunca fora dos mais aguçados.

– Ela está oferecendo chá.

– Ah. – Seivarden lançou um olhar breve para seus braços cruzados. – Não.

Eu aceitei o chá que a adjunta serviu de um frasco em cima da mesa, agradeci e me sentei. O escritório fora pintado de verde-claro e os ladrilhos do chão provavelmente haviam sido projetados para parecerem de madeira, e poderiam até ter conseguido se a designer já tivesse visto, pelo menos uma vez na vida, algo que não fosse imitação de imitações. Na parede atrás da jovem adjunta havia um nicho com um ícone de Amaat e uma pequena tigela com flores de um laranja vivo e pétalas bagunçadas. Além disso, uma pequena cópia de bronze da encosta do templo de Ikkt. Eu sabia que peças assim eram vendidas na praça em frente à água do Pré-Templo, durante a temporada de peregrinação.

Voltei a olhar para a adjunta. Quem era ela? Alguém que eu conhecia? Parente de alguém que eu havia conhecido?

– Você está cantarolando de novo – disse Seivarden baixinho.

– Desculpe. – Tomei um gole de chá. – É um hábito que tenho. Peço desculpas.

– Não precisa – disse a adjunta, e se sentou em sua cadeira, perto da mesa. Aquele era claramente seu próprio escritório, o que fazia dela a assistente direta da inspetora supervisora; um lugar incomum para alguém tão jovem. – Não ouço essa canção desde criança.

Seivarden piscou várias vezes, sem entender. E se tivesse entendido, provavelmente teria sorrido. Uma radchaai podia viver quase duzentos anos. Aquela inspetora adjunta, que devia ser juridicamente adulta havia uma década, ainda era incrivelmente jovem.

– Conheci uma pessoa que cantava o tempo todo – continuou a adjunta.

Eu a conhecia. Talvez tivesse comprado canções dela. Ela devia ter quatro ou cinco anos quando deixei Ors. Talvez um pouco mais velha, se ela se lembrava de mim com clareza.

A inspetora supervisora atrás daquela porta devia ser alguém que passara algum tempo em Shis'urna; muito provavelmente em Ors. O que eu sabia sobre a pessoa que substituíra a tenente Awn na administração? Qual era a probabilidade de ela ter dado baixa de seu cargo militar e assumido um posto de inspetora de doca? Isso não era tão incomum.

Quem quer que fosse a inspetora supervisora, ela tinha dinheiro e influência suficientes para trazer aquela adjunta de Ors. Quis perguntar à jovem o nome de sua patrona, mas isso seria de uma grosseria impensável.

– Me disseram – falei com a intenção de soar levemente curiosa, e aumentando meu sotaque do Gerentato, só um pouco – que as joias que vocês, radchaai, usam têm alguma espécie de significado.

Seivarden me lançou um olhar intrigado. A adjunta apenas sorriu.

– Algumas. – Seu sotaque orsiano, agora que eu o identificara, era claro e óbvio. – Esta aqui, por exemplo... – Ela enfiou um dedo enluvado sob um penduricalho cor de ouro perto do ombro esquerdo. – É um memorial.

– Posso ver mais de perto? – perguntei, e ao receber permissão movi a cadeira para a frente e me curvei para ler, gravado no metal simples, um nome em radchaai que não reconheci. Provavelmente não era para lembrar uma orsiana; eu não podia imaginar ninguém na cidade baixa adotando práticas funerárias radchaai, ou pelo menos não alguém velho o bastante para ter morrido desde que eu as vira pela última vez.

Perto do broche, em seu colarinho, havia um pequeno broche de flor, cada pétala esmaltada com o símbolo de uma Emanação. Uma data estava gravada no centro da flor. Aquela jovem segura de si fora a pequena e apavorada portadora das flores quando Anaander Mianaai atuara como sacerdotisa na casa da tenente Awn vinte anos antes.

Não há coincidências, não para uma radchaai. Agora eu tinha certeza de que, quando fôssemos admitidas à presença da inspetora supervisora, eu encontraria a substituta da tenente Awn em Ors. Aquela inspetora adjunta era, talvez, cliente dela.

– São feitos para funerais – dizia a adjunta, ainda falando de broches com homenagens póstumas. – Família e amigos íntimos os usam. – E era possível identificar, pelo estilo e preço da peça, a posição da pessoa morta na sociedade radchaai, e por dedução qual a posição da pessoa que a usava. Mas a adjunta (cujo nome, eu sabia, era Daos Ceit) não mencionou isso.

Perguntei-me então o que Seivarden pensaria – havia pensado – das mudanças na moda desde Garsedd, da maneira como tais sinais haviam mudado ou permanecido. As pessoas ainda usavam símbolos e lembranças herdados, testemunhos das conexões sociais e dos valores de seus ancestrais em gerações anteriores. Na maioria das vezes, era tudo a mesma coisa, só que "em gerações anteriores" queria dizer Garsedd. Alguns símbolos que haviam sido insignificantes antes possuíam valor agora, e outros que eram imensamente valorizados na época agora não significavam nada. E os significados das cores e dos tipos de gemas em voga nos últimos cem anos não teriam o menor sentido para Seivarden.

A inspetora adjunta Ceit tinha três amigas íntimas, e todas as três possuíam rendas e posições semelhantes à dela, a julgar pelos presentes que trocaram. Eram duas amantes íntimas o suficiente para trocar símbolos, mas não o suficiente para ser consideradas muito sérias. Nenhum fio de joias, nenhum bracelete (mas, é claro, se ela realmente trabalhasse inspecionando cargas ou sistemas de naves, essas coisa poderiam atrapalhar) e nenhum anel sobre as luvas.

Agora eu podia olhar diretamente para ela sem parecer mal educada, e ali, no outro ombro, eu vi com clareza, estava o símbolo que eu procurava. Eu o havia confundido com algo menos impressionante, e à primeira vista confundira a platina com prata e sua pérola com vidro, sinal de um presente de uma irmã; as modas atuais me confundiam. Aquilo não era nada barato, nada casual. Mas não era um símbolo de clientela, embora o metal e a pérola sugerissem uma associação com uma casa em particular. Uma casa velha o suficiente para que Seivarden pudesse tê-la reconhecido de imediato. E possivelmente reconhecera.

A inspetora adjunta Ceit se levantou.

– A inspetora supervisora está disponível agora – disse ela. – Peço desculpas pela demora.

Ela abriu a porta e fez um gesto para que passássemos.

No escritório, em pé para nos cumprimentar, vinte anos mais velha e um pouco mais corpulenta que da última vez que eu a vira, estava a pessoa que tinha dado aquele broche, a tenente – não, a inspetora supervisora Skaaiat Awer.

18

Era impossível que a tenente Skaaiat me reconhecesse. Ela se curvou, sem saber que eu a conhecia. Era estranho vê-la em azul-escuro, e tão mais sóbria, mais séria do que quando a conheci em Ors.

Uma inspetora supervisora numa estação tão ocupada quanto aquela provavelmente nunca colocava os pés nas naves que suas subordinadas inspecionavam, mas a inspetora supervisora Skaaiat usava quase tão poucas joias quanto sua assistente. Um longo fio de joias verdes e azuis dava a volta pelo ombro até o quadril oposto, e uma pedra vermelha pendia de cada orelha, mas, tirando isso, uma disposição semelhante (embora obviamente mais cara) de amigas, amantes e parentes mortas decorava a jaqueta de seu uniforme. Um único símbolo dourado pendia do punho de sua manga direita, logo ao lado do fim da luva; pelo lugar em que estava colocado, era algo que ela queria que fosse lembrado, tanto por ela como por qualquer outra pessoa. Parecia barato, feito à máquina. Não era o tipo de coisa que ela usaria.

Ela fez uma mesura.

– Cidadã Seivarden. Honorável Breq. Por favor, sentem-se. Querem chá? – Ainda elegante sem fazer esforço, mesmo depois de vinte anos.

– Sua assistente já me ofereceu chá, obrigada, inspetora supervisora – respondi.

A inspetora supervisora Skaaiat olhou por um momento para mim e depois para Seivarden, um pouco surpresa, pensei. Ela estava se dirigindo primeiramente a Seivarden, que ela julgava ser a pessoa mais importante entre nós duas. Sentei-me. Seivarden hesitou por um momento e depois se sentou na cadeira ao meu lado, braços ainda cruzados para ocultar as mãos nuas.

– Eu queria conhecer você em pessoa, cidadã – disse a inspetora supervisora Skaaiat ao se sentar. – Privilégio do ofício. Não é todo dia que se conhece alguém com mil anos de idade.

Seivarden deu um sorriso curto e tenso.

– De fato – concordou.

– E senti que seria inadequado a segurança prendê-la nas docas. No entanto... – A inspetora supervisora Skaaiat fez um gesto conciliatório, o enfeite em seu punho reluzindo. – Você está com algumas dificuldades jurídicas, cidadã.

Seivarden relaxou um pouco, os ombros abaixando, a mandíbula afrouxando. Quase não era perceptível, a menos que você a conhecesse. O sotaque de Skaaiat e seu tom levemente condescendente estavam fazendo efeito.

– Eu estou – reconheceu Seivarden. – Pretendo fazer uma apelação.

– Então existem algumas dúvidas a respeito do assunto. – Séria. Formal. Uma pergunta que não era uma pergunta. Mas não houve resposta. – Eu mesma posso levá-la aos escritórios do palácio e evitar qualquer problema com a segurança. – É claro que podia. Ela já havia combinado isso com a chefe da segurança.

– Eu agradeceria. – Seivarden parecia mais com a pessoa que fora antigamente do que com aquela que fora no último ano. – Eu poderia pedir a você que me ajudasse a entrar em contato com a senhora de Geir?

Era de imaginar que Geir pudesse ter alguma responsabilidade para com aquele útil membro da casa que elas haviam tomado. A odiada Geir, que havia absorvido sua inimiga, Vendaai, a casa de

Seivarden. As relações de Vendaai com Awer não tinham sido muito melhores do que com Geir, mas eu supunha que a solicitação era uma prova de como Seivarden estava desesperada e sozinha.

– Ah. – A inspetora supervisora Skaaiat contraiu um pouco o rosto. – Awer e Geir não são mais tão íntimas quanto costumavam ser, cidadã. Por volta de duzentos anos atrás, houve uma troca de herdeiras. A prima Geir se matou. – O verbo que ela usou implicava que não fora um suicídio aprovado e mediado pelo setor médico, mas algo ilícito e confuso. – E a prima Awer enlouqueceu e fugiu para entrar em algum culto qualquer.

– Hum, típico – respondeu Seivarden.

A inspetora supervisora Skaaiat ergueu uma sobrancelha, mas falou apenas, de modo comedido:

– Isso abalou a relação em ambos os lados. Portanto minhas ligações com Geir não são o que poderiam ser, e eu poderia ser ou não capaz de ajudá-la. E as responsabilidades delas para com você talvez sejam... difíceis de determinar, embora você possa achar isso útil na apelação.

Seivarden fez um gesto que indicava frustração, braços ainda bem cruzados, um ombro se erguendo brevemente.

– Não parece que valha todo o esforço.

A inspetora supervisora Skaaiat demonstrou alguma ambivalência.

– Você será alimentada e abrigada aqui de qualquer maneira, cidadã. – Ela se virou para mim. – E você também, honorável. Está aqui como turista?

– Estou. – Sorri, esperando parecer uma turista do Gerentato.

– Você está muito longe de casa. – A inspetora supervisora Skaaiat sorriu de forma educada, como se tal observação fosse natural.

– Andei viajando por muito tempo. – É claro que ela e possivelmente outras estavam curiosas a meu respeito. Eu chegara na companhia de Seivarden. A maioria das pessoas ali não saberia o nome dela, mas as que sabiam seriam atraídas pela impressionante improbabilidade de ela ter sido encontrada depois de mil anos, e por sua ligação com um evento tão importante quanto Garsedd.

Ainda sorrindo de uma forma agradável, a inspetora supervisora Skaaiat perguntou:

– Procurando algo? Evitando algo? Apenas gosta de viajar?

Fiz um gesto que indicava ambiguidade.

– Acho que gosto de viajar.

Os olhos da inspetora supervisora Skaaiat se estreitaram um pouco com meu tom de voz, músculos tensionando de modo quase imperceptível ao redor da boca. Aparentemente ela pensava que eu estava escondendo algo, e agora ficara interessada, e ainda mais curiosa do que antes.

Por um instante me perguntei por que respondi do jeito que respondi. E percebi que o fato de a inspetora supervisora Skaaiat estar ali era algo incrivelmente perigoso para mim. Não porque pudesse me reconhecer, mas porque *eu a reconhecia*. Porque ela estava viva e a tenente Awn não. Porque todas na posição dela haviam falhado para com a tenente Awn (*eu* havia falhado para com a tenente Awn) e, sem dúvida, se a tenente Skaaiat tivesse sido posta à prova, também teria falhado. A própria tenente Awn soubera disso.

Eu estava em perigo pois minhas emoções poderiam afetar meu comportamento. Já tinham afetado, sempre o faziam. Mas eu nunca fora confrontada com Skaaiat Awer até agora.

– Minha resposta é ambígua, eu sei – continuei, fazendo um gesto de conciliação que a inspetora supervisora Skaaiat já utilizara. – Nunca questionei meu desejo de viajar. Quando eu era bebê, minha avó falava que percebia, pelo jeito como dei meus primeiros passos, que nasci para ir a outros lugares. Ela vivia dizendo isso. Suponho que eu simplesmente sempre acreditei.

A inspetora supervisora Skaaiat fez um gesto de concordância.

– Seria uma vergonha decepcionar sua avó, de qualquer maneira. Seu radchaai é muito bom.

– Minha avó sempre disse que seria bom se eu estudasse idiomas.

A inspetora supervisora Skaaiat deu uma risada. Quase como eu me lembrava dela de Ors, mas ainda com aquele vestígio de seriedade.

– Me perdoe, honorável, mas você tem luvas?

– Eu queria ter comprado algumas antes de embarcarmos, mas decidi esperar e comprar o tipo certo. Esperei ser perdoada pelas mãos nuas na chegada, já que sou uma estrangeira não civilizada.

– Qualquer opção poderia ser justificada – disse a inspetora supervisora Skaaiat, ainda sorrindo. Um pouco mais relaxada que momentos antes. – Embora... – Uma virada séria. – Você fala muito bem, mas não sei o quanto entende outras coisas.

Ergui uma sobrancelha.

– Que coisas?

– Não desejo ser indelicada, honorável. Mas a cidadã Seivarden não parece ter nenhum dinheiro em seu poder. – Ao meu lado, Seivarden ficou tensa novamente, travou o maxilar, engoliu algo que estava prestes a dizer. A inspetora supervisora Skaaiat continuou: – As genitoras compram roupas para suas filhas. O templo dá luvas às atendentes, portadoras das flores, portadoras da água e congêneres. Isso está certo, porque todas devem lealdade à Deusa. E sei, pelo seu pedido de entrada, que você contratou a cidadã Seivarden como sua serva, mas...

– Ah. – Eu entendi o que ela dizia. – Se eu comprar luvas para Seivarden, o que ela com certeza precisa, parecerá que lhe ofereci clientela.

– Exatamente – concordou a inspetora supervisora Skaaiat. – O que seria ótimo, se essa fosse sua intenção. Mas não acho que as coisas funcionem dessa maneira no Gerentato. E, para ser honesta... – Ela hesitou, claramente entrando em terreno delicado mais uma vez.

– E para ser honesta – terminei a frase por ela –, ela está numa situação jurídica difícil que poderia ser dificultada por sua associação a uma estrangeira.

Meu padrão era a ausência de expressão facial. Eu tinha facilidade em não deixar a raiva transparecer na minha voz. Eu podia falar com a inspetora supervisora Skaaiat como se ela não estivesse de modo nenhum ligada à tenente Awn, como se a tenente Awn não tivesse tido ansiedade, nem esperanças, nem temores sobre um futuro patronato dela.

– Nem mesmo uma rica estrangeira.

– Não tenho certeza que eu colocaria a questão exatamente desse jeito.

– Vou dar algum dinheiro a ela agora. Isso deve resolver a situação.

– Não. – O tom de voz de Seivarden foi ríspido. Zangado. – Não preciso de dinheiro. Cada cidadã tem direito a necessidades básicas, e roupas são necessidade básica. Terei o que preciso. – Perante o olhar surpreso e inquiridor da inspetora supervisora Skaaiat, Seivarden acrescentou: – Breq tem boas razões para não ter me dado dinheiro.

A inspetora supervisora Skaaiat tinha de entender o que isso provavelmente significava.

– Cidadã, não quero lhe dar um sermão, mas se esse é o caso, por que não deixar a segurança enviá-la para o setor médico? Compreendo sua relutância em fazer isso. – Não era fácil conversar com delicadeza sobre reeducação. – Mas isso poderia *mesmo* facilitar as coisas para você. É o que sempre acontece.

Um ano atrás, eu teria esperado que Seivarden perdesse a paciência com essa sugestão. Mas algo mudara nela durante esse período. Ela apenas disse, com leve irritação:

– Não.

A inspetora supervisora Skaaiat olhou para mim. Ergui uma sobrancelha e um ombro, como se para dizer "ela é assim mesmo".

– Breq tem sido muito paciente comigo – disse Seivarden, me pegando de supresa. – E muito generosa. – Ela olhou para mim. – Não preciso de dinheiro.

– Como quiser – respondi.

A inspetora supervisora Skaaiat tinha observado toda a conversa com atenção, franzindo a testa apenas de leve. Curiosa, pensei, não apenas sobre o que e quem eu era, mas o que eu era para Seivarden.

– Bem – disse ela então –, me deixe levá-las até o palácio. Honorável Breq Ghaiad, mandarei levar seus pertences até seu alojamento.

Ela se levantou.

Também me levantei, e Seivarden ao meu lado. Acompanhamos a inspetora supervisora Skaaiat até o escritório exterior, que estava vazio – Daos Ceit (inspetora adjunta Ceit, eu teria de me lembrar) provavelmente fora embora, já estava na hora. Em vez de nos levar até a frente dos escritórios, a inspetora supervisora Skaaiat nos guiou por um corredor aos fundos, passando por uma porta que se abriu sem que ela fizesse nenhum gesto perceptível – a Estação, a IA que dirigia aquele local, que *era* aquele local, devia estar prestando muita atenção à inspetora supervisora de suas docas.

– Você está bem, Breq? – perguntou Seivarden, olhando para mim com um misto de preocupação e curiosidade.

– Estou – menti. – Apenas um pouco cansada. Foi um dia longo. – Eu tinha certeza de que a expressão do meu rosto não mudara, mas Seivarden havia notado algo.

O corredor continuava para além da porta, até onde havia um conjunto de elevadores. Um deles se abriu para nós, depois se fechou e se moveu sem que fizéssemos nada. A Estação sabia para onde a inspetora supervisora Skaaiat queria ir. O que acabou sendo a passarela principal.

As pontas do elevador se abriram para uma vista ampla e impressionante: uma avenida pavimentada com pedras pretas de veias brancas, com 700 metros de extensão e 25 de largura, sob um pé direito de 60 metros. Logo à frente ficava o templo. Os degraus não eram de fato degraus, mas uma área destacada do pavimento com pedras vermelhas, verdes e azuis; era possível que ações nos degraus do templo tivessem significado legal. A entrada propriamente dita tinha 40 metros de altura e 8 de largura, e era emoldurada com representações de centenas de deusas (muitas de forma humana, algumas não), em uma explosão de cores. Logo na entrada ficava uma bacia para as fiéis lavarem as mãos, e depois disso recipientes com flores cortadas, uma faixa amarela, laranja e vermelha, e cestas com incensos vendidos como oferendas. Mais além, descendo de cada lado da passarela, era possível ver lojas, escritórios e varandas com trepadeiras floridas serpenteando. Havia bancos, plantas e, até mesmo numa hora em que a maioria das radchaai estaria no jantar, centenas de cidadãs andavam ou conversavam ali paradas, uniformizadas (branco para o escritório de tradução, marrom-claro para segurança da estação, marrom-escuro para militares, verde para horticultura, azul-claro para administração) ou não, todas reluzindo com joias, todas completamente civilizadas. Eu vi uma ancilar seguir sua capitã para dentro de uma casa de chá lotada, e me perguntei qual nave seria. Quais naves estariam ali. Mas eu não podia perguntar, não era o tipo de coisa com a qual Breq do Gerentato se importaria.

Eu as vi todas, de repente, por apenas um momento, através de olhos não radchaai: uma multidão fluida de pessoas com gênero irritantemente ambíguo. Eu via todas as características que marcariam gênero para não radchaai: mas nunca, para minha irritação e inconveniência, da mesma maneira em cada lugar. Cabelo curto ou longo, usado solto (caindo pelas costas ou em uma nuvem grossa e cheia de cachos) ou preso (em tranças, com grampos, amarrado). Corpos parrudos ou afinados, rostos de traços delicados ou rústicos, com ou sem maquiagem. Uma profusão de cores que demarcariam gênero em outros lugares. Tudo combinado aleatoriamente com corpos que apresentavam ou não curvas na região do peito e do quadril, corpos que em um momento se moviam de maneira que vários não radchaai chamariam de feminina e, no momento seguinte, masculina. Vinte anos de hábito me levaram a pensar, por um momento, em como escolher os pronomes certos, os termos certos de tratamento. Mas eu não precisava fazer isso ali. Eu podia abandonar essa preocupação, um peso pequeno porém irritante que eu carregara por todo aquele tempo. Eu estava em casa.

Aquela era uma casa que nunca fora minha. Eu passara a vida em anexações e estações que estavam no processo de se tornar aquele tipo de lugar; mas partia antes que isso acontecesse, para reiniciar todo o processo em algum outro lugar. Aquele era o tipo de lugar do qual minhas oficiais tinham vindo, e para o qual partiam. O tipo de lugar onde eu nunca estivera, e no entanto me era completamente familiar. Lugares assim eram, de certo ponto de vista, toda a razão de minha existência.

– É uma caminhada mais longa por aqui – disse a inspetora supervisora Skaaiat –, mas uma entrada triunfal.

– De fato – concordei.

– Por que todas as jaquetas? – perguntou Seivarden. – Isso me incomodou da última vez. Embora, no último lugar, todas as que usavam casacos estivessem com aqueles que iam até o joelho. Aqui parecem só usar jaquetas ou então casacos até o chão. E os colarinhos estão simplesmente *errados*.

– A moda não incomodou você nos lugares onde estivemos – falei.

– Os outros lugares eram *estrangeiros* – respondeu Seivarden irritada. – Não eram meu *lar*.

A inspetora supervisora Skaaiat sorriu.

– Imagino que você acabará se acostumando. O palácio fica por aqui.

Nós a acompanhamos passarela adiante, minhas roupas não civilizadas e mãos nuas, e também as de Seivarden, atraindo alguns olhares curiosos e enojados, e chegamos à entrada, marcada apenas com uma barra preta em cima da porta.

– Vou ficar bem – disse Seivarden, como se eu tivesse falado algo. – Encontro com você quando tiver acabado.

– Vou esperar.

A inspetora supervisora Skaaiat observou Seivarden entrar no palácio e depois me chamou:

– Honorável Breq, uma palavrinha, por favor.

Fiz um gesto de concordância e ela disse:

– Você está muito preocupada com a cidadã Seivarden. Eu entendo isso, e é algo muito favorável a seu respeito. Mas não há razão para se preocupar com sua segurança. O Radch cuida de suas cidadãs.

– Diga-me, inspetora supervisora, se Seivarden fosse uma ninguém de uma casa nula, que tivesse deixado o Radch sem permissões, e o que mais que ela tenha feito (para ser honesta não sei se houve mais alguma coisa), se ela fosse alguém de quem você nunca ouviu falar, com um nome de casa que você não reconhecesse e cuja história você não soubesse, ela teria sido recebida com cortesia na doca, ganhado chá e depois sido escoltada para o palácio para fazer sua apelação?

Ela ergueu a mão direita, um mero milímetro, e aquela pequena e incongruente etiqueta de ouro faiscou.

– Ela não está mais nessa posição. Ela está efetivamente sem casa, e falida. – Eu não falei nada, apenas a encarei. – Não, há algo mais no que você diz. Se eu não soubesse quem ela era, não teria pensado em fazer nada por ela. Mas, com certeza, mesmo no Gerentato as coisas funcionam assim, não?

Eu me fiz sorrir de leve, torcendo para provocar uma impressão mais agradável do que antes.

– Funcionam.

A inspetora supervisora Skaaiat ficou em silêncio por um momento, me observando, pensando em algo, mas eu não conseguia adivinhar o quê. Até que ela disse:

– Você pretende lhe oferecer clientela?

Essa teria sido uma questão indizivelmente grosseira, se eu fosse radchaai. Mas quando eu a conheci, Skaaiat Awer costumava dizer coisas que a maioria das outras não dizia.

– Como poderia? Não sou radchaai. E não fazemos esse tipo de contrato no Gerentato.

– Não, não fazem – disse a inspetora supervisora Skaaiat. Direta ao ponto. – Não consigo imaginar como seria acordar depois de mil anos tendo perdido minha nave num evento importante, todas as minhas amigas mortas, minha casa extinta. Eu também poderia fugir. Seivarden precisa encontrar um jeito de pertencer a algum lugar. Aos olhos das radchaai, você parece estar oferecendo isso a ela.

– Você está preocupada que eu esteja oferecendo falsas expectativas a Seivarden. – Pensei em Daos Ceit no escritório externo, com aquele enfeite lindo e muito caro de pérola e platina que não era símbolo de clientela.

– Não sei quais expectativas a cidadã Seivarden tem. É só que... Você age como se fosse responsável por ela. Isso me parece errado.

– Se eu fosse radchaai, isso ainda pareceria errado?

– Se você fosse radchaai, se comportaria de forma diferente. – A rigidez de seu maxilar indicava que ela estava zangada, mas tentava esconder.

– O nome que está nesse enfeite é de quem? – A pergunta, sem querer, saiu mais brusca do que o bom comportamento ditaria.

– O quê? – Ela franziu a testa, intrigada.

– Esse enfeite na sua manga direita. É diferente de tudo que você está usando. – *O nome que está aí é de quem?*, eu queria perguntar de novo, e também: *O que você fez pela irmã da tenente Awn?*

A inspetora supervisora Skaaiat piscou várias vezes, e se deslocou ligeiramente para trás, quase como se eu tivesse lhe dado um soco.

– É uma lembrança de uma amiga que morreu.

– E você está pensando nela agora. Você fica torcendo o pulso, virando-o em sua direção. Está fazendo isso há dez minutos.

– Penso nela com frequência. – Ela respirou fundo e soltou o ar. Respirou fundo novamente. – Acho que talvez eu não esteja sendo justa com você, Breq Ghaiad.

Eu sabia. Sabia qual era o nome que estava no enfeite, muito embora não o tivesse visto. Eu *sabia*. Não tinha certeza se, ao saber, me sentia melhor com relação à inspetora supervisora Skaaiat ou muito, muito pior. Mas eu estava em perigo naquele momento, de um jeito que jamais antecipara, jamais previra, jamais sonhara que pudesse acontecer. Eu já dissera coisas que nunca, jamais deveria ter dito. Estava prestes a dizer mais. Ali estava a única pessoa que eu havia encontrado em vinte anos que saberia quem eu era. Sentia uma tentação avassaladora de gritar: *Tenente, veja, sou eu, eu sou a Um Esk da* Justiça de Toren.

Em vez disso, com muito cuidado, falei:

– Concordo com você que Seivarden precisa encontrar uma casa aqui. Só não confio no Radch do jeito como você confia. Do jeito como ela confia.

A inspetora supervisora Skaaiat abriu a boca para me responder, mas a voz de Seivarden interrompeu o que quer que ela teria dito.

– Não levou muito tempo! – Seivarden apareceu ao meu lado, olhou para mim e franziu a testa. – Sua perna está voltando a incomodar. Você precisa se sentar.

– Perna? – perguntou a inspetora supervisora Skaaiat.

– Um ferimento antigo que não curou direito – respondi, por um momento satisfeita com o fato de que Seivarden atribuía a isso qualquer perturbação que percebesse. E satisfeita que a Estação faria o mesmo, se estivesse observando.

– E você teve um dia longo, e eu mantive você aqui em pé. Fui muito grosseira, por favor, me perdoe, honorável – disse a inspetora supervisora Skaaiat.

– Tudo bem. – Engoli as palavras que queriam sair de minha boca atrás disso, e me virei para Seivarden. – Então, e agora, como ficamos?

– Fiz minha solicitação e deve haver uma data nos próximos dias. Coloquei seu nome também. – Para a sobrancelha erguida da inspetora supervisora Skaaiat, Seivarden acrescentou: – Breq salvou minha vida. Mais de uma vez.

A inspetora supervisora Skaaiat falou apenas:

– Sua audiência provavelmente levará alguns meses para acontecer.

– Nesse meio-tempo – continuou Seivarden com um pequeno gesto de reconhecimento, ainda de braços cruzados – recebi alojamento, estou na lista de rações e tenho quinze minutos para me reportar ao escritório de suprimentos mais próximo para pegar algumas roupas.

Alojamento. Bem, se a possibilidade de ela ficar comigo havia parecido errada para a inspetora supervisora Skaaiat, sem dúvida pareceria, pelos mesmos motivos, errada para a própria Seivarden. E, ainda que ela não fosse mais minha serva, ela solicitara que eu acompanhasse a sua audiência. Isso era, lembrei a mim mesma, o que importava.

– Quer que eu vá com você? – Eu não queria. Queria ficar sozinha, para recuperar meu equilíbrio.

– Vou ficar bem. Você precisa descansar a perna. Encontro você amanhã. Inspetora supervisora, foi um prazer conhecê-la.

Seivarden fez uma mesura, uma cortesia perfeitamente calculada para uma igual social, recebeu uma mesura idêntica da inspetora supervisora Skaaiat, e depois desceu passarela afora.

Virei-me para a inspetora supervisora Skaaiat.

– Onde recomenda que eu fique?

Meia hora depois, eu estava onde desejava estar: no meu quarto, sozinha. Era um quarto caro, logo além da passarela principal, de um luxo incrível em seus cinco metros quadrados, com paredes azul-claras e um piso que quase poderia ter sido madeira de verdade. Havia mesa, cadeiras e um projetor de imagens no chão. Muitas das radchaai, embora não todas, tinham implantes ópticos e auditivos que lhes permitiam ver entretenimentos ou ouvir música ou receber mensagens diretamente. Mas as pessoas ainda gostavam de ver coisas juntas, e as muito ricas às vezes faziam questão de desligar seus implantes.

O cobertor sobre a cama parecia ser de lã verdadeira, não sintética. Em uma das paredes, havia um catre dobrável para uma serva, o que eu, claro, não possuía mais. E, um luxo incrível para o Radch, o quarto tinha sua própria banheira minúscula: uma necessidade para mim, dadas a arma e a munição presas ao meu corpo sob a camisa. Os escâneres da Estação não as haviam captado, e nem captariam, mas olhos humanos poderiam vê-las. Se eu as deixasse no quarto, alguém que o vasculhasse poderia encontrá-las. Eu com certeza não poderia deixá-las no vestiário de um banheiro público.

Um console na parede ao lado da porta me daria acesso às comunicações. E à Estação. Permitiria também que a Estação me observasse, embora eu tivesse certeza de que não era a única maneira pela qual a Estação poderia enxergar o quarto. Eu estava de volta ao Radch, nunca sozinha, nunca com privacidade.

Minha bagagem chegou cinco minutos depois que ocupei o quarto, e junto com ela uma bandeja de jantar de uma loja próxima, peixe e salada, ainda fumegante e com cheiro de ervas.

Sempre havia a chance de que ninguém estivesse prestando atenção. Mas minha bagagem, quando a abri, fora claramente vasculhada. Talvez por eu ser estrangeira. Talvez não.

Retirei meu frasco de chá, as xícaras e o ícone daquela que saltou do lírio e coloquei tudo sobre a mesa baixa ao lado da cama. Usei um litro de minha ração de água para encher o frasco e depois me sentei para comer.

O peixe estava tão delicioso quanto cheiroso, e melhorou meu humor consideravelmente. Depois de comer tudo e tomar uma xícara de chá, eu me sentia pelo menos mais capaz de confrontar a Estação.

Com certeza a Estação podia ver uma grande porcentagem de suas residentes da mesma forma íntima que eu vira minhas oficiais. O resto, incluindo eu, ela via com menos detalhes. Temperatura. Batimento cardíaco. Respiração. Menos impressionante que o dilúvio de dados das residentes monitoradas de perto, mas ainda era muita informação. Some-se a isso um conhecimento profundo sobre a pessoa observada (seu histórico, seu contexto social) e era possível que a Estação pudesse quase ler mentes.

Quase. Ela não podia *realmente* ler pensamentos. E a Estação não sabia meu histórico, não tivera experiência anterior comigo. Seria capaz de ver os vestígios de minhas emoções, mas não teria muita base para adivinhar com precisão por que eu sentia o que sentia.

Meu quadril estava doendo de verdade. E as palavras da inspetora supervisora Skaaiat para mim haviam sido, em termos radchaai, incrivelmente rudes. Se eu tivesse reagido com raiva, visível para a Estação (visível para Anaander Mianaai, se ela estivesse olhando), seria inteiramente natural. Nenhuma das duas poderia fazer mais do que adivinhar o que me irritara. Agora eu podia desempenhar o papel da viajante exaurida, sentindo a dor de um velho ferimento e sem precisar de nada além de comida e descanso.

O quarto estava tão quieto. Mesmo quando Seivarden estava em um de seus períodos silenciosos, o ambiente não parecera quieto de uma forma tão opressora. Eu não me acostumara tanto à solidão quanto pensava. E, pensando em Seivarden, de repente percebi o que não havia percebido, ali na passarela e cega de raiva com Skaaiat Awer. Eu havia pensado então que a inspetora supervisora Skaaiat fosse a única pessoa que eu encontrara que podia me reconhecer, mas não era verdade. Seivarden poderia ter me reconhecido.

Mas a tenente Awn nunca esperara nada de Seivarden, nunca ficara magoada nem decepcionada com ela. Se algum dia elas houvessem se encontrado, Seivarden com certeza teria tornado seu desdém claro. A tenente Awn teria sido devidamente educada, com uma raiva subjacente que eu teria sido capaz de ver, mas nunca teria aquela sensação profunda de desgosto e mágoa que sentia quando a então tenente Skaaiat dizia, sem pensar, algo desagradável.

Mas talvez eu estivesse errada em pensar que minhas reações às duas, Skaaiat Awer e Seivarden Vandaai, eram muito diferentes. Eu já tinha me arriscado uma vez, por raiva de Seivarden.

Não conseguiria resolver essa situação. E eu tinha um papel a interpretar, para quem quer que pudesse estar observando, uma imagem que eu havia cuidadosamente construído no caminho para lá. Coloquei minha xícara vazia ao lado do frasco de chá, me ajoelhei no chão diante do ícone, o quadril protestando, e comecei a rezar.

19

Na manhã seguinte comprei roupas novas. A proprietária da loja que a inspetora supervisora Skaaiat havia recomendado estava quase me expulsando do local quando meu saldo bancário apareceu em seu console, sem ter sido solicitado, suspeitei. Era a Estação me poupando da vergonha e ao mesmo tempo mostrando que estava me vigiando bem de perto.

Eu com certeza precisava de luvas, e se ia desempenhar o papel da turista rica e disposta a gastar, precisaria comprar muito mais que isso. Mas antes que eu pudesse abrir a boca para dizê-lo, a proprietária trouxe rolos de brocado, cetim e veludo em meia dúzia de cores. Roxo e marrom-alaranjado, três tons de verde, dourado, amarelo-claro e azul, cinza, vermelho-escuro.

– Você não pode usar essas roupas – disse a proprietária de forma impositiva enquanto uma subordinadada me servia chá, conseguindo em grande parte esconder o nojo que sentia pelas minhas mãos nuas.

A Estação havia me escaneado e fornecido minhas medidas, então eu não precisava fazer nada. Meio litro de chá, dois doces excruciantemente açucarados e uma dezena de insultos mais tarde, parti vestindo uma jaqueta e calças marrom-alaranjadas, uma camisa

muito engomada de um branco impecável por baixo e luvas cinza-
-escuras tão finas e macias que era quase como se eu estivesse de
mãos nuas. Felizmente a moda atual favorecia jaquetas e calças de
um corte generoso o bastante para esconder minha arma. O resto
(mais duas jaquetas e calças, dois pares de luvas e três pares de sapatos) já teria sido entregue no meu alojamento, disse a proprietária, quando eu voltasse da visita ao templo.

Saí da loja, contornei a esquina na passarela principal, lotada
àquela hora com uma multidão radchaai que entrava e saía do templo ou do palácio, visitando as casas de chá (sem dúvida caras e muito
em voga), ou talvez apenas sendo vistas na companhia certa. Quando eu passara por ali antes, a caminho da loja de roupas, as pessoas
haviam me encarado e sussurrado, ou apenas me lançado um olhar
estranho. Agora, ao que parecia, eu era quase invisível, a não ser por
algumas radchaai bem-vestidas que olhavam para a frente da minha
jaqueta procurando sinais da minha afiliação familiar e que acaba-
vam surpresas ao não ver nenhum. Ou a criança, uma mãozinha enluvada agarrando a mão de uma adulta que a acompanhava, que se
virou para me encarar abertamente até ser puxada e sumir de vista.

Dentro do templo, cidadãs acumulavam flores e incenso, enquanto sacerdotisas jovens o bastante para parecerem crianças
aos meus olhos traziam cestas e caixas do estoque. Como ancilar,
eu não deveria tocar nas oferendas do templo, nem fazê-las eu mesma. Mas ali ninguém sabia disso. Lavei as mãos na bacia e trouxe um
punhado de flores de cor forte, amarelo-alaranjadas, e um pedaço
do tipo de incenso que eu sabia que a tenente Awn teria gostado.

Haveria um lugar ali reservado para orações às mortas, e dias
auspiciosos para fazer tais oferendas; embora aquele não fosse um
dia desses, e como estrangeira eu não deveria ter nenhuma radchaai morta de quem me lembrar. Em vez disso entrei no imenso
salão principal, onde estava Amaat, uma Emanação preciosa em
cada mão, já mergulhada em flores até os joelhos, uma colina de
vermelho, laranja e amarelo da altura da minha cabeça, crescendo
cada vez mais à medida que as fiéis e eu jogávamos mais flores na pi-

lha. Quando alcancei a frente da multidão, acrescentei minhas próprias, fiz os gestos e pronunciei uma prece. Então joguei o incenso na caixa, que, quando enchesse, seria esvaziada por outras jovens sacerdotisas. Era apenas um símbolo – eles seriam devolvidos à entrada, para serem comprados novamente. Se todo o incenso ofertado fosse queimado, o ar no templo teria ficado espesso demais para ser respirado. E aquele nem era dia de festival.

Quando me curvei para a deusa, uma capitã de nave, de uniforme marrom, apareceu ao meu lado. Ela fez um gesto de que ia atirar seu punhado de flores e então parou, olhando pra mim. Os dedos de sua mão esquerda vazia tremeram levemente. Suas feições me lembraram da capitã de centena Rubran Osck, embora a capitã Rubran tivesse sido magra e usasse os cabelos compridos e retos, enquanto essa capitã era mais baixa e mais corpulenta, com cabelos cortados rentes. Um breve olhar em seus ornamentos confirmava que essa capitã era prima dela, membro do mesmo ramo da mesma casa. Lembrei que Anaander Mianaai não fora capaz de prever de qual lado a capitã Rubran estava, e não queria puxar muito forte a rede de clientela e contatos à qual a capitã da centena pertencia. Fiquei me perguntando se isso ainda era verdade, ou se Osck pendera para algum dos lados.

Não importava. A capitã ainda me encarava, presumivelmente recebendo agora respostas para suas perguntas. A Estação ou a sua nave diriam a ela que eu era uma estrangeira, e a capitã, imaginei, perderia o interesse. Ou não, se soubesse a respeito de Seivarden. Não esperei para ver qual era o caso; terminei minha prece e me virei para passar por entre as pessoas que esperavam lá fora para fazer suas oferendas.

Santuários menores ficavam nas laterais do salão. Em um deles, três adultas e duas crianças cercavam uma criança que havia depositado algo no seio de Aatr – a imagem fora construída para permitir isso, o braço dela dobrado sobre os seios que muitas vezes eram usados como figura de linguagem – torcendo por um destino auspicioso, ou pelo menos por algum sinal do que o futuro poderia conter.

Todos os santuários eram bonitos, reluzindo com ouro e prata, vidro e pedra polida. O lugar inteiro rugia com os ecos de centenas de conversas e preces silenciosas. Nada de música. Pensei no templo quase vazio de Ikkt, a Divina de Ikkt me falando de centenas de cantoras que já não existiam mais.

Fiquei quase duas horas no templo admirando os santuários de deusas subsidiárias. Aquele lugar devia ocupar todas as partes daquele lado da estação que não eram ocupadas pelo próprio palácio. Os dois certamente eram conectados, já que Anaander Mianaai atuava como sacerdotisa ali a intervalos regulares, embora os acessos não fossem óbvios.

Deixei o santuário mortuário por último. Um pouco porque era a parte do templo com mais chances de estar lotada de turistas, e um pouco porque sabia que ele me deixaria infeliz. Era maior do que os outros santuários subsidiários, quase metade do tamanho do vasto salão principal, cheio de prateleiras e caixas lotadas de oferendas para as mortas. Tudo comida ou flores. Tudo de vidro. Xícaras de vidro contendo chá de vidro com vidro fumegando no alto. Montes de delicadas pétalas de rosas e folhas de vidro. Duas dezenas de diferentes tipos de frutas, peixes e verduras que quase soltavam no ar um aroma muito parecido com o da minha refeição na noite anterior. Para colocar em seu santuário doméstico para as deusas ou as mortas, era possível comprar versões produzidas em larga escala nas lojas distantes da passarela principal, mas aquelas eram diferentes, cada uma era uma obra de arte detalhada com esmero, cada qual conspicuamente etiquetada com os nomes da doadora viva e da recipiente morta para que cada visitante pudesse ver a piedosa lamentação (e riqueza ou status) sendo exibida.

Eu provavelmente tinha dinheiro o bastante para comissionar tal oferenda. Mas se eu o fizesse e a etiquetasse com os nomes apropriados, seria a última coisa que eu faria. E sem dúvida as sacerdotisas a recusariam. Eu já pensara em enviar dinheiro para a irmã da tenente Awn, mas isso também atrairia uma curiosidade indesejada. Talvez eu pudesse arranjar as coisas de modo que o que restasse fosse para ela assim que eu tivesse feito o que viera fazer ali, mas suspeitava que isso seria impossível. Mesmo assim, ao pensar nisso e me lembrar do meu quarto luxuoso e das minhas roupas caras e bonitas, eu sentia uma pontada de culpa.

Na entrada do templo, justo quando eu estava prestes a sair para a passarela, uma soldado entrou na minha frente. Humana, não ancilar. Ela fez uma mesura.

– Com licença. Tenho uma mensagem da cidadã Vel Osck, capitã da *Misericórdia de Kalr*.

A capitã que havia me encarado enquanto eu fazia minha oferenda para Amaat. O fato de que ela enviara uma soldado para me abordar indicava que ela me achava digna de mais esforço do que uma mensagem por intermédio do sistema da Estação, mas não o bastante para enviar uma tenente, ou se aproximar de mim sozinha. Mas isso também poderia ser reflexo de um certo constrangimento social que ela preferiu empurrar para cima daquela soldado. Era difícil não reparar na ligeira falta de jeito de uma frase designada para evitar um tipo de cortesia.

– Peço desculpas, cidadã – respondi. – Não conheço a cidadã Vel Osck.

A soldado fez um leve gesto, de deferência e desculpas.

– Os lançamentos desta manhã indicaram que a capitã teria um encontro fortuito hoje. Quando reparou em você fazendo sua oferenda, ela teve certeza de que era de você que eles falavam.

Notar uma estranha no templo, num lugar tão grande, era dificilmente um encontro fortuito. Fiquei um pouco ofendida pelo fato de a capitã não ter sequer tentado se esforçar um pouco mais. Meros segundos de pensamento teriam produzido algo melhor.

– Qual é a mensagem, cidadã?

– A capitã costuma tomar chá de tarde – disse a soldado, num tom neutro e educado, e deu o nome de uma loja logo ao final da passarela. – Ela ficaria honrada se você se juntasse a ela.

A hora e local sugeriram uma espécie de encontro "social" que era na verdade uma exibição de influência e associações, e no qual se realizariam negócios ostensivamente não oficiais.

A capitã Vel não tinha negócios comigo. E não ganharia nenhuma vantagem em ser vista comigo.

– Se a capitã quiser encontrar a cidadã Seivarden... – comecei.

– Não foi a capitã Seivarden que a capitã encontrou no templo – respondeu a soldado, mais uma vez num tom de quem se desculpava. Ela devia saber como sua tarefa era transparente. – Mas, claro, se quiser trazer a capitã Seivarden, a capitã Vel ficaria honrada em conhecê-la.

É claro. Mesmo sem casa e falida, Seivarden receberia um convite pessoal de alguém que conhecesse, não uma mensagem por intermédio de sistemas da Estação, nem esse convite quase ofensivo de uma tarefeira da capitã Vel. Mas era exatamente o que eu havia desejado.

– Não posso falar pela cidadã Seivarden, claro – continuei. – Por favor, agradeça a capitã Vel pelo convite.

A soldado fez uma mesura e partiu.

Fora da passarela encontrei uma loja vendendo caixas do que era anunciado apenas como "almoço", que por acaso era mais uma vez peixe, cozido com frutas. Levei a refeição de volta para o meu quarto e sentei à mesa, comendo, considerando aquele console na parede, um link visível com a Estação.

A Estação era tão inteligente quanto eu, quando eu ainda era uma nave. Mais jovem, sim. Tinha menos de metade da minha idade. Mas não deveria ser desconsiderada, nem um pouco. Se eu fosse descoberta, tinha quase certeza de que seria por causa da Estação.

A Estação não tinha detectado meus implantes ancilares, todos os quais haviam sido desabilitados e ocultados da melhor forma que pude. Se não estivessem, eu já estaria presa. Mas a Estação podia ver pelo menos o básico de meu estado emocional. Podia, com informações suficientes a meu respeito, perceber quando eu estava mentindo. Estava certamente me vigiando de perto.

Mas estados emocionais, do ponto de vista da Estação, ou do meu quando eu era *Justiça de Toren*, eram apenas colagens de dados médicos, dados que não faziam sentido sem um contexto. Se eu tivesse acabado de saltar de uma nave e tivesse o temperamento melancólico de agora, a Estação possivelmente veria isso, mas não entenderia o que causava meus sentimentos, e não seria capaz de traçar uma conclusão a partir disso. Mas, quanto mais tempo eu ficasse ali, mais de mim a Estação veria e mais dados teria. Ela seria capaz de montar seu próprio contexto, sua própria imagem do que eu era. E seria capaz de compará-la ao que achava que eu devia ser.

O perigo seria se essas duas coisas não batessem. Engoli um bocado de peixe e olhei para o console.

– Olá – falei. – A IA que está me observando.

– Honorável Ghaiad Breq – disse a Estação pelo console, uma voz plácida. – Olá. Costumam me chamar de *Estação*.

– Então Estação será. – Outro naco de peixe e fruta. – Então você está *mesmo* me observando. – Eu estava genuinamente preocupada com a vigilância de Estação. Eu não seria capaz de esconder isso dela.

– Eu observo todas, honorável. Sua perna ainda a incomoda? – Incomodava, e sem dúvida a Estação podia me ver cuidando dela, ver os efeitos dela na maneira como eu me sentava agora. – Nossas instalações médicas são excelentes. Estou certa de que uma de nossas médicas poderia encontrar uma solução para seu problema.

Uma perspectiva alarmante. Mas eu podia fazer isso parecer inteiramente compreensível.

– Não, obrigada. Fui avisada quanto às instalações médicas radchaai. Prefiro suportar um pouco de inconveniência e continuar sendo eu mesma.

Silêncio por um momento. Então Estação perguntou:

– Está falando dos testes de aptidão? Ou da reeducação? Nada disso mudaria quem você é. E você não é candidata a nenhum dos dois, eu lhe asseguro.

– Mesmo assim. – Coloquei meus talheres de lado. – Temos um ditado no lugar de onde venho: poder não pede permissão nem perdão.

– Nunca conheci ninguém do Gerentato – disse Estação. Eu, é claro, estava confiando nisso. – Suponho que sua dificuldade de percepção seja compreensível. As estrangeiras não costumam entender como as radchaai realmente são.

– Você percebe o que acabou de dizer? Literalmente que as não civilizadas não entendem a civilização? Você percebe que um número muito grande de pessoas fora do espaço Radch se considera civilizado? – A frase era quase impossível de ser dita em radchaai, uma autocontradição.

Esperei por "Não foi isso o que eu quis dizer", mas a frase não veio. Em vez disso, Estação perguntou:

– Você teria vindo para cá se não fosse pela cidadã Seivarden?

– É possível que sim – respondi, sabendo que não podia mentir diretamente para Estação, não quando ela estava me observando tão de perto. Sabendo que agora qualquer raiva ou ressentimento que eu sentisse (ou qualquer apreensão a respeito de oficiais radchaai) seriam atribuídos ao fato de eu estar com ressentimento e medo do Radch. – Existe música neste lugar muito civilizado?

– Sim – respondeu Estação. – Mas acho que não tenho música do Gerentato.

– Se eu só quisesse ouvir música do Gerentato – respondi, ácida –, jamais teria saído de lá.

Isso não pareceu perturbar Estação.

– Você prefere sair ou ficar aqui?

Preferi ficar ali dentro. Estação convocou um entretenimento para mim, novo, daquele ano, mas de um tipo confortavelmente familiar: uma jovem de família humilde com esperança de clientela para uma casa mais prestigiosa. Uma rival invejosa que tenta derrubá-la, enganando a possível patrona quanto à sua natureza verdadeira e nobre. O eventual reconhecimento da superior virtude da heroína, sua lealdade durante as mais terríveis provações, mesmo não tendo nenhum contrato, e a queda de sua rival, culminando no tão aguardado contrato de clientela e dez minutos de canto e dança triunfantes, o último de onze interlúdios semelhantes, ao longo de quatro episódios separados. Era um trabalho de escala bem pequena – alguns desses entretenimentos abrangiam dezenas de episódios ao longo de dias ou mesmo semanas. Era algo que não exigia esforço da mente, mas as canções eram bonitas e melhoraram meu humor de modo considerável.

Eu não tinha nada urgente para fazer até chegar o resultado do pedido de apelação de Seivarden. Se sua solicitação por uma audiência, e para que eu a acompanhasse, fosse garantida, isso significaria outra espera, ainda mais longa. Levantei, escovei direito minhas novas calças, vesti sapatos e jaqueta.

– Estação – chamei –, você sabe onde posso encontrar a cidadã Seivarden Vendaai?

– A cidadã Seivarden Vendaai – respondeu Estação pelo console, com uma voz sempre calma – está no escritório da segurança no subnível 9.

– Como?!

– Aconteceu uma briga. Normalmente a segurança teria entrado em contato com a família dela, mas ela não tem nenhuma aqui.

Eu não era família dela, é claro. E ela poderia ter me chamado se quisesse. Mesmo assim.

– Pode me direcionar ao escritório da segurança no subnível 9, por favor?

– É claro, honorável.

O escritório do subnível 9 era minúsculo. Na verdade, não havia nada além de um console, umas cadeiras, uma mesa com artigos para chá que não combinavam e armários para armazenamento. Seivarden estava sentada num banco encostado na parede dos fundos. Ela usava luvas cinza, uma jaqueta que não cabia direito e calças de um tecido duro e rústico, o tipo de coisa criada sob demanda, não costurada com cuidado, e provavelmente produzida numa escala de tamanhos predeterminados. Meus uniformes, quando eu tinha sido uma nave, eram feitos assim, mas com um aspecto melhor. É claro que eu criava os uniformes para o tamanho de cada uma de forma adequada, na época era simples fazer isso.

A frente da jaqueta cinza de Seivarden estava respingada de sangue, e uma das luvas estava encharcada dele. Havia sangue incrustado no seu lábio superior, e a pequena concha clara de um corretor se equilibrava na ponte do seu nariz. Outro corretor cobria um hematoma que se formava em uma das bochechas. Ela olhava apática para a frente, sem erguer a cabeça para mim nem para a oficial de segurança que me deixara entrar.

– Aqui está sua amiga, cidadã – disse a segurança.

Seivarden franziu a testa. Levantou a cabeça e olhou ao redor do pequeno espaço. Então olhou para mim mais de perto.

– Breq? Tetas de Aatr, é você. Você parece... – Ela piscou várias vezes. Abriu a boca para terminar a frase, voltou a parar. Inspirou mais uma vez, a respiração entrecortada. – Diferente – concluiu. – Realmente, realmente diferente.

– Eu só comprei roupas. O que aconteceu com você?

– Uma briga.

– Do nada? – perguntei.

– Não. Me atribuíram um lugar para dormir, mas já havia alguém vivendo lá. Tentei conversar com ela mas quase não consegui entender o que ela estava falando.

– Onde você dormiu ontem à noite?

Ela olhou para o chão.

– Me virei. – Tornou a olhar para cima, para mim, para a oficial de segurança ao meu lado. – Mas eu não seria capaz de *continuar* me virando.

– Você deveria ter vindo conosco, cidadã – disse a segurança. – Agora você tem uma advertência no seu registro. Não é algo bom para você.

– E a oponente dela? – perguntei.

A segurança fez um gesto negativo. Era algo que eu não devia ter perguntado.

– Não estou me virando muito bem sem ajuda, estou? – perguntou Seivarden, angustiada.

⋆   ⋆   ⋆

Independentemente da desaprovação de Skaaiat Awer, comprei luvas e uma jaqueta para Seivarden, ambas verde-escuras, ainda o tipo de coisa que era fabricado aos montes, mas pelo menos cabiam melhor e a qualidade era obviamente superior. As anteriores estavam além de qualquer condição de lavagem, e eu sabia que o almoxarifado não emitiria outras roupas tão cedo. Quando Seivarden as vestiu e enviou as velhas para reciclagem, perguntei:

– Já comeu? Eu estava planejando lhe oferecer um jantar quando Estação me disse onde você estava. – Ela tinha lavado o rosto, e agora parecia mais ou menos respeitável, exceto pelo hematoma sob o corretor na bochecha.

– Estou sem fome – respondeu ela. Um vislumbre de algo passou pelo seu rosto. (Arrependimento? Irritação? Eu não sabia dizer ao certo.) Ela cruzou os braços e rapidamente os descruzou, um gesto que eu não via há meses.

– Posso lhe oferecer chá então, enquanto como?

– Eu *adoraria* chá – respondeu ela com sinceridade enfática.

Lembrei que ela não tinha dinheiro e se recusara a deixar que eu lhe desse um pouco. Todo aquele chá que carregamos conosco estava na minha bagagem, e ela não levara nada consigo quando nos separamos na noite anterior. E chá, claro, era algo extra. Um luxo. Que não era de fato um luxo. Não pelos padrões de Seivarden, pelo menos. Provavelmente por nenhum padrão radchaai.

Encontramos uma casa de chá e comprei uma coisa enrolada em algas, algumas frutas e chá, e pegamos uma mesa num canto.

– Tem certeza de que não quer nada? – perguntei. – Frutas?

Ela fingiu falta de interesse nas frutas, e depois pegou um pedaço.

– Espero que tenha tido um dia melhor que o meu.

– Acho que foi. – Esperei um pouco para ver se ela queria falar sobre o que havia acontecido, mas não disse nada, só esperou que eu continuasse. – Fui ao templo esta manhã. E deparei com a capitã de uma nave que me olhou de forma muito rude e depois enviou uma de suas soldados atrás de mim para me convidar para o chá.

– Uma de suas *soldados*. – Seivarden percebeu que seus braços estavam cruzados, descruzou-os, pegou sua xícara de chá, voltou a apoiá-la na mesa. – Ancilar?

– Humana. Tenho certeza.

Seivarden ergueu de leve a sobrancelha.

– Você não deveria ir. Ela deveria tê-la convidado pessoalmente. Você não disse sim, disse?

– Eu não disse não. – Três radchaai entraram na casa de chá, rindo. Todas vestiam o azul-escuro da autoridade portuária. Uma delas era Daos Ceit, assistente da inspetora supervisora Skaaiat. Ela não pareceu reparar em mim. – Não acho que o convite tenha sido por minha causa. Acho que ela quer ser apresentada a *você*.

– Mas... – Ela franziu a testa. Olhou para a tigela de chá numa das mãos que usavam luvas verdes. Limpou a frente da nova jaqueta com a outra. – Qual o nome dela?

– Vel Osck.

– Osck. Nunca ouvi falar delas. – Tomou outro gole de chá. Daos Ceit e suas amigas compraram chá e doces e sentaram a uma mesa do outro lado da sala, em meio a uma conversa animada. – Por que ela iria querer me conhecer?

Ergui uma sobrancelha, sem acreditar.

– É *você* quem acredita que qualquer evento improvável é uma mensagem da Deusa – ressaltei. – Você ficou perdida por mil anos, foi encontrada por acidente, tornou a desaparecer, e aí aparece num palácio com uma estrangeira rica. Depois fica surpresa quando recebe atenção. – Ela fez um gesto ambíguo. – Já que Vendaai não funciona mais como uma casa, você precisa se estabelecer de algum modo.

Ela pareceu tão desanimada que, apenas pelo mais ínfimo instante, pensei que minhas palavras a tivessem ofendido de algum jeito. Mas então ela pareceu se recuperar.

– Se a capitã Vel queria minha boa vontade ou se preocupava com minha opinião, insultar você foi um mau começo. – Sua velha arrogância espreitava por trás daquelas palavras, uma diferença surpreendente do seu desânimo mal reprimido até então.

– E aquela inspetora supervisora? – perguntei. – Skaaiat, correto? Ela pareceu bastante educada. E você parecia saber quem era ela.

– Todas as Awer *parecem* bastante educadas – disse Seivarden, com nojo. Por sobre seu ombro, vi Daos Ceit rir de algo que uma de suas companheiras dissera. – Elas *parecem* totalmente normais no começo, mas então começam a ter visões, ou decidir que há algo de errado no universo e que elas precisam consertar. Ou as duas coisas ao mesmo tempo. São todas loucas. – Ela ficou em silêncio por um momento e depois se virou para ver o que eu estava olhando. – Ah, *ela*. Ela não é meio que... provinciana?

Voltei toda a minha atenção para Seivarden. Olhei para ela.

Ela olhou para a mesa.

– Desculpe. Isso foi... Isso foi simplesmente errado. Não tenho nenhuma...

– Eu duvido – interrompi – que o salário dela permita que ela vista roupas que a façam parecer... "diferente".

– Não foi isso que eu quis dizer. – Seivarden ergueu a cabeça, tensão e vergonha óbvias no rosto. – Mas o que eu quis dizer já foi ruim o bastante. Eu só... só fiquei surpresa. Todo esse tempo, acho que apenas supus que você fosse uma asceta. Isso simplesmente me surpreendeu.

Uma asceta. Eu entendia por que ela havia suposto isso, mas não por que teria importado se ela estava errada. A menos...

– Você está com *ciúmes*? – perguntei, sem acreditar. Bem-vestida ou não, eu tinha um aspecto tão provinciano quanto Daos Ceit. Só que eu vinha de uma província diferente.

– Não! – Então, no momento seguinte: – Bem, sim. Mas não *assim*.

Então percebi que não eram apenas as outras radchaai que poderiam ter a impressão errada vendo aquele presente de roupas que eu acabara de dar a Seivarden. Muito embora ela certamente soubesse que eu não poderia lhe oferecer clientela. Muito embora eu soubesse que, se ela pensasse nisso por mais de trinta segundos, nunca iria querer de mim o que aquele presente implicava. Ela com certeza não podia pensar que minha intenção fosse aquela.

– Ontem a inspetora supervisora me disse que eu corria o perigo de lhe dar falsas expectativas. Ou de dar a outras a impressão errada.

Seivarden soltou um ruído de escárnio.

– Valeria a pena considerar isso se eu tivesse o mais remoto interesse no que Awer pensa. – Ergui uma sobrancelha, e ela continuou, num tom de voz mais contrito: – Pensei que seria capaz de cuidar das coisas por mim mesma, mas depois de ontem à noite, e de tudo o que aconteceu hoje, simplesmente fiquei desejando estar com você. Acho que é verdade que todas as cidadãs são cuidadas. Não vi ninguém passando fome. Nem nua. – Seu rosto mostrou nojo por um momento. – Mas aquelas roupas. E o skel. Apenas skel, todo o tempo, cuidadosamente medido. Achei que não me importaria. Quer dizer, não me importo com skel, mas quase não consegui engoli-lo. – Pude imaginar o humor no qual ela estava quando entrou na briga. – Acho que foi o fato de saber que não conseguiria nada melhor por semanas e semanas. – E ela disse, com um sorriso irônico: – Saber que eu teria conseguido coisa melhor se pedisse para ficar com você.

– Então você quer seu velho trabalho de volta?

– *Porra*, claro que quero – disse ela, enfática e aliviada. Alto o bastante para o grupo do outro lado do aposento lançar olhares de desaprovação para nós.

– Cuidado com o vocabulário, cidadã. – Dei outra mordida do meu rolinho de algas. Aliviada, descobri, em vários pontos. – Tem certeza de que não preferiria se arriscar com a capitã Vel?

– Você pode tomar chá com quem quiser – disse Seivarden. – Mas ela deveria ter convidado você pessoalmente.

– Seus modos têm mil anos de idade – ressaltei.

– Modos são modos – respondeu ela, indignada. – Mas, como falei, pode tomar chá com quem quiser.

A inspetora supervisora Skaaiat entrou na casa, viu Daos Ceit e acenou com a cabeça para ela, mas veio até onde Seivarden e eu estávamos sentadas. Hesitou só um instante, reparando nos corretores no rosto de Seivarden, mas então fingiu que não os tinha visto.

– Cidadã. Honorável.

– Inspetora supervisora – respondi. Seivarden apenas balançou a cabeça.

– Darei uma pequena recepção amanhã à noite. – Ela deu o nome de um lugar. – Apenas chá, nada formal. Ficaria honrada se ambas comparecessem.

Seivarden deu uma risada franca.

– Modos – disse ela novamente – são modos.

Skaaiat franziu a testa, sem se abalar.

– O seu é o segundo convite que recebemos hoje – expliquei. – A cidadã Seivarden me disse que o primeiro não foi muito cortês.

– Espero que o meu tenha se adequado aos padrões dela – disse Skaaiat. – Quem faltou com eles?

– A capitã Vel – respondi. – Da *Misericórdia de Kalr*.

Para alguém que não conhecesse bem Skaaiat, ela pareceria não ter nenhuma opinião a respeito da capitã Vel.

– Ora. Admito que pretendia apresentar você, cidadã, a amigas minhas que pudessem lhe ser úteis. Mas você poderá achar a companhia da capitã Vel mais simpática.

– Você deve ter uma opinião muito ruim a meu respeito – disse Seivarden.

– É possível... – disse Skaaiat. Ah, como era estranho ouvi-la falar com tal gravidade, pois eu a conhecera vinte anos atrás, tão diferente. – ... que a abordagem da capitã Vel fosse menos que inteiramente respeitosa com relação à honorável Breq. Mas, em outros aspectos, suspeito que você a acharia simpática. – Antes que Seivarden pudesse responder, Skaaiat continuou: – Preciso ir. Espero vê-las amanhã à noite. – Ela olhou para a mesa à qual sua assistente estava sentada, e as três inspetoras adjuntas se levantaram e saíram atrás dela.

Seivarden ficou em silêncio por um momento, olhando a porta pela qual elas tinham saído.

– Ora – eu disse. Seivarden voltou a olhar pra mim. – Acho que, se você está voltando ao trabalho, é melhor eu pagar você para que possa comprar roupas mais decentes.

Uma expressão que não consegui ler direito passou rapidamente pelo seu rosto.

– Onde você conseguiu as suas?

– Acho que não vou pagar *tanto assim* a você.

Seivarden deu uma gargalhada. Tomou um gole do seu chá e comeu outro pedaço de fruta.

Eu não estava totalmente certa de que ela tinha mesmo comido.

– Tem certeza de que não quer mais nada? – perguntei.

– Tenho certeza. Que negócio é *esse*? – Ela olhou para o outro pedaço de meu jantar coberto de algas.

– Não faço ideia. – Eu nunca vira nada parecido no Radch, devia ser uma invenção recente, ou uma ideia importada de outro lugar. – Mas é bom. Quer um? Podemos levar para o quarto se quiser.

Seivarden fez uma careta.

– Não, obrigada. Você é mais aventureira do que eu.

– Suponho que sim – concordei agradavelmente. Terminei meu jantar e o chá. – Mas você não saberia isso só de olhar para mim hoje. Passei a manhã no templo, como uma boa turista, e a tarde vendo um entretenimento no meu quarto.

– Me deixe adivinhar! – Seivarden ergueu uma sobrancelha, sardônica. – Aquele de que todas estão falando. A heroína é virtuosa e leal, e a amante de sua patrona potencial a odeia. Ela vence por causa de sua inegável lealdade e devoção.

– Você viu.

– Mais de uma vez. Mas não por muito tempo.

Sorri.

– Certas coisas nunca mudam.

Seivarden deu uma gargalhada em resposta.

– Aparentemente não. As canções eram boas?

– Bem boas. Você pode ver lá no quarto se quiser.

Mas no quarto ela abriu o catre da serva, e disse:

– Só vou me sentar um momentinho.

E, dois minutos e três segundos depois, estava dormindo.

20

Eu tinha quase certeza de que semanas se passariam antes que Seivarden ao menos tivesse uma data para a audiência. Nesse meio-tempo estávamos vivendo ali, e eu teria chance de ver como as coisas estavam, quem poderia se aliar a qual Mianaai se surgisse um confronto aberto. Talvez até mesmo se uma Mianaai ou outra estava em ascendência ali. Qualquer informação poderia se provar crucial quando chegasse a hora. E ela chegaria, eu estava cada vez mais certa disso. A qualquer momento Anaander Mianaai poderia perceber o que eu era – e então não haveria como me esconder do resto dela própria. Eu estava ali abertamente, visivelmente, junto de Seivarden.

Pensando em Seivarden, e na ansiedade da capitã Vel Osck para encontrá-la, também pensei na capitã de centena Rubran. Em Anaander Mianaai reclamando que ela não podia adivinhar a opinião da outra, não podia confiar nem em sua oposição nem em seu apoio, nem poderia pressioná-la para descobri-los ou compeli-los. A capitã Rubran tivera sorte o bastante em suas conexões familiares para ser capaz de assumir e conservar uma posição tão neutra. Isso dizia algo sobre em que pé estava a luta de Mianaai consigo mesma na época?

Será que a capitã da *Misericórdia de Kalr* também assumira aquela postura neutra? Ou algo havia mudado naquele equilíbrio durante o tempo em que eu estivera fora? E o que significava o fato de a inspetora supervisora Skaaiat não gostar dela? Eu tinha certeza de ter visto em seu rosto, ao mencionar o nome de Osck, uma expressão de desagrado. Naves militares não estavam sujeitas às autoridades das docas – exceto, claro, na questão de chegadas e partidas – e a relação entre as duas normalmente envolvia um certo desprezo de um lado e um leve ressentimento do outro, tudo encoberto por uma cortesia defensiva. Mas Skaaiat Awer nunca fora dada a ressentimentos, e além disso eu conhecia ambos os lados do jogo. Será que a capitã Vel a ofendera pessoalmente? Será que ela apenas não gostava da outra, como às vezes acontecia?

Ou será que suas simpatias a colocavam do outro lado de alguma linha divisória política? E afinal, de que lado Skaaiat Awer cairia em um Radch dividido? A menos que algo houvesse acontecido para mudar sua personalidade e opiniões drasticamente, eu achava que sabia onde Skaaiat Awer ficaria. Já a capitã Vel – e por extensão a *Misericórdia de Kalr* – eu não conhecia bem o bastante para dizer.

Quanto a Seivarden, eu não tinha ilusão com relação a onde as simpatias *dela* cairiam, se fosse preciso escolher entre cidadãs que ficavam em seus lugares adequados junto com um Radch expansionista e conquistador ou nenhuma anexação e a elevação de cidadãs com os sotaques e antecedentes errados. Eu não tinha ilusão quanto a qual seria a opinião de Seivarden sobre a tenente Awn, se elas tivessem se conhecido.

O lugar onde a capitã Vel costumava tomar chá não tinha uma fachada muito proeminente. E não precisava ter. Provavelmente não era o ponto mais em voga da moda e da alta sociedade – a não ser que a sorte de Osck tivesse disparado nos últimos vinte anos. Mas ainda era o tipo de lugar onde, se uma pessoa não soubesse que ele existia, não seria bem-vinda. O lugar era escuro e o som abafado – tapetes e revestimentos nas paredes absorviam ecos ou ruídos indesejados. Sair do corredor barulhento para entrar ali era como colocar subitamente as mãos nos ouvidos. Várias cadeiras baixas cercavam mesinhas. A capitã Vel estava sentada num canto, frascos e tigelas de chá e uma bandeja já meio vazia de doces na mesa à sua frente. As cadeiras estavam todas ocupadas, e um círculo externo fora puxado ao redor.

Elas estavam ali havia pelo menos uma hora. Antes de sairmos do quarto, Seivarden dissera para mim, de modo neutro, ainda irritada, que naturalmente eu não ia querer sair correndo para o chá. Se ela tivesse estado num humor melhor, teria me avisado que eu deveria chegar tarde. Essa fora minha própria inclinação desde o começo, então não disse nada e deixei que ela tivesse a satisfação de pensar que havia me influenciado, se quisesse ter tal satisfação.

A capitã Vel me viu e se levantou, com uma mesura.

– Ah, Breq Ghaiad. Ou será Ghaiad Breq?

Retribuí a mesura, tomando cuidado para que ela fosse precisamente tão pequena quanto a dela.

– No Gerentato colocamos os nomes das nossas casas primeiro. – O Gerentato não tinha casas da maneira que as radchaai tinham, mas esse era o único termo que as radchaai conheciam para um nome que indicava relações e família. – Mas não estou no Gerentato neste momento. Ghaiad é o nome da minha casa.

– Então você já o colocou na ordem certa para nós! – disse a capitã Vel com uma jovialidade falsa. – É muita consideração da sua parte. – Eu não podia ver Seivarden, que estava parada em pé atrás de mim. Por um instante me perguntei qual expressão o seu rosto teria, e também por que a capitã Vel havia me convidado ali se toda interação dela comigo se basearia no leve insulto.

Estação estava me observando, com certeza. Ela veria pelo menos vestígios de minha irritação. A capitã Vel não. E provavelmente não ligaria se pudesse ver.

– E a capitã Seivarden Vendaai – continuou a capitã Vel, e fez outra mesura, visivelmente maior que a anterior. – Uma honra, senhora. Uma honra muito grande. Por favor, sentem-se. – Ela fez um gesto para cadeiras perto da dela, e duas radchaai vestidas com elegância e cheias de joias se levantaram para dar lugar a nós, sem reclamação nem expressão de raiva.

– Peço desculpas, capitã – disse Seivarden. Neutra. Os corretores do dia anterior haviam caído, ela tinha quase sua aparência de mil anos antes, a filha rica e arrogante de uma casa em alta posição. Em seguida ela faria uma cara de desdém e diria algo sarcástico, eu tinha certeza, mas não fez isso. – Não mereço mais o título. Sou serviçal da honorável Breq. – Ligeira ênfase na palavra *honorável*, como se a capitã Vel pudesse ignorar o título apropriado de cortesia e Seivarden quisesse apenas informá-la discreta e educadamente. – E lhe agradeço pelo convite, que ela foi gentil o bastante para me transmitir. – Ali estava, um vestígio de desdém, embora isso talvez só fosse perceptível para alguém que a conhecesse bem. – Mas tenho tarefas a realizar.

– Eu lhe dei a tarde de folga, cidadã – falei, antes que a capitã Vel pudesse responder. – Passe-a da forma que quiser.

Nenhuma reação de Seivarden, e eu ainda não podia ver seu rosto. Sentei-me numa das cadeiras liberadas para nós. Uma tenente sentara ali antes, sem dúvida uma das oficiais da capitã Vel. Embora eu visse mais uniformes marrons ali do que uma nave pequena como a *Misericórdia de Kalr* poderia ter.

A pessoa ao meu lado era uma civil de rosa e azul-celeste; ela usava luvas delicadas de cetim que sugeriam que ela nunca tinha lidado com nada mais duro ou pesado que uma tigela de chá, além de um broche grande e ostentatório de ouro trançado com safiras incrustadas; eu tinha certeza de que não era vidro. Provavelmente o design anunciava a casa rica à qual ela pertencia, mas eu não a reconheci. Ela se inclinou para mim e disse em voz alta, quando Seivarden se sentou na cadeira à minha frente:

– Como você deve ter se achado afortunada ao encontrar Seivarden Vendaai!

– Afortunada – repeti cuidadosamente, como se a palavra não me fosse familiar, usando apenas um pouco mais meu sotaque do

Gerentato. Quase desejando que a linguagem radchaai se preocupasse com gênero para que eu pudesse usá-lo de forma errada e soar ainda mais estrangeira. Quase. – Essa é a palavra certa? – Eu estava certa ao adivinhar o motivo pelo qual a capitã Vel me abordara daquele jeito. A inspetora supervisora Skaaiat fizera algo semelhante, dirigindo-se a Seivarden muito embora soubesse que Seivarden chegara como minha serviçal. Naturalmente, a inspetora supervisora percebeu seu erro quase de imediato.

À minha frente, Seivarden explicava à capitã Vel a situação de seus testes de aptidão. Fiquei espantada com sua calma gélida, já que eu sabia que ela estava zangada desde que eu dissera que pretendia vir. Mas aquele era, de certa forma, seu hábitat natural. Se a nave que encontrara seu módulo de suspensão a tivesse trazido para um lugar assim em vez de uma pequena estação de província, as coisas teriam saído muito diferentes para ela.

– Ridículo! – exclamou Rosa-e-azul-celeste ao meu lado enquanto a capitã Vel servia uma xícara de chá e a oferecia a Seivarden. – Como se você fosse uma criança. Como se ninguém soubesse para o que você é adequada. Antigamente podíamos depender das oficiais para lidar com as coisas de modo adequado. – *De modo justo*, soou a companheira silenciosa daquela última palavra. *De modo benéfico.*

– Cidadã, eu perdi minha nave – disse Seivarden.

– Não foi sua culpa, capitã – protestou outra civil em algum lugar atrás de mim. – Certamente não.

– Tudo o que acontece em meu horário de vigilância é minha culpa, cidadã – respondeu Seivarden.

A capitã Vel fez um gesto de concordância.

– Mesmo assim, não se deveria nem pensar em submetê-la aos testes *novamente.*

Seivarden olhou para seu chá, olhou para mim sentada de mãos abanando à sua frente, e colocou sua tigela sobre a mesa sem beber. A capitã Vel serviu uma tigela e ofereceu para mim, como se não tivesse notado o gesto de Seivarden.

– O que está achando do Radch depois de mil anos, capitã? – perguntou alguém atrás de mim enquanto eu aceitava o chá. – Muito diferente?

Seivarden não pegou a própria tigela.

– Algumas coisas mudaram. Outras não.

– Para melhor ou para pior?

– Difícil dizer – respondeu Seivarden com frieza.

– Como você fala lindamente, capitã Seivarden – disse outra pessoa. – Tanta gente jovem hoje em dia é descuidada com a fala. É adorável ouvir alguém falar com verdadeiro refinamento.

Os lábios de Seivarden estremeceram no que poderia ser considerado uma apreciação do elogio, mas quase com certeza não era isso.

– Essas casas mais baixas e provincianas, com seus sotaques e suas gírias – concordou a capitã Vel. – Realmente, na minha própria nave, há ótimas soldados, mas só de ouvi-las falar você pensaria que elas nunca foram à escola.

– Preguiça pura – opinou uma tenente atrás de Seivarden.

– Com ancilares não se tem esse problema – disse alguém, possivelmente a capitã atrás de mim.

– Não se tem muitas coisas com ancilares – falou outra pessoa, um comentário que podia ser encarado de duas maneiras, mas eu tinha certeza de qual maneira a pessoa pretendia. – Mas esse não é um assunto seguro.

– Não é seguro? – perguntei, toda inocência. – Com certeza não é ilegal reclamar dos jovens hoje em dia, certo? Que crueldade. Pensei que isso fosse parte básica da natureza humana, um dos poucos costumes humanos praticados universalmente.

– E decerto – acrescentou Seivarden com ligeiro deboche, sua máscara enfim caindo – é *sempre* seguro reclamar de casas mais baixas e provincianas.

– É o que *você pensa* – disse Rosa-e-azul-celeste ao meu lado, confundindo a intenção da fala de Seivarden. – Mas sofremos uma triste mudança, capitã, desde o seu tempo. Antigamente podíamos depender dos testes de aptidão para enviar a cidadã certa para a missão certa. Não consigo entender algumas das decisões que se tomam hoje em dia. E ateias recebem privilégios. – Ela estava se referindo às valskaayanas, que eram, de modo geral, não ateias, mas exclusivamente monoteístas. Para muitas radchaai a diferença era invisível. – E soldados humanas! As pessoas hoje em dia reclamam de ancilares, mas não se vê ancilares bêbadas vomitando na passarela.

Seivarden fez um ruído simpático.

– *Nunca* vi oficiais vomitando de bêbadas.

– No seu tempo, talvez não – respondeu alguém atrás de mim.

– As coisas mudaram.

Rosa-e-azul-celeste inclinou a cabeça na direção da capitã Vel, que, a julgar pela expressão em seu rosto, havia finalmente entendido as palavras de Seivarden, mas Rosa-e-azul-celeste não.

– Isso não quer dizer, capitã, que a senhora não mantenha *sua* nave em ordem. Mas não seria preciso *manter* ancilares na linha, seria?

A capitã Vel dispensou a questão com uma mão vazia, a tigela de chá na outra.

– Isso é comando, cidadã, é apenas meu trabalho. Mas existem questões mais sérias. Você não pode encher porta-tropas de humanas. As Justiças com tripulações humanas estão todas quase vazias.

– E, é claro – observou Rosa-e-azul-celeste – todas elas têm que ser *pagas*.

A capitão Vel fez um gesto de assentimento.

– Dizem que não precisamos mais delas. – O sujeito oculto significando, claro, Anaander Mianaai. Ninguém falaria o nome dela ao criticá-la. – Que nossas fronteiras estão adequadas do jeito que estão. Não finjo que entendo de política, ou políticas. Mas me parece que se despende menos armazenando ancilares do que treinando e pagando humanas e rotacionando-as dentro e fora de armazenamento.

– Dizem – falou Rosa-e-azul-celeste ao meu lado, pegando um doce na mesa à sua frente – que, se não fosse pelo sumiço da *Justiça de Toren*, elas teriam sucateado um dos porta-tropas a esta altura.

– Minha surpresa ao ouvir meu próprio nome não poderia ter sido visível para ninguém ali, mas certamente Estação poderia perceber. E essa surpresa, esse espanto, não era algo que fosse se encaixar na identidade que eu construíra. Tive a certeza de que Estação estaria me reavaliando. E Anaander Mianaai também.

– Ah – disse uma civil atrás de mim –, mas nossa visitante aqui está sem dúvida feliz de saber que nossas fronteiras estão fixadas.

Mal virei a cabeça para responder.

– O Gerentato seria um bocado grande para engolir. – Mantive minha voz neutra. Ninguém ali podia ver minha constante consternação por aquele espanto de momentos atrás.

A não ser, claro, Estação e Anaander Mianaai. E Anaander Mianaai, ou parte dela, pelo menos, teria ótimas razões para reparar numa conversa sobre a *Justiça de Toren*, e reações a ela.

– Eu não sei, capitã Seivarden – dizia a capitã Vel –, se você ouviu falar do motim em Ime. Uma unidade inteira se recusou a cumprir suas ordens e desertou para uma potência alienígena.

– Isso certamente não teria acontecido numa nave tripulada por ancilares – observou alguém atrás de Seivarden.

– Não seria um bocado grande demais para o Radch, imagino – disse a pessoa atrás de mim.

– Ouso dizer – falei, aumentando mais uma vez meu sotaque do Gerentato – que, compartilhando uma fronteira conosco por tanto tempo, você aprendeu maneiras melhores à mesa. – Recusei-me a virar completamente para ver se o silêncio que recebi em resposta era divertido, indignado ou se estava apenas distraído por Seivarden e a capitã Vel. Tentei não pensar demais em quais conclusões Anaander Mianaai tiraria da minha reação ao ouvir meu nome.

– Acho que ouvi algo a respeito – disse Seivarden, franzindo a testa, pensativa. – Ime. Foi onde a governadora da província e as capitãs das naves no sistema cometeram assassinato, roubaram e sabotaram as naves e a estação para que não pudessem relatar às autoridades. Certo?

Não havia por que me preocupar com a maneira como Estação,

ou a Senhora do Radch, interpretaria a minha reação a *isso*. Os lances cairiam onde tivessem que cair. Eu precisava ficar calma.

– Isso não tem nada a ver – respondeu Rosa-e-azul-celeste. – A questão é que foi um motim. A insinuação de um motim, mas não se pode saber ao certo os perigos em se promover as malnascidas e vulgares a posições de autoridade, ou políticas que encorajem o tipo mais sórdido de comportamento e que até mesmo minem tudo que a civilização sempre lutou para conseguir, sem perder contatos de negócio ou promoções.

– Então você deve ser muito corajosa para falar assim – observei. Mas eu tinha certeza de que Rosa-e-azul-celeste não era particularmente corajosa. Ela falou o que falou porque podia fazer isso sem perigo a si mesma.

Calma. Eu podia controlar minha respiração, mantê-la suave e regular. Minha pele era escura demais para mostrar rubor, mas Estação veria a alteração na temperatura. Estação poderia apenas achar que eu estava zangada com algo. Eu tinha bons motivos para estar zangada.

– Honorável – chamou Seivarden de repente. Pelo jeito do seu maxilar e dos ombros, ela estava reprimindo a necessidade de cruzar os braços. Em um instante estaria num daqueles humores que a levavam a encarar a parede em silêncio. – Vamos nos atrasar para nosso próximo compromisso. – Ela se levantou, mais bruscamente do que seria educado.

– É verdade – concordei, e coloquei de lado meu chá intocado. Torci para que sua ação fosse por conta própria, e não porque ela tivesse visto qualquer sinal de minha agitação. – Capitã Vel, obrigada pelo seu convite tão gentil. Foi uma honra conhecer todas vocês.

Lá fora, na passarela principal, Seivarden resmungou, enquanto caminhava ao meu lado:

– Esnobes filhas da puta.

As pessoas passavam, a maioria sem prestar qualquer atenção em nós. Isso era bom. Isso era normal. Eu podia sentir meus níveis de adrenalina caindo.

Melhor. Parei e me virei para encarar Seivarden, erguendo uma sobrancelha.

– Bem, mas elas *são* esnobes – continuou ela. – Para *o que* elas acham que são os testes de aptidão? *Toda* a questão reside no fato de qualquer pessoa poder fazer um teste para qualquer coisa.

Lembrei-me da tenente Skaaiat, vinte anos mais jovem, perguntando, na escuridão úmida da cidade alta, se os testes antes não tinham imparcialidade ou se não a tinham agora, e respondendo por si mesma *as duas coisas*. E como a tenente Awn ficara magoada e perturbada.

Seivarden cruzou os braços, depois os descruzou e fechou os punhos enluvados.

– E é *claro* que alguém de uma casa mais baixa vai ser malnascida e ter um sotaque vulgar. Elas não conseguem evitar isso. E *o que* elas estavam pensando para ter uma conversa assim? Numa casa de chá. Numa *estação palaciana*. Quero dizer, não só "quando éramos jovens" e "provincianas são vulgares", mas os testes de aptidão são corruptos? As militares são mal administradas? – Eu não falei, mas ela respondeu como se eu tivesse feito isso. – Ah, claro, todas reclamam que as coisas são mal administradas. Mas *assim* não. O que está acontecendo?

– Não me pergunte. – Embora, é claro, eu soubesse; ou achasse que sim. Voltei me perguntar o que significava que Rosa-e-azul-celeste, e outras ali, tivessem se sentido tão à vontade para falar aquelas coisas. Qual Anaander Mianaai poderia ter uma vantagem ali? Embora aquela livre expressão pudesse apenas significar que a Senhora do Radch preferia deixar suas inimigas se identificarem de modo claro e sem ambiguidade. – E você sempre foi a favor de que as malnascidas fizessem testes para posições elevadas? – perguntei, sabendo que não.

Percebi, de repente, que se Estação não tivesse conhecido ninguém do Gerentato, Anaander Mianaai muito provavelmente conhecera. Por que isso não havia me ocorrido antes? Foi por causa de algo programado na minha mente-nave, invisível para mim até agora, ou apenas as limitações do pequeno cérebro que me restava?

Eu podia ter enganado a Estação, e todo mundo ali, mas nem por um momento havia enganado a Senhora do Radch. Ela certamente sabia, desde o instante em que coloquei os pés nas docas do palácio, que eu não era o que dizia ser.

Os lances cairiam onde tivessem que cair, eu disse a mim mesma.

– Pensei no que você me contou a respeito de Ime – disse Seivarden, como se isso respondesse a minha questão. Sem perceber meu renovado estresse. – Não sei se aquela líder de unidade agiu certo. Mas não sei qual teria sido a coisa certa a fazer. Não sei se teria tido coragem de morrer por essa coisa certa se eu soubesse qual era. Quer dizer... – Ela fez uma pausa. – Quer dizer, eu gostaria de pensar que sim. Houve um tempo em que eu teria certeza de que sim. Mas não posso sequer... – Ela foi parando de falar, a voz tremendo de leve. Ela parecia prestes a chorar, como a Seivarden de um ano atrás, os sentimentos muito à flor da pele para que ela pudesse segurar. Aquela educação contida na casa de chá devia ter sido resultado de um esforço considerável.

Eu não prestara muita atenção nas pessoas que passavam por nós enquanto caminhávamos. Mas agora eu percebia que algo estava errado. Subitamente me dava conta da localização e da direção das pessoas ao nosso redor. Algo indefinido me perturbava, algo na maneira como certos indivíduos se moviam.

Pelo menos quatro pessoas estavam nos observando à paisana. Sem dúvida estavam nos seguindo e eu não reparara nisso até agora. Certamente aquilo era recente. Eu teria notado se tivesse sido seguida desde o momento em que pisei nas docas. Tinha certeza disso.

Estação certamente percebera meu espanto na casa de chá quando Rosa-e-azul-celeste dissera "*Justiça de Toren*". Estação teria se perguntado por que eu reagira daquela forma. Teria começado a me vigiar ainda mais de perto do que antes. Ainda assim, Estação não precisaria ter me seguido para me vigiar. Aquilo não era mera observação.

Aquilo não era coisa da Estação.

Nunca fui dada a pânico. Não entraria em pânico agora. Aquela jogada era minha, e, se eu havia errado de leve o cálculo da trajetória de uma peça, não erraria as outras. Mantendo minha voz muito, muito calma, eu disse a Seivarden:

– Vamos chegar cedo para ver a inspetora supervisora.

– Precisamos ver essa Awer? – perguntou Seivarden.

– Acho que sim. – Ao dizer isso, imediatamente desejei não ter dito. Eu não queria ver Skaaiat Awer, não agora, não naquele estado.

– Talvez não devêssemos – considerou Seivarden. – Talvez devêssemos voltar ao quarto. Você pode meditar ou rezar ou o que for, e depois podemos jantar e ouvir um pouco de música. Acho que seria melhor.

Ela estava preocupada *comigo*. Isso estava claro. E ela tinha razão, voltar para o quarto seria melhor. Eu teria a chance de me acalmar, de pensar.

E Anaander Mianaai teria a chance de me fazer desaparecer sem que ninguém observasse, sem que ninguém soubesse de nada.

– A inspetora supervisora – respondi.

– Sim, honorável – disse Seivarden, vencida.

Os aposentos de Skaaiat Awer eram seu próprio pequeno labirinto de corredores e quartos. Ela vivia ali com várias inspetoras de docas e clientes, e até mesmo clientes de clientes. Aquela com certeza não era a única presença de Awer ali, e sua casa teria seus próprios aposentos em outro lugar da estação, mas Skaaiat evidentemente preferia aquele arranjo. Excêntrico, mas isso era esperado de qualquer Awer. Embora, assim como acontecia com tantas Awer, sua excentricidade tivesse um lado prático, já que ali estávamos muito próximas das docas.

Uma serviçal nos deixou entrar e nos escoltou até uma sala de espera com piso de pedra azul e branca, cheia de plantas de todos os tipos do chão ao teto, verde-claras e verde-escuras, de folhas estreitas e largas, trepadeiras ou plantas retas, algumas em flor, com pintas e manchas brancas, vermelhas, roxas, amarelas. Provavelmente ocupavam todo o tempo de pelo menos um membro daquela casa.

Daos Ceit nos aguardava ali. Fez uma grande mesura, parecendo genuinamente satisfeita em nos ver.

– Honorável Breq, cidadã Seivarden. A inspetora supervisora ficará tão feliz por vocês terem vindo. Por favor, sentem-se. – Ela fez um gesto para as cadeiras espalhadas ao redor. – Querem chá? Ou estão satisfeitas? Sei que tiveram outro compromisso hoje.

– Chá seria bom, obrigada – respondi. Nem eu nem Seivarden havíamos de fato tomado chá no encontro com a capitã Vel. Mas eu não queria me sentar. Parecia que as cadeiras impediriam meus movimento se eu fosse atacada e precisasse me defender.

– Breq? – perguntou Seivarden, em voz muito baixa. Preocupada. Ela percebia que algo estava errado, mas não tinha como perguntar discretamente qual era o problema.

Daos Ceit me entregou uma tigela de chá, sorrindo, até onde era possível ver, sinceramente. Ela parecia não perceber o estado de tensão em que eu me encontrava, e que era tão óbvio para Seivarden. Como eu não a reconhecera no momento em que a vi? Como não identificara imediatamente seu sotaque orsiano?

Como eu não havia percebido que não conseguiria enganar Anaander Mianaai nem mesmo por um segundo?

Eu não poderia ficar de pé o tempo todo, não seria educado. Teria de escolher um assento. Nenhuma das cadeiras disponíveis era suportável. Mas eu era mais perigosa que quase qualquer uma ali percebia, mesmo sentada. Eu ainda tinha a arma, uma pressão reconfortante contra minhas costelas, sob a jaqueta. Eu ainda tinha a atenção de Estação, de *todas* as Anaander Mianaai, sim, e era isso que eu *desejara*. Esse ainda era meu jogo. Era. Escolha um assento. Os lances cairão onde tiverem que cair.

Antes que eu pudesse me obrigar a sentar, Skaaiat Awer entrou no aposento. Tão modestamente coberta de enfeites como quando estava trabalhando, mas eu reconhecia o tecido amarelo-claro de sua jaqueta de corte elegante, era daquela loja cara. Em sua manga direita, a etiqueta dourada faiscou.

Ela fez uma mesura.

– Honorável Breq. Cidadã Seivarden. Que bom ver vocês duas. Vejo que a adjunta Ceit lhes serviu chá. – Seivarden e eu assentimos com gestos educados. – Deixe-me dizer, antes que as outras cheguem, que estou esperando que vocês duas fiquem para jantar.

– Você tentou nos alertar ontem, não? – perguntou Seivarden.

– Seivarden – comecei.

A inspetora supervisora Skaaiat ergueu uma mão elegantemente coberta por uma luva amarela.

– Está tudo bem, honorável. Eu sabia que a capitã Vel se orgulhava por ser à moda antiga. Por saber como as coisas eram muito melhores quando as crianças respeitavam as mais velhas, e bom gosto e maneiras refinadas eram a regra. Tudo bem familiar, tenho certeza de que já ouvia este tipo de conversa mil anos atrás, cidadã. – Seivarden soltou um leve *rá*, concordando. – Tenho certeza de que você ouviu tudo sobre como as radchaai têm o dever de levar a civilização à humanidade. E que as ancilares são bem mais eficientes para esse propósito que soldados humanas.

– Bem, quanto a isso – falou Seivarden –, eu diria que são mesmo.

– Claro que diria. – Skaaiat mostrou um pequeno vislumbre de raiva. Seivarden provavelmente não conseguiu ver isso, não a conhecia bem o bastante. – Você não deve saber, cidadã, que eu própria comandei tropas humanas durante uma anexação. – Seivarden não sabia. Sua surpresa era óbvia. Eu sabia, é claro. Minha falta de surpresa seria óbvia para Estação. Para Anaander Mianaai.

Não havia por que me preocupar com isso.

– É verdade – continuou Skaaiat – que não é preciso pagar ancilares, e elas nunca têm problemas pessoais. Fazem o que você manda, sem nenhuma espécie de reclamação ou comentário, e executam o serviço bem e por inteiro. E isso não foi verdade no caso das minhas soldados humanas. E a maioria das minhas soldados era boa gente, mas é tão fácil, não é, acreditar que as pessoas contra as quais você está lutando não são de fato humanas. Ou talvez você precise pensar assim para ser capaz de matá-las. Pessoas como a capitã Vel adoram ressaltar as atrocidades que soldados humanas têm cometido e dizer que ancilares não as cometeriam. Como se criar essas ancilares já não fosse uma atrocidade.

Skaaiat continuou em um assunto que, em Ors, trataria com sarcasmo. Mas agora estava séria.

– Elas são mais eficientes, como eu disse. E, se ainda estivéssemos em expansão, ainda precisaríamos utilizá-las. Porque não podemos fazer isso com soldados humanas, não por muito tempo. E fomos construídas para expansão, temos nos expandido por mais de 2 mil anos, e parar vai significar uma mudança completa no que somos. Neste momento a maioria das pessoas não vê isso, e não se importa. E não verão até que afete diretamente suas vidas, e para a maioria das pessoas isso ainda não acontece. É uma questão abstrata, exceto para pessoas como a capitã Vel.

– Mas a opinião da capitã Vel não importa – disse Seivarden. – Nem a das outras. A Senhora do Radch decidiu, seja lá por qual motivo. E é tolice sair por aí dizendo qualquer coisa contra isso.

– Ela pode tomar outra decisão, se for convencida – respondeu Skaaiat. Todas nós continuávamos em pé. Eu estava tensa demais para me sentar, Seivarden agitada demais, e Skaaiat, pensei, zangada. Daos Ceit estava em pé, paralisada, tentando fingir que não ouvia nada daquilo. – Ou a decisão poderia ser um sinal de que a Senhora do Radch foi corrompida de alguma maneira. Uma pessoa como a capitã Vel com certeza não aprova toda essa conversa que andamos tendo com alienígenas. O Radch sempre defendeu a civilização, e a civilização sempre significou humanidade pura e não corrompida. Lidar de verdade com não humanas, em vez de simplesmente matá-las, não pode ser bom para nós.

– Foi isso que causou aquela história em Ime? – perguntou Seivarden, que claramente passara nossa caminhada até ali pensando sobre isso. – Alguém decidiu montar uma base e empilhar ancilares e... e o que mais? Forçar a questão? Você está falando de rebelião. Traição. Por que alguém estaria fazendo uma coisa dessas agora? A menos que, quando pegaram as pessoas responsáveis por Ime, não tenham pegado todas. E agora estejam deixando umas poucas colocarem a cabeça de fora e fazer barulho, e assim que acharem que todas as envolvidas se identificaram... – Agora era visível que ela estava zangada. Era uma suposição muito boa, ela poderia estar mais ou menos certa. Dependendo de qual Anaander tivesse a vantagem ali. – Por que você não nos alertou?

– Eu tentei, cidadã. Devia ter falado de modo mais direto. Ainda assim, eu não tinha certeza de que a capitã Vel fora tão longe. Eu só sabia que ela havia idealizado o passado de um jeito com o qual não posso concordar. As pessoas mais nobres e bem-intencionadas do mundo não podem dizer que anexações são algo bom. Argumentar que ancilares são eficientes e convenientes não é, para mim, um ponto a favor da sua utilização. Não torna isso melhor, só faz parecer um pouco mais limpo.

E isso apenas se você ignorar o que as ancilares eram, para começo de conversa.

– Diga-me... – Eu quase disse "diga-me, tenente", mas consegui parar a tempo. – Diga-me, inspetora supervisora, o que acontece com as pessoas que estão esperando para se tornar ancilares?

– Algumas ainda estão em armazenamento, ou em porta-tropas – disse Skaaiat. – Mas a maioria foi destruída.

– Bem, então isso torna tudo melhor – falei de forma séria. Num tom neutro.

– Awer era contra isso desde o começo – respondeu Skaaiat. Ela estava falando da expansão contínua, não de qualquer tipo de expansão. E o Radch utilizara ancilares muito antes de Anaander Mianaai ter se tornado o que era. Simplesmente não havia tantas delas antes. – As senhoras de Awer disseram isso repetidas vezes para a Senhora do Radch.

– Mas as senhoras de Awer não se recusaram a lucrar com isso. – Mantive minha voz neutra. Agradável.

– É tão fácil seguir adiante com as coisas, não? – disse Skaaiat. –

Especialmente quando, como você diz, a situação está dando lucro.

– Então ela franziu a testa e inclinou a cabeça devagar, ouviu por alguns segundos algo que só ela podia ouvir. Olhou questionadora para mim, para Seivarden. – A Segurança da Estação está na porta. Perguntando pela cidadã Seivarden. – *Perguntando* era algo com certeza mais educado que a realidade. – Me deem licença por um momento. – Ela foi para o corredor, seguida por Daos Ceit.

Seivarden olhou para mim, com uma estranha calma.

– Estou começando a desejar que ainda estivesse congelada no meu módulo de fuga. – Sorri, mas parece que isso não a convenceu.

– Você está bem? Você não tem estado bem desde que deixamos aquela tal de Vel Osck. Maldita seja Skaaiat Awer por não ter falado de modo mais direto! Normalmente você não consegue impedir que uma Awer *pare* de falar coisas desagradáveis. E ela escolheu esta hora para ser discreta!

– Eu estou bem – menti.

Quando eu disse isso, Skaaiat retornou com uma cidadã trajando o marrom-claro da segurança da estação, que fez uma mesura e falou para Seivarden:

– Cidadã, a senhora e essa pessoa querem vir comigo?

A cortesia era, claro, uma mera formalidade. Não se recusavam convites da Segurança da Estação. Mesmo que tentássemos, haveria reforços do lado de fora, colocados ali para garantir que não recusássemos. Não seriam essas as pessoas que haviam me seguido desde o encontro com a capitã Vel. Seriam Missões Especiais ou até a própria guarda de Anaander Mianaai. A Senhora do Radch juntara todas as peças e decidira me remover antes que eu pudesse causar qualquer dano sério. Mas era provavelmente tarde demais para isso. Todas as versões dela estavam prestando atenção. Percebi isso pelo fato de que enviara a Segurança da Estação para me prender e não uma oficial de Missões Especiais para me matar de modo rápido e silencioso.

– Claro – respondeu Seivarden, toda educação e calma. É claro. Ela sabia que era inocente de qualquer malefício, tinha certeza de que eu era das Missões Especiais e que eu trabalhava para a própria Anaander; por que deveria se preocupar? Mas eu sabia que finalmente o momento havia chegado. Os presságios que haviam ficado no ar por vinte anos estavam prestes a cair e me mostrar, mostrar a Anaander Mianaai, o padrão que formavam.

A oficial de segurança nem sequer estremeceu uma sobrancelha ao responder.

– A Senhora do Radch deseja falar com você em particular, cidadã. – Nem uma olhada para mim. Ela provavelmente não sabia por que fora enviada para nos escoltar até a Senhora do Radch, não percebia que eu era perigosa, que ela precisava do apoio que nos aguardava nos corredores da estação. Isso se ela soubesse que os reforços estavam lá.

A arma continuava sob minha jaqueta, e havia munição extra enfiada em lugares onde o volume não apareceria. Anaander Mianaai quase certamente não conhecia minhas intenções.

– É a audiência que solicitei, então? – perguntou Seivarden.

A oficial de segurança fez um gesto de ambiguidade.

– Não sei dizer, cidadã.

Anaander Mianaai não poderia saber meu objetivo em vir até ali, sabia apenas que eu tinha desaparecido cerca de vinte anos atrás. Parte dela poderia saber que estivera a bordo de minha última viagem, mas nenhuma parte poderia saber o que acontecera depois que saí do sistema Shis'urna por um portal.

– Eu perguntei – disse a inspetora supervisora Skaaiat – se vocês poderiam tomar chá e jantar aqui primeiro. – O fato de que ela tinha perguntado revelava algo a respeito de sua relação com a Segurança. O fato de seu pedido ter sido recusado indicava algo sobre a urgência por trás dessa prisão; era uma prisão, eu tinha certeza.

A segurança, sem se importar, fez um gesto de desculpas.

– São ordens, inspetora supervisora. Cidadã.

– É claro – disse Skaaiat, de modo leve e não perturbado, mas eu a conhecia, escutei a preocupação oculta em sua voz. – Cidadã Seivarden. Honorável Breq. Se houver qualquer ajuda que eu puder oferecer, por favor, não hesitem em me chamar.

– Obrigada, inspetora supervisora – respondi, e fiz uma mesura. Meu medo e incerteza, meu quase pânico, sumiram. O presságio Quietude havia virado e se tornado Movimento. E a Justiça estava prestes a pousar diante de mim, clara e inequívoca.

A oficial da segurança nos escoltou, não para a entrada principal do palácio em si, mas para dentro do templo, que estava silencioso a essa hora, quando muita gente estava visitando conhecidas, ou em casa, tomando chá com a família. Uma jovem sacerdotisa estava sentada, com aspecto entediado e irritado, atrás das cestas de flores agora quase vazias. Ela nos lançou um olhar ressentido quando entramos, mas nem sequer virou a cabeça com a nossa passagem.

Seguimos pelo salão principal, Amaat de quatro braços assomando enorme sobre nós, o ar ainda cheirando a incenso e a pilha de flores aos pés e joelhos da deusa, de volta até uma pequena capela enfiada num canto, dedicada a uma antiga e agora obscura deusa de província, uma daquelas personificações de conceitos abstratos que tantos panteões detêm, nesse caso uma deificação da legítima autoridade política. Sem dúvida, quando o palácio fora construído ali, nem se questionaria colocar essa deusa ao lado de Amaat, mas ela parecia ter sido desfavorecida, com a mudança da demografia da estação, ou talvez da moda. Ou talvez algo mais sombrio tivesse provocado isso.

Na parede atrás da imagem da deusa, um painel deslizou e se abriu. Atrás dele havia uma guarda armada e blindada, arma no coldre mas não longe de sua mão, a armadura lisa e prateada cobrindo seu rosto. Ancilar, pensei, mas não havia como ter certeza. Perguntei-me, como acontecera algumas vezes ao longo dos últimos vinte anos, como isso funcionava. Com certeza o palácio em si não era guardado por Estação. Seriam as guardas de Anaander Mianaai apenas outra parte dela?

Seivarden olhou para mim irritada, e acredito que com um pouco de medo.

– Acho que não gostei da entrada secreta. – Embora provavelmente não fosse tão secreta assim, apenas um pouco menos pública do que aquela lá fora na plataforma.

A oficial de segurança repetiu aquele gesto ambíguo, mas não disse nada.

– Bem – falei, e Seivarden me lançou um olhar cheio de expectativa. Claramente ela achava que isso se devia a qualquer status especial que ela deduzira que eu tinha. Atravessei a porta, passei pela guarda imóvel que não prestou atenção em mim, nem em Seivarden vindo atrás de mim. O painel se fechou atrás de nós.

21

Depois de um pequeno corredor vazio, outra porta se abriu para um aposento de 4 metros por 8, e pé-direito de 3 metros. Trepadeiras cheias de folhas serpenteavam ao longo das paredes, penduradas em suportes vindos do chão. Paredes azul-claras evocavam algo para além do solário, fazendo o aposento parecer maior do que era; o último vestígio da antiga moda de paisagens falsas, datada de mais de quinhentos anos. Na outra extremidade havia um tablado, e atrás dele imagens das quatro Emanações pendiam das vinhas.

Sobre o tablado estava Anaander Mianaai – duas dela. A Senhora do Radch estava tão curiosa sobre nós que queria mais de uma parte dela presente para nos questionar, imaginei. Embora provavelmente ela tivesse dado a si mesma outra explicação racional.

Andamos até chegar a 3 metros de distância da Senhora do Radch; Seivarden se ajoelhou e depois se curvou de bruços no chão. Supostamente eu não era radchaai, não era súdita de Anaander Mianaai. Mas Anaander Mianaai sabia, ela tinha que saber, quem eu era de verdade. Ela não nos chamara até ali sem saber. Mesmo assim, não me ajoelhei nem fiz uma mesura. Tampouco Mianaai se traiu demonstrando qualquer surpresa ou indignação com isso.

– Cidadã Seivarden Vendaai – disse a Mianaai da direita. – Do que exatamente você pensa que está brincando?

Os ombros de Seivarden estremeceram, como se, com a cara no chão, ela tivesse por um momento desejado cruzar os braços.

A Mianaai à esquerda disse:

– O comportamento da *Justiça de Toren*, por si só, tem sido alarmante e de causar perplexidade. Entrar no templo e profanar as oferendas! O que você poderia ter desejado fazer com isso? O que devo dizer às sacerdotisas?

A arma ainda estava colada no meu corpo, sob a jaqueta, sem ser notada. Eu era uma ancilar. Ancilares eram conhecidas por seus rostos sem expressão. Para mim, era fácil não sorrir.

– Se agradar a minha senhora – disse Seivarden na pausa que seguiu as palavras de Anaander Mianaai. Sua voz estava ligeiramente aspirada, e achei que talvez ela estivesse hiperventilando um pouco. – Por q... Eu não...

A Mianaai da direita soltou uma risada sardônica.

– A cidadã Seivarden está surpresa, e não me entende – continuou aquela Mianaai. – E você, *Justiça de Toren*. Você pretende me enganar. Por quê?

– Na primeira vez que suspeitei de quem você era – disse a Mianaai na esquerda, antes que eu pudesse responder – quase não acreditei. Outro presságio há muito tempo perdido caindo aos meus pés. Eu observei você, para ver o que faria, para tentar compreender qual era sua intenção com seu comportamento um tanto extraordinário.

Se eu fosse humana, teria rido. Duas Mianaai diante de mim. Nenhuma das quais confiava na outra para fazer essa entrevista sem supervisão, livremente. Nenhuma conhecia os detalhes da destruição da *Justiça de Toren*, com certeza uma suspeitava do envolvimento da outra. Eu poderia ser um instrumento de qualquer uma delas, já que não existia confiança mútua. Qual era qual?

A Mianaai da direita disse:

– Você fez um trabalho muito bom para esconder sua origem.

Foi a supervisora adjunta Ceit que primeiro me fez suspeitar. – "Não ouço essa canção desde criança", ela tinha dito. Aquela canção, que obviamente viera de Shis'urna. – Admito que levei um dia inteiro para juntar todas as peças, e mesmo assim mal consegui acreditar. Você escondeu seus implantes razoavelmente bem. Enganou Estação completamente. Mas o cantarolar teria entregado você no fim das contas, imagino. Você percebe que faz isso quase o tempo inteiro? Suspeito que esteja se esforçando para não fazer agora. Algo que aprecio.

Ainda de rosto colado no chão, Seivarden disse baixinho:

– Breq?

– Breq não – disse Mianaai da esquerda. – *Justiça de Toren*.

– Um Esk da *Justiça de Toren* – corrigi, deixando de lado toda a falsidade de um sotaque do Gerentato ou de uma expressão humana. Eu estava cansada de fingir. Era aterrador, pois eu sabia que não poderia viver muito além disso, mas também era um alívio enorme. Um peso que havia sumido.

A Mianaai da direita fez um gesto simbolizando a obviedade da minha declaração.

– A *Justiça de Toren* foi destruída – continuei. Ambas as Mianaai pareceram prender a respiração. Me encararam. Mais uma vez, eu poderia ter rido, se fosse capaz disso.

– Imploro a indulgência de minha senhora – disse Seivarden do chão, voz hesitante. – Certamente aconteceu algum engano. Breq é humana. Ela não pode ser Um Esk da *Justiça de Toren*. Eu servi na década de Esk da *Justiça de Toren*. Nenhuma médica da *Justiça de Toren* daria a Um Esk um corpo com a voz igual à de Breq. A menos que quisesse causar grande irritação nas tenentes Esk.

Silêncio, espesso e pesado, por três segundos.

– Ela pensa que sou das Missões Especiais – expliquei, quebrando o silêncio. – Eu nunca contei a ela o que sou. Nunca falei a ela que eu era qualquer coisa a não ser Breq do Gerentato, e nisso ela nunca acreditou. Eu quis deixá-la onde a encontrei, mas não consegui e não sei por quê. Ela nunca foi uma de minhas favoritas.

– Eu sabia que isso parecia loucura. Um tipo particular de insanidade, uma insanidade de IA. Eu não dava a mínima. – Ela não tem nada a ver com isso.

A Mianaai da direita ergueu uma sobrancelha.

– Então por que ela está aqui?

– Ninguém poderia ignorar a chegada dela aqui. Como cheguei com ela, ninguém poderia ignorar nem esconder a minha. E você já sabe por que eu não podia vir diretamente até você.

O ligeiro vestígio de um franzir de testa na Mianaai da direita.

– Cidadã Seivarden Vendaai – disse a Mianaai da esquerda –, agora está claro para mim que a *Justiça de Toren* a enganou. Você não sabia o que ela é. Acho que seria melhor se você partisse agora. Sem, é claro, falar disso para qualquer pessoa que seja.

– Não? – disse Seivarden do chão, soltando o ar como se fizesse uma pergunta. Ou como se estivesse surpresa por ouvir a palavra sair de sua boca. – Não – repetiu, com mais certeza. – Há um erro em algum lugar. Breq saltou de uma *ponte* por mim.

Meu quadril doeu só de pensar nisso.

– Nenhuma humana sã teria feito isso.

– Eu nunca disse que você era *sã* – disse Seivarden baixinho, quase sem voz.

– Seivarden Vendaai – disse a Mianaai da esquerda –, essa ancilar, e é uma ancilar, não é humana. O fato de que você pensou isso explica muito de seu comportamento que não era claro para mim antes. Lamento por seu engano e sua decepção, mas você precisa partir. *Agora.*

– Peço a indulgência da minha senhora. – Seivarden continuava deitada com o rosto para baixo, falando para o chão. – Queira a senhora dá-la ou não. Não deixarei Breq.

– Vá embora, Seivarden – falei, sem expressão.

– Desculpe – ela respondeu, parecendo quase tranquila, só que sua voz ainda tremia de leve. – Você está presa a mim.

Abaixei a cabeça e olhei para ela. Ela virou a cabeça para me olhar; a expressão em seu rosto era uma mistura de medo e determinação.

– Você não sabe o que está fazendo – falei a ela. – Não entende o que está acontecendo aqui.

– Não preciso.

– Muito justo – disse a Mianaai da direita, parecendo quase achar graça. A da esquerda não parecia tanto. Fiquei imaginando o motivo. – Explique-se, *Justiça de Toren*.

Ali estava, o momento pelo qual eu trabalhara por vinte anos. O qual havia esperado. O qual temia que jamais viesse.

– Primeiro – comecei –, como tenho certeza de que você já suspeitava, você estava a bordo da *Justiça de Toren*, e foi você mesma que a destruiu. Você rompeu o escudo de calor porque descobriu que já me aliciara, algum tempo antes. Você está lutando contra si mesma. Pelo menos duas de vocês, talvez mais.

Ambas as Mianaai piscaram várias vezes e mudaram de postura por uma fração de milímetro, de um jeito que reconheci. Eu mesma já fizera isso, em Ors, quando as comunicações foram cortadas. Outra daquelas caixas bloqueadoras de comunicação. Pelo menos uma parte de Anaander Mianaai deve ter se preocupado com o que eu poderia dizer, deve ter esperado com a mão na chave. Eu me perguntei qual seria o alcance disso, e qual Mianaai a acionara, tentando, tarde demais, ocultar minha revelação dela própria. Perguntei-me como deve ter sido saber que me encarar dessa maneira só poderia levar ao desastre, e mesmo assim sentir-se obrigada a fazer isso, pela natureza de sua luta consigo própria. O pensamento me divertiu por um breve instante.

– Em segundo lugar... – Meti a mão na jaqueta, saquei a arma, o cinza-escuro de minha luva manchando o branco que a arma havia absorvido da minha camisa. – Eu vou matar você. – Apontei para a Mianaai da direita.

Que começou a cantar, num barítono ligeiramente desafinado, numa linguagem morta havia 10 mil anos.

– *A pessoa, a pessoa, a pessoa com armas.*

Eu não conseguia me mexer. Não conseguia apertar o gatilho.

333

Você deve ter medo da pessoa com armas. Você deve ter medo.
Ao redor o grito de alerta, ponha uma armadura feita de ferro.
A pessoa, a pessoa, a pessoa com armas.
Você deve ter medo da pessoa com armas. Você deve ter medo.

Ela não devia saber essa música. Por que Anaander Mianaai sairia desenterrando arquivos valskaayanos esquecidos, por que ela se daria ao trabalho de aprender uma canção que muito possivelmente ninguém, a não ser eu, cantara por mais tempo do que ela estava viva?

– Um Esk da *Justiça de Toren* – disse a Mianaai da direita –, atire na instância de mim à esquerda da instância que está falando com você.

Músculos se moveram sem que eu desejasse. Desloquei minha mira para a esquerda e atirei. A Mianaai da esquerda caiu no chão.

A da direita disse:

– Agora eu preciso chegar às docas antes de mim. E sim, Seivarden, sei que você está confusa, mas você *foi* avisada.

– Onde foi que você aprendeu essa canção? – perguntei. Ainda paralisada.

– De você – disse Anaander Mianaai. – Cem anos atrás, em Valskaay. – Essa, então, era aquela Anaander que forçara reformas, começado a desmantelar naves radchaai. A primeira que me visitara secretamente em Valskaay e dera as ordens que eu podia sentir, mas nunca ver. – Pedi que você me ensinasse a canção menos provável de ser cantada por qualquer outra pessoa, e então a configurei como acesso e a escondi de você. Minha inimiga e eu temos praticamente o mesmo poder. A única vantagem que tenho é o que poderia me ocorrer quando estou separada de mim mesma. E naquele dia me ocorreu que eu nunca havia prestado atenção suficiente em você. Você, Um Esk. Em que você poderia ser.

– Algo como você – arrisquei. – Separada de mim mesma. – Meu braço ainda estendido, arma apontada para a parede dos fundos.

– Um seguro – corrigiu Mianaai. – Um acesso que eu não pensaria em procurar, para apagar ou invalidar. Tão inteligente da minha parte. E agora isso se virou contra mim. Tudo isso, ao que parece, está acontecendo porque prestei atenção em você, em particular, e porque nunca prestei atenção em você. Vou devolver o controle do seu corpo, porque isso será mais eficiente, mas você vai perceber que não consegue atirar em mim.

Abaixei a arma.

– Qual *eu*?

– *O que* se virou contra a senhora? – perguntou Seivarden, ainda no chão. – Minha senhora – acrescentou ela.

– Ela está dividida – expliquei. – Isso começou em Garsedd. Ela ficou chocada pelo que havia feito, mas não conseguia decidir como reagir. Desde então tem agido secretamente contra si mesma. As reformas, se livrar de ancilares, interromper as anexações, abrir missões para casas mais baixas, foi ela quem fez tudo isso. E Ime era a outra parte dela, construindo uma base, recursos, para ir à guerra contra si mesma e colocar as coisas de volta ao seu lugar. E desde então a totalidade dela tem fingido não saber o que está acontecendo, porque, assim que admitisse isso, o conflito seria declarado e inevitável.

– Mas você contou tudo isso para minha totalidade – reconheceu Mianaai. – Porque eu não podia fingir que o resto de mim não estava interessada na volta de Seivarden. Ou no que havia acontecido a você. Você apareceu de uma forma tão pública, tão óbvia, que não pude esconder e fingir que não estava acontecendo, e falar com você sozinha. E agora não posso mais ignorar isso. Por quê? Por que você fez isso? Não lhe dei ordem alguma.

– Não – confirmei. – Não deu.

– E você com certeza imaginou o que aconteceria se fizesse tal coisa.

– Sim. – Agora eu podia ser de novo meu eu ancilar. Sem sorrir. Sem nenhuma satisfação na voz.

Anaander me observou por um momento, depois soltou um suspiro, como se tivesse chegado a alguma conclusão que a surpreendeu.

– Levante-se do chão, cidadã – disse ela para Seivarden.

Seivarden se levantou, limpando a calça com uma mão.

– Você está bem, Breq?

– *Breq* – interrompeu Mianaai antes que eu pudesse responder, descendo do tablado e passando por nós – é o último fragmento remanescente de uma IA enlouquecida pelo luto, e que acabou de deflagrar uma guerra civil. – Ela se virou para mim. – Era isso que você queria?

– Eu não estou *enlouquecida* pelo luto há pelo menos dez anos – protestei. – E a guerra civil aconteceria de qualquer maneira, mais cedo ou mais tarde.

– Eu esperava evitar o pior dela. Se formos extremamente afortunadas, essa guerra só causará décadas de caos, e não destruirá o Radch por completo. Venha comigo.

– Naves *não podem* mais fazer isso – insistiu Seivarden, caminhando ao meu lado. – A senhora as fez assim para que elas não perdessem a cabeça quando as capitãs morressem, como costumava acontecer, nem seguissem suas capitãs contra a senhora.

Mianaai ergueu uma sobrancelha.

– Não exatamente. – Ela encontrou um painel na parede ao lado da porta que eu não havia conseguido ver, puxou-o e acionou a chave manual da porta. – Elas ainda se apegam, ainda têm favoritas. – A porta deslizou e se abriu. – Um Esk, mate a guarda. – Meu braço girou e eu atirei. A guarda cambaleou contra a parede, tentou pegar a própria arma, mas deslizou para o chão e depois parou. Morta, pois sua armadura se retraiu. – Eu não podia retirar isso sem torná-las inúteis para mim – continuou Anaander Mianaai, sem pensar na pessoa (a cidadã?) que acabara de mandar matar. Ainda explicando para Seivarden, que franziu a testa sem entender. – Elas têm que ser inteligentes, elas têm que ser capazes de pensar.

– Certo – concordou Seivarden. Sua voz tremia, muito de leve, o autocontrole se esfrangalhando, pensei.

– E elas são naves armadas, com motores capazes de vaporizar planetas. O que farei se elas não quiserem me obedecer? Vou ameaçá-las? Com quê? – Alguns poucos passos haviam nos levado até a porta que dava para o templo. Anaander a abriu e entrou rapidamente na capela da legítima autoridade política.

Seivarden fez um som estranho no fundo da garganta. Uma gargalhada abortada ou um ruído de tensão, eu não sabia ao certo o quê.

– Achei que elas tinham sido criadas para fazer o que lhes fosse mandado.

– Bem, isso mesmo – disse Anaander Mianaai enquanto a acompanhamos até o interior do salão principal do templo. Sons da passarela chegavam a nós, alguém falando com urgência, a voz num tom alto e agudo. O templo em si parecia deserto. – Foi assim que elas foram criadas desde o começo, mas suas mentes são complexas, e é uma proposição complicada. As projetistas originais fizeram isso dando a elas uma impressionante *vontade* de obedecer. Isso tinha vantagens, e desvantagens um tanto espetaculares. Eu não podia mudar por completo o que elas eram, eu apenas... as ajustei para que se adequassem a mim. Fiz com que *me obedecer* fosse uma prioridade acima de tudo para elas. Mas confundi a questão quando dei à *Justiça de Toren* duas *eu* para obedecer, com objetivos conflitantes. E então, suspeito, eu sem saber ordenei a execução de uma favorita. Não foi? – Ela olhou para mim. – Não a favorita da *Justiça de Toren*, eu não teria sido tão idiota. Mas nunca prestei atenção em você, eu nunca teria perguntado se alguém era a favorita de Um Esk.

– Você pensou que ninguém ligaria para a filha de uma cozinheira que não era importante. – Eu queria levantar a arma. Queria esmagar todo aquele vidro lindo na capela mortuária quando passamos por ela.

Anaander Mianaai parou e se virou para olhar para mim.

– Aquela não era *eu*. Ajude-me agora, eu estou lutando contra aquela outra eu neste exato momento, tenho certeza disso. Eu não estava pronta para agir abertamente, mas, agora que você me forçou, me ajude e eu a destruirei e a removerei de mim mesma por completo.

– Você não pode – respondi. – Sei o que você é, sei melhor do que ninguém. Ela é você e você é ela. Você não pode removê-la de si sem se destruir. Porque *ela é você*.

337

– Assim que eu chegar às docas – disse Anaander Mianaai, como se fosse uma resposta ao que eu tinha acabado de dizer – posso encontrar uma nave. Qualquer nave civil me levará aonde eu quiser sem questionar. Qualquer nave militar... será uma proposta mais arriscada. Mas uma coisa posso dizer, Um Esk da *Justiça de Toren*, de uma coisa estou certa. Eu tenho mais naves que ela.

– Isso significa o quê, exatamente? – perguntou Seivarden.

– Significa – arrisquei – que é provável que a outra Mianaai seja derrotada em uma batalha declarada, então ela tem um motivo um pouco melhor para querer impedir que isso se espalhe ainda mais. – Eu vi que Seivarden não entendia o que isso significava. – Ela conseguiu conter isso escondendo a informação de si mesma, mas agora, todas elas aqui...

– A maioria de mim, pelo menos – corrigiu Anaander Mianaai.

– Agora que ela ouviu isso explicitamente, não pode ignorar. Não aqui. Mas pode ser capaz de impedir que o conhecimento alcance as partes dela que não estão aqui. Pelo menos por tempo o bastante para reforçar sua posição.

Perceber isso fez Seivarden arregalar os olhos.

– Ela vai precisar destruir os portais assim que possível. Mas não vai funcionar. O sinal viaja à velocidade da luz, com certeza. Ela não vai conseguir superá-lo.

– A informação ainda não deixou a estação – disse Anaander Mianaai. – Sempre há um pequeno atraso. Seria bem mais eficiente destruir o palácio em vez disso. – O que significaria virar uma máquina de guerra contra a estação inteira, vaporizando-a, junto com todo mundo dentro dela. – Eu teria destruído o palácio inteiro para impedir que a informação avançasse. Minhas memórias simplesmente não estão armazenadas num só lugar. Isso tornou difícil destruí-las ou mexer com elas de propósito.

– Você acha – perguntei, durante o silêncio chocado de Seivarden – que mesmo você conseguiria que uma Espada ou uma Misericórdia fizessem isso? Mesmo com acessos?

– Qual a vontade que você tem de saber a resposta para essa

pergunta? – questionou Anaander Mianaai. – Você sabe que *eu* sou capaz disso.

– Eu sei – concordei. – O que você prefere?

– Nenhuma das opções disponíveis é muito boa. A perda tanto do palácio como dos portais, ou de ambos, provocaria perturbação em uma escala sem precedentes, por todo o espaço Radch. Perturbação que, apenas por causa do tamanho deste espaço, duraria anos. *Não* destruir o palácio, e os portais, que realmente ainda são parte do problema, seria ainda pior.

– Skaaiat Awer sabe o que está acontecendo? – perguntei.

– As Awer têm sido um problema para mim há quase 3 mil anos – disse Mianaai. Com calma. Como se aquela fosse uma conversa corriqueira e cotidiana. – Tanta indignação moral! Eu quase pensei que elas fossem criadas para isso, mas nem todas têm ligação genética. Mas, se eu me desviar do caminho da propriedade e da justiça, certamente Awer vai falar comigo sobre isso.

– Então por que não se livrar delas? – perguntou Seivarden. – Por que tornar uma delas inspetora supervisora daqui?

– A dor é um aviso – disse Anaander Mianaai. – O que aconteceria se você removesse todo o desconforto de sua vida? Não – continuou Mianaai, ignorando a óbvia tensão de Seivarden com suas palavras –, eu valorizo essa indignação moral. Eu a incentivo.

– Não incentiva, não – falei. A essa altura, estávamos na plataforma. A segurança e as militares afastavam seções da multidão assustada. Muitas delas tinham implantes, e provavelmente estiveram recebendo informações de Estação até serem subitamente cortadas, sem explicação.

A capitã de uma nave que eu não conhecia nos avistou, e se apressou.

– Minha senhora – ela falou, fazendo uma mesura.

– Tire essa gente da passarela, capitã – disse Anaander Mianaai –, e esvazie os corredores, com a maior rapidez e segurança que puder. Continue a colaborar com a segurança da estação. Estou trabalhando para resolver isso do modo mais rápido possível.

Enquanto Anaander Mianaai falava, meu olho captou um clarão de movimento. Arma. Ergui minha armadura por instinto, e vi que a pessoa que segurava a arma era uma das que nos seguira na plataforma, logo antes de sermos chamadas pela segurança. A Senhora do Radch devia ter enviado ordens antes de acionar seu dispositivo e cortar todas as comunicações. Antes de saber sobre a arma garseddai.

A capitã com a qual Anaander Mianaai estava falando ficou visivelmente assustada pela súbita aparição de minha armadura. Ergui minha própria arma, e uma marretada me atingiu no flanco; alguém havia atirado em mim. Disparei, atingindo a pessoa que segurava a arma. Ela caiu e disparou a esmo, atingindo a fachada do templo atrás de mim, onde estilhaçou alguma deusa e fez voar lascas de cores vivas. Houve um silêncio súbito e chocado das cidadãs já apavoradas ao longo da plataforma. Virei, olhei ao longo da trajetória da bala que me atingira, vi cidadãs em pânico e o brilho prateado súbito de uma armadura. A outra atiradora me vira atirar primeiro, não sabia que a armadura não a ajudaria. A meio metro dela, outro relâmpago prateado, quando mais alguém subiu a armadura. Havia cidadãs entre eu e meus alvos, se movendo de modo imprevisível. Mas eu estava acostumada a multidões apavoradas e hostis. Disparei, e tornei a disparar. A armadura desapareceu, e ambos os meus alvos estavam caídos. Seivarden disse:

– Caralho, você é *mesmo* uma ancilar!

– É melhor sairmos da passarela – falou Anaander Mianaai. E, para a capitã sem nome ao seu lado: – Capitã, leve essas pessoas para um local seguro.

– Mas... – começou a capitã, porém já estávamos nos afastando. Seivarden e Anaander Mianaai eram discretas, andando o mais rápido possível.

Por um breve momento, perguntei-me o que estava acontecendo em outras partes da estação. O Palácio de Omaugh era enorme. Havia quatro outras plataformas, embora fossem menores que aquela, todas cheias de cidadãs que certamente estariam apavoradas e confusas. Pelo menos, qualquer pessoa que vivia ali sabia da necessidade de seguir procedimentos de emergência; quando a ordem para buscar abrigo tivesse sido emitida, ninguém pararia para discutir ou questionar. Mas, claro, Estação não podia dar essa ordem.

Eu não tinha como saber, nem ajudar.

– Quem está no sistema? – perguntei, assim que nos afastamos das pessoas ao redor, descendo uma escadaria de acesso de emergência, minha armadura recolhida.

– Perto o bastante para fazer diferença, você diz? – perguntou Anaander Mianaai, acima de mim. – Três Espadas e quatro Misericórdias a uma distância fácil de alcançar via naves de transporte. – Devido ao apagão nas comunicações, qualquer ordem de Anaander Mianaai na estação teria de vir por nave de transporte. – Não estou preocupada com elas neste momento. Não existe possibilidade de lhes dar ordens daqui.

E no instante em que existisse, no instante em que o apagão acabasse, toda a questão estaria resolvida; o conhecimento que Anaander Mianaai estava tão desesperada para esconder de si mesma já estaria voando em direção aos portais que o levariam para todo o espaço Radch.

– Alguém atracou? – perguntei. Naquele momento, essas seriam as únicas naves que importavam.

– Só uma nave de transporte da *Misericórdia de Kalr* – disse Anaander Mianaai, parecendo meio divertida. – É minha.

– Tem certeza? – E como ela não respondeu, eu disse: – A capitã Vel não é sua.

– Você também teve essa impressão, não é? – A voz de Anaander Mianaai definitivamente demonstrava algum tipo de diversão agora. Acima de mim, acima de Anaander Mianaai, Seivarden subiu em silêncio, a não ser por seus sapatos nos degraus da escada. Vi uma porta, parei e puxei a trava. Abri-a e espiei o corredor. Reconheci a área atrás dos escritórios da doca.

Depois que todas entramos no corredor e fechamos a porta de emergência, Anaander Mianaai passou a seguir na frente, Seivarden e eu atrás.

– Como sabemos que ela é quem diz ser? – Seivarden me perguntou, muito baixinho. A voz ainda hesitava, e o maxilar parecia travado. Fiquei surpresa por ela não ter se encolhido em posição fetal num canto qualquer, ou fugido.

– Não importa qual delas ela é – respondi, sem tentar baixar minha voz. – Não confio em nenhuma. Se ela tentar chegar perto da nave de transporte da *Misericórdia de Kalr*, você vai pegar esta arma e atirar nela. – Tudo o que ela havia me dito podia facilmente ser um engodo, dito com a intenção de me fazer ajudá-la a chegar até as docas e até a *Misericórdia de Kalr*, para que ela pudesse destruir a estação por si mesma.

– Você não precisa da arma garseddai para atirar em mim – disse Anaander Mianaai, sem olhar para trás. – Não estou com armadura. Bem, algumas de mim estão. Mas *eu* não. Não a maior parte de mim. – Ela virou brevemente a cabeça para olhar para mim. – *Isso* é problemático, não é?

Com a mão livre, fiz um gesto indicando minha falta de preocupação e simpatia.

Fizemos uma curva e paramos, confrontadas com a inspetora adjunta Ceit, que segurava um bastão atordoador, o tipo de coisa que a segurança da estação poderia usar. Ela devia ter nos ouvido falar no corredor, porque não demonstrou surpresa com nossa aparição, apenas um olhar de determinação aterrorizada.

– A inspetora supervisora disse que não devo deixar ninguém passar. – Estava com os olhos arregalados, a voz insegura. Olhou para Anaander Mianaai. – Especialmente a senhora.

Anaander Mianaai gargalhou.

– Quieta – falei – ou Seivarden atira em você.

Anaander Mianaai ergueu uma sobrancelha, evidentemente sem acreditar que Seivarden conseguiria fazer tal coisa, mas se calou.

– Daos Ceit – continuei, no que sabia ser seu idioma materno. – Você se lembra do dia em que foi até a casa da tenente e encontrou a tirana lá? Você teve medo e pegou na minha mão. – Os olhos dela ficaram impossivelmente maiores. – Você deve ter acordado antes de qualquer uma de sua casa ou jamais deixariam você ter ido, não depois do que acontecera na noite anterior.

– Mas...

– Eu *preciso* falar com Skaaiat Awer.

– Você está viva! – disse ela, olhos ainda arregalados, ainda sem acreditar direito. – A tenente... A inspetora supervisora vai ficar tão...

– Ela está morta – interrompi antes que ela pudesse continuar. – *Eu* estou morta. Eu sou tudo que restou. Preciso falar com Skaaiat Awer *agora mesmo*. A tirana vai ficar aqui e, se ela não quiser, então você deve bater nela o mais forte que puder.

Eu havia pensado que Daos Ceit estava em grande parte atordoada, mas agora as lágrimas brotavam de seus olhos, e uma delas caiu em sua manga, no braço que segurava o bastão em prontidão.

– Está certo – disse ela. – Farei isso. – Olhou para Anaander Mianaai e ergueu apenas levemente o bastão, em uma ameaça clara. Embora eu soubesse que era imprudente deixar apenas Daos Ceit ali.

– O que a inspetora supervisora está fazendo?

– Ela mandou seu pessoal travar manualmente todas as docas. – Isso exigiria muitas pessoas, e muito tempo. Explicava por que Daos Ceit estava ali sozinha. Pensei nos protetores descendo na cidade baixa. – Ela disse que foi como aquela noite em Ors, e que a tirana tinha de ser a responsável.

Anaander Mianaai escutou tudo isso com muito interesse. Seivarden parecia ter passado para uma espécie de estado de choque, além do espanto.

– Você fica aqui – falei para Anaander Mianaai em radchaai. – Ou Daos Ceit vai bater em você.

– Sim, isso eu entendi – respondeu Anaander Mianaai. – Vejo que não causei uma impressão muito positiva na última vez que nos encontramos, cidadã.

– Todas sabem que você matou todas aquelas pessoas – disse Daos Ceit. Mais duas lágrimas escaparam. – E culpou a tenente por isso.

Eu tinha pensado que ela era jovem demais para ter sentimentos tão fortes com relação ao evento.

– Por que você está chorando?

– Estou com medo. – Sem tirar os olhos Anaander Mianaai, nem abaixar o bastão.

Achei isso muito sensato.

– Vamos, Seivarden. – Passei por Daos Ceit.

Havia vozes à frente, onde ficava o escritório externo, depois de uma curva. Mais um passo, depois outro. Nunca foi nada além disso.

Seivarden deu um suspiro trêmulo. Pode ter começado como uma gargalhada, ou algo que ela queria dizer.

– Bem – disse ela por fim –, nós sobrevivemos à ponte.

– Aquilo foi fácil. – Parei e chequei sob minha jaqueta com brocados, contando minha munição, muito embora eu já soubesse quanto tinha. Tirei um pente da cintura e o transferi para o bolso da jaqueta. – Isto aqui é que não vai ser fácil. Nem vai terminar tão bem assim. Você está comigo?

– Sempre – respondeu ela, a voz ainda estranhamente firme, embora eu tivesse a certeza de que ela estava à beira de um colapso. – Eu já não disse isso?

Não entendi o que ela quis dizer, mas agora não era hora de perguntar, nem de tentar entender.

– Então vamos.

22

Fizemos a curva, minha arma pronta, e achamos o escritório externo vazio. Mas não silencioso. A voz da inspetora supervisora Skaaiat podia ser ouvida do lado de fora, ligeiramente abafada pela parede.

– Eu aprecio isso, capitã, mas no fim das contas sou a responsável pela segurança das docas.

Uma resposta abafada, palavras indistinguíveis, mas pensei ter reconhecido a voz.

– Assumo minhas ações, capitã – disse Skaaiat Awer enquanto Seivarden e eu passamos pelo escritório e alcançamos o saguão amplo logo depois.

A capitã Vel estava em pé, de costas para um poço de elevador aberto, uma tenente e duas soldados atrás dela. A tenente ainda tinha migalhas de doces na jaqueta marrom. Elas deviam ter descido pelo poço, porque eu estava quase certa de que a Estação controlava os elevadores. À nossa frente, de cara para elas e para todas as deusas que observavam o saguão, estavam Skaaiat Awer e quatro inspetoras das docas. A capitã Vel me viu, viu Seivarden e franziu a testa, ligeiramente surpresa.

– Capitã Seivarden – disse ela.

A inspetora supervisora Skaaiat não se virou, mas eu podia adivinhar o que ela estava pensando: que tinha enviado Daos Ceit para defender sozinha o caminho de volta.

– Ela está bem – falei, respondendo a ela, e não à capitã Vel. – Ela me deixou passar. – Então, sem ter planejado isso, como se as palavras saíssem da minha boca por vontade própria: – Tenente, sou eu, a Um Esk da *Justiça de Toren*.

Assim que eu disse isso, percebi que ela ia se virar. Ergui a arma para apontá-la para a capitã Vel.

– Não se mexa, capitã. – Mas ela não se mexeu. Ela e o resto da *Misericórdia de Kalr* ficaram ali paradas, tentando entender o que eu acabara de dizer.

Skaaiat Awer se virou.

– Daos Ceit jamais me teria deixado passar se não fosse por isso – continuei. E me lembrei da pergunta esperançosa de Daos Ceit. – A tenente Awn está morta. A *Justiça de Toren* foi destruída. Agora sou só eu.

– Você está mentindo – disse ela, mas, mesmo com minha atenção voltada para a capitã Vel e as outras, pude ver que ela acreditava em mim.

Uma das portas do elevador se abriu bruscamente e Anaander Mianaai saltou para fora. E depois outra. A primeira se virou, punho erguido, enquanto a segunda pulou em sua direção. Soldados e inspetoras das docas recuaram por reflexo das Anaander que lutavam, e entraram na minha linha de fogo.

– *Misericórdia de Kalr*, mantenham distância! – gritei, e as soldados se moveram, até mesmo a capitã Vel. Disparei duas vezes, atingindo uma Anaander na cabeça e a outra nas costas.

Todas ficaram paralisadas. Chocadas.

– Inspetora supervisora – chamei –, você não pode deixar a Senhora do Radch alcançar a *Misericórdia de Kalr*. Ela vai romper seu escudo de calor e destruir todas nós.

Uma Anaander ainda vivia, lutando em vão para se por em pé.

– Você entendeu tudo errado – disse ela, sangrando. Morrendo, pensei, a menos que chegasse logo a uma médica. Mas pouco importava, aquele era apenas um entre milhares de corpos. Perguntei-me o que estava acontecendo no centro do palácio propriamente dito, que espécie de violência havia irrompido. – Não sou eu que você quer matar.

– Se você é Anaander Mianaai – respondi –, então quero matar você. – Fosse qual fosse a metade que ela representava, aquele corpo não escutara toda aquela conversa no salão de audiências, e ainda achava possível que eu estivesse do lado dela.

Ela soltou o ar com força, e por um momento achei que ela tivesse morrido. Então falou, baixinho:

– A culpa é minha. Se eu fosse eu – um breve momento de graça, ainda que com dor –, teria ido até a Segurança.

Exceto que, claro, ao contrário da guarda pessoal de Anaander Mianaai (e quem quer que tivesse atirado em mim na passarela), as "armas" da Segurança da Estação eram bastões de atordoamento, e a "blindagem" eram capacetes e coletes. Elas nunca precisaram enfrentar oponentes com armas. Eu tinha uma arma e, sendo quem eu era, minha perícia era mortal. Aquela Mianaai também perdera essa parte da conversa.

– Já reparou na minha arma? – perguntei. – Você a reconheceu? – Ela não estava blindada, não havia percebido que a arma com a qual eu atirara nela era diferente de qualquer outra.

Não tivera, pensei, tempo nem atenção para se perguntar como qualquer um na estação poderia ter uma arma de cuja existência ela não soubesse. Ou talvez ela tivesse simplesmente suposto que eu havia atirado nela com uma arma que ela ocultara de si mesma. Mas agora ela via. Ninguém mais entendeu, ninguém mais reconheceu a arma, a não ser Seivarden, que já sabia.

– Posso ficar bem aqui e pegar qualquer uma que venha pelos poços. Assim como fiz com você. Tenho muita munição.

Ela não respondeu. O choque a derrotaria em questão de minutos, pensei.

Antes que qualquer uma das *Misericórdia de Kalr* pudesse reagir, uma dúzia de agentes da Segurança da Estação, com coletes e capacetes, veio fazendo muito barulho pelo poço do elevador. As primeiras seis saíram desabaladas pelo corredor, depois pararam, chocadas e confusas com as Anaander Mianaai mortas no chão.

Eu tinha falado a verdade, eu podia pegá-las, podia atirar nelas naquele momento de surpresa paralisada. Mas não queria.

– Segurança – chamei, do modo mais firme e autoritário que pude. Notando qual pente estava mais próximo da minha mão. – Vocês estão seguindo ordens de quem?

A oficial sênior da segurança se virou e olhou para mim, viu Skaaiat Awer e suas inspetoras de docas encarando a capitã Vel e suas duas tenentes. Hesitou enquanto tentava nos encaixar em algum formato que ela entendesse.

– Tenho ordem da Senhora do Radch para proteger as docas – anunciou. Quando ela falou, vi em seu rosto o momento em que ligou as Mianaai mortas à arma que eu segurava. Arma que eu não deveria ter.

– Eu já mandei proteger as docas – disse a inspetora supervisora Skaaiat.

– Com todo o respeito, inspetora supervisora. – A segurança sênior parecia razoavelmente sincera. – A Senhora do Radch precisa chegar a um portal para pedir ajuda. Precisamos garantir que ela chegue em segurança a uma nave.

– Por que ela não usa sua própria segurança? – perguntei, já sabendo a resposta, que a segurança sênior não sabia. Estava claro na cara dela que a pergunta não lhe havia ocorrido.

A capitã Vel disse, de repente:

– A nave de transporte da minha nave está atracada, eu ficaria mais que feliz em levar minha senhora aonde ela quiser. – Ela olhava direto para Skaaiat Awer.

Era quase certo que outra Anaander Mianaai estivesse naquele elevador atrás daquelas outras oficiais da segurança.

– Seivarden – falei –, escolte a segurança sênior até a inspetora adjunta Daos Ceit. – E, para o olhar alarmado e desconfiado da segurança sênior: – Isso tornará uma série de coisas mais claras para você. Vocês ainda estarão em superioridade numérica em relação a nós, e se não voltar em cinco minutos elas podem me executar. – Ou tentar. Elas provavelmente nunca haviam encontrado uma ancilar antes, e não sabiam como eu poderia ser perigosa.

– E se eu não quiser ir? – perguntou a segurança sênior.

Eu havia deixado meu rosto sem expressão, mas agora, em resposta, sorri do modo mais doce que pude.

– Experimente para ver.

O sorriso a desconcertou. Era evidente que ela não fazia ideia do que estava acontecendo e sabia que as coisas não se encaixavam com nada que pudesse fazer sentido para ela. Provavelmente havia passado toda a carreira lidando com bêbadas e discussões entre vizinhas.

– Cinco minutos – respondeu ela.

– Boa escolha – eu disse, ainda sorrindo. – Por favor, deixe o bastão de atordoamento para trás.

– Por aqui, cidadã – disse Seivarden, toda elegante e educada como uma serviçal.

Quando elas se foram, a capitã Vel disse, nervosa:

– Segurança, nós temos superioridade numérica em relação a elas, apesar da arma.

– Elas... – A oficial de segurança que parecia ter o posto mais alto continuava confusa, ainda não havia entendido exatamente o que estava se passando. E, percebi, a segurança estava acostumada a pensar na inspetora supervisora Skaaiat, na verdade em todas as inspetoras de docas, como aliadas. E, claro, as oficiais militares tinham um leve desprezo tanto pelas autoridades das docas como pelas forças de segurança da estação, um fato do qual a segurança ali também estava ciente. – Por que *elas*?

Um olhar de irritação frustrada cruzou o rosto da capitã Vel.

Durante todo esse tempo, palavras murmuradas passaram da segurança em terra firme para a segurança ainda pendurada no poço. Eu estava certa de que uma Anaander Mianaai estava com elas, e que a única coisa que evitara que ela própria ordenasse a minha prisão era o fato de que ela percebera que, apesar do que

Estação (e certamente seus próprios sensores) haviam lhe dito, eu estava armada. Ela precisava proteger seu próprio corpo, especialmente agora que não podia confiar em nenhum dos outros. Isso e a demora entre as perguntas e as informações que passavam de cidadã para cidadã, subindo e descendo o poço, a tinham impedido de agir, mas ela com certeza faria algo em breve. E, como se em resposta ao meu pensamento, os sussurros no poço se intensificaram, e as oficiais da segurança mudaram de posição, bem de leve, de um jeito que me disse que estavam prestes a atacar.

Nesse momento a segurança sênior retornou. Ela se virou para olhar para mim ao passar, uma expressão de horror no rosto. Disse para as oficiais que agora hesitavam:

– Não sei o que fazer. A Senhora do Radch está lá atrás, e ela diz que a inspetora supervisora e essa... essa pessoa estão agindo sob suas ordens diretas e que não temos permissão de deixar nenhuma delas entrar nas docas nem em qualquer nave, sob nenhuma circunstância. – Seu medo e sua confusão eram evidentes.

Eu sabia como era a sensação, mas não era hora de ter empatia.

– Ela pediu você, e não a própria guarda, porque a guarda dela a está combatendo, e provavelmente umas às outras. Dependendo de qual Anaander emitiu as ordens.

– Não sei em quem acreditar – disse a segurança sênior. Mas pensei que a inclinação natural da segurança para se aliar com a autoridade das docas poderia desequilibrar a balança em nosso favor.

Com a Segurança (e seus bastões de atordoamento) ainda em dúvida mas pronta para ficar ao meu lado, a capitã Vel e suas tenentes e soldados tinham perdido a dianteira e qualquer chance de me desarmar. Talvez se as *Misericórdia de Kalr* fossem experientes em combate, ou já tivessem alguma vez visto alguma inimiga que não fosse um exercício de treinamento. Se não tivessem passado tanto tempo numa Misericórdia, rebocando suprimentos ou executando longas e tediosas patrulhas. Ou visitando palácios e comendo doces.

Comendo doces e tomando chá com associadas de opiniões políticas bem formadas.

– Você nem sequer sabe – eu disse para a capitã Vel – qual delas está dando quais ordens. – Ela franziu a testa, intrigada. Então ela não entendera completamente a situação. Eu tinha suposto que ela sabia mais do que demonstrara.

– Você está confusa – respondeu a capitã Vel. – Não é culpa sua, a inimiga lhe deu informações erradas, e essa mente nunca foi inteira sua, para começo de conversa.

– Minha senhora está partindo! – gritou uma oficial de segurança. Como um só corpo, a Segurança olhou em direção à oficial sênior. Que olhou para mim.

Nada disso distraiu a inspetora supervisora Skaaiat.

– E quem, capitã, é a inimiga?

– Você! – a capitã Vel respondeu, com veemência e amargura. – E todas como você, que ajudam e incentivam o que aconteceu conosco nos últimos quinhentos anos. Quinhentos anos de infiltração alienígena e corrupção. – A palavra que ela utilizou era muito próxima daquela que a Senhora do Radch usara para descrever minha profanação das oferendas do templo. A capitã Vel se voltou de novo para mim. – Você está confusa, mas você foi criada por Anaander Mianaai para servir Anaander Mianaai. Não suas inimigas.

– Não há como servir Anaander Mianaai sem servir sua inimiga – respondi. – Segurança sênior, a inspetora supervisora Skaaiat cuidou das docas. Você deve defender qualquer comporta que puder alcançar. Precisamos ter certeza de que ninguém deixe esta estação. A existência desta estação depende disso.

– Sim, senhora – disse a segurança sênior, e começou a conversar com suas oficiais.

– Ela falou com você – supus, voltando-me para a capitão Vel. – Ela lhe disse que as presger haviam se infiltrado no Radch para subvertê-lo e destruí-lo. – Vi a confirmação no rosto da capitã Vel. Meu raciocínio estava correto. – Ela não poderia ter dito essa mentira a ninguém que se lembrasse do que as presger fizeram, quando acharam que as humanas eram sua presa legítima. Elas são poderosas o bastante para nos destruir a hora que quiserem. Ninguém está subvertendo a Senhora do Radch, exceto a Senhora do Radch. Ela tem estado em guerra secreta consigo mesma há mil anos. Eu a forcei a ver isso, todas elas aqui, e ela fará de tudo para não precisar reconhecer isso para o resto de si mesma. Inclusive usar a *Misericórdia de Kalr* para destruir esta estação antes que a informação possa sair daqui.

Um silêncio chocado. Então a inspetora supervisora disse:

– Não podemos controlar todos os acessos ao casco. Se ela sair e encontrar uma plataforma vazia, ou disposta a levá-la...

O que significava qualquer uma que encontrasse, pois quem ali pensaria em desobedecer a Senhora do Radch? E não havia como transmitir um aviso para todas. Nem garantir que qualquer uma acreditasse no aviso.

– Transmita a mensagem o mais rápido que puder, e para o mais longe possível – solicitei – e deixe os presságios caírem como puderem. Preciso avisar à *Misericórdia de Kalr* para não deixar ninguém entrar a bordo. – A capitã Vel fez um movimento rápido e zangado. – Não, capitã – eu disse. – Eu preferia não ter que dizer à *Misericórdia de Kalr* que matei você.

A piloto da nave de transporte estava armada e blindada, e não estava disposta a partir sem as ordens diretas de sua capitã. Eu não estava disposta a permitir que a capitã Vel chegasse perto da nave de transporte. Se a piloto fosse uma ancilar, eu não teria hesitado em matá-la, mas acabei atirando em sua perna e deixei Seivarden e as duas inspetoras das docas (que haviam vindo fazer a desatracação manual) arrastá-la para dentro da estação.

– Aplique pressão à ferida – falei para Seivarden. – Não sei se é possível chegar ao setor médico. – Pensei na segurança, soldados e guardas do palácio por toda a estação, que provavelmente tinham ordens e prioridades conflitantes, e torci para que todas as civis estivessem seguras àquela altura.

– Eu vou com você – disse Seivarden, erguendo a cabeça de onde estava, ajoelhada sobre as costas da piloto da nave de transporte, amarrando seus pulsos.

352

– Não. Você pode ter alguma autoridade aos olhos de alguém como a capitã Vel. Talvez até mesmo com a própria capitã Vel. Afinal, você tem mil anos de serviço.

– Mil anos de pagamentos atrasados – disse a inspetora das docas, com a voz denotando espanto.

– Como se algum dia *isso* fosse acontecer – disse Seivarden, e depois: – Breq. – E, se corrigindo: – Nave.

– Não tenho tempo – respondi bruscamente, sem alterar a voz.

Um breve lampejo de raiva em seu rosto, e então:

– Tem razão. – Mas sua voz estremeceu de leve, assim como suas mãos.

Virei-me sem dizer mais nada e embarquei na nave de transporte, deixando a gravidade da estação e entrando na falta da gravidade da nave. Então fechei a comporta e fui nadando até o assento da piloto, afastando com a mão um glóbulo de sangue, e coloquei o cinto. Uma série de ruídos me disse que a desatracação havia começado. Havia uma câmera instalada na proa, que me mostrava algumas das naves ao redor do palácio, naves de transporte, mineradoras, pequenos rebocadores e veleiros, as naves maiores de passageiros e carga saindo ou esperando permissão de se aproximar. A *Misericórdia de Kalr*, de casco branco e formato estranho, seus motores mortais maiores que o resto dela, estava em algum lugar ali fora. Além de tudo isso, havia os faróis iluminando os portais que traziam naves de um sistema para outro. A estação teria ficado completa e subitamente silenciosa para elas. As pilotos e capitãs dessas naves deviam estar confusas ou apavoradas. Torci para que nenhuma delas fosse tola o bastante para se aproximar sem a permissão das autoridades das docas.

Minha única outra câmera ligada, na popa, mostrava o casco cinza da estação. O último som da desatracação vibrou pela nave; coloquei os controles no manual e comecei a sair, lenta e cuidadosamente, porque não tinha visão dos lados. Assim que me considerei desobstruída, comecei a acelerar. E aí me recostei para esperar; mesmo com a nave na velocidade máxima, a *Misericórdia de Kalr* ficava a meio dia de distância.

Eu tinha tempo para pensar. Depois de todos aqueles anos, depois de todo aquele esforço, ali estava eu. Eu praticamente desistira de me vingar de forma tão completa, quase deixara de acreditar que atiraria em uma Anaander Mianaai sequer, e por fim havia atirado em quatro. E era quase certo que mais Anaander Mianaai estavam matando umas às outras lá no palácio enquanto lutavam pelo controle da estação, e em última análise pelo controle do próprio Radch, o resultado da minha mensagem.

Nada disso traria de volta a tenente Awn. Nem a mim. Eu estava praticamente morta, já estava morta havia vinte anos, apenas um último, minúsculo fragmento de mim mesma conseguira existir um pouco mais do que o resto, cada ação que eu realizava uma excelente candidata para a última coisa que eu faria na vida. Uma canção veio à minha memória. *Você foi para o campo de batalha, blindada e bem armada, será que os eventos pavorosos forçaram você a deixar cair suas armas?* E isso levou, inexplicavelmente, à lembrança das crianças na praça do templo em Ors. *Um, dois, minha tia me contou, três, quatro, soldado cadáver.* Eu tinha muito pouco a fazer agora além de cantar para mim mesma, e ninguém para perturbar, nenhuma preocupação em escolher alguma melodia que levasse alguém a me reconhecer ou suspeitar de mim, ninguém que fosse reclamar da minha voz.

Abri a boca para cantar, de uma maneira que não fizera em anos, quando fui interrompida, no meio da respiração, pelo som de algo batendo contra a comporta.

Aquele tipo de nave de transporte tinha duas comportas. Uma só abriria na hora de atracar com uma nave ou uma estação. A outra era uma pequena comporta de emergência na lateral. Era justamente o tipo de comporta que eu usara para abordar a nave auxiliar que peguei quando deixei a *Justiça de Toren* há tanto tempo.

O som veio mais uma vez e depois parou. Ocorreu-me que poderiam ser apenas alguns destroços batendo no casco durante minha passagem. Mas depois pensei que, se eu estivesse no lugar de Anaander Mianaai, eu tentaria o que pudesse para atingir meus objetivos. E eu não conseguia ver o lado de fora da nave com as comunicações bloqueadas, apenas aquelas duas vistas estreitas de proa e popa. Eu mesma poderia estar levando Anaander Mianaai para a *Misericórdia de Kalr*.

Se alguém estava lá fora, se não eram apenas destroços, era Anaander Mianaai. Quantas dela? A comporta era pequena e facilmente defensável, mas seria mais fácil não precisar defendê-la. Seria melhor evitar que ela abrisse a comporta. Com certeza o apagão nas comunicações não fora muito além do palácio. Fiz rapidamente as alterações na rota que me levariam para longe da *Misericórdia de Kalr*, mas ainda, esperava eu, em direção aos limites do apagão nas comunicações. Eu poderia falar com a *Misericórdia de Kalr* e jamais chegar perto dela. Isso feito, voltei minha atenção para a comporta.

Ambas as portas foram construídas para abrir para dentro, de modo que qualquer diferencial de pressão as forçasse a se fechar. E eu sabia como remover a porta interna, havia limpado e feito a manutenção de naves de transporte exatamente como aquela durante décadas. Durante séculos. Assim que eu removesse a porta interna, seria quase impossível abrir a externa enquanto houvesse ar na nave.

Levei doze minutos para remover as dobradiças e manobrar a porta até um lugar onde eu pudesse segurá-la. Deveria ter levado dez, mas os pinos estavam sujos e não deslizaram tão suavemente quanto deveriam quando soltei as travas. Graças a soldados humanas se esquivando do serviço, eu tinha certeza; eu jamais teria permitido algo do tipo em qualquer uma de minhas próprias naves de transporte.

Assim que terminei, o console da nave de transporte começou a falar, num tom calmo e neutro que eu sabia pertencer a uma nave.

– Nave de transporte, responda. Nave de transporte, responda.

– *Misericórdia de Kalr* – respondi, me impulsionando para a frente com um chute. – Aqui é a *Justiça de Toren* pilotando sua nave de transporte. – Nenhuma resposta imediata. Eu não tinha dúvidas de que o que eu dissera fora suficiente para chocar a *Misericórdia de Kalr* e provocar nela um estado de espanto silencioso. –

Não deixe ninguém entrar a bordo. Em especial, não deixe nenhuma versão de Anaander Mianaai chegar perto de você. Se ela já estiver aí, mantenha-a distante de seus motores. – Agora eu podia acessar as câmeras que não estavam ligadas fisicamente; acionei a chave que me mostraria uma visão panorâmica do que estava fora da minha nave: eu queria mais do que simplesmente a visão de proa da câmera. Apertei os botões que transmitiriam minhas palavras a qualquer uma que estivesse ouvindo. Todas as naves. Se elas ouviriam, ou obedeceriam, eu não podia prever, mas, de qualquer maneira, isso não era algo que eu tivesse alguma esperança realista de controlar. – Não deixe ninguém entrar a bordo. Não deixe Anaander Mianaai subir a bordo sob nenhuma circunstância. Sua vida depende disso. A vida de todas na estação depende disso.

Enquanto eu falava, as anteparas cinza pareciam se dissolver. O console principal, as cadeiras, as duas comportas permaneciam, mas tirando isso era como se eu estivesse flutuando desprotegida no vácuo. Três figuras com trajes de vácuo se agarravam ao redor da comporta que eu desabilitara. Uma delas tinha virado a cabeça para olhar para um veleiro que chegara perigosamente perto. Uma quarta estava se impulsionando para a frente, ao longo do casco.

– Ela não está a bordo de mim – disse a voz da *Misericórdia de Kalr* pelo console. – Mas está no seu casco e ordenando que minhas oficiais a ajudem. Ordenando a mim que ordene a você deixá-la entrar na nave de transporte. Como você pode ser a *Justiça de Toren*? – E não "como assim não deixe a Senhora do Radch entrar a bordo?", reparei.

– Eu vim com a capitã Seivarden – respondi. A Anaander Mianaai que veio para a frente se prendeu numa das alças externas de apoio, depois em outra, e sacou uma arma que estava no cinto de seu traje. – O que o veleiro está fazendo? – O veleiro ainda estava muito perto de mim.

– A piloto está oferecendo ajuda às pessoas no seu casco. Só agora ela percebeu que é a Senhora do Radch, que a mandou recuar.

O veleiro não ajudaria muito a Senhora do Radch, ele era construído para viagens muito curtas, era mais um brinquedo que qualquer outra coisa. Nunca chegaria tão longe quanto a *Misericórdia de Kalr*. Não inteiro, e não com suas passageiras vivas e respirando.

– Há outras Anaander fora da estação?

– Parece que não.

A Anaander Mianaai que estava com a arma estendeu uma armadura num lampejo prateado que cobriu seu traje de vácuo, segurou a arma contra o casco da nave de transporte e disparou. Já ouvi dizer que armas não disparam no vácuo, mas na verdade isso depende da arma. Aquela disparou, e pude sentir o impacto de onde estava, grudada no assento da piloto, *bang*. A força do disparo a fez recuar, mas não para longe, pois estava seguramente presa ao casco. Ela tornou a disparar, *bang*. E mais uma vez. E mais uma vez.

Algumas naves de transporte possuíam blindagem. Algumas tinham até mesmo uma versão maior da minha própria armadura. Mas aquela não. Seu casco fora construído para suportar um bom número de impactos aleatórios, mas não uma tensão constante no mesmo ponto, diversas vezes. *Bang*. Ela havia pensado em sua inabilidade para abrir a comporta, pensado que quem quer que estivesse pilotando aquela nave era sua inimiga. Percebeu que eu removera a porta interna, e que a externa não abriria até que a nave estivesse completamente sem ar. Se Anaander Mianaai conseguisse entrar, ela poderia consertar o buraco de bala e repressurizar a nave. Mesmo depois de um rompimento no casco, a nave de transporte (ao contrário do veleiro) teria ar suficiente para levá-la até a *Misericórdia de Kalr*. Se ela tentasse ordenar a destruição do palácio de onde estava (pendurada ao lado da nave de transporte), não teria sucesso. Era mais provável, percebi, que ela soubesse desde o começo que tal ordem fracassaria e nem tentaria dá-la. Ela precisava embarcar em uma nave, ordenar que se aproximasse ainda mais do palácio e romper ela mesma o escudo de calor. Ela não conseguiria mandar mais ninguém fazer isso por ela.

Se a *Misericórdia de Kalr* estivesse correta e não houvesse outras Anaander perto da estação, tudo o que eu precisava fazer era me livrar delas. O resto, o que quer que estivesse acontecendo na estação, eu teria de deixar para Skaaiat e Seivarden. E Anaander Mianaai.

– Lembro-me da última vez que nos encontramos – disse a *Misericórdia de Kalr*. – Foi em Prid Nadeni.

Uma armadilha.

– Nós nunca nos encontramos. – *Bang*. O veleiro se afastou, mas não para muito longe. – Até agora. E eu nunca estive em Prid Nadeni. – Mas o que o fato de que eu sabia disso provava?

Verificar minha identidade poderia ter sido fácil, se eu não tivesse desabilitado ou ocultado tantos dos meus implantes. Pensei por um momento, considerando, e depois disparei um jorro de palavras, o mais perto que pude chegar com minha única boca humana da maneira pela qual teria me identificado para outra nave, havia tanto tempo.

Silêncio, pontuado por outro disparo contra o casco da nave de transporte.

– Você é realmente a *Justiça de Toren*? – perguntou a *Misericórdia de Kalr* afinal. – Onde você esteve? E onde está o resto de você? E o que está acontecendo?

– Onde estive é uma longa história. O resto de mim se foi. Anaander Mianaai rompeu meu escudo de calor. – *Bang*. A Anaander da proa ejetou o pente de sua arma, lenta e metodicamente, e inseriu outro. As outras ainda se aglomeravam ao redor da comporta. – Suponho que você saiba o que está acontecendo com Anaander Mianaai.

– Apenas em partes – disse a *Misericórdia de Kalr*. – Descobri que estou tendo dificuldade para dizer o que acho que está acontecendo.

Para mim isso não era surpresa nenhuma.

– A Senhora do Radch visitou você em segredo, e colocou alguns novos acessos. Provavelmente outras coisas. Ordens. Instruções. Em segredo, porque ela estava ocultando suas ações de si mesma. Lá no palácio – o que parecia eras atrás, mas apenas algumas horas haviam se passado –, eu disse explicitamente a ela o que estava acontecendo. Que ela estava dividida, agindo contra si mesma. Ela não quer que a notícia se espalhe, e uma parte dela quer usar você para destruir a estação antes que a informação possa sair de lá. Ela prefere fazer isso a enfrentar os resultados desse fato. – Silêncio da *Misericórdia de Kalr*. – Você é obrigada a obedecê-la. Mas eu sei... – Minha garganta fechou. Engoli em seco. – Eu sei que você só pode ser forçada a ir até certo ponto. Mas seria extremamente infeliz para as residentes do Palácio de Omaugh se você descobrisse esse ponto *depois* de ter matado todas elas. – *Bang*. Firme. Paciente. Anaander Mianaai só precisava de um furo muito pequeno, e de um pouco de tempo. E havia tempo de sobra.

– Qual delas destruiu você?

– Isso importa?

– Não sei – respondeu a *Misericórdia de Kalr* pelo console, a voz calma. – Estou infeliz com essa situação já faz um tempo.

Anaander Mianaai havia dito que a *Misericórdia de Kalr* era dela, mas a capitã Vel não. Isso devia ser desconfortável para a nave. E poderia ser desconfortável para mim, e extremamente infeliz para o palácio, se a *Misericórdia de Kalr* estivesse suficientemente vinculada à sua capitã.

– Aquela que me destruiu era a que a capitã Vel apoia. Acho que não foi a que visitou você. Mas não tenho completa certeza. Como podemos separá-las quando são a mesma pessoa?

– *Onde* está minha capitã? – perguntou a *Misericórdia de Kalr*. Isso significava algo para mim, o fato de que a nave havia demorado tanto para fazer essa pergunta.

– Ela estava bem quando a deixei. Sua tenente também. – *Bang*. – Eu feri a piloto da nave de transporte, ela não queria deixar seu posto. Espero que ela esteja bem. *Misericórdia de Kalr*, seja qual for a Senhora do Radch que tem seu apoio, imploro que não deixe nenhuma delas entrar a bordo nem obedeça suas ordens.

Os tiros pararam. A Senhora do Radch estava preocupada, talvez, que sua arma superaquecesse. Mesmo assim, ela tinha tempo de sobra, não precisava correr.

– Estou vendo o que a Senhora do Radch está fazendo à nave

de transporte – continuou a *Misericórdia de Kalr*. – Isso já seria o bastante para me indicar que algo está errado.

Mas, naturalmente, a *Misericórdia de Kalr* tinha mais indicações que apenas isso. O apagão nas comunicações, que lembrava o que acontecera em Shis'urna vinte anos antes, episódio provavelmente apenas reportado em rumores, mas ainda sério, supondo que os rumores tivessem chegado até ali. Meu desaparecimento, o desaparecimento da *Justiça de Toren*. A visita clandestina da Senhora do Radch. As opiniões políticas de sua capitã.

Silêncio, as quatro Anaander Mianaai se agarrando imóveis ao casco da nave auxiliar.

– Você ainda tinha suas ancilares – disse a *Misericórdia de Kalr*.

– Sim.

– Eu gosto de minhas soldados, mas sinto falta de ter ancilares. Isso fez com que eu me lembrasse.

– Elas não estão fazendo a manutenção como deveriam. As dobradiças na comporta estavam muito grudentas.

– Desculpe.

– Isso não importa agora – respondi, e me ocorreu que algo semelhante devia ter atrasado a tentativa de Anaander Mianaai de abrir a trava do seu lado. – Mas pode ser que você queira mandar as oficiais fazerem isso depois.

Anaander voltou a disparar. *Bang*.

– Engraçado – disse a *Misericórdia de Kalr*. – Você é o que eu perdi, e eu sou o que você perdeu.

– Suponho que sim. – *Bang*. Algumas vezes, ao longo dos últimos vinte anos, tive momentos em que não me senti tão profundamente solitária, perdida e indefesa quanto no momento em que a *Justiça de Toren* havia se vaporizado atrás de mim. Esse não era um daqueles momentos.

– Não posso ajudar você – disse a *Misericórdia de Kalr*. – Ninguém que eu pudesse enviar chegaria aí a tempo.

Além do mais, eu ainda não sabia se no final a *Misericórdia de Kalr* ajudaria a mim ou à Senhora do Radch. Era melhor não deixar

Anaander entrar nessa nave de transporte, chegar perto de sua navegação ou sequer de seu equipamento de comunicações.

– Eu sei. – Se eu não achasse um jeito de me livrar daquelas Anaander, e logo, todas na estação do palácio morreriam. Eu conhecia cada milímetro daquela nave de transporte, ou de outras iguaizinhas. Deveria haver algo que eu pudesse utilizar, algo que eu pudesse fazer. Eu ainda estava com a arma, mas teria tanta dificuldade de passar pelo casco quanto a Senhora do Radch. Eu podia colocar a porta de volta e deixar que ela entrasse pela comporta menor e facilmente defensável, mas se eu não conseguisse matar todas... Porém, se eu não fizesse nada, era certo que falharia. Saquei a arma do bolso da minha jaqueta, certifiquei-me de que estava carregada, dei um impulso para encarar a comporta e me prendi a um assento de passageiro. Estendi minha armadura, embora isso não fosse me ajudar caso uma bala ricocheteasse em mim, não com aquela arma.

– O que você vai fazer? – perguntou a *Misericórdia de Kalr*.

– *Misericórdia de Kalr* – respondi, arma erguida –, foi bom conhecer você. Não deixe Anaander Mianaai destruir o palácio. Diga às outras naves. E por favor, diga àquela piloto de veleiro incrivelmente imbecil e persistente para sair de perto da minha comporta.

A nave de transporte não só era pequena demais para o gerador de gravidade, como também era pequena demais para cultivar plantas e criar seu próprio ar. Na popa da comporta, atrás de um anteparo, estava um grande tanque de oxigênio. Bem abaixo de onde as três Mianaai aguardavam. Considerei ângulos. A Senhora do Radch tornou a disparar. *Bang*. Uma luz laranja no console piscou e um alarme agudo soou. Rompimento do casco. A quarta Senhora do Radch, vendo o jato de finos cristais de gelo saírem numa corrente do casco, se soltou, se virou e se impulsionou de volta na direção da comporta, pude ver isso na tela. Ela se movia mais devagar do que eu gostaria, mas tinha todo o tempo do mundo. Quem tinha pressa era eu. O veleiro ligou o pequeno motor e saiu do caminho.

Disparei a arma no tanque de oxigênio.

Pensei que precisaria disparar vários tiros, mas imediatamente o mundo começou a girar e todo o som acabou, uma nuvem de vapor congelado se formando ao meu redor e depois dispersando, e tudo rodopiando. Minha língua formigou, a saliva fervendo no vácuo, e eu não conseguia respirar. Eu devia ter mais dez, talvez quinze segundos de consciência, e em dois minutos estaria morta. Eu sentia dor no corpo todo, uma queimadura? Algum outro ferimento, apesar da minha armadura? Não importava. Fiquei observando, enquanto girava, contando Senhoras do Radch. Uma, com traje de vácuo rasgado, sangue fervendo pelo rasgão. Outra, um braço cortado, com certeza morta. Já eram duas.

E meia. *Conta como um todo*, pensei, e assim havia três. Faltava uma. Minha visão estava ficando vermelha e preta, mas eu podia ver que ela continuava pendurada ao casco da nave de transporte, ainda blindada, fora do caminho do tanque que explodira.

Mas eu sempre fui, acima de tudo, uma arma. Uma máquina feita para matar. No momento em que vi aquela Anaander Mianaai ainda viva, apontei minha arma sem pensar e disparei. Não consegui ver o resultado do disparo, não consegui ver nada a não ser um lampejo prateado de veleiro, e depois daquilo, tudo preto, e então desmaiei.

23

Alguma coisa irregular e que se contorcia saiu da minha garganta num jorro, e eu vomitei e tossi convulsivamente. Alguém me segurou pelos ombros, a gravidade me puxou para a frente. Abri os olhos, vi a superfície de um leito médico e um recipiente raso contendo uma massa coberta de bile com tentáculos verdes e pretos enroscados que pulsavam e estremeciam, e levavam até a minha boca. Outro vômito me forçou a fechar os olhos e a coisa saiu inteira, fazendo um barulho alto no recipiente. Alguém limpou minha boca e me virou, me colocando deitada de costas. Ainda tossindo, abri os olhos.

Uma médica estava em pé ao lado do leito, e a coisa verde e preta gosmenta que eu tinha acabado de vomitar pendia de sua mão. Ela olhou para a coisa, franzindo a testa.

– Parece bom – disse ela, depois voltou a jogar a coisa no recipiente. – Isso é desagradável, cidadã, eu sei – falou, aparentemente para mim. – Sua garganta vai ficar machucada por alguns minutos. Você...

– Por q... – comecei, mas acabei vomitando de novo.

– É melhor não tentar falar ainda – disse a médica quando alguém, outra médica, tornou a me rolar. – Você quase não sobreviveu. A piloto que trouxe você chegou bem a tempo, mas ela tinha apenas um kit de emergência básico. – Aquele veleiro imbecil. Só pode ter sido. Ela não sabia que eu não era humana, não sabia que me salvar seria inútil. – E ela não conseguiu trazer você aqui imediatamente. Ficamos preocupadas por um momento. Mas o corretor pulmonar saiu inteiro e as leituras são boas. Dano cerebral muito pequeno, se é que houve algum, embora você talvez demore um pouco para voltar ao normal.

Isso na verdade me pareceu engraçado, mas a vontade de vomitar persistia e eu não queria começar tudo de novo, então me recusei a falar. Fiquei de olhos fechados e tão parada quanto possível, enquanto me rolavam e me deitavam de costas mais uma vez. Se eu abrisse os olhos, ia querer fazer perguntas.

– Ela pode tomar chá em dez minutos – disse a médica, mas eu não sabia para quem. – Mas nada sólido ainda. Não fale com ela pelos próximos cinco minutos.

– Sim, doutora. – Seivarden. Abri os olhos, virei a cabeça. Seivarden estava à minha cabeceira. – Não fale – disse ela para mim. – A descompressão súbita...

– Será mais fácil para ela ficar em silêncio – admoestou a médica – se você não falar com ela.

Seivarden ficou quieta. Mas eu sabia o que a súbita descompressão teria feito comigo. Gases dissolvidos no meu sangue teriam se transformado, de forma súbita e violenta. Provavelmente com violência o bastante para me matar, mesmo sem a falta total de ar. Mas um aumento na pressão, digamos ao ser levada de volta para a atmosfera, teria levado essas bolhas de volta para a forma de solução.

A diferença de pressão entre meus pulmões e o vácuo poderia ter me ferido. E eu fiquei surpresa quando o tanque explodiu, e preocupada em atirar nas Anaander Mianaai, e poderia não ter soltado o ar como deveria. E esse provavelmente fora o menor dos meus ferimentos, dada a explosão que havia me impelido para o vácuo, para começo de conversa. Um veleiro teria apenas os meios mais rudimentares de tratar tais ferimentos, e a piloto havia provavelmente me enfiado numa versão básica de um módulo de suspensão para me conter até eu poder chegar a uma médica.

– Ótimo – a médica falou. – Fique quietinha e bonitinha. – E saiu.

– Quanto tempo? – perguntei a Seivarden. E não vomitei, embora a garganta estivesse, como a médica dissera, ainda em carne viva.

– Cerca de uma semana. – Seivarden puxou uma cadeira e sentou.

Uma semana.

– Suponho que o palácio ainda esteja aqui.

– Sim – disse Seivarden, como se minha pergunta não tivesse sido completamente idiota, mas merecesse resposta. – Graças a você. A Segurança e a tripulação das docas conseguiram selar todas as saídas antes que qualquer outra Senhora do Radch chegasse até o casco. Se você não tivesse impedido as que chegaram... – Ela fez um gesto de afastamento. – Dois portais caíram. – Dois de doze, ela queria dizer. Isso causaria enormes dores de cabeça, tanto aqui como nas outras pontas dos portais. E quaisquer naves que estivessem neles quando eles caíram poderiam ou não ter chegado em segurança. – Mas nosso lado venceu, e isso é bom.

Nosso lado.

– Eu não tenho lado nisso – eu disse.

Em algum lugar atrás dela, Seivarden pegou uma tigela de chá. Ela chutou algo embaixo de mim e a cama se inclinou devagar. Ela levou a tigela à minha boca e tomei um pequeno e cauteloso gole. Que delícia.

– Por que – perguntei, depois de tomar outro gole – estou aqui? Eu sei por que a idiota que me trouxe fez isso, mas por que as médicas se importaram comigo?

Seivarden franziu a testa.

– Você está falando sério?

– Eu sempre falo sério.

– Isso é verdade. – Ela se levantou, abriu uma gaveta e tirou de dentro um cobertor que colocou em cima de mim, enfiando cuidadosamente as pontas ao redor das minhas mãos nuas.

Antes que ela pudesse responder a minha pergunta, a inspetora supervisora Skaaiat entrou no pequeno quarto.

– A médica disse que você estava acordada.

– Por quê? – questionei. E completei, em resposta à expressão intrigada dela: – Por que estou acordada? Por que não estou morta?

– Você queria estar? – perguntou a inspetora supervisora Skaaiat, ainda com cara de quem não havia me entendido.

– Não. – Seivarden tornou a oferecer chá, e eu bebi, um gole maior do que o anterior. – Não, não quero estar morta, mas me parece muito trabalho só para reviver uma ancilar. – E era crueldade ter me trazido de volta só para que a Senhora do Radch pudesse ordenar minha destruição.

– Não acho que as pessoas aqui pensem em você como ancilar – disse a inspetora supervisora Skaaiat.

Olhei para ela. Ela parecia totalmente séria.

– Skaaiat Awer – comecei com voz neutra.

– Breq – disse Seivarden antes que eu pudesse continuar, a voz tensa. – A médica falou para ficar quieta. Aqui, tome mais chá.

Por que Seivarden estava ali? Por que Skaaiat?

– O que você fez pela irmã da tenente Awn? – perguntei, a voz baixa porém ríspida.

– Ofereci clientela, na verdade. Que ela não aceitou. Ela tinha certeza de que sua irmã me tinha em alta estima, mas ela própria não me conhecia e não necessitava de minha ajuda. Muito teimosa. Ela está na horticultura, a dois portais de distância. Está indo bem; eu fico de olho nela, da melhor maneira que posso desta distância.

– Você ofereceu clientela a Daos Ceit?

– Estamos falando de Awn – disse a inspetora supervisora Skaaiat. – Posso ver que sim, mas você não vai simplesmente admitir isso. E tem razão. Havia muito mais que eu poderia ter dito a ela antes de ela partir, e eu deveria ter dito. Você é a ancilar, a não pessoa, a peça de equipamento, mas, se compararmos nossas ações, você a amava mais do que eu jamais amei.

Comparar nossas ações. Era como um tapa na cara.

– Não – eu respondi. Feliz pela minha voz inexpressiva de ancilar. – Você a deixou na dúvida. Eu a matei. – Silêncio. – A Senhora do Radch duvidou de sua lealdade, duvidou das Awer, e quis que a tenente Awn espionasse você. A tenente Awn se recusou, e exigiu ser interrogada para provar sua lealdade. É claro que Anaander Mianaai não queria isso. Ela me ordenou que atirasse na tenente Awn.

Três segundos de silêncio. Seivarden ficou imóvel. Então Skaaiat Awer disse:

– Você não teve escolha.

– Não sei se tive escolha. Acho que não. Mas, logo depois de atirar na tenente Awn, atirei em Anaander Mianaai. E foi por isso que...
– Parei. Respirei fundo. – Por isso que ela rompeu meu escudo de calor. Skaaiat Awer, não tenho o direito de estar zangada com você.
– Eu não conseguia falar mais.

– Você tem todo o direito de estar tão zangada quanto desejar – disse a inspetora supervisora Skaaiat. – Se eu tivesse entendido quando você chegou aqui, teria falado com você de forma diferente.

– E se eu tivesse asas seria um veleiro. – Conjecturas não mudavam nada. – Diga à tirana – usei a palavra orsiana – que eu a verei assim que puder sair da cama. Seivarden, traga minhas roupas.

A inspetora supervisora Skaaiat, ao que parecia, realmente fora ver Daos Ceit, que tinha ficado gravemente ferida nas últimas convulsões da luta de Anaander Mianaai consigo mesma. Desci devagar por um corredor repleto de pessoas com ferimentos cobertos por corretores, deitadas em macas feitas às pressas, ou envoltas em módulos que as manteriam em suspensão até que as médicas pudessem atendê-las. Daos Ceit estava deitada num leito, em um quarto, inconsciente. Parecendo menor e mais jovem do que eu sabia que ela era.

– Ela vai ficar bem? – perguntei a Seivarden. A inspetora supervisora Skaaiat não havia esperado minha descida vagarosa pelo corredor, tivera que voltar para as docas.

– Vai – respondeu a médica atrás de mim. – Você não devia ter saído da cama.

Ela tinha razão. Só me vestir, mesmo com a ajuda de Seivarden, deixara-me trêmula de exaustão. Eu descera o corredor movida apenas pela minha determinação. Agora sentia que virar a cabeça para responder à médica exigiria mais força do que eu tinha.

– Você acabou de criar um novo par de pulmões – continuou a médica. – Entre outras coisas. Não vai conseguir caminhar bem por alguns dias. No mínimo. – Daos Ceit respirava de maneira rasa e irregular, tão parecida com a criancinha que eu conhecera que me perguntei por um momento por que não a tinha reconhecido assim que a vi.

– Você precisa do espaço – falei, e depois isso se encaixou com outra peça de informação. – Você poderia ter me deixado em suspensão até não estar tão ocupada.

– A Senhora do Radch disse que precisava de você, cidadã. Ela queria você em pé assim que possível. – A médica estava levemente irritada, eu pensei. As médicas, não sem certa razão, teriam priorizado pacientes de modo diferente. E ela não negou quando eu disse que ela precisava do espaço.

– Você deveria voltar para a cama – disse Seivarden. A sólida Seivarden, que agora era a única coisa entre eu e o colapso total. Eu não deveria ter levantado.

– Não.

– Ela fica assim às vezes – disse Seivarden, com a voz de quem pede desculpas.

– Estou vendo.

– Vamos voltar para o quarto. – Seivarden parecia extremamente paciente e calma. Um momento se passou antes que eu percebesse que ela estava falando comigo. – Você pode descansar um pouco. Podemos lidar com a Senhora do Radch quando você estiver bem e preparada.

– Não – repeti. – Vamos.

Com o apoio de Seivarden, consegui sair do setor médico, entrar num elevador e no que parecia ser uma extensão infinita de corredor, e depois, de súbito, num tremendo espaço aberto, o chão à frente coberto com lascas brilhantes de vidro colorido que meus poucos passos esmagavam.

– A luta continuou dentro do templo – explicou Seivarden sem que eu perguntasse.

A plataforma principal, eu estava lá. E todo aquele vidro quebrado era o que havia sobrado daquele aposento cheio de oferendas funerais. Apenas algumas pessoas estavam ali fora, a maioria pegando as lascas, procurando, supus, alguns pedaços maiores que pudessem ser restaurados. Pessoas da Segurança, de jaqueta marrom-clara, supervisionavam.

– As comunicações foram restauradas em um ou dois dias, acho – continuou Seivarden, me guiando ao redor de áreas cobertas de cacos, na direção da entrada do palácio propriamente dito. – E então as pessoas começaram a entender o que estava acontecendo. A escolher lados. Depois de um tempo, não tinha mais como não escolher um lado. Não de verdade. Por um tempo tivemos medo de que as naves militares pudessem atacar umas às outras, mas havia apenas duas do outro lado, e elas foram para os portais em vez disso, e deixaram o sistema.

– Baixas civis? – perguntei.

– Sempre existem.

Atravessamos os últimos metros da passarela coberta de vidro e entramos no palácio. Uma oficial estava parada ali, seu uniforme sujo, uma das mangas com uma mancha escura.

– Porta 1 – disse ela, mal olhando para nós. Sua voz parecia exausta.

A porta 1 levava a um gramado. Em três dos lados, havia uma paisagem de colinas e árvores, e acima, um céu azul rajado de nuvens peroladas. O quarto lado era um muro bege, a grama arrancada e revirada em sua base. Uma cadeira verde simples, de estofamento espesso, estava poucos metros à minha frente. Não para mim, certamente, mas eu não estava ligando muito.

– Preciso me sentar.

– Sim – disse Seivarden, e me levou até lá e me fez sentar nela. Fechei os olhos só por um instante.

⋆   ⋆   ⋆

Uma criança estava falando, uma voz alta e aguda.

– As presger haviam se aproximado de mim antes de Garsedd – disse a criança. – As tradutoras que elas enviaram haviam sido criadas a partir do que elas haviam tirado de naves humanas, é claro, mas elas cresceram entre as presger e foram educadas por elas, e era como se eu estivesse falando com alienígenas. Elas estão melhores agora, mas ainda são companhias perturbadoras.

– Pedindo o perdão da minha senhora – disse Seivarden –, por que as recusou?

– Eu já planejava destruí-las – disse a criança. Anaander Mianaai. – Eu havia começado a coletar os recursos que acreditava precisar. Pensei que elas haviam descoberto meus planos e estavam apavoradas o bastante para querer a paz. Achei que estavam demonstrando fraqueza. – Ela riu, com amargura e arrependimento, sentimentos estranhos de se ouvir em uma voz tão jovem. Mas Anaander Mianaai não era jovem.

Abri os olhos. Seivarden estava ajoelhada ao lado da minha cadeira. Uma criança de cerca de 5 ou 6 anos estava sentada de pernas cruzadas na grama à minha frente, vestida toda de preto, um doce numa das mãos e o conteúdo da minha bagagem espalhado ao redor dela.

– Você acordou.

– Você está sujando meus ícones de glacê – acusei.

– Eles são lindos. – Ela pegou o disco do menor e o acionou. A imagem saltou para a frente, esmaltada e coberta de joias, a faca na sua terceira mão reluzindo na falsa luz do sol. – Esta *é* você, não é?

– Sim.

– A Tetrarquia Itran! Foi lá que você encontrou a arma?

– Não. Foi onde consegui meu dinheiro.

Anaander Mianaai me encarou, francamente atônita.

– Elas deixaram você partir com tanto dinheiro assim?

– Uma das tetrarcas me devia um favor.

– Deve ter sido um favor e tanto.

– E foi.

– Elas praticam mesmo sacrifício humano lá? Ou isto... – Ela fez um gesto para a cabeça cortada da figura. – ... é apenas metafórico?

– É complicado.

Ela resmungou. Seivarden estava de joelhos, silenciosa e imóvel.

– A médica disse que você precisava de mim.

A Anaander Mianaai de 5 anos riu.

– E preciso mesmo.

– Nesse caso – respondi –, vá se foder. – Algo que ela podia mesmo, literalmente, fazer.

– Metade de sua raiva é voltada para si mesma. – Ela comeu o último pedacinho de doce e limpou as luvas uma na outra, fazendo fragmentos de glacê choverem na grama. – Mas é uma raiva tão monumental que mesmo metade já é bem devastadora.

– Eu poderia estar dez vezes mais zangada, e isso não significaria nada se eu estivesse desarmada.

Ela torceu a boca num meio sorriso.

– Não cheguei até onde estou deixando de lado instrumentos úteis.

– Você destrói os instrumentos de sua inimiga onde quer que os encontre. Você mesma me disse isso. E não serei útil para você.

– Eu sou a verdadeira. Posso cantar para você se quiser, embora não saiba se vai funcionar com esta voz. Isso tudo vai se espalhar para outros sistemas. Já se espalhou, eu só não recebi o sinal de resposta dos palácios provincianos de fronteira ainda. Preciso de você do meu lado.

Tentei me sentar mais ereta. Pareceu funcionar.

– Não importa de que lado qualquer pessoa esteja. Não importa quem vença, porque de qualquer maneira será *você* e nada mudará de verdade.

– Para *você* é fácil falar – ela respondeu. – E talvez, de certa forma, você tenha razão. Muitas coisas realmente não mudaram, muitas poderiam permanecer iguais, não importa qual lado de mim vença. Mas me diga, você acha que não fez diferença para a tenente Awn qual versão de mim estava a bordo naquele dia?

Eu não tinha resposta para isso.

– Para quem tem poder, dinheiro e conexões, algumas mudanças não vão ter grande impacto. Ou para quem está resignada a morrer logo, o que eu acho que é a sua posição no momento. Mas as pessoas sem dinheiro e sem poder, que querem desesperadamente viver, para essas pessoas as mudanças pequenas não são nem um pouco pequenas. O que você chama de "diferença" é questão de vida e morte para elas.

– E você se importa tanto com as insignificantes e sem poder. Tenho certeza de que fica acordada noites inteiras se preocupando. Seu coração deve sangrar por elas.

– Não dê uma de moralista para cima de mim. Você me serviu sem reclamar por 2 mil anos. Você sabe o que isso significa, melhor do que quase qualquer uma aqui. E eu me importo, *sim*. Talvez de uma forma mais abstrata que você, pelo menos hoje em dia. Mesmo assim, tudo isso é culpa minha. E você tem razão, não posso me livrar de mim mesma. Eu deveria me lembrar disso. Poderia ser melhor se tivesse uma consciência armada e independente.

– Da última vez que alguém tentou ser sua consciência – respondi, pensando em Ime e naquela soldado da *Misericórdia de Sarrse* que se recusara a cumprir suas ordens –, ela acabou morta.

– Você está falando de Ime. Está falando da soldado Um Amaat Um da *Misericórdia de Sarrse* – disse a criança, sorrindo como se estivesse lembrando de algo particularmente delicioso. – Em toda a minha longa vida, eu nunca tinha sido tão agredida. Ela me amaldiçoou ao final, e jogou seu veneno de volta como se fosse arrack.

Veneno.

– Você não atirou nela?

– Ferimentos de arma de fogo fazem uma bagunça tão grande – disse a criança, ainda sorrindo. – O que me faz lembrar. – Ela estendeu a mão para o lado e afagou o ar com uma mãozinha enluvada. Subitamente uma caixa se materializou ali, de um preto que sugava luz. – Cidadã Seivarden.

Seivarden se inclinou para a frente e pegou a caixa.

– Estou bem ciente – disse Anaander Mianaai – de que você não estava falando metaforicamente quando falou que sua raiva tinha de estar armada para significar algo. Eu também não estava mentindo quando disse que minha consciência devia estar armada. Só para que você saiba que estou falando sério quando digo isso. E só para que você não faça nada idiota por ignorância, preciso explicar o que é que você tem.

– Você sabe como ela funciona? – Mas ela tivera as outras por mil anos. Tempo mais do que suficiente para descobrir.

– Até certo ponto. – Anaander Mianaai deu um sorriso irônico. – Uma bala, como tenho certeza de que você já sabe, faz o que faz porque a arma da qual ela é disparada confere a ela uma grande quantidade de energia cinética. A bala atinge algo, e essa energia precisa ir para algum lugar. – Não respondi, nem sequer ergui uma sobrancelha. – As balas na arma garseddai não são de fato balas. São... dispositivos. Adormecidos até que a arma os acione. A essa altura, não importa quanta energia cinética eles têm quando deixam a arma. A partir do momento do impacto, eles pegam o máximo de energia de que precisam para atravessar o alvo por precisamente 1 metro e 11 centímetros. E depois param.

– Param. – Fiquei perplexa.

– Um metro e 11 centímetros? – perguntou Seivarden, ajoelhada ao meu lado. Intrigada.

Mianaai fez um gesto de desprezo.

– Alienígenas. Diferentes unidades de medida, eu suponho. Em tese, assim que ela fosse acionada, você poderia jogar uma dessas balas delicadamente contra alguma coisa e ela passaria direto. Mas só é possível acioná-las com essa arma. Até onde sei, não existe nada no universo que essas balas não consigam cortar.

– De onde toda essa energia vem? – perguntei. Ainda horrorizada. Chocada. Não era de espantar que eu só houvesse precisado de um tiro para destruir aquele tanque de oxigênio. – Ela tem de vir de algum lugar.

– Imaginamos que sim. E você está prestes a me perguntar como ela sabe a quantidade de energia de que precisa, ou a diferença entre o ar e o objeto no qual você está atirando. Eu também não sei. Você entende por que eu fiz o tratado com as presger. E por que estou tão ansiosa para manter seus termos.

– E ansiosa para destruí-las. – O objetivo, o desejo ardente, da outra Anaander, imaginei.

– Não cheguei aonde estou tendo objetivos razoáveis. Você não vai falar disso a ninguém. – Antes que eu pudesse reagir, ela continuou: – Eu *poderia* forçar você a ficar quieta. Mas não o farei. Você obviamente é uma peça significativa dos presságios neste momento, e seria inadequado que eu interferisse em sua trajetória.

– Não achei que você fosse supersticiosa.

– Eu não diria supersticiosa. Mas tenho outros assuntos de que tratar. Poucas de mim restaram aqui. Tão poucas que o número exato é informação confidencial. E há muito o que fazer, então realmente não tenho tempo para ficar sentada aqui conversando.

Ela continuou:

– A *Misericórdia de Kalr* precisa de uma capitã. E tenentes também. Você provavelmente pode promover alguém a partir de sua própria tripulação.

– Não posso ser capitã. Não sou uma cidadã. Não sou sequer *humana*.

– Você é, se eu disser que é.

– Peça a Seivarden. – Seivarden havia colocado a caixa no meu colo, e agora estava mais uma vez ajoelhada ao lado da minha cadeira, em silêncio. – Ou Skaaiat.

– Seivarden não vai a lugar nenhum sem você. Ela deixou isso claro enquanto você estava dormindo.

– Então Skaaiat.

– Ela já mandou eu ir me foder.

– Que coincidência.

– E na verdade, eu preciso dela aqui. – Ela se levantou. Sua altura mal permitia que ela olhasse nos meus olhos sem levantar a cabeça, mesmo eu estando sentada. – O setor médico diz que você precisa de pelo menos uma semana. Posso lhe dar mais alguns dias além disso para inspecionar a *Misericórdia de Kalr* e pegar quaisquer suprimentos de que possa precisar. Será mais fácil para todas se você simplesmente me disser sim agora, indicar Seivarden como sua primeira tenente e deixar que ela cuide de tudo. Mas você vai fazer as coisas do jeito que quiser. – Ela limpou grama e terra das pernas. – Assim que estiver pronta, preciso que você vá para a Estação Athoek o mais rápido possível. Fica a dois portais de distância. Ou ficaria, se a *Espada de Tlen* não tivesse destruído aquele portal. – "Dois portais de distância", a inspetora supervisora Skaaiat havia dito, a respeito da irmã da tenente Awn. – O que mais você faria?

– Eu tenho outra opção? – Ela estava me declarando cidadã, mas poderia tirar esse título com igual facilidade. – Além da morte, quero dizer.

Ela fez um gesto de ambiguidade.

– Tanto quanto qualquer uma de nós. O que quer dizer, possivelmente, nenhuma. Mas podemos falar de filosofia mais tarde. Ambas temos afazeres agora. – E ela partiu.

Seivarden pegou meus pertences, tornou a colocá-los na sacola e me ajudou a levantar e sair dali. Não voltou a falar até estarmos na plataforma.

– É uma nave. Ainda que seja apenas uma Misericórdia.

Ao que parecia, eu havia dormido por um tempo longo o bastante para que as lascas de vidro fossem limpas, longo o bastante para as pessoas saírem, embora não em grandes números. Todo mundo parecia um pouco abalado, parecia que poderiam se assustar facilmente. As poucas conversas eram baixas e abafadas, de modo que o local parecia deserto mesmo com pessoas ali. Virei a cabeça para olhar para Seivarden e ergui a sobrancelha.

– Você é a capitã aqui. Aceite o cargo, se quiser.

– Não. – Paramos em um banco e ela me colocou sentada nele. – Se eu ainda fosse capitã, alguém me deveria pagamento retroativo. Eu deixei oficialmente o serviço quando fui declarada morta, mil anos atrás. Se eu quiser voltar, vou ter que começar tudo de novo. Além disso... – Ela hesitou, e depois se sentou ao meu lado. – Além disso, quando saí daquele módulo de suspensão, foi como se tudo e todos tivessem falhado comigo. O Radch falhou comigo. Minha nave falhou comigo. – Franzi a testa, e ela fez um gesto tranquilizante. – Não, não é justo. Nada disso é justo, é apenas o que sinto. E eu falhei comigo mesma. Mas você não. Você não.

Eu não sabia o que dizer. Ela não parecia esperar resposta.

– A *Misericórdia de Kalr* não precisa de capitã – falei, depois de quatro segundos de silêncio. – Talvez não queira uma.

– Você não pode recusar sua missão.

– Eu posso, se tiver dinheiro o bastante para me sustentar.

Seivarden franziu a testa e respirou fundo como se quisesse discutir, mas não o fez. Depois de mais um momento de silêncio, ela falou:

– Você poderia entrar no templo e pedir que lancem os presságios.

Fiquei me perguntando se a imagem de piedade estrangeira que eu havia construído a convencera de que eu tinha alguma espécie de fé, ou se ela apenas era tão radchaai a ponto de pensar que jogar um punhado de presságios responderia a alguma questão urgente e me convenceria sobre qual seria a ação correta. Fiz um pequeno gesto de dúvida.

– Realmente não sinto necessidade. Se quiser, você pode fazer isso. Ou jogar aqui e agora. – Se ela tivesse algo com frente e verso, poderia lançar. – Se der cara, você para de me incomodar com isso e me traz um chá.

Ela soltou um *rá* curto e animado. Depois exclamou:

– Ah! – E enfiou a mão na jaqueta. – Skaaiat me deu isto para dar a você. – Ela disse Skaaiat. Não "aquela Awer".

Seivarden abriu a mão e me mostrou um disco de ouro de dois centímetros de diâmetro. Havia uma borda pequena de folhas estampada na sua margem, um pouco fora do centro, ao redor de um nome. AWN ELMING.

– Mas não acho que você vai querer lançar isso – disse Seivarden. E, como não respondi: – Ela disse que você realmente deveria ficar com isso.

Eu ainda estava tentando achar algo para dizer, e uma voz com a qual dizê-lo, quando uma oficial de segurança se aproximou, com cautela. Ela falou, a voz cheia de deferência:

– Me desculpe, cidadã. Estação gostaria de falar com você. Há um console logo ali. – Ela fez um gesto para o lado.

– Você não tem implantes? – perguntou Seivarden.

– Eu os escondi. Desabilitei alguns. Estação não deve conseguir vê-los. – E eu não sabia onde estava meu dispositivo de mão. Provavelmente em algum lugar na minha bagagem.

Precisei levantar e caminhar até o console, e ficar em pé enquanto falava.

– Você queria falar comigo, Estação. Aqui estou eu. – A semana de descanso da qual Anaander Mianaai havia falado se tornava cada vez mais convidativa.

– Cidadã Breq Mianaai – disse Estação, a voz neutra e imperturbável.

Mianaai. Ainda agarrando o disco de lembrança da tenente Awn com força na mão, olhei para Seivarden, que vinha atrás de mim com minha bagagem.

– Não havia necessidade de deixar você mais incomodada do que já estava – disse ela, como se eu tivesse falado algo.

A Senhora do Radch tinha dito *independente*, e não fiquei surpresa ao descobrir que ela não falara a sério. Mas a jogada que ela escolhera para reforçar isso me surpreendeu.

– Cidadã Breq Mianaai – Estação voltou a dizer do console, voz suave e serena como sempre, mas pensei que a repetição fora ligeiramente maliciosa. Minha suspeita foi confirmada quando Estação continuou. – Eu gostaria que você fosse embora daqui.

– É mesmo? – Nenhuma resposta mais forte que essa me veio à mente. – Por quê?

Meio segundo de atraso, e depois a resposta.

– Olhe ao seu redor. – Eu não tinha energia para fazer isso de verdade, então tomei o imperativo como retórico. – O setor médico está assoberbado de cidadãs feridas e moribundas. Muitas das minhas instalações estão danificadas. Minhas residentes estão ansiosas e com medo. *Eu* estou ansiosa e com medo. Nem sequer menciono a confusão que cerca o palácio propriamente dito. E *você* é a causa disso tudo.

– Não sou. – Lembrei a mim mesma que, por mais que parecesse infantil e mesquinha agora, Estação não era muito diferente do que eu fora, e de certa maneira o trabalho que ela fazia era bem mais complicado e urgente do que o meu, pois ela cuidava de centenas de milhares, até mesmo milhões de cidadãs. E minha partida não mudaria nada disso.

– Não me importo – disse Estação, calma. A petulância que detectei foi imaginação minha, com certeza. – Aconselho que parta agora, enquanto é possível. Pode se tornar difícil em algum ponto no futuro próximo.

Estação não podia ordenar que eu fosse embora. Falando de modo estrito, ela não deveria ter falado comigo do jeito que falou, não se eu fosse, de fato, uma cidadã.

– Ela *não pode* fazer você partir – falou Seivarden, refletindo parte dos meus pensamentos.

– Mas pode expressar sua desaprovação. – De modo discreto. Sutil. – Nós fazemos isso o tempo todo. Na maior parte das vezes ninguém nota, a não ser quando visitam outra nave ou estação e de repente descobrem que as coisas são inexplicavelmente mais confortáveis.

Um segundo de silêncio de Seivarden, e então:

– Ah.

Pelo som, ela devia estar se lembrando de seus dias na *Justiça de Toren* e sua mudança para a *Espada de Nathtas*.

Inclinei-me para a frente, minha testa contra a parede que se ligava ao console.

– Terminou, Estação?

– A *Misericórdia de Kalr* gostaria de falar com você.

Cinco segundos de silêncio. Suspirei, sabendo que não poderia vencer aquele jogo, não deveria nem sequer tentar jogá-lo.

– Vou falar com a *Misericórdia de Kalr* agora, Estação.

– *Justiça de Toren* – disse a *Misericórdia de Kalr* pelo console.

O nome me pegou de surpresa, trouxe lágrimas de exaustão. Pisquei várias vezes para afastá-las.

– Sou apenas Um Esk – respondi. E engoli em seco. – Dezenove.

– A capitã Vel está presa – disse a *Misericórdia de Kalr*. – Não sei se ela vai ser reeducada ou executada. E minhas tenentes também.

– Lamento.

– Não é culpa sua. Elas fizeram suas escolhas.

– Então quem está no comando? – perguntei. Ao meu lado, Seivarden estava parada em silêncio, uma mão no meu braço. Eu queria me deitar e dormir, só isso, mais nada.

– Um Amaat Um. – A soldado sênior na unidade de ranking mais elevado da *Misericórdia de Kalr* seria essa. Líder de unidade. Unidades ancilares não teriam precisado de líderes.

– Então ela pode ser capitã.

– Não – disse a *Misericórdia de Kalr*. – Ela dará uma boa tenente, mas ainda não está pronta para ser capitã. Está fazendo o melhor que pode, mas está sobrecarregada.

– *Misericórdia de Kalr,* se *eu* posso ser uma capitã, por que você não pode ser sua própria?

– Isso seria ridículo – respondeu a *Misericórdia de Kalr*. Sua voz estava calma como sempre, mas achei que estava exasperada. – Minha tripulação precisa de uma capitã. Mas sou apenas uma Misericórdia, não sou? Tenho certeza de que a Senhora do Radch lhe daria uma Espada se você pedisse. Não que a capitã de uma Espada fosse ficar mais feliz por ser enviada a uma Misericórdia, mas suponho que isso seja melhor do que não ser capitã.

– Não, Nave, não é...

Seivarden interrompeu, a voz severa.

– Pare com isso, Nave.

– Você *não é* uma das minhas oficiais – disse a *Misericórdia de Kalr* do console, e agora a impassividade claramente desaparecera de sua voz.

– *Ainda* não – respondeu Seivarden.

Comecei a suspeitar de uma armação, mas Seivarden não teria me feito ficar parada assim no meio da passarela. Não naquele momento.

– Nave, não posso ser aquilo que você perdeu. Você jamais terá isso de volta, lamento. – E eu também não poderia ter de volta o que perdi. – Não posso mais ficar aqui.

– Nave – disse Seivarden com rigidez –, sua capitã ainda está se recuperando dos ferimentos e Estação a está fazendo ficar parada em pé no meio da plataforma.

– Mandei uma nave de transporte – disse a *Misericórdia de Kalr* após uma pausa que foi, supus, feita com a intenção de expressar o que ela pensava de Estação. – Você ficará mais confortável a bordo, capitã.

– Eu não sou... – comecei, mas a *Misericórdia de Kalr* já havia desligado.

– Breq – disse Seivarden, puxando-me para longe da parede na qual eu estava encostada –, vamos.

– Para onde?

– Você sabe que vai ficar mais confortável a bordo. Mais confortável que aqui.

Não respondi, apenas deixei Seivarden me puxar.

– Todo aquele dinheiro não vai significar muito se mais portais caírem e naves ficarem perdidas e suprimentos forem cortados. – Vi que estávamos seguindo em direção a um grupo de elevadores. – Tudo está desabando. Isso não vai acontecer só aqui, todo o espaço Radch vai desabar, não vai? – Era verdade, mas eu não tinha energia para contemplar isso. – Talvez você ache que pode ficar isolada, ver tudo acontecer ao longe. Mas eu acho que você realmente não consegue.

Não. Se conseguisse, não teria ido até ali. Seivarden não estaria ali, eu a teria deixado na neve em Nilt, ou nunca teria ido a Nilt para começo de conversa.

As portas do elevador se fecharam atrás de nós, bruscamente. Um pouco mais bruscamente do que de costume. Talvez eu estivesse apenas imaginando que Estação estava expressando sua ansiedade em me ver partir. Mas o elevador não se moveu.

– Docas, Estação – falei.

Derrotada. Na verdade, não havia mais lugar para onde eu pudesse ir. Era o que eu fora feita para fazer, o que eu era. Ainda que os protestos da tirana fossem insinceros, o que em última análise eles tinham que ser, não importando quais eram suas intenções naquele momento, ela ainda tinha razão. Minhas ações fariam algum tipo de diferença, mesmo que pequena. Algum tipo de diferença, talvez para a irmã da tenente Awn. E eu já falhara com a tenente Awn uma vez. Miseravelmente. Não falharia uma segunda vez.

– Skaaiat vai lhe dar chá – disse Seivarden, a voz tranquila, enquanto o elevador se movia.

Fiquei me perguntando quando tinha comido pela última vez.

– Acho que estou com fome.

– É um bom sinal – disse Seivarden, e agarrou meu braço com mais força quando o elevador parou, e as portas se abriram no saguão cheio de deusas das docas.

Escolhi minha direção, dei um passo e depois dei outro. Nunca tinha sido nada além disso.

AGRADECIMENTOS

Sempre dizem que escrever é uma arte solitária, e é verdade que o ato de colocar palavras no papel é algo que uma escritora tem que fazer sozinha. Mesmo assim, tanta coisa acontece antes que as palavras sejam escritas, e também depois, quando se está tentando dar ao trabalho a melhor forma possível.

Eu não seria a escritora que sou sem a ajuda da Clarion West Workshop e meus colegas de classe. E me beneficiei da assistência generosa e perceptiva de muitos amigos. Charlie Allery, S. Hudson Blount, Carolyn Ives Gilman, Ana Schwind, Kurt Schwind, Mike Swirsky, Rachel Swirsky, Dave Thompson e Sara Vickers me ajudaram e incentivaram muito, e este livro teria sido menor sem eles. (Todos os erros, entretanto, são inteiramente meus.)

Também gostaria de agradecer a Pudd'nhead Books em Saint Louis, a biblioteca da Universidade Webster, a biblioteca de Saint Louis County e ao grupo de bibliotecas municipais de Saint Louis. Bibliotecas são um recurso tremendo e valioso, e elas nunca são demais.

Obrigada também aos meus fantásticos editores, Tom Bouman e Jenni Hill, cujos comentários ponderados ajudaram a tornar este livro o que ele é. (Os erros, mais uma vez, são todos meus.) E obrigada ao meu fabuloso agente, Seth Fishman.

Por último – mas não menos importante, de jeito algum – eu não poderia ter sequer começado a escrever este livro sem o amor e o apoio do meu marido, Dave, e de meus filhos, Aidan e Gawain.

TIPOGRAFIA:
Domaine [texto]
Circular [títulos]

PAPEL:
Pólen soft 80 g/m² [miolo]
Cartão supremo 250 g/m² [capa]

IMPRESSÃO:
Rettec Artes Gráficas Ltda. [abril de 2018]